AF279782

Bibliografische Information der Deutschen Nationalbibliothek:
Die Deutsche Nationalbibliothek verzeichnet diese Publikation in der Deutschen Nationalbibliografie; detaillierte bibliografische Daten sind im Internet über http://dnb.dnb.de abrufbar

© 2024 Robert Hubrich

Verlag: BoD • Books on Demand GmbH, In de Tarpen 42, 22848 Norderstedt
Druck: Libri Plureos GmbH, Friedensallee 273, 22763 Hamburg
ISBN: 978-3-7597-9566-3

Robert Hubrich

Der Wolkenreisende

`Es ist ein sonniger herrlicher Morgen und wir haben bereits 19° zu verzeichnen. Es ist 7:00 Uhr und Sie hören die Nachrichten auf Rockantenne Bayern.´
Die Stimme der Moderatorin klang fröhlich und forderte damit die Hörer auf, genauso fröhlich in den Tag zu gehen. Weil dieser Tag so grandios ist und sein wird und weil im Radio alle fröhlich und gut gelaunt sind. Und wenn schon das Radio Fröhlichkeit verbreitet, dann haben sich auch alle Menschen – oder zumindest die Hörer – danach zu richten. Ungeachtet dessen, dass es wohl mehr als genug Menschen gab, die weder fröhlich noch gut gelaunt aus dem Bett stiegen oder laut singend durch die morgendliche Wohnung tanzten. Vor allem nicht an einem Montag...
Missmutig schlürfte Jakob seinen Tee und dachte an die Moderatorin, die keine Ahnung hatte, ob es ein herrlicher Morgen werden würde. Sie kannte ihn doch gar nicht. Und er sie auch nicht. Gutgelaunte Menschen am frühen Morgen waren für Jakob ein Gräuel. Herrlicher Morgen? Von wegen. Die Chancen standen eher schlecht. Zumindest für ihn. Er hatte keinen Hunger, verzichtete auf Toast und Marmelade. Kaffee würde er im Büro trinken. Er starrte nur auf eine Tasse Tee. Ohne Zucker. Er suchte den Honig, aber er fand keinen. Eigentlich hatte er keinen Morgen Hunger.

Er wachte schon auf mit dem Gedanken, dass er wieder nichts zu essen brauchte. Schade eigentlich, dachte er oft. Frühstücken am frühen Morgen sollte schon so etwas wie Aufbruchstimmung in sich haben. Wären die morgendlichen Umstände andere, dann könnte man sich schon mit dem Gedanken anfreunden... leider war dem nie so. Denn sofort nach dem Aufwachen war er sich bewusst, dass der Morgen nicht leise beginnen würde - eine tief in ihm einbetonierte Sehnsucht nach morgendlicher Stille, die selten befriedigt wurde. Der Gedanke daran katapultierte etwaige Hungergefühle ins grenzenlose Universum und schaffte somit Raum für den Ärger, der die Magenwände reizte.

Der kreischende Lärm am Morgen machte ihn rasend. Es war nicht einmal der Lärm von draußen, von der Straße, nein, es war der Geräuschpegel von hier drinnen in seinem Haus. Morgendlich und fast täglich – außer Sonntag. Er hörte Getrampel und lautes Geschimpfe aus dem Flur tönen. Claudia und Yvonne stritten sich wieder einmal, wer zuerst ins Bad gehen durfte. Ein täglicher Zickenkrieg und ein undurchschaubares Phänomen, dass die Mädchen es auch nach Jahren nicht schafften, zumindest einen ungefähren Plan des morgendlichen Badaufenthaltes zu erstellen. Jeder dachte wohl, dass es ungerecht wäre, wenn die andere zehn Minuten länger im Bad bleiben konnte. Denn dafür lohnte sich anscheinend immer ein Streit.

Meistens entschied ihn die vier Jahre ältere Claudia für sich. Mit ihren achtzehn Jahren hatte sie längst ihren eigenen Kopf, pubertierte nach wie vor auf allerhöchster Ebene und fand grundsätzlich Eltern, Geschwister oder einfach Menschen, die die fünfundzwanzig bereits überschritten hatten, grässlich, uralt, spießig und schrecklich uncool. Mit

Erfolg ignorierte sie einen möglichen aufkommenden Respekt vor anderen, ließ vor allem ihren Vater spüren, dass er in ihren Augen ein vollständiger Loser war und sprach, wenn überhaupt, nur mit ihrer Mutter - obwohl die auch schon länger die Vierzig überschritten hatte. Aber das war natürlich wieder etwas ganz anderes. Geschlechterloyalität. Diskussionsunwürdig.

Yvonne stand ihrer älteren Schwester im eigentlichen Sinne in nichts nach. Meistens war sie schlecht gelaunt, hatte die Mundwinkel ständig nach unten hängen und ließ keine noch so kleine Gelegenheit aus, um ihrer Umwelt mitzuteilen, dass ihr Leben völlig inakzeptabel war. Sie machte die ganze Welt dafür verantwortlich, dass ihr Zuhause nur aus Spießigkeit und Kleinbürgertum bestand, dass sie nicht ausgehen konnte, wann und wie oft sie es wollte und dass sie mit ihren gerade vierzehn Jahren eben nicht bis in die Morgenstunden in den Discos und Clubs rumhängen durfte. Sie fühlte sich eingesperrt und bevormundet, unfrei und versklavt und machte selbstverständlich ihre kleingeistigen Eltern dafür verantwortlich, ließ oft genug durchblicken, dass sie bei nächster Gelegenheit ausziehen würde. Dafür erntete sie jedes Mal ein hämisches Lachen und wurde darauf aufmerksam gemacht, einmal in ihren Ausweis zu sehen. Da stand nämlich das Geburtsdatum drin. Und das bedeutete, dass sie nicht nur schulpflichtig war, sondern auch außerstande, sich selbst zu versorgen. Danach war sie noch stinkiger. Zog beleidigt ab und ließ sich bis zum Abend nicht mehr sehen. Was wiederum ihrer Umwelt zugute kam. Sie befand sich in der Hochphase der Pubertät und die einzigen, die sich ihrer gleichwertig befinden durften, waren die Freundinnen ihrer Klasse. Vielleicht noch ein paar Jungs, die ihr Desinteresse an der Welt und damit ihre besondere Coolness auf den Gipfel der Einzigartigkeit stellten. Es war mitunter schwer zu durchschauen, wer den genervtesten und gelangweiltesten Blick drauf hatte. Der Wettbewerb war stetig und erfreute sich größten Beifalls, wenn Gestik, Mimik und Tonfall perfekt zusammentrafen. Garniert mit wunderbar abfälligen Bemerkungen und ausgesuchter Wortwahl über die weit unter ihrem Niveau anzusiedelnden Mitmenschen...also definitiv dem Rest der Welt.

Jakob belastete der Unfrieden zu Hause. Er fühlte sich durch die Unverschämtheiten seiner Töchter angegriffen und verletzt. Mit ernsthaftem gutem Zureden war er von vorn herein gescheitert und stellte damit nur sein mangelndes Durchsetzungsvermögen zur Schau. Weil er nicht mehr weiter wusste, fing er zu Schreien an. Wurde laut und viel zu oft einseitig und autoritär. Es war ein letzter Versuch, sich damit durchsetzen zu können. Leichter würde er damit eine Wand zum Einsturz bringen. Der weiblichen Nachzucht brachte er damit lediglich bei, ihn in ihren Augen noch weiter herunter zu setzen, als er eh schon war. Irgendwann hatte er es aufgegeben, nickte oft nur noch oder zuckte mit den Schultern. Das ewige verbale Kreis laufen ermüdete ihn und seine Widerstandskraft. Er hatte einfach die Lust verloren, sich ernsthaft mit Problemen auseinanderzusetzen, die keine waren und wenn doch, sie sich mit ihm oder ohne ihn nicht lösen lassen würden. Ohne es zu merken, provozierte er durch seine Passivität erst recht die sich unverstandenen Mädchen, die bei sich jeder bietenden Gelegenheit die Augen dahin rollten, wo eigentlich die Gehirnwindungen begannen. Jakob versuchte auch das zu ignorieren und sagte sich, dass jedes Wort doch nur eine weitere Plattform zur infantilen Rebellion werden würde. Er hoffte auf die Zeit, die auch die eruptiven Hormonaufwallungen in eine gewisse Ordnung bringen konnte und sich irgendwann das aggressive Verhalten seiner Töchter verflüchtigte.

Doch damit nicht genug...schließlich hatte er noch seine Ehefrau. Seit einiger Zeit fühlte er, dass sich seine Frau Helga von ihm distanzierte. Ohne es auch nur mit Worten beschreiben zu können, sagte ihm sein Gefühl, dass sich zwischen ihnen langsam ein immer größer werdender Graben auftat. Wann immer sie es einrichten konnte, hatte sie etwas vor, musste einkaufen, eine Freundin besuchen. Ins Fitnessstudio gehen. Dann wurde sie wieder von ihrer Mutter gerufen, veranstaltete Kaffeeklatsch mit Freundinnen und nutzte jede Gelegenheit, in denen Jakob zu Hause war, um außer Haus gehen zu können. Was sie tagsüber tat, wenn er arbeiten musste, sagte sie nie. Und er hatte es aufgegeben, nachzufragen. Dafür erntete er doch nur immer blöde Antworten, die ihm vorwarfen, grundlos eifersüchtig zu sein und sich aufzuführen wie der letzte Kontrollfreak. Aus Angst, doch zu einem Freak geworden zu sein, unterließ er seine Fragerei und versuchte, seine abschweifenden Gedanken zu ignorieren. Was ihm gründlich misslang, denn bohrende Fragen sind selten zu ignorieren. Selbst wenn man es einmal schaffte, sie als bloße Provokation seines eigenen Ego zu entlarven und sie darum in den Mülleimer werfen konnte – nächsten Tages tauchten sie fröhlich wieder auf, als ob nichts gewesen wäre. Sie ließen sich nicht weg leugnen, zumindest nicht so lange, bis sie gestellt wurden.

Jakob hatte zudem andere Sorgen. Im Geschäft kam er nicht voran. Nach wie vor wurde er bei möglichen Beförderungen

ignoriert. Und er konnte nicht über seinen Schatten springen, um seinen Vorgesetzten zu fragen, warum er nicht für eine höher stufige Stellung in Betracht kam. Stolz und auch ein bisschen Angst waren die Blockierer in ihm. Stolz, weil er nicht einsah, sich anzubiedern und Angst, weil man ihm vielleicht mitteilen würde, dass er für eine leitende Tätigkeit nicht die Qualifikation mitbrachte, die man von ihm verlangen würde. Kurz – er hatte Angst, dass man ihm ins Gesicht sagen würde, er wäre einfach zu blöd dafür. Fünfzehn Jahre hatte er bereits in dem Großhandelsbetrieb verbracht. Die ersten zehn Jahre war es ein guter Job gewesen. Sicherer Arbeitsplatz, nicht langweilig, angenehme Kollegen. Dann wurde umstrukturiert, weil Kosten eingespart werden mussten. Zudem etablierte sich eine neue Geschäftsleitung mit einem externen Geschäftsführer, der nichts anderes zu tun hatte, als von Anfang an die Kostenschraube anzuziehen. Menschen wurden entlassen und Arbeitsplätze wurden einfach wegrationalisiert. Die anfallenden Mehrarbeiten wurden kommentarlos auf die verbliebenen Mitarbeiter aufgeteilt. Druckaufbau, der nicht von ungefähr kommt.
Jakob war für den Einkauf von Werkzeug, Schrauben und Beschlägen zuständig, die dann den Weg zu den Handwerksbetrieben oder den Baumärkten fanden. Früher waren sie zu acht im Büro gewesen. Jetzt war die Abteilung auf drei Leute zusammengeschrumpft worden, obwohl die Aufträge und dementsprechend auch der Arbeitsaufwand zugenommen hatten. Was für einen Zwischenhändler überraschend war. Eigentlich. Sah man genauer hin, resultierte das starke Arbeitsaufkommen aus den Rationalisierungsmaßnahmen, die die nach wie vor bestehenden Arbeitsabläufe einfach auf die verbliebenen

Mitarbeiter aufteilten. Die Unzufriedenheit war vorprogrammiert. Jakob Kolb fühlte sich seit langem überfordert. Man ließ ihm keine Pause mehr und oft hatte er den Eindruck, dass ihm die viele Arbeit bewusst hin geschoben wurde, um ihn aus dem Job zu drängen. Aber empfindlich, wie er mit den Jahren geworden war, konnte er sich das auch einbilden. Was er sich nicht einbildete, war die zusehends ansteigende Kontrolle und Überprüfung der Kollegen gegenseitig und die seltsame Art und Weise, Fehler des Kollegen oder Kollegin sofort dem Abteilungsleiter zu melden. Natürlich anonym nach dem Motto „Aber von mir haben Sie das nicht". Vielleicht war es gar nicht dieses Denunzieren von Menschen, sondern einfach die Überzeugung, dass dann die Aufmerksamkeit gegenüber einem selbst nicht so groß werden würde. Der Gedankengang war paradox und krank, hatte dennoch die entscheidende Prise Wahrheit in sich.
Jakob Kolb war fünfundvierzig Jahre alt...und wähnte sich bereits in einer Sackgasse, die ihn nicht mal mehr umblicken ließ. Helga und er waren der gleiche Jahrgang. Früh hatten sie sich kennen gelernt, hatten sich verliebt und blieben zusammen. Schon ein Jahr nach der Hochzeit kam Claudia auf die Welt – und weil die Lebensplanung das verlangte, wurde beschlossen, ein zweites Kind in die Welt zu setzen. Folglich musste auch ein adäquates Heim geschaffen werden und Jakob hatte keine Probleme, aufgrund seines sicheren Jobs die Finanzierung eines Eigenheims anzugehen. Alles, was ein Leben in Sicherheit forderte, wurde umgesetzt. Und eigentlich hätte er zufrieden sein müssen. Doch dann schlug eben der Alltag unbarmherzig zu. Ohne sich dessen bewusst zu sein, fing das stetige gleiche Leben an langweilig zu werden. Ein

schleichender Prozess begann, ohne sich bemerkbar zu machen. Wie so oft, verbanden sich Selbstverständlichkeit und Routine zu einer Macht, die sämtliche Zweifel und manch mögliches Hinterfragen in den Schatten stellte. Man begann, nicht mehr miteinander zu leben, sondern nebeneinander. Der Anfang einer Spirale, die man immer erst viel zu spät erkennen würde. Nachdem die Mädchen groß genug waren, ging Helga wieder arbeiten. Zunächst nur einen Tag pro Woche, dann zwei. Mittlerweile waren drei daraus geworden. Einer davon allerdings nur vormittags.

Irgendwann kam die Zeit, in denen sie grübelten, was sie miteinander sprechen sollten. Jakob kam es so vor, als ob alles schon zigmal gesagt worden war. Ihm fiel kein Thema mehr an, das es wert wäre, darüber zu diskutieren oder mit irgendeiner Meinung übereinander herzufallen. Das Desinteresse an Unterhaltung mit dem eigenen Ehepartner eroberte sich nach und nach Raum und ließ es gar nicht zu, dass sich etwas Positives in dieses destruktive Reich einschleichen konnte. Jakob und Helga waren wie das berühmte alte Ehepaar, das sich unausgesprochen auf die Nerven ging und es trotzdem nicht realisierte, dass es wesentlich sein musste, eine unbedingte Änderung herbei zu führen. Es fiel ihnen nicht mehr viel ein – und sie begannen wirklich, nebeneinander her zu leben. Nach und nach überkamen Jakob Kolb der Frust und eine gewisse Ausweglosigkeit. Es wurde die tausendmal gestellte Frage geboren, ob dies wohl alles im Leben gewesen sein sollte. Er versuchte dahinter zu kommen, ob er seine Frau noch genauso liebte wie damals, als sie so jung gewesen waren - als sie im Urlaub mehr Zeit im Bett als anderswo verbracht hatten. Oder ob er überhaupt noch die Liebe empfand, die

notwendig für ein Zusammensein war und das Fundament einer Partnerschaft darstellen sollte. Er versuchte, seine Gefühle zu erforschen – und schaffte es nie, zu einem akzeptablen Ergebnis zu kommen. Jakob fühlte sich einfach müde und ausgelaugt. Erschreckend stellte er hin und wieder fest, dass das auch Anzeichen von Depressionen sein könnten. Oder Burnout? Er war fünfundvierzig! Zu früh für so was!! Oder doch nicht? Vielleicht war es genau das richtige Alter für den emotionalen und sinnigen Verfall. War der Zeitpunkt nicht geradezu prädestiniert für den Lebensburnout?? Zu lange zusammen, Kinder fast erwachsen, kein Interesse mehr am Partner. Das sind doch die niederschmetternden Fakten, die den Boden bereiten für die Frage nach dem Sinn. Vielleicht doch Depression?? Geht es nicht so los? Dass man die Frage nach dem Sinn stellte? Keine Antwort darauf weiß, keine Lösung für das weitere Leben sieht, erschrocken eine nicht endende Monotonie feststellt und nicht weiß, wie es weiter gehen soll. Was kann man tun? Wie wollen wir leben? Philosophie in seiner reinsten Frageform. Sinnlosigkeit – falsche Wege - gar keine Wege – unfähig zur Änderung - Depression.
Doch nach verschiedenen Online-Tests, die das Internet bereitstellte, war er sicher, dass er nur in einer Lethargie verharrte, aus der es doch bestimmt Auswege gab. Nur wie dieser Ausweg aussehen sollte, das wurde nirgends erwähnt. Dafür umso intensiver, dass er für einen sehr günstigen Preis eine sehr persönliche umfangreiche Lebensberatungsexpertise bekommen würde. Oder ein speziell für ihn ausgerichtetes Horoskop. Und wie wäre es mit einer Persönlichkeitsanalyse, die es ihm natürlich ermöglichen würde, in sich selbst zu sehen, um dann zu erkennen, dass alle Probleme, die er sich eingeredet hatte,

nur der Spiegel war, der die große Illusion als Wahrheit verkaufte?

Das Internet war eben ein großes Kaufhaus, in dem man alles haben konnte, was man bereit war, monetär auszugeben. Jakob wusste das – und fuhr trotzdem fort, Seiten für Seiten aufzuschlagen, die angeblich die Lösung für sein persönliches Dilemma bereit hielten. Und je öfter er sich vor den Bildschirm setzte, desto größer wurden seine Frustration und seine desillusionierte Lebensauffassung. Auch das wusste er. Aber es war eben sehr viel bequemer, durch einen Klick Lösungen ins Leben zu rufen, als sich um seiner selbst zu bemühen. Denn das wäre wohl der erste Schritt, der sich dann irgendwann als allerletzter Schritt herausstellen würde. Jakob Kolb hatte sich über die Jahre selbst eingelullt in die größte aller Illusionen, die so aussah, dass die soziale Etablierung und deren scheinbare Sicherheit es nicht mehr für nötig befanden, sich außerhalb dieses Bereiches weiter zu entwickeln.

Er befand sich in einem Hamsterrad, aus dem er nicht herauskam, weil er immer weiter lief. Gar nicht auf den Gedanken kam, einfach auszusteigen und das Rad alleine weiter laufen zu lassen. Was einst freiwillig gewesen war – nämlich ins Rad zu steigen, um eine Aufgabe zu erfüllen und das vorgeplante Leben so sicher wie nur möglich im Fluss zu halten – so zwangsläufig hatte sich die Aufgabe zur Pflicht, wenn nicht gar Lebenspflicht degradiert und somit schon aus sich heraus den Riegel der Kreativität umgelegt, verschlossen und vergessen. Oft dachte er daran, wie es wäre, ungebunden zu sein, eben keine Familie zu haben, um die man sich Sorgen machte und seine ganze Kraft dafür hernahm, um alle versorgt zu sehen. Dann erschrak er förmlich über sich selbst. Schimpfte mit sich und seinen kranken Abschweifungen und redete sich ein, dass es ein Privileg sein musste, Teil einer intakten Familie zu sein und durch diese Verantwortung auch den Stolz dafür in sich tragen dürfte. Doch insgeheim wusste er, dass der Begriff „Familie" so nicht mehr zutraf. Sie waren doch eher nur noch eine Nutzgemeinschaft, die aus lauter Individuen bestand und nur aus den gemeinsamen Vorteilen zusammen wohnten. Und er ahnte auch, dass seine Frau Helga schon längst nicht mehr mit ihrem Leben zufrieden war. Jakob konnte das nicht vor sich selbst verleugnen. Sogar als Mann hatte er Antennen, die ihm das signalisierten. Kleine zwar, aber sie waren da. Und piepten schüchtern vor sich hin. Es war offensichtlich - sie hatten sich schlichtweg auseinander gelebt und blieben doch nur zusammen, weil...wegen der Kinder natürlich. Die beliebteste Ausrede. Und die beste und einfachste. Der fade Geist griff immer darauf zurück. Nur blitzartige, fremde Gedanken machten schüchtern darauf aufmerksam, dass seine Ehefrau vielleicht doch einmal Konsequenzen daraus ziehen würde. Er ahnte nicht, wie nahe er der Wahrheit bereits gekommen war.

Es wurde Freitag. 14:00 Uhr. Büroschluss. Er hatte seinen Schreibtisch aufgeräumt, kramte seine Sachen zusammen und ging zur Garderobe, um seine Jacke zu holen. Sein jüngerer Kollege Thomas saß noch an seinem Schreibtisch und stierte Löcher in die Luft.
„Was ist? Willst du noch da bleiben? Oder träumst du?"

Jakob sah ihn schräg grinsend an, während er die Jacke vom Ständer nahm. Thomas atmete tief ein und aus und erhob sich von seinem Sessel.
„Hast du´s auch schon mitgekriegt?"
„Mitgekriegt? Was?"
„Da geht ein Gerücht um."
„Was geht um?"
„Na, ein Gerücht. Keine Ahnung, wo´s hergekommen ist."
„Und was ist jetzt schon wieder?"
Jakob nervte die Gerüchteküche. Ständig lag irgendeine besondere Bedrohung in der Luft und ständig stand jeder irgendwie vor dem Weltuntergang.
„Umstrukturierung des gesamten Einkaufs."
Jakob verzog angewidert das Gesicht.
„Aha. Sind diesmal wir dran?"
„Ich glaub, da ist was dran...Marianne hat auch so was erwähnt."
„Marianne?"
Jakob hielt inne. Marianne war die Chefsekretärin und bekam als Erste diese Dinge mit.
„Hast du mit ihr gesprochen?" fragte Jakob.
„Hab sie vorgestern Abend zufällig in der Kneipe getroffen und wir hatten ein bisschen abgelästert. Und da hat sie gesagt, dass unsere Probleme bald keine mehr wären."
„Na und? Weiter..."
Er legte die Jacke auf die Armlehne des Stuhles.
„Hab ich auch gefragt. - Wir sollen als erstes aufgelöst werden."
Jakob war für einen Moment sprachlos. Ungläubig starrte er Thomas an.
„Bist du sicher?"

Thomas´ Mimik war ernst und sorgenvoll. Und er sah nicht aus, als ob er einen Scherz machen wollte.

„Eigentlich schon. Marianne spricht normal nicht über solche Sachen, aber sie hatte schon einen kleinen Knaller und war recht redselig. Und dann wollte ich natürlich alles wissen."

„Red schon..."

Thomas fuhr sich mit der Hand über das Gesicht.

„Die Geschäftsleitung hat wohl schon länger überlegt, Sparten auszulagern oder extern zu vergeben. Dieser Arsch von Laskowski hat bestimmt alles angetrieben. Und jetzt ist man sich wohl einig geworden."

Jakob war völlig überfahren. Man konnte doch den Einkauf von wichtigen Betriebsmitteln nicht einfach fremd vergeben.

„Also...das ist schon weit hergeholt, findest du nicht? Die können uns doch nicht so einfach rausschmeißen..."

„Warum denn nicht? Ist doch alles kein Problem. Outsourcing nennt man das. Das heißt betriebsbedingte Kündigung. – Scheiße, Mann. Wenn das wirklich so ist, bin ich am Arsch. Hab mir grad eine Wohnung gekauft. Arbeitslos zu werden kann ich mir absolut nicht leisten."

„Meinst du ich?? Mein Haus ist noch längst nicht bezahlt. Nicht mal annähernd. Und ich bin zehn Jahre älter als du."

Thomas stand auf und nickte mit dem Kopf.

„Ich würde sagen, schau dich schleunigst mal um, wie es mit Jobs so aussieht. – Ich mach mich erst mal schlau, wie teuer ich denen das machen kann. – Ich muss gehen. Schönes Wochenende mal. Ciao, Jakob."

„Bis dann, Thomas. – Lass mal, ich sperr schon ab."

Thomas nickte, hob noch die Hand zum Gruß und verschwand im Treppenaufgang.

Jakob stand noch eine ganze Weile da und stierte auf den Boden. Seine Gedanken jagten sich. Hatte er nicht schon genug mit sich selbst zu kämpfen? Nein, all das reichte ja noch nicht. Jetzt auch noch das! Wenn das alles der Wahrheit entsprach, dann würde sich ein Rattenschwanz bilden, dessen Ende noch gar nicht absehbar war. Kein Job - kein Geld. Kein Geld - keine Möglichkeit, die Tilgungsraten für das Haus zu entrichten. Aus den Schulden würden noch mehr Schulden werden. Der Lebensstandard müsste drastisch eingeschränkt werden. Er konnte sich die Gesichter seiner Familie vorstellen. Vor seinem geistigen Auge erschienen hämische Fratzen und lautstarke Schuldzuweisungen. Gepaart mit abfälligen Bemerkungen und den subtilen Äußerungen, was er denn für ein unglaublicher Versager und Weichei sei. Nichts gemein hätte mit einem Mann und nur ein Bubi und Softi sei... und wie er sich das denn vorstellen würde, wie das weiter ginge? Schließlich brauchte man Geld für seine persönlichen Freiheiten und konnte nicht als Assi vor seinen Freunden dastehen. Jakob sah wieder mal die Augen rollen. Er wandte sich zur Türe. Hoffnungslosigkeit und Auswegslosigkeit gaben sich die Hände und führten eine personifizierte Desillusionierung die Treppe hinunter. Als er vor seinem Auto stand, sah er in einen imaginären Abgrund und blickte hinunter in ein dunkles Loch. Es war so tief und so dunkel, dass es unmöglich war, den Grund erkennen zu können. Unwillkürlich erschauerte er und dachte daran, wie er sich sein Leben vorgestellt hatte. Nämlich gar nicht. Eigentlich hatte er nie eine konkrete Vorstellung gehabt. Viel zu früh war er in eine Beziehung gestolpert, die ihn voll und ganz in Anspruch genommen hatte und die ihn eine gewisse Zeit auch ausgefüllt hatte. Doch nachdem Yvonne auf die Welt gekommen war, spürte er die Fesseln, die sich immer mehr um sein Leben und seine Person spannten. Trotzdem fügte er sich. Natürlich fügte er sich. Familie erforderte Verantwortung und die Bereitschaft, dafür alles zu tun. Natürlich liebte er seine Töchter. Hauptsächlich ihretwegen fügte er sich. Er fügte sich in ein Schicksal, das ihm Verantwortung auferlegte und das ihm seine Gedanken, seine Träume und seine Eigenheit nahm.

Im Grunde genommen wollte er seit seiner Jugend auf Reisen gehen, wollte die Welt sehen, Abenteuer erleben, andere Menschen kennen lernen und seinen inneren Blick schulen. Auf der anderen Seite sehnte er sich aber auch nach Liebe, nach einem Menschen, der ihm Halt und Sicherheit gab. Nach Zärtlichkeit. Nach Sex. Nach Zugehörigkeit und nach Nähe. Er wollte alles haben und nichts davon hergeben. Die Reisepläne wurden dementsprechend verschlossen und vergraben. Andere Pläne übernahmen die Führung und drängten ihn dahin, wohin er nicht wollte, sich aber niemals dagegen wehren konnte. Dafür sorgte schon Helga und dann die Kinder. Auch die Eltern und Schwiegereltern. Zögernd und zaudernd, wie er war, hatte er nie aufbegehrt oder zumindest einmal angedeutet, dass er das gar nicht wollte. Er wollte doch gar kein Haus bauen. Er wollte sich nicht in diese finanzielle Abhängigkeit bringen. Er wollte sich nicht dem Diktat des Geldes und des Besitzes unterwerfen. Er hatte einfach Angst, es nicht schaffen zu können. Und er hatte Angst, sich in diesem dogmatischen Schema zu verlieren.

Und nun, da er vor seinem Auto stand und diese ganzen Gedanken ihn zum wiederholten Male überschütteten wie ein Wasserfall – da wusste er, dass er genau davor Angst gehabt hatte. Dass er irgendwann vor dieser Situation stehen könnte und nicht mehr wusste, wie es weiterginge. Seufzend sperrte er den Wagen auf, schmiss die Jacke auf den Rücksitz und steckte den Schlüssel in das Zündschloss.

´Verdammt noch mal, was bin ich doch nur für ein kleiner Arsch´, dachte er sich und schlug mit der flachen Hand auf das Lenkrad. Dann noch einmal und wieder. Die Linke fuhr das Seitenfenster herunter. ´Alles für die verdammte Katz`, schimpfte er mit sich und seinem Los.

„Schönes Wochenende, Herr Kolb!"

Erschrocken fuhr sein Kopf herum. Er hatte sie nicht kommen sehen.

„Was...oh, ja, schönes Wochenende..." stotterte er unsicher.

Marianne Feist blieb stehen und sah ihn unsicher an.

„Irgendwas nicht in Ordnung....?"

„Nein...alles klar...soweit..."

Er wandte den Kopf und biss sich auf die Lippen. Marianne drehte sich nervös um sich und suchte den Parkplatz und die Fenster der Gebäude ab.

„Oh weh...Thomas hat geplaudert, nehme ich an..."

Er sah sie an und nickte ernst.

„Hat er. Ist da was dran?"

„Leider ja. Bitte...das haben Sie nicht von mir. Ich weiß auch nicht, wann es spruchreif ist."

„Schon gut. Natürlich. Machen Sie sich keine Sorgen. – War das dieser Laskowski?"

„Klar, was denken Sie? Dafür holt man doch so jemanden. Damit er durchsaugt. – Im Moment ist wirklich niemand mehr sicher. Aber alles streng geheim. Mehr weiß ich auch nicht."

Jakob zuckte die Schultern und versuchte ein zynisches Grinsen, was gründlich misslang.

„Auch ein Arsch braucht eine Existenzberechtigung."
„Verkaufen Sie sich so teuer wie möglich, Herr Kolb. Tut mir echt leid. – Also, bis Montag dann."
„Tschüss, Frau Feist. – Ich werd mein Möglichstes tun."
Er ließ den Wagen an und verließ den Parkplatz. Er dachte daran, dass er normalerweise sofort mit seiner Frau sprechen müsste. Zusammen würde es viel leichter sein, Lösungen zu finden oder Wege, um schnellstens wieder zu einem Job zu kommen.
Normalerweise. Aber für Jakob war das nicht normal. Irgendwie widerstrebte es ihm, mit ihr sprechen zu müssen. Und irgendwie hatte er auch Angst davor. Vielleicht war es Scham oder die Erwartung, dass sie ihm doch sowieso Vorhaltungen machen würde. Im Endeffekt würde er sich in die Ecke des Versagers stellen lassen, ohne dass er fähig wäre, etwas dagegen unternehmen zu können. Er fühlte wieder dieses lethargische Gefühl in ihm drin, das ihn so heftig zu Boden ziehen konnte und das ihn dann so festnagelte, dass seine Widerstandskraft in sich zusammenfiel wie ein Kartenhaus.
Er beschloss, heute sowieso nichts zu sagen, da ja noch gar nichts passiert war und alles im Moment nur als reine Spekulation zu deklarieren war. Er verteidigte seine Passivität mit einem Noch-nicht-geschehen und verlegte die Gedanken einfach auf die kommende Woche. Vielleicht passiert ja gar nichts und Marianne hatte sich einfach verhört. Könnte ja sein. Natürlich, so wird's wahrscheinlich auch sein. Was sollten die ihm schon tun können? Er war mehr als fünfzehn Jahre in der Firma. Die konnten ihm nichts anhängen. Er war weder faul noch unfähig für seinen Job. Im Gegenteil war er doch so gut wie unersetzlich mit seinen Kenntnissen über die täglichen kaufmännischen

verzwickten Prozesse. Nein – sie konnten ihm nichts tun.
Und einfach so kündigen geht doch gar nicht...

Jakob irrte sich. Kündigen geht ganz einfach. Noch bevor er
sich an seinen Schreibtisch setzen konnte, wurde er ins
Chefbüro gerufen. Es war Montagmorgen. Die schlechteste
Zeit für so was. Oder die beste. Danach kann die Woche
wohl nur noch besser werden. Eine Sache der Sichtweise.
„Nehmen Sie Platz, Herr Kolb!"
Peter Behrends saß ihm gegenüber und sah ihm ernst in die
Augen. Neben ihm lümmelte sich Laskowski in den
Ledersessel. Er hatte die Beine übereinander geschlagen
und sah Jakob zurückgelehnt ausdruckslos an. Er spielte
Langeweile und verbreitete Desinteresse. Gepaart mit einer
darstellerischen Überlegenheit und dieser ignoranten
Arroganz, die Menschen auf die sprichwörtliche Palme
bringen konnte. Obwohl er nicht viel älter als Jakob war, sah
man ihm ein Leben im Überfluss an. Laskowski hatte einen
unübersehbaren Bauchansatz. Das weiße Hemd spannte
sich um den feisten Wanst, der schon die Gürtelschnalle
unsichtbar werden ließ. Er hatte immer weiße Hemden an.
Dunkler oder grauer Anzug. Weißes Hemd. Mehr Farben
kannte er nicht. Er erinnerte Jakob an einen vollgefressenen
Hund. Die waren doch farbenblind und konnten nur dunkel
und hell unterscheiden. Vielleicht war Laskowski so ein
Drecksköter. Unwillkürlich dachte Jakob daran, wie es
aussehen würde, wenn er ihm in seine arrogante Fresse
schlagen würde und er samt seinem scheiß Ledersessel
rückwärts umfallen würde. Klack! Klappe zu. Szene vorbei!
Behrends war einer der Gesellschafter und verantwortlich
für Vertrieb und Personal. Jakob und er kannten sich schon
lange. Behrends hatte ihn damals eingestellt, als Jakob noch

ein junger Mann gewesen war. Das Verhältnis zwischen beiden war immer höflich und respektvoll gewesen. Jakob konnte sich nicht erinnern, jemals ein böses Wort von Behrends gehört zu haben. Er war froh, dass er mit ihm sprach und nicht Laskowski.

„Herr Kolb, ich weiß, dass Sie schon sehr lange bei uns sind. Wir waren mit Ihrer Arbeit und Ihrem Engagement immer sehr zufrieden gewesen. In Ihrer Abteilung sind Sie ein wichtiger Mitarbeiter, der seine Aufgaben ernst nimmt und sie auch dementsprechend bewältigt."

Er räusperte sich kurz und lehnte sich zurück. Fast hätte man meinen können, es war ihm unangenehm. Das wiederum schwer nachvollziehbar war, weil er als Personalleiter nicht das erste Mal – und wohl auch nicht das letzte Mal – Kündigungen aussprach. Innerlich schüttelte Jakob den Kopf. Ihm war klar, dass jeder im Raum wusste, auf was das Gespräch hinführte – und jeder tat so, als ob Jakob nicht wusste, dass er es wusste. Eine Situation für Narren, dachte er.

„Nun, im Zuge von gravierenden Umstrukturierungen in unserem Hause sind wir gezwungen, deutlich und vehement an den laufenden Kosten zu arbeiten, um überhaupt noch wirtschaftlich arbeiten zu können. Sie wissen selbst, wie es im Großhandel bestellt ist. Die ganze Branche hat mit den Direktverkäufen zu kämpfen. Und die Onlineshops nehmen uns sehr viel Marktanteile weg. Wir sind gezwungen, umzudenken und neue Wege zu gehen."

Wieder Räuspern. Laskowski schaltete sich ein. Seine Stimme klang kalt und arrogant. Wie ein Arsch eben. Ein bleiches und breites unappetitliches Endstück!

„Was Herr Behrends damit sagen will, Herr Kolb, ist, wir müssen uns von einigen Bereichen trennen. Es waren schwerwiegende Entscheidungen, die wir zu treffen hatten, aber es ist notwendig, dass wir die Abteilung Betriebsmittel auslagern und sie somit kein Teil des Unternehmens mehr ist, die ihm direkt unterstellt sein wird. Leider betrifft das Sie und Ihre Kollegen. Deswegen müssen wir Ihnen leider betriebsbedingt kündigen."

Jakob sah Behrends an, der einen Punkt auf dem Schreibtisch suchte. Dann sah er wieder den Arsch an. Der wurde immer breiter.

„Aha", sagte er nur.

Einen Moment war der Geschäftsführer verwirrt. Der kurze Kommentar Jakobs war ihm noch nicht geheuer. Aber er legte gleich nach.

„Sie werden natürlich nach den gesetzlichen Regelungen abgefunden werden. – Ich möchte nur, dass Sie dieses Gespräch hier bestätigen und diesen Auflösungsvertrag unterschreiben. Alles andere werden wir dann in die Wege leiten."

Er schob ihm ein Papier hin und legte einen Kugelschreiber darauf. Jovial und selbst überschätzend lehnte er sich zurück. Er hatte die ausgestreckten Zeigefinger aneinandergelegt und signalisierte eine unantastbare Überlegenheit. Jakob spürte ein leichtes Würgen aufsteigen und sah auf das Blatt, auf dem „Auflösungsvertrag" stand. Alle Alarmglocken begannen zu klingeln. Er sah den Arsch an und ekelte sich vor der eigenen Vorstellung. Bleich und breit sah Laskowski aus. In der Mitte geteilt.

„Auflösungsvertrag?"

„Äh...ja...ist nur der Form halber."

„Möchten Sie, dass ich diesen Auflösungsvertrag unterschreibe, Herr Behrends?" wandte er sich an den Mann ihm gegenüber. Behrends sah ihn an und nickte.

„Ja, das sollten Sie sicherlich tun", meinte er.

„Es ist notwendig, um die Kündigung protokollarisch festzuhalten."

Laskowski hatte die Stimme erhoben und sah Jakob streng an. Er wollte dadurch dem Drängen Druck verleihen. Einen winzigen Augenblick wollte Jakob dem nachgeben und durch die Unterschrift diese Demütigung beenden. Aber ein kleiner Widerständler in ihm weigerte sich. Einen Auflösungsvertrag zu unterschreiben bedeutete, dass man gleich gehen kann und keinerlei Anspruch auf irgendwelche Abfindungen hatte. Jakob wusste das längst und ärgerte sich plötzlich, dass er wirklich den Gedanken hatte, einfach zu unterschreiben und die Unterredung zu beenden. Und er ärgerte sich, dass man ihn auf eine Falltür schob, damit er schnellstens aus dem Blickfeld verschwand. Aus seinem Ärger wurde aufkommende Wut. Überrascht nahm er dieses Gefühl wahr. Es verdrängte die Unsicherheit und die nervöse Angst.

„Einen Scheiß werd ich", sagte er nur und stand auf.

Seine beiden Gegenüber waren einen Moment sprachlos und sahen ihn konsterniert an.

„Was sagten Sie bitte??!!"

Laskowski blitzte ihn an und rollte mit den Augen. Ein fremdsprachiger Widerstand flammte in Jakob auf und er sah dem bleichen Arsch ins Gesicht.

„Lassen Sie mir eine ordentliche Kündigung zukommen. Und dann werden wir uns über eine angemessene Abfindung unterhalten. – Was soll das? Halten Sie mich für ganz blöd? Ich hätte schon ein klein bisschen Respekt erwartet, Herr Laskowski. So geht's jedenfalls nicht."

Der Arsch rang tatsächlich nach Luft. Jakob wandte sich an Behrends.

„Sie haben mich damals eingestellt, Herr Behrends. Wir haben einen ordentlichen Vertrag gemacht, der für beide Seiten okay war. So sollte es auch in diesem Falle sein. Warum machen Sie so was mit? Das ist nicht Ihr Stil."
„Jetzt passen Sie mal auf, Herr...". Laskowski wurde laut und richtete sich drohend in seinem Ledersessel auf.
Doch Jakob unterbrach ihn und wurde seinerseits laut. Er dachte nicht mehr nach und wollte auch nicht nachdenken. Er wollte nur noch seinen Frust loswerden und seine Enttäuschung. Und der Arsch ihm gegenüber kam ihm gerade recht. Und was hatte er denn zu verlieren?? Er stützte die Hände auf den Tisch und beugte sich drohend vor. Einen Moment zuckte Laskowski zurück. Jakobs Augen blitzten wütend. Seine Stimme wurde scharf und schärfer und er war fast geneigt, seine Hand in das feiste Gesicht ihm gegenüber zu klatschen.
„Nein, Sie passen auf! Hören Sie auf, mich über den Tisch ziehen zu wollen. Wenn Sie uns kündigen wollen...okay. Dann aber mit Anstand und nach den üblichen Regeln. Wenn die Ihnen nicht bekannt sein sollten, dann machen Sie sich schlau. Auflösungsvertrag!! – Das ist wirklich das Allerletzte!!!"
Den letzten Satz schrie er Laskowski ins Gesicht, der erschrocken seinen Stuhl nach hinten schob und mit flatternden Augen anzeigte, dass er eben doch nicht Mister Souverän war. Aber Jakob wurde schon wieder ruhig.
Er richtete sich auf und mit einer schnellen Handbewegung nach unten unterstrich er seine Empörung und seine Entrüstung.
„Wollen Sie damit sagen, dass...?"

„Ja, genau", unterbrach ihn wiederum Jakob. „Genau das will ich damit sagen. – Soll ich noch ins Büro gehen oder werde ich sofort freigestellt?"

Seine Stimme wurde wieder ruhig.

Er sah Behrends an. Der nickte. Seine Miene war angespannt und ernst. Laskowski wollte schon wieder lospoltern, aber Behrends winkte ab.

„Wir werden Sie sofort freistellen, Herr Kolb. Es tut mir leid, aber die Umstände..."

Jakob winkte ab und verdrehte angewidert die Augen.

„Lassen Sie´s. Alles okay!"

Damit drehte er sich um und verließ das Büro. Als er die Türe hinter sich geschlossen hatte, spürte er, wie ihm der Schweiß ausbrach. Er war verwundert über sich selbst. Tatsächlich hatte er Worte des Widerstandes herausgebracht. Trotz dieses niederschmetternden Gesprächs brachte ihn die Erkenntnis, dass er dies doch konnte, einen kleinen Schub an Euphorie bei. Die hielt dann solange an, bis er vor seiner Bürotüre stand. Dann hatten ihn die Nervosität und die Aufregung voll im gnadenlosen Griff.

Als er eintrat, sahen ihn Thomas und Bernd erwartungsvoll an. Er brauchte nichts mehr zu sagen, sie sahen ihm an, dass alles so gewesen war, wie sie befürchtet hatten.

„Und?!"

Jakob zuckte die Schultern und presste die Lippen zusammen.

„Genauso", sagte er und nickte dazu.

„Scheiße!" Bernd atmete laut aus und sah Thomas an.

„Ich bin mit sofortiger Wirkung freigestellt."

„Was?! Jetzt sofort?"

„Ja! Ich sollte einen Auflösungsvertrag unterschreiben."

„Hast du?!!“

„Nein, natürlich nicht. Macht das bloß nicht. Sonst könnt ihr gleich gehen, aber ohne Abfindung.“

„Oh, Mann...diese Schweine. Wer war denn dabei?“

„Behrends und Laskowski.“

„Und Behrends hat nichts weiter gesagt? Du kannst gehen und das war´s?“

„So in etwa...ich glaube, es war ihm ein bisschen peinlich. Aber ich kann mich auch täuschen.“

Er ging an seinen Schreibtisch und suchte seine Sachen zusammen. Das Telefon klingelte. Thomas hob ab und meldete sich. Jakob sah, dass er blass wurde, nickte und sagte, dass er gleich da sei.

„Okay, ich bin dran.“

Er stand auf und wirkte nervös.

„Lass dir nichts vormachen. Die wollen so billig wie möglich davonkommen. Nichts unterschreiben, klar?“

„Klar!“

„Wir könnten heut´ Abend noch in die ´Post`. Wenn ihr wollt. Ist vielleicht besser, noch ein paar Dinge zu besprechen.“

Bernd nickte.

„Gute Idee. Ich bin da.“

Thomas war schon an der Türe.

„Ist gut. Ich komme. Bis dann.“

Dann verschwand er.

„Also. Dann bin ich weg.“

Bernd stand auf.

„Scheiße, Mann, das hätte ich wirklich nicht geglaubt, dass uns das mal passieren könnte. Ich bin wahrscheinlich der nächste. Also, Jakob, halt die Ohren steif. Wir sehen uns heut´ Abend.“

Er gab ihm die Hand. Jakob nickte nur, murmelte ein ´bis dann` und wollte so schnell wie möglich aus dem Büro raus. Erst als er sich auf dem Firmenparkplatz wieder fand, registrierte er, was gerade geschehen war. Er hatte seinen Job verloren. Innerhalb von einer Viertelstunde wurde sein Leben durcheinander geworfen, verändert und kastriert. Er sah noch einmal auf das vierstöckige Gebäude, in dem er die letzten fünfzehn Jahre verbracht hatte. Fünfzehn Jahre! Und dann ist in einer Viertelstunde alles zertrümmert. Die Welt ist seltsam...!!

Wie ging es nun weiter? Okay, Job suchen, Arbeitsamt, Bewerbungen schreiben. Hoffen. Beten? Nein. Vorstellen. Anrufe tätigen. Dafür sorgen, dass man so schnell wie nur möglich wieder in den Strom der Stabilität kommen konnte, um ja nicht abzudriften in den Sumpf einer Unplanbarkeit und Unsicherheit.

Doch irgendwie vernahm Jakob auch eine andere Stimme in sich, die ihm zurief, dass vielleicht gerade diese Situation dazu bestimmt war, ihn aus seiner muffigen Lethargie herauszuholen, um einen stehen gebliebenen Motor wieder in Gang zu bringen. Einen Motor, der schon lange abgestorben war und nie mehr die Möglichkeit bekommen hatte, wieder rund zu laufen. Vielleicht war dieses vermeintliche Ende gar kein Ende. Vielleicht war dies ein Anfang in jeder Beziehung. Er wollte es schönreden, aber es gelang nicht. Zumindest nicht so, wie er meinte, dass es sein müsste.

Er sperrte das Auto auf.

„Hmmm...", murmelte er in sich hinein.

Er konnte seine Gefühlsaufwallung nicht einordnen. Der erste Schock hatte sich schon verflüchtigt. Eigentlich sollte er doch am Boden zerstört sein. Eigentlich sollte er doch vor Angst schwitzen. Sein Mund sollte trocken sein und seine Gedanken müssten sich jagen. Die Knie mussten doch weich werden und im Magen sollte er dieses Brennen spüren, das jegliches Hungergefühl verjagte und nur diesen Durst entwickelte, der sich bis ins Gehirn vergrub, um darzustellen, dass die jetzige Situation untragbar geworden war.

Aber dies alles stellte sich nicht ein. Eher deutete er es als eine perverse Akzeptanz und als eine abstruse Belustigung seiner selbst. Verspürte er nicht eine tiefe Freude, dass er seinen Vorgesetzten Worte der Entrüstung und der Enttäuschung entgegen gebracht hatte? Verspürte er nicht eine fast abartige Befriedigung, nicht mehr einen Job ausüben zu müssen, der ihm im Grunde nichts mehr bedeutet hatte? Hatten Behrends und Laskowski ihm nicht auch einen Gefallen getan, indem sie ihn kündigten und eine Entscheidung abgenommen hatten, die er sich niemals selbst zu stellen getraut hatte?

Eigentlich war es doch genau so. Durch die Kündigung wurde er nun gezwungen, aktiv zu werden. Er musste etwas tun, er musste etwas unternehmen, er konnte nicht einfach da sitzen und warten, dass sich etwas tat. Er hatte jetzt endlich etwas zu unternehmen, was für ihn, für seine Situation, für die Familie und für sein persönliches Umfeld am besten war.

Er stieg ins Auto und verließ den Parkplatz, den er so nicht wieder betreten würde. Jetzt musste er zuerst einmal eine finanzielle Neuorientierung vornehmen und sich schlau machen, was ihm mit seiner Betriebszugehörigkeit eigentlich seitens der Firma zustand. Irgendwo hatte er einmal gelesen, dass es eine Standardformel zur Abfindungsberechnung gab. Halbes Monatsgehalt mal

Zugehörigkeitsjahre. Jakob rechnete. Es kam nicht sehr viel dabei heraus. Das würde nicht lange reichen. Und Abfindungen wurden beim Arbeitslosengeld gegen gerechnet. Laut atmete er aus. Er brauchte schnellstens einen neuen Job. Das war das Wichtigste. Und er musste sich noch schneller arbeitslos melden. Noch einmal überschlug er die nächsten Monate. Natürlich musste die Firma die Kündigungsfrist einhalten. Also drei Monate zum Monatsende. Das hieße, dass er auf jeden Fall noch drei Monate Gehalt bekommen musste. Danach griff entweder das Arbeitslosengeld oder er musste mit der Abfindung rechnen. Aber die musste auch noch versteuert werden.

Er schüttelte den Kopf. Er brauchte spätestens in vier Monaten einen neuen Job. Nachdenklich fuhr er nach Hause. Und da hatte ihn bereits das Eisen der Sorge gepackt. Er bekam Angst. Angst vor der Zukunft und Angst, aus seinem bis dahin sicheren Leben herausgeschleudert zu werden. Ganz versteckt in den hintersten Bereichen seines Gehirns tauchte noch so etwas wie Unbekümmertheit und Sorglosigkeit auf – Begriffe, die er seit seiner Jugend nicht mehr empfunden hatte und die im Moment wohl keinerlei Chance auf irgendwelche Empfängnis haben würden.

*

Helga stand in der Küche, hatte ein Glas Wein in der Hand und starrte nach draußen. Als Jakob herein kam, wandte sie nicht den Kopf. Leicht zog er die Augenbrauen nach oben, als er seine Frau mit dem Wein in der Hand sah. Das kannte er von ihr nicht, dass sie am frühen Vormittag Wein trank. Er warf seine Jacke über die Stuhllehne.
„Hallo. So früh schon Wein?"

Sie drehte sich um und sah ihn mit einem seltsamen Ausdruck im Gesicht an. Er wirkte abwesend und flatternd. Ihre Augen zuckten leicht. Auf seine Frage ging sie nicht ein. Und über sein ungewöhnlich frühes Erscheinen war sie anscheinend nicht sonderlich überrascht.

„So früh wieder da? Was ist los?"

Die Frage war lapidar und zeugte auch in ihrem Tonfall von Desinteresse.

„Äh...ja...hat sich heut´ so ergeben...wir..."

„Wir...wir müssen reden", unterbrach sie ihn.

Die Tatsache, dass er schon am Vormittag von der Arbeit kam, registrierte sie wohl gar nicht und spielte auch keine große Rolle.

Erschrocken hielt Jakob inne. Wusste sie vielleicht schon etwas aus der Firma?

„Aha...ist was passiert?"

Helga stellte das Glas ab und verschränkte die Arme. Sie sah ihn nicht an, sondern suchte irgendwas auf dem Boden.

„Ich werde dich verlassen..."

Jakob glaubte sich verhört zu haben.

„Was ist...??!"

„Ich werde dich verlassen", wiederholte sie.

Jetzt sah sie ihm in die Augen. Sie flatterten nicht mehr.

„Wieso? Was ist denn los?"

Jakob verstand noch nichts, aber er ahnte bereits alles. Sein ´Wieso` klang damit dermaßen daneben, dass er sich in diesem kurzen Moment einen Idioten schimpfte.

„Ich...ich habe jemanden kennen gelernt...und unsere Ehe ist doch schon längst ausgelaufen...ich will nicht mehr so leben."

„Was meinst du mit ausgelaufen? Und wen kennen gelernt? Einen anderen Mann?"

„Natürlich. Denkst du eine Frau?"

Kopfschüttelnd sah sie ihn an. Sie presste die Lippen zusammen und drehte das Weinglas nervös in den Fingern.

„Soso?! Wie lange schon?"

Sie sah wieder zu Boden. Ohne dass sie schon etwas sagte, wusste Jakob, dass sie nicht die Wahrheit sagen würde.

„Ein paar Monate..."

Die Aussage klang fast wie eine Frage, die damit eine gewisse Provokation in sich trug. Für einen Augenblick schwieg Jakob und starrte sie nur an. Helga log. Er spürte es und er sah es ihr an.

„Ich glaub dir kein Wort", sagte er nur.

Sie hob den Kopf und sah ihn an. Ihre Augen flatterten wieder und die Lippen zuckten leicht.

„Was?? Wie meinst du das?..Ich sagte, dass ich weggehen werde. Hast du das überhaupt gerade kapiert?"

Sie wurde laut und wollte sich in Wut reden. Niemand konnte das besser als eine Frau. Damit sollte die Nervosität beiseite geschoben werden. Und meistens klappte das auch ganz gut.

„Ich hab´s schon kapiert. Ich glaub dir bloß nicht, dass das erst ein paar Monate geht. Ich glaub eher, das geht schon über ein Jahr. – Stimmt´s etwa nicht??!! Deine Vorhaltungen von wegen Eifersucht und Kontrollfreak!! Du wolltest damit doch nur von deiner Affäre ablenken...ist es nicht so!!!??? Du hast mich betrogen...!!"

Jakob hatte nicht bemerkt, dass er die letzten Worte geschrien hatte. Er spürte die Wut und Enttäuschung hochkochen und er spürte den letzten Rest Sicherheit sich ins Nichts auflösen. Sein Puls hatte sich beschleunigt und er wurde kurzatmig. Er hatte das Gefühl, als ob die ganze Welt ihm alles, was bis dahin wichtig gewesen war, entreißen wollte.

„So will ich nicht mit dir reden", sagte Helga und wandte sich schon zum Gehen. Das tat sie immer, wenn sie sich ertappt fühlte. Sie verließ einfach den Raum und ließ Jakob mit sich selbst alleine. Doch er ließ sie diesmal nicht gehen.

„Du bleibst jetzt hier und sagst, was Sache ist, verdammt noch mal!!!"

Er stand kurz vor der Explosion. Er spürte, wie ihm das Blut in den Kopf schoss und sich gleichzeitig wieder nach unten bemühte. Weiß und Rot wechselten sich im Sekundentakt ab. Er stellte sich vor die Türe und ließ sie nicht vorbei. Mit Mühe beherrschte er sich und versuchte ruhiger zu werden. Erschrocken hielt Helga inne und sah ihn mit großen Augen an. So außer sich hatte sie ihren Mann noch nie erlebt. Für einen Bruchteil einer Sekunde befürchtete sie, dass er sie schlagen würde.

„Setz dich hin!" sagte er schroff und zeigte auf einen Stuhl. Wider Erwarten folgte sie seiner Aufforderung.

„Also. Was ist mit diesem Mann und was ist mit uns?"

Jakob war stehen geblieben und sah sie mit einem wilden Blick an. In diesem Moment begriff er, dass alles, von dem er glaubte, Stabilität zu haben, nur reine Illusion gewesen war und dass dieses Gerüst schneller als man denken konnte, zusammenstürzen konnte. Mit einem schockierenden Erkennen stellte er fest, dass all seine jahrelangen Bemühungen um Sicherheit, Planbarkeit, Schutz und Geborgenheit völlig umsonst gewesen waren. Im Bruchteil einer Sekunde fiel alles in sich zusammen, so als ob man ein Haus aus Papier baute und fest darauf vertraute, dass es jedem noch so starken Sturm standhielte. Um dann völlig überrascht festzustellen, dass der Wind nicht einmal einen Sturm benötigte, um das Haus zu vernichten. In diesem kurzen Moment musste er sich eingestehen, dass alles für den sprichwörtlichen Arsch gewesen war. Dass das Gerüst, auf dem er gebaut hatte, so schwach und labil war, dass die daraus resultierende Erkenntnis ihn einfach zu Boden warf und er nicht einmal die Arme hochnehmen konnte, um sich abzufangen. Voll auf die verdammte Fresse!!!!

Ihm fiel ihr Blick auf, der ihm suggerierte, dass sie nichts mehr von ihm wissen wollte. Für einen winzigen Augenblick sagte ihm dieser Blick, dass ihr gemeinsames Leben, das er für so wichtig gehalten hatte, beendet war. Und dass es kein Zurück mehr gab. Obwohl er es geahnt hatte, innerlich gewusst hatte, eine innere Stimme ihn schon länger darauf hinwies, dass ihre Ehe Auflösungserscheinungen an den Tag legte – traf ihn diese Erkenntnis doch härter, als er es sich eingestehen wollte. Und bestätigte ihm nur, dass er durchaus fühlen konnte, wenn etwas nicht stimmte. In einem paradoxen Moment beschloss er, in Zukunft auf seine innere Stimme zu hören und zu reagieren. Noch nicht zu Ende gedacht, war der Gedanke schon wieder verschwunden.

Helga hatte immer noch nicht geantwortet.

„Ich warte", drängelte er.

„Was soll schon sein? Da gibt's halt einen anderen Mann", erwiderte sie pampig. Jakob versuchte, den Ton zu ignorieren. Dem Wunsch nach einer Ohrfeige widerstand er. Allerdings mit einem enormen Aufwand.

„Und? Weiter...jetzt hast du halt deine Affäre. Wie geht's weiter?"

„Ich werde zu ihm ziehen."

„Wie bitte??! Nur weil er dich ein paar Mal gefickt hat, glaubst du, dass er die große Liebe ist?"
Er versuchte, hämisch zu wirken, aber sein falsches Lachen beschwor gerade das Gegenteil herauf. Fassungslosigkeit und ein Nicht-Verstehen-Wollen standen in seinem Gesicht geschrieben.
„Du brauchst nicht vulgär zu werden. Wir lieben uns und ich werde mit den Kindern zu ihm ziehen."
Jetzt wurde Jakob aschfahl im Gesicht.
„Mit den Kindern?...Heißt das, sie wissen das schon?"
Ihm fiel gar nicht auf, dass die Tatsache, dass seine eigenen Kinder schon von ihrer Affäre wussten, mehr wog als die Erkenntnis, dass sie einen anderen Mann liebte – und das auch noch vor ihm ausbreitete.
Helga nickte und sah wieder zu Boden.
„Na toll...", mehr brachte er nicht mehr zustande.
Wie lange rannte er wohl schon mit dem Wort ´Vollidiot` auf seiner Stirn herum?
Einen Augenblick schwieg er und versuchte, seine rasenden Gedanken zu beruhigen. Ein Gefühl namens Enttäuschung verabreichte ihm eine Dusche mit Eiswasser.
„Jetzt wird mir natürlich vieles klar...wenn man jemanden zum Idioten macht, dann wird er auch wie ein Idiot behandelt..."
Helga schüttelte den Kopf. Sie versuchte, zu beschwichtigen.
„Nein...so ist das nicht...ich habe den Kindern alles sagen müssen, weil ich doch wissen muss, ob sie mit mir gehen würden oder lieber hier bleiben wollen. Sie sind alt genug, um selbst entscheiden zu können. Es hat nichts mit dir zu tun...wirklich nicht..."
Jakob lachte sarkastisch auf.

„Nichts mit mir zu tun? Spinnst du eigentlich? Alles hat mit mir zu tun...!!"

„Du hast doch selbst gemerkt, dass wir uns schon lange nichts mehr zu sagen haben. Wir reden kaum mehr miteinander und du musst zugeben, dass du auch nichts unternommen hast, um die Situation zu verbessern...so was passiert halt. Ich bin schon lange nicht mehr sicher, ob du überhaupt noch etwas für mich empfindest. So ist es doch...da ist einfach so viel weg. Niemand hat da Schuld..."

Jakob sah sie an. Gerade wollte er losbrüllen, aber er hielt sich zurück. Vielleicht hatte sie gar nicht so Unrecht. Natürlich hatte niemand Schuld. Sie hatten sich definitiv auseinander gelebt. Und Jakob war ein Mann. Männer verdrängten solche Erkenntnisse, weil sie nur Probleme aufwarfen. Männer wollen keine Probleme. Und noch weniger wollen sie über Probleme sprechen. Es sind eben meistens die Frauen, die den ersten Schritt machen. Und selbst wenn es eine Affäre ist, die diesen Schritt ins Leben rufen. Oder noch mehr als das. Eine neue Liebe.

Jakob zog einen Stuhl heran und setzte sich. Gedankenverloren rieb er sich das Kinn und überlegte. Sie hatte ihn hintergangen und ihm ganz große Hörner aufgesetzt. Es war ihm unbegreiflich, wie er mit diesem Riesengeweih noch durch die Türen kommen konnte. In einem Anfall von Selbstironie musterte er den Türstock, ob er im oberen Bereich etwaige Beschädigungen aufwies. So ein Geweih ist groß, hart und spitz. Aber er fand nichts. Die Spuren blieben unsichtbar.

Er war der Betrogene. Er war das Opfer. Und das gleich mehrfach. In einem plötzlichen Anflug von Galgenhumor fing er an zu grinsen. Leicht senkte er den schüttelnden Kopf, aber Helga sah es.

„Ist irgendetwas jetzt lustig?"

Er sah sie wieder an und verzog das Gesicht. Noch einmal schüttelte er den Kopf. Er presste die Lippen zusammen und seine Mundwinkel fielen herunter.

„Nein. Nichts ist lustig. Ich verstehe. - Das war´s dann??"

„Ich glaube schon. Es gibt keine andere Lösung. Ich kann nicht mehr bei dir bleiben. Und ich will das auch nicht. Wir öden uns schon viel zu lange an und es ist Zeit, einen Strich zu ziehen. Ich kann das nicht mehr. Das bringt uns beide nur noch mehr an den Abgrund. – Und ich glaube, du weißt das auch. Leider haben wir nie richtig drüber gesprochen. Vielleicht hätten wir das tun sollen..."

Beschwörend sah sie ihn an.

Ausdruckslos erwiderte er ihren Blick. Es widerstrebte ihm, ihr Recht zu geben, aber es war wohl so. Der Alltag mit seiner niederschmetternden Monotonie und seiner Linearität hatte sie beide unfähig werden lassen, Farbe in ihr Leben zu bringen. Das was jetzt geschah, war nur die unvermeidliche Konsequenz. Das jetzt frei gelegte Erkennen durchzog Jakob Kolb. Dann erhob er sich. Es war alles gesagt. Und es fiel ihm auch nichts mehr dazu ein. In seinem Kopf herrschte im Moment ein zu großes Chaos, als dass er noch einen einzigen vernünftigen Gedanken daraus bilden konnte.

„Wann willst du ausziehen?"

„Am Montag!"

„So schnell??"

„Ja. Es ist besser für uns beide."

„Gut. Hat denn...dein Freund so viel Platz, dass er gleich drei Frauen aufnehmen kann?"

„Ja. Er hat ein großes Haus. Keine Sorge. Den Kindern wird´s an nichts fehlen."

„Ist klar. Verstehe. – Wenn wir schon dabei sind, die Dinge auf den Tisch zu legen. – Ich habe heute meine Kündigung bekommen. Thomas und Bernd auch. Also mach dich bereit, dass eventuelle Unterhaltsleistungen eben nicht geleistet werden können."

Seine Mimik war starr geworden. Er fühlte, wie das Augenlid zu zucken begann und er wehrte sich dagegen. Helga sollte seine Nervosität nicht sehen. Aber er schaffte es nicht. Nervös senkte er den Kopf, aber dieses dunkle Gefühl, dieses niederschmetternde, versagende und unheimliche Gefühl blieb bestehen. Er konnte nichts, aber auch gar nichts dagegen tun.

„Was???....Das ist jetzt aber nicht dein Ernst??....", sagte sie bestürzt. Ihr Gesichtsausdruck war blass geworden.

„Leider ist das Ernst..."

Er lachte zynisch auf und zuckte mit den Schultern. Sein Blick wurde hoffnungslos und starr.

„Wenn's kommt, dann auf einmal und ganz heftig..." setzte er hinzu, fast flüsternd, mit einem Hauch melancholischer Selbstaufgabe.

„Aber...."

Jakob winkte ab. Er hatte die Schnauze voll. Er musste raus hier. Noch Erklärungen bezüglich seiner Kündigung abzugeben, dafür hatte er keinen Willen mehr. Und er wollte auch nichts mehr reden. Er wollte jetzt allein sein. Allein mit seinem Frust, seiner Wut, seiner langsam aufkommenden Scham, die ihm Versagen einredete. Er spürte seine Widerstandskraft in sich zusammenfallen und er hatte nur noch diesen gewaltigen Fluchtgedanken im Sinn. Raus, weg von hier, egal wohin, nur weg. Er spürte diese niederschmetternde Überforderung seines Geistes,

der wirr durcheinander wirbelte und keine vernünftigen Gedanken mehr zuließ. Es gab nur noch eins... raus hier!!
„Du verstehst, wenn ich jetzt erst einmal weg muss. Zwei Hiobsbotschaften an einem Tag kann ich nicht so einfach wegstecken. Ich muss mir erst einmal über manches klar werden. – Wir werden uns auch noch ernsthaft unterhalten müssen, das Haus zu verkaufen. Unter diesen ganzen Umständen wird es eh nicht zu halten sein. – Lass´ uns die nächsten Tage darüber sprechen, wenn wir uns wieder beruhigt haben."
Er wartete keine Antwort ab, sah sie nicht einmal mehr an, hob die Hand und verließ fast fluchtartig das Haus. Kurz sah er auf die Uhr. Es war nach zehn. Für die Kneipe war es noch zu früh. Die machten zwar mittags wegen dem Biergarten auf, aber jetzt noch nicht. Er beschloss, an den See zu fahren. Dort könnte er alles noch einmal überdenken und versuchen, wenigstens innerlich ein wenig ruhiger zu werden.
Er startete den Wagen und fuhr los. Der Tag war noch nicht zu Ende, dachte er. Was wird noch kommen? Er spürte sein Herz schlagen. Doppelt so heftig wie sonst. Wahrscheinlich wird´s gleich zerspringen! Seine Gedanken fielen in ein wirres Chaos. Sie verlässt mich... ein anderer Mann. Ich bin abgeschoben, hab keinen Wert mehr, bin nur noch ein idiotisches Überbleibsel, das entsorgt werden muss...Sein Stolz meldete sich. Ein männlicher Stolz, der wie schon so oft auf dem scharfen Grat der Lächerlichkeit entlang wankte.
Wie oft hatten die schon Sex? Immer tagsüber, nachts ging ja nicht. Sex am Nachmittag. Hat sie mit mir das letzte Mal im letzten Jahrhundert gemacht. Was hatten die wohl für einen Sex? Leidenschaftlich? Heftig? Machte sie vielleicht

das, was sie mit ihm nie machte??...und wenn, wie führte sie sich dann auf...hatte sie dann einen Orgasmus? Vielleicht sogar mehrere? Wurde sie laut? In den seltenen Fällen war es schon mal so gewesen – vor ungefähr hundert Jahren. In einer Zeit vor der Zeit, kam es ihm vor. Eine vage Erinnerung eines Bildes, das vor seinem geistigen Auge zerfloss und alle Konturen auflöste. Im Moment konnte er nicht einmal mit Sicherheit sagen, ob es auch wirklich so gewesen war. Vielleicht war dieser Mann der bessere Mann im Bett? Besser als er...vielleicht?...Scheiße, Mann...sie hatten schon Monate keinen Sex mehr gehabt. Warum auch? Wenn sie mit einem anderen vögelte, brauchte sie den heimischen Sex ja gar nicht mehr...verfluchte Scheissgedanken!!...weg damit...
Jakob schüttelte sich und schrie laut in den Verkehr. Keine Worte, sondern nur Laute wie aus einem verwundeten Tier. Es waren Schreie aus der Kehle, würgend und sich überschlagend, fast schluchzend und verzweifelt gleichzeitig, ein keuchendes Aneinanderreihen von archaischen Tönen, die wohl schon der Homo Erectus gehört haben musste. Wütend schlug er permanent auf das Lenkrad. Gut, sie hatten schon lange keinen Sex mehr, aber musste sie gleich mit einem anderen...? Er war beleidigt. Nicht einmal, weil sie ihn verließ, sondern weil sie mit einem anderen Mann Sex hatte. Ihn bewusst betrog. Vielleicht lachte sie insgeheim über ihn...vielleicht freute sie sich auch, dass sie ihm ihre Affäre vorenthalten konnte. Für so eine lange Zeit. Vielleicht lachte sie ihn auch aus, weil er so ein Idiot war. Nichts gemerkt hatte.
Jakob redete sich so in Wut, dass er ganz vergaß, dass er heute gekündigt worden war. Erst als er den kleinen Parkplatz ansteuerte, erst als er den Schlüssel aus dem

Schloss zog, erst als er die Stille bemerkte, die sich um ihn breit machte – erst dann kam er wieder zu sich. Sein Herz schlug immer noch wie wild, aber er konnte langsam wieder klar denken. Er stieg aus dem Wagen und spazierte nachdenklich an den See, an dem sich kaum Leute aufhielten. Es war ja noch vormittags und außer ein paar Hundehaltern kam um diese Zeit niemand hierher. Er setzte sich auf eine Bank und starrte auf das glitzernde Wasser, das ihn zumindest ein bisschen ruhiger werden ließ und seinen aufgewühlten Geist ganz langsam zur Ruhe brachte. Permanent zuckte sein Knie und sein Fuß trommelte auf den Boden. Er fühlte sich den tiefsten Abgrund hinunter gestoßen, den er je gesehen hatte. Noch war er im freien Fall und jeden Augenblick konnte er aufschlagen. Unfähig, die Hände oder die Füße zum Abfangen hernehmen zu können. Der Fall würde mit dem ganzen Gesicht gestoppt werden.

„Die blöde Sau!!!!" murmelte er in einem letzten aufflammenden Wutanfall in sich hinein. Er stand auf und setzte sich wieder. Stand wieder auf, drehte sich im Kreis, setzte sich wieder. Der Fuß trommelte wieder einen taktlosen Marsch in den Boden. Aber nicht mehr so schnell. Er wurde langsamer – bis er das Trommeln aufgegeben hatte. Er starrte wie ein Irrer auf den See, die Knie mit den Händen umfassend.

Dann legte sich alles. Er lehnte sich zurück und legte den Kopf in den Nacken. Mit geschlossenen Augen versuchte er ein Resümee. Mit Gewalt musste er sich darauf konzentrieren. Job weg, Frau weg, Familie weg. Konsequenz würde sein; Haus weg, Geld weg, Unterhaltsleistungen. Was würde noch folgen? Neues Leben, neuer Beruf, gänzlich Neuorientierung, neue Gedanken, alles wird

anders, ganz anders, was wird wichtig sein? Die Kinder? Ich? Wie geht´s grundsätzlich weiter? Wird sie den anderen Mann heiraten? Dann hätten die Mädchen einen Stiefvater. Er versuchte sich den Rivalen vorzustellen. Aber außer wirren Konturen brachte er nichts zustande. Ein vorstellbares Gesicht wollte sich nicht einstellen. Die Hitze stieg wieder auf und beschleunigte den Atem, der fast zum Keuchen wurde. Er schlug die Augen auf und starrte in den wolkenlosen Himmel. Seine Kiefer mahlten hörbar aufeinander und die Nase presste die Luft heraus.
Er richtete sich wieder auf. Er musste sich auf das Nächstliegende konzentrieren. Und das hieß erst einmal wegen der Kündigung einen Anwalt aufsuchen. Dann Abfindung aushandeln und die Finanzen regeln. Das Haus verkaufen. So schnell wie möglich. Und dann....? Klar, ein anderer Anwalt. Scheidungsanwalt. Termine machen und eine Strategie mit dem Anwalt besprechen. Was muss ich für sie zahlen? Für die Kinder? Solange sie in einer Ausbildung standen, sowieso. Also zahlen! Klar, wie viel? Und was blieb übrig? Konnte er damit überhaupt leben?...
Jakob wusste es nicht. Er sah auf die Uhr. Es war halb elf. In nicht einmal zweieinhalb Stunden hatte sich sein Leben total verändert. Nichts war mehr so wie heute Morgen um halb acht. Die frustrierte Wut meldete sich wieder.
„Lauter verdammte blöde Arschlöcher...Dreckschweine und....Affenscheißdreck...verdammter...!!!!"
Er stampfte mit dem Fuß wild in den Boden.
„Wie bitte?!"
Jakob sah auf und erblickte eine ältere Frau mit einer Riesenratte an der Leine. Die Frau sah ihn streng an. Überheblich und pikiert. Jakob war augenblicklich angewidert. Der knallrote Lippenstift passte überhaupt

nicht zu dem bleichen Gesicht mit den hässlichen Falten. Unwillkürlich dachte er an die überschminkten Gesichter der französischen Feudalaristokraten während der Herrschaft Ludwigs XVI. vor der Französischen Revolution. In den Filmen hatten die denselben dümmlichen Gesichtsausdruck wie die Gestalt vor ihm.

„Was?"

„Wie bitte?! Was haben Sie gesagt?"

„Ich hab nix gesagt..."

Er schüttelte den Kopf. Die Schnepfe sollte ihn in Ruhe lassen. Er hatte jetzt keine Lust zu reden.

„Doch. Haben Sie schon. Sie haben mit mir gesprochen?!"

Die Stimme war penetrant und hoch. Sie war regelrecht unangenehm und der schrille Tonfall löste bei Jakob den Anflug eines Würgereflexes aus. Das hatte ihm gerade noch gefehlt. Eine Mumie, die in der falschen Tonart zu ihm sprach.

Jakob sah auf die Ratte und den hechelnden Kopf. Die winzige Zunge hing heraus und die Knopfaugen sahen ihn tückisch an. Die Zunge war viel zu lang für das kleine Fellknäuel. Die ganzen Größenverhältnisse von Körper, Fell, Zunge und Ohren stimmten irgendwie nicht und erinnerten eher an einen Kunstfehler während der Herstellung. Vielleicht war der Köter auch ein Abkömmling der Gremlins - Gismo. Nein, der hatte süß ausgesehen. Der andere, der Böse, der Hässliche mit den fransigen Ohren...

Er sah die Frau an, ob sie fransige Ohren hatte. Hatte sie nicht und Jakob war enttäuscht.

„Nein. Ich hab mit mir gesprochen...Sonst noch was?"

Er suchte immer noch die Fransen, fand aber enttäuschenderweise keine. Sein Blick fiel wieder auf den lebenden Wollknäuel und blieb darauf haften. Immer noch sah er den Winzling an und wunderte sich, dass dieses Zehngramm-Lebewesen überhaupt lebensfähig war.

Die Mumie meldete sich wieder mit dieser ekelhaften Stimme.

„Dann richten Sie es bitte so ein, dass man nicht den Eindruck bekommen kann, dass Sie mit Menschen reden und sie ´Arschlöcher` nennen. Habe ich mich deutlich genug ausgedrückt?!"

Sie sah ihn streng und schulmeisterlich an und rollte mit den Augen. Hat die was an ihrer Drecksbirne? dachte Jakob. Er war versucht, aufzustehen und ihr den Puder aus dem hässlichen Gesicht zu klatschen. Aber er widerstand der lockenden Versuchung. Und er mochte keinen Puder.

Die Ratte schnüffelte an seinem Fuß und machte Anstalten, eine flüssige Duftmarke abzusetzen. Kurz überlegte Jakob, ob ein Tritt die Ratte über den Rasen in den See katapultieren könnte. Er kam zu dem Schluss, dass es machbar wäre. Er stellte sich die Schussbahn vor, die wohl so aussehen würde wie das Geschoss aus einer Haubitze. Platsch!!...machte es leise in seiner Vorstellung. Dem ein schüchternes Jaulen folgte.

„Wenn das Rattenvieh meine Schuhe nass macht, fliegt er in den See."

Das Vieh wird nicht mal untergehen...ist doch leichter als Wasser. Er stellte sich das Hündchen vor, wie es wie ein Korken auf und nieder wippte und zu der Mumie kläffte. Die dann wahrscheinlich Polizei, Feuerwehr und das ganze Bundesheer auffahren ließ, um das Wollknäuel zu retten. Wirrer Gedankengang!!

Die Dame schnappte nach Luft. Was wiederum Jakob überraschte, dachte er doch, dass Mumien gar keine Luft zum Atmen brauchen würden.

„Also, das ist doch die Höhe...eine Unverschämtheit...komm Lilifee...was man sich alles bieten lassen muss...es ist unglaublich mit den Arbeitslosen..."
Jakob machte große Augen und prustete lauthals los.
„Lilifee?? – Du lieber Gott...jetzt wird mir klar, warum die Zunge so lang ist...Batterien sind wohl teuer?"
Aber mit den Arbeitslosen hat die Schachtel recht...sieht man das? Steht das irgendwo? Schnell...einen Spiegel...
Die Gesichtsfarbe des Frauchens wechselte so schnell wie die Warnlampe am Bahnübergang. Von weiß bis rot, dann rosa und wieder weiß. Am Schluss total rot. Wie fiebrig sah sie aus. Sie wollte Luft holen, aber die Entrüstung verdrängte das Einatmen. Schnapp...keuch...wieder schnapp...gaanz ruuuhig, Brauner....
Vielleicht sollte ich beide in den See kicken, dachte Jakob und setzte ein so unechtes Grinsen auf, dass es schon wieder als ernst zu bezeichnen war und der entrüsteten Dame eine Ladung Abscheu und Ekel ins Antlitz schleuderte.
Die getrocknete Mumie zog das quietschende Rattenhündchen Lilifee weiter und schimpfte über die Verrohung der Menschen, über das asoziale Volk und die Unhöflichkeit und Respektlosigkeit der Männer. Entrüstet maulte sie weiter und fand es gar nicht lustig, dass die Ratte lieber Jakob anquietschte als mit ihr zu gehen. Immer wieder drehte sich das fleischgewordene Fell um und kläffte sich die Seele aus dem winzigen Leib.
Jakob lehnte sich wieder zurück und starrte weiterhin auf den See. Lange noch hörte er das quietschende Bellen des rattenhaften Minihundes. Und die Mumie schimpfte weiterhin auf alles, was ihr einfiel. Jakob konnte nicht mehr verstehen, wer nun alles ihren Ärger abbekommen sollte,

aber er konnte es sich denken. Er sah kurz auf und suchte das Fellbündel. Er war kaum noch zu sehen, so klein war er. Nur das sich entfernende Kläffen konnte er noch wahrnehmen. Der hat keine Probleme, dachte er und wünschte sich, ein Schoßhund zu sein. Mit einer kürzeren Zunge – und ohne rosa Spange zwischen den Ohren. Und wenn schon ein Frauchen, dann eine jüngere – und hübschere. Wegen der Zunge....
Er bemerkte, dass die seltsame Ablenkung seine wirren Gedanken für einen Moment beiseite geschoben hatte.

*

Jakob verbrachte den Nachmittag damit, einen Anwalt für Arbeitsrecht und einen Anwalt für Scheidungsrecht ausfindig zu machen. Er wollte die formalen Dinge schnellstmöglich erledigt haben. Seine Ordnungsliebe und seine Prinzipien, anfallende Aufgaben sofort zu erledigen, halfen ihm, den chaotischen Moment eines subtilen emotionalen Durcheinanders so zu separieren, dass er den Überblick behalten konnte. Er bekam bei beiden in den nächsten zwei Tagen einen Termin. Und als er sich kurz nach fünf auf den Weg in die Kneipe machte, hatte er beschlossen, bis zum Wochenende alle Formalitäten erfüllt zu haben um den Grundstein für sein weiteres Leben zu legen. Kurz dachte er noch daran, als er das Auto parkte und ausstieg, dass dieser Tag noch nicht zu Ende war. Vielleicht kam noch etwas auf ihn zu, wer weiß. Er überlegte, wer ihm noch etwas anhaben konnte, aber er fand keine Bereiche in seinem Leben, die dies ermöglichen könnten. Solche Tage sind bis zum Schluss für unerwartete Überraschungen gut. So oder so.

„Noch ´ne Runde?" fragte Thomas.

Bernd und Jakob nickten. Autofahren konnten sie nicht mehr, also war die nächste Runde willkommen. Sie hatten alles besprochen, was noch zu besprechen war. Auch Bernd war gekündigt worden. Beiden wurden natürlich auch die Auflösungsverträge zur Unterschrift vorgelegt. Befriedigt stellte Jakob fest, dass auch sie nicht unterschrieben hatten. Thomas hatte sich wegen etwaiger Abfindungszahlungen bereits informiert und die Überlegungen Jakobs nur noch bestätigt. Mehr war nicht mehr dazu zu sagen. Bernd hatte noch eingeworfen, dass man die Firma vielleicht dazu verpflichten konnte, sie anderswo einzusetzen, bevor man eine Kündigung aussprach. Aber Jakob wollte davon nichts mehr wissen. Er wollte nicht mehr in ein Unternehmen treten, das ihn gekündigt hatte, ohne auch nur ansatzweise in Erwägung zu ziehen, ihm eine andere Position zuweisen zu können. Im Endeffekt hieße das ja nur, dass man ihn – und auch seine Kollegen – entfernen wollte. Nicht in eine andere Abteilung oder in eine andere Position, sondern man wollte sich auf Dauer Personalkosten sparen. Das war der Punkt. Und für Jakob war das keinesfalls eine Option, dass ein Anwalt das Unternehmen vielleicht dazu zwingen könnte, eine Kündigung zurück zu nehmen, um eine anderweitige Arbeit in Aussicht stellen zu können. Allein schon die Tatsache, dass Behrends nicht einmal dies als Alternative bereitstellte, war für Jakob Anlass genug, sich nur auf die Bedingungen einer ordentlichen Kündigung zu beschränken. Schließlich hatte man auch seinen Stolz.

„Seid ihr auch freigestellt worden?" fragte er die jetzt ehemaligen Kollegen.

„Nein. Wir sollen alle laufenden Vorgänge noch abschließen und die Lieferanten auf die neuen Vertragspartner hinweisen."

„Mich wundert, dass wir nicht noch unsere Nachfolger oder Vertreter einlernen sollen. Das wäre noch der Punkt drauf." Bernd war verärgert. Für ihn stellte sich die Kündigung nicht als so große Katastrophe dar wie für Jakob und Thomas. Er war noch nicht einmal dreißig, ledig und völlig ungebunden. Finanzielle Verpflichtungen stellten sich nur in den regelmäßigen Mietzahlungen dar. Und das war sogar mit dem Arbeitslosengeld zu machen.

„Und...was wirst du machen?" fragte ihn Thomas.

Bernd zuckte die Schultern.

„Im Moment noch nicht viel. Hab ja auch noch Resturlaub und flieg vielleicht noch irgendwohin. Vielleicht geh ich auch noch mal in die Schule."

„Abendschule?"

„Eher ein Studium. Hab ja nach dem Abi gleich 'ne Ausbildung gemacht. Vielleicht hol ich die Uni jetzt nach. – Mal sehen."

„Prost", murmelte Jakob und hob das Glas.

Langsam spürte er den Alkohol. Und die willkommene Wirkung des Gelassen-seins. Der Alkohol veränderte die Sichtweise und die Schwere der Probleme. Zumindest kurzfristig. Wenigstens heute. Das war gut. Und notwendig. Nicht ganz richtig – aber es fühlte sich gut an.

Sie stießen an.

„Was hat eigentlich deine Frau dazu gesagt?"

„Meine Frau?"

Jakob zog die Nase hoch und starrte Thomas an. Er sah aus, als ob er überlegte, was das Wort ´Frau` zu bedeuten hatte. Die Nasenflügel fingen an zu flattern. Manche Ecken hatte auch der Alkohol noch nicht erreicht.
„Ja...hast du ihr noch gar nix gesagt?"
Jakob prustete abfällig heraus.
„Phhhh...Is doch der wurscht....jetzt sowieso...die Mistsau..."
„Was??!"
Bernd und Thomas sahen sich verständnislos an. Noch niemals hatte Jakob in diesem Ton von seiner Frau gesprochen.
„Is doch wahr...!" fügte er leise hinzu.
„Habt ihr gestritten? Wegen deiner Kündigung??"
„Äh...ja...eigentlich nicht...ein bisschen...soll mich am Arsch lecken...hihi...macht bei ihr ein...hicks...schon anderer..."
Jakob trank sein Glas leer. Oweh, dachte er, heut` wird´s laufen...
„Was is´n passiert?"
Jakob winkte ab und signalisierte damit, dass alles totale Scheiße war.
„Heut...war ein schöner Tag...Kündigung...und Frau zieht aus. Mit allen Kindern...toll, was??"
„Was? Helga zieht aus?? Hat sie ´nen anderen?"
Thomas sah Jakob ungläubig an. Er war total überrascht.
Jakob nickte.
„Hat sie. Wohl schon länger - als ich heut´ Vormittag heimgekommen bin, hat sie´s mir gesagt. Bevor ich was von der Kündigung sagen...sagen konnte...und Wein...Wein hat sie am Vormittag...hat sie....Wein am Vormittag...hat sie wahrscheinlich gebraucht...sich Mut antrinken...blöde Kuh...hicks..."

Bernd und Thomas sahen sich an. Sie waren entsetzt.

„Puuh...das ist ja ein starkes Stück. Und...weiß sie das dann von der Kündigung?"

„Ja. Hab´s ihr gesagt."

„Und?!"

„Nix und. Hat große Augen gemacht...hihi...dann bin ich abgehauen...jetzt brauch ich halt zwei Anwälte...einen für die Firma, einen für die Scheidung...also alles super...!"

„Ach du Scheiße!...Wenn´s kommt, dann immer alles auf einmal...was sagen denn deine Töchter?"

Jakob schüttelte den Kopf und zuckte die Schultern. Rauf und runter, drei- viermal hintereinander.

„Keine Ahnung, hab noch nicht mit ihnen sprechen können. Aber sie...sie gehen wohl mit ihr mit...zum neuen Mann...hat sie gesagt! Die Kinder wissen es...es vor mir...ich bin ein solcher Arsch...hab gar nix gemerkt, ich Volldepp...oder nicht wollen...was weiß ich...was´n die Steigerung von Scheißdreck????...."

Jakob lachte kopfschüttelnd in sich hinein. Sein Lachen klang zynisch und unecht. Ein Lachen, das die Frustration, die Enttäuschung, die Angst und die Destruktion verschleiern sollte – und doch nur das Gegenteil herauf beschwor.

Sein Telefon klingelte. Thomas und Bernd lachten sich immer halbtot, wenn sie Jakob´s Klingelton hörten.

„Arsch-loch...Arsch-loch...Arsch-loch..." Auszüge aus dem Song 'Schrei nach Liebe` der „Ärzte". In dieser Situation war es wohl reiner Zynismus.

„Was is!?"

Starren auf den Tresen.

„So?...In der Kneipe...mit Thomas und Bernd."

Weiteres Starren.

„Nein!“
Kopfschütteln.
„Können wir schon.“
Starren und Schulterzucken. Und Kopfschütteln.
„Keine Ahnung. Heut´ bestimmt nicht.“
Augen drehen. Lippen zusammenpressen. Kopfschütteln.
„Is scho recht...Tschüss!“
Aufgelegt. Letztes Kopfschütteln.
„Soll mich am Arsch lecken...“, murmelte er.
„Deine Frau?“
Nicken.
„Kennst du den neuen Lover?“
Kopfschütteln. Diesmal als Verneinung.
„Nee.“
„...Na dann Prost...bei soviel Scheiße hilft nur noch eins...oder noch mehr.“
Bernd hob das Glas. Auch sein Blick wurde langsam trübe. Und Jakobs Ausführungen hatten ihn schockiert. So viel Mist an einem Tag war schon außergewöhnlich.
„Ein gutes hat´s ja...“
„...und was?“
„Wir können machen, was wir wollen...und du auch, Jakob...das ist das Positive..okay??“
„Ja, das ist...wahr...hicks...kann ich...“
„Kannst dir doch auch ne Tussi suchen...wär´ mal was anderes...jetzt wär´s egal.“
„Klar...könnte ich!“
„Also, alles hat...seine guten...guten Zeiten...“
„Gute Zeiten??? Versteh ich nicht...“
„Gute Seiten...was hab ich grad gesagt?“
„Gute Zeiten.“
Bernd wedelte grinsend mit der Hand.

„Quatsch...gute Seiten...das hab ich gemeint."

„Was hast du gemeint?.."

Ein Tresennachbar meldete sich. Permanent drehte er ein Weinglas in seinen Händen. Bei längerer Beobachtung hätte man meinen können, er wollte den Stiel des Glases nur mit den Fingern abdrehen.

„Er hat gesagt...alles hat seine guten Seiten...trotz des Schlechten..."

Jakob starrte ihn an wie einen Geist.

„Wer bist'n du?"

Der Mann mit dem Wein war auch nicht mehr nüchtern. Lächelnd verzog er das Gesicht.

„Wer ich bin...?"

„Ja...wer bist du denn...vielleicht der Weingeist...?"

Er kicherte wirr und zeigte auf das Weinglas, das immer noch permanent gedreht wurde. Thomas und Bernd lachten auch. Mittlerweile war jedweder Kommentar Anlass für einen Lacher. Der Punkt war bereits überschritten, an dem Probleme noch Probleme waren. Es gab nun keine mehr.

„Ich bin kein Geist...wobei...manchmal bin ich mir gar nicht sicher...", murmelte der Mann nachdenklich und fing an zu grinsen.

„Also doch...der Geist des Weines...hihi...und wie heißt der Geist des Weines?...hat Er einen Namen?"

„Er hat. Er hat..."

Er verstummte und suchte im Wein sein Spiegelbild. Er kniff ein Auge zu und legte das andere auf das Glas. Anscheinend fand er nichts. Es sah sehr lustig aus. Sein trüber Blick heftete sich wieder auf Jakob. Um das eine Auge war noch der Rand des Glases zu sehen. Er sah aus wie der Köter in

´Die kleinen Strolche`. Was wiederum die anderen ausgesprochen witzig fanden.
„Jetzt bin ich aber...mal gespannt..."
„Auf was??!"
„Na...dein Name..."
„Aah..ja...der Name...Albert..."
„Albert??"
„Albert!"
„Wirklich?"
„Wirklich!..."
„Albert. Albert. Albert..."
Jakob wiederholte den Namen, so als ob er Mühe hatte, sich ihn merken zu können. Er versuchte nachzudenken – was komisch genug aussah. Der Zeigefinger lag auf seinem Mund, der zur Schnute geworden war. Es sah nicht sehr intelligent aus.
„Ja, Albert. – Ist das so ungewöhnlich...Oder was?"
„Jetzt weiß ich´s..."
Jakob schnippte mit den Fingern. Aber die Finger fanden sich nicht. Er versuchte es nochmal, aber die Finger verweigerten seine Befehle. Er richtete sich auf und wankte.
„Was...was weißt du??...."
Bernds Blick wurde immer trüber und er hatte Mühe, den Kopf ruhig zu halten.
„Einstein!...Das war doch ein Albert...Oder nicht?"
Der Weinmann nickte. Langsam, um die Pupillen nicht zu verlieren.
„Korrekt. Albert Einstein. Der Allergrößte...war er...wirklich der Allerallerallergrößte...!!"
„Ja, das stimmt...der wirklich Größte...der hat doch die...die...Retalitätstheorie...erfunden..."

„Was hatte der??!"
Jakob sah Thomas verständnislos an.
„Na...die...die...Retaltästheorie...die hat er doch...oder nicht...Albert???"
Fragend und mit dem Finger auf ihn zeigend sah er ihn mit nicht mehr feststehenden Pupillen an, der seinerseits die Augenbrauen nach oben zog.
„Was???"
„Du weißt, doch...der Albert....der Einstein...der hat doch die Rela...Retatiläts...verdammt, wie heißt das denn noch..??"
„Du meinst...die Relativitätstheorie...der Einstein..."
„Ja, genau....Relatätstheorie...das war doch der Einstein..."
„Relativitätstheorie!!"
„Sag´ ich doch..."
„Eben. Sagt er...doch."
Albert schürzte die Lippen und nickte.
„Relativitätstheorie...ja, das war ganz groß...hat er nicht erfunden...entdeckt...hat sie entdeckt..."
Seine Stimme hatte einen melancholischen Klang angenommen, der Bewunderung und Göttlichkeit einte. Alle vier Männer nickten wissend und bewundernd. Sinnend starrten sie auf ihre Gläser. Augenblicklich erhoben sie Einstein zu ihrem Gott.
Jakob hob seines an und sah feierlich auf die anderen.
„Auf den Einstein...den Größten..."
„Jawohl...auf Einstein...und seine....!"
„Relativitätstheorie."
„Genau!!"
„Prost!!"
„Genau!"
Jakob wandte sich an den Barkeeper.

„Kennst du den Einstein, Meister der Theke...?"
„Einstein...Kommt der öfter her...?"
„Neein...den Einstein...der Albert - kennst du Albert...hicks...Einstein nicht?"
Lachend nickte der Barkeeper.
„Kenn´ ich gut. Bin zufällig Physikstudent...!"
Albert hob den Kopf.
„Wirklich...Ich hab dich noch nie gesehen...wo studierst du denn?"
„Na, hier an der Uni."
Albert nickte anerkennend.
„Sehr gut. Das ist gut...sehr gut..."
„Wieso ist das sehr gut...? fragte Jakob.
„Physik ist wirklich sehr gut,...macht Geheimnisvolles erkennbar..."
„Aha...Frauen auch??"
„Wieso Frauen...??"
„Na...gibt´s was...gibt´s was Geheimnisvolleres als...als Frauen??"
Thomas nickte zustimmend.
„Das ist wahr..wahr..."
Bernd nickte auch. Sie waren sich alle einig. Wie eineiige Drillinge.
„Also ich glaub...ich muss jetzt gehen...Barkeeper...sahlen, bitte schön..."
Bernd kramte mühevoll die Geldbörse aus der Gesäßtasche.
„Ihr seid....seid alle...alle eingeladen...was bin ich schuldig, mein studentischer Freund??...."
Der junge Mann hinter der Theke rechnete zusammen.
„Alles zusammen??"
„Na klar. Heut geb´ ich einen aus...dem Albert sein´s auch..."

„Hundertzweiunddreißigachtzig!"
„Upps!!...Hoppla...Respekt...!...stimmt so..."
„Danke...schönen Abend noch!"
Thomas sah Bernd an und zog die Nase zusammen. Und die Augenbrauen nach oben. Er war sehr erstaunt.
„Du hast ihm achtzehn Euro Trinkgeld gegeben..."
„Jawoll...is das su wenig???..."
„Ääh...nein...eher bisschen viel. War das Absicht?"
„Klar...Hat er sich ver...verdient...ist ein netter Kerl...und Student...Studenten sind arm..."
„Du bist...ganz schön großzügig..."
„Bin ich. Bin ja auch...ein...netter Kerl...also, Freunde der jungfräulichen Arbeitslosen...gute angenehme Nacht und...nicht unterkriegen...lassen..."
Er rutschte von seinem Hocker und steuerte durch die Tische auf den Ausgang zu. Nicht ohne sich bei dem einen und anderen Gast festzuhalten und sich mit einer uneleganten Verbeugung und einem ´Tschulligung` seinen Weg zu bahnen.
„Das is´n netter Kerl..." bemerkte Albert.
„Ja, isser...ich glaub, ich geh auch mal...los."
Thomas rutschte von dem Barhocker herunter. Er legte Jakob die Hand auf die Schulter.
„Also, mach´s gut...Jakob...wir teflonieren noch..."
Er spreizte Daumen und kleinen Finger ab und legte die Hand ans Ohr.
„Okay...mach´s gut, Thomas..."
Thomas tat sich leichter mit dem Ausgang. Aber auch ihm reichte es.
Albert hatte mittlerweile ein neues Weinglas vor sich stehen, das er nach wie vor zwischen den Fingern drehte.
„Seid ihr Kollegen...?"

Jakob nickte. Vorsichtig. Sein Kopf vertrug solche Erschütterungen nicht mehr.

„Sind heut alle ent....entlassen worden...toller Tag...wirklich..."

Albert sah ihn mit wankendem Kopf an.

„Echt?...Schöne Scheiße...Firmenauflösung?..."

„Nee...Outsourcing...die Abteilung wurde aufgelöst...das ging ganz....ganz schnell..."

Albert nickte verstehend. Wieder die Suche im Weinglas.

„Und...was machst...du so???"

Jakob sah ihn mit zuckenden Augen an.

„Ich??"

„Ja...du...du bist doch der Albert..."

„Ich bin der Albert...ja...ich bin Professor..."

„Was bist du?"

Jakob sah ihn grinsend an.

„Professor. Ich bin Professor an der Uni...ja, das bin ich..."

„Quatsch...du bist doch kein Professor...für was denn??..."

„Astrophysik!"

„Aha!...Was is´n dis?"

Jakob sah ihn fragend an. Leicht dämmerte es ihm, dass das irgendwas mit Sternen zu tun haben musste.

„Ich schau ins Uni...Universum und will wissen, was...hicks...was da vor sich geht...und...und...warum..."

„Aaah...versteh...wie der Einstein, stimmt´s?...wie der Albert..."

„Ja, wie der Albert...Relativitätstheorie..."

„Hmmm...."

„...und wie geht´s jetzt bei dir weiter? Hab mitgekriegt, dass jetzt...Job und Frau...dass jetzt beide weg sind...was willst du jetzt machen??..."

„Scheiß drauf...keine Ahnung...wenn ich die Zeit zurückdrehen könnte, würde ich....alles umsonst gewesen...ich Arschloch...“

„Wie meinst du das...Zeit zurückdrehen...was würdest du denn anders machen..?“

Jakob überlegte angestrengt. Er sah in die Luft und verdrehte die Augäpfel in entgegengesetzte Richtungen. Zumindest kam es Albert so vor.

„Hätt´ vor der Ehe erst mal das Leben...genießen sollen...hab doch gleich geheiratet...ich kleiner wichtigtuerischer Idiot...dann Kinder...das ganz spießige Normale...und jetzt?..alles am Arsch...alles kaputt...alles umsonst gewesen...ich bin so blöd...“

„...jaja, die Zeit...zurückdrehen...in die Vergangenheit reisen können...das wär´ was, oder??“

„Nochmal ´ne Chance bekommen...ja...wär was...Chancen kommen und man...man lässt sie alle...alle stehen, weil...weil Familie so wichtig ist...fang früh an, dann haste später richtig ausgesorgt, das...haben...sie...haben...sie gesagt ...alle...Scheißdeppengeschwätz...“

„Wobei wir wieder bei Einstein sind...“

„Relativitätstheorie??“

Albert nickte.

„Genau. Zeit und Raum sind relativ...der Raum ist gekrümmt...Wurmlöcher...Zeitportale...“

„Ob Zeitreisen mal...möglich werden?“

„Sind sie schon...“

„Was?...“

„Sie sind möglich...!“

Jakob lachte. Er hob das Glas und sprach einen Toast aus.

„Na, dann auf in die Vergangenheit...! Mir nach, Brüder...“

Albert stierte in sein Weinglas.

„Ich habe ein Portal in Form eines....eines Wurmlochs entdeckt...." sagte er in das Glas hinein.
Jakob nickte verstehend. Er schürzte die Lippen und kniff die Augen zusammen. Mitleidig sah er den ernst und nachdenklich aussehenden Professor an.
„Ja, genau, und morgen geht´s los ins Jahr ´68. Dann...dann könnten wir nach Woodstock fahren...saufen, kiffen, vögeln...hahaha...das machen wir..."
Er hob das Glas und beide Hände in die Höhe und drehte sich fröhlich summend im Kreis. Ein neuer Song war am Entstehen. Meisterhaft vermischte er Rock, Blues, Funk und Reggae und schuf damit eine völlig neue Musikrichtung, deren Lebensspanne ungefähr fünf Sekunden dauerte.
„Saufen, Vögeln, Kiffen...und dann in die Ecken schiffen...."
Er drehte noch eine Runde. Dann musste er Halt machen, um die Augen wieder in die Ausgangsposition zu bringen.
„Theoretisch möglich..." sagte Albert, der ihn lächelnd und gleichzeitig ernsthaft beobachtete.
Albert war noch ernster geworden und sah Jakob durchdringend an. Trotz des Alkoholspiegels merkte es Jakob. Er hatte die Augen wieder im Griff.
„Was bist du für´n Professor?" fragte er noch einmal.
„Ich bin Professor für Astrophysik. Mein Name ist Dr. Albert Schalthaus..."
„Wirklich im Ernst??...."
„Natürlich..."
Albert nickte. Jakob fand, dass er nicht wie ein Professor aussah. Viel zu jung, meinte er.
„Was ist??...Glaubst mir nicht, wie mir scheint..."
„Ich hab...hab immer gedacht, Professoren haben fette Brillen, Riesenbart, wirres Haar und abwesenden Blick...schaust nich wie´n Professor aus...wirklich nich..."

Albert lachte laut auf.
„Bist wohl enttäuscht??"
„Hmmm..."
Albert sah anders aus. Mitvierziger. Salopp gekleidet.
Schlank. Bartlos. Eigentlich gut aussehend. Fast ein
Frauentyp. Aber nur fast. Einen Professor vermutete man
schwerlich hinter seiner Erscheinung.
„Naja, ich kenn ja keine...keine Professoren. Bist der Erste."
Albert zuckte grinsend die Schultern. Jakob hakte nach.
„Wie ist das mit...mit den Zeitreisen?...Was meinst du mit
möglich?.."
„Bist du interessiert??..."
Wieder dieser ernste durchdringende Blick.
„Viel Sciencefiction, mir scheint!"
„Vielleicht. Vielleicht auch nicht...was, wenn nicht??..."
„Was ist ein Wurmloch? Und...ich kann mir wirklich nicht
vorstellen, dass das irgendwie gehen sollte...ist doch
püsikalisch...püsischkalsch...physischkalisch...verdammt
jetzt, physikalisch...so heißt's... gar nicht möglich..."
„Bis jetzt war das auch nur bloße Theorie und ...und
wirklich Sciencefiction...bis jetzt..."
„Heißt was?"
„Jetzt schon..."
Jakob neigte den Kopf, verzog den Mund und versuchte, die
Pupillen nicht mehr sichtbar werden zu lassen. Ein Auge
drückte er fest zu, damit sich beide Bilder nicht
überschneiden konnten.
„Wenn's möglich sein sollte....könntest du dir vorstellen,
der erste Reisende durch die Zeit zu sein...???"
Jakob lachte laut auf.
„Klar!...Aber dann will ich dahin, bevor ich meine Frau
kennen gelernt hab, okay?.."

Doch Albert schüttelte den Kopf.

„Das geht leider nicht...Zeitpunkte sind nicht festlegbar, nur die Richtung...innerhalb der geschlossenen Zeitschleifen...“

„Hört sich an, als ob niemand weiß, ob man wiederkommt...das ist ja nicht so gut, finde ich...“

„Wenn du dahin kommen würdest, wo du hinwillst...warum willst du dann wieder zurück???...Ist doch unlogisch...!!“

Jakob dachte nach. Es wurde kompliziert.

„Ja...stimmt...ist doch eh alles Quatsch...“

Er winkte ab. Ich muss jetzt ins Bett, dachte er. Wenn der Körper nicht mehr den Befehlen des Gehirns gehorchte, wurde es Zeit, ihn zur Ruhe zu betten.

„Hör zu...wenn du wirklich Interesse an dem außergewöhnlichsten Experiment hast, das die Menschheit je gesehen hat...dann komm morgen in mein Labor...möglicherweise stehen wir an einem Wendepunkt in der Menschheitsgeschichte...du hast doch gesagt, dass du aus deiner Normalität ausbrechen willst...jetzt hast du die Gelegenheit...“

Albert sah ihn auffordernd an. Seine Augen hatten einen seltsamen Glanz bekommen und die Wangen röteten sich.

„Du...du meinst das im Ernst...oder was???“

Albert nickte.

Jakobs Gedanken resümierten eine Momentaufnahme seines Lebens. Er hatte doch nichts zu verlieren. Und schon wurde Abenteuerlust und Forscherdrang geboren. Leicht bahnten sie sich ihren Weg ins eigentliche Bewusstsein und entschieden ganz einfach zukünftige Wege.

„Warum eigentlich nicht. Was muss ich tun??“

Albert gab ihm eine Karte.

„Komm morgen Nachmittag einfach zu dieser Adresse. Da wohn ich...und ich werde dir die grundlegenden Dinge erklären. Also...?"

Jakob steckte die Karte ein und nickte. Der Kopf wurde immer schwerer und die Nackenmuskeln schrien, dass sie ihn nicht mehr halten wollten.

„Na gut...machen wir halt eine Zeitreise...war eh schon lang nicht mehr weg...hast du eine Maschine oder so was???...hab echt keinen blassen Schimmer, wie so was funktionieren soll...aber ich hab ja eh von nix ´nen Schimmer...warum dann grad...von so was...ist doch lächerlich..."

Seine Stimme war immer leiser geworden und Albert bemerkte den frustrierten Ton darin. Er trank seinen Wein leer und rutschte vom Hocker.

„Also...überleg´s dir. Das wäre eine große Chance...glaub mir..."

„Warum machst du das dann nicht...??"

„Einer muss die Berechnungen anstellen und die Geräte bedienen...ohne das geht´s halt mal gar nicht...bis morgen, Jakob."

Jakob hob die Hand.

„Okay...okay...bis morgen...Professor..."

Seine Stimme war ganz leise geworden. Er versuchte nachzudenken, was gründlich misslang. Der Alkohol hatte bereits seine volle Wirkung entfaltet und alle geistigen Problemzonen in den Schlaf geschickt. Jakob war besoffen wie schon lange nicht mehr. Er versuchte zu überlegen, wie er jetzt nach Hause kommen konnte. Und während er noch überlegte, wie dieses Problem zu lösen war, fragte er sich weit entfernt irgendwelcher Rationalität, welches verdammte Problem er denn jetzt schon wieder zu lösen hatte. So´n Blödsinn!

Er stierte in sein Glas. Der Professor war schon gegangen – und Jakob wollte auch nicht mehr bleiben. Er hatte genug für heute. Schwerfällig erhob er sich, sah in die Runde und hatte Schwierigkeiten, den Raum zu erfassen. Da, die Türe...der Ausgang, da..da muss....ich.....hin...schön langsam...gerade...gerade...gerade!...verdammt, jetzt mach gerade...ja...gut gut...oh, scheiße, frische Luft, die wird mich umhauen...nein, geht schon...weiter, atmen, weiter...Mann, bin ich voll...ein Taxi, ja mit dem Taxi...nach Hause...scheiß´ auf zu Hause...gibt´s nicht mehr...puuh, ich bin voll wie ´ne Windel....

Er breitete die Arme aus und versuchte damit, die Balance zu halten. In seinem Kopf rumorte der Begriff 'Zeit` und er stimmte ein Lied an. Dröhnend versorgte er die nächtliche Straße mit seiner Stimme.

„Verdamp lang her, dass ich noch alles ernst nahm... verdammt lang her, dass ich an was geglöbt...verdamp lang her...“

BAP ließ lautstark und unmelodiös grüßen.

*

Der Scheinwerfer musste eine Million Watt haben, so grell erschoss ihn das weiße Licht. Er konnte die Augen nicht öffnen, ohne dass das Gehirn ihm mitteilte, Schmerz zu empfinden. Er wälzte sich auf die Seite und drückte das Gesicht in das Kissen. Langsam öffnete er das linke Auge. Nur einen Spalt, nur einen Millimeter. Es war fast zu viel, aber er hielt es offen. Er spürte seinen ausgetrockneten

Mund und die sich wüstenhaft anfühlende Mundhöhle. Die Zunge klebte am Gaumen und ließ sich nur mit Gewalt davon lösen. Eine Zeitlang lag er nur so da, mit dem halbgeöffneten einen Auge und mit dem Gedanken, dass er dringend etwas zu trinken brauchte und jemand endlich den Riesenscheinwerfer ausmachen sollte. Er lauschte in den Raum. Kein Geräusch war zu hören, es herrschte eine fast schon göttliche Stille. Eine völlig unbekannte Sphäre, dachte er in sich hinein. Stöhnend wälzte er sich herum, das andere Auge immer noch geschlossen. Dann lag er auf dem Rücken und vorsichtig versuchte er, mit beiden Augen seine Umgebung wahrzunehmen. Minutenlang regte er sich nicht, starrte nur an die Decke und setzte im Geiste ein Puzzle zusammen. Der gestrige Tag. Der Abend. Der Suff. Langsam drehte er den Kopf und sah auf den Wecker. 10:40 Uhr. Darum die Stille. Die sind alle schon weg, dachte er. Er richtete sich auf die Ellenbogen auf und spürte das dumpfe Pochen in den Schläfen und der rechten Stirnhälfte. Dann setzte er sich auf den Bettrand, hielt den kurz vor dem Explodieren stehenden Kopf in beiden Händen und hatte die Augen geschlossen. Zehn Minuten saß er so da und überlegte, ob er sich nicht wieder hinlegen sollte. Doch dann dachte er daran, dass er um eins bereits den ersten Anwaltstermin hatte. Also schleppte er sich ins Bad, verzichtete auf den Blick in den Spiegel, zog sich aus – und ließ zwanzig Minuten abwechselnd kaltes und warmes Wasser über sich rieseln. Danach fühlte er sich besser. Die Kopfschmerzen waren zwar noch da, aber mit einer Aspirin würde er bis eins wieder fit sein.
Erst als er mit einem großen Becher Kaffee am Tisch saß und die Fragmente des Vortages zusammensetzte, war er wieder in seiner absurden Realität.

ʹWas für ein Scheißtagʹ, dachte er mit Schaudern an die gestrigen Vorkommnisse. Er versuchte, eine Chronologie zustande zu bringen, eine Reihenfolge, die es ihm ermöglichte, alles in seine korrekte Wertigkeit zu bringen. Er sah auf die Uhr über dem Sideboard. 11:30 Uhr. Langsam würde er sich anziehen müssen, wenn er den Anwaltstermin um eins einhalten wollte.

Eine Hupe ertönte. Es war das Taxi, das er bestellt hatte. Als er das Haus verließ, griff er in seine Jackentasche, um sicher zu gehen, dass er seinen Autoschlüssel dabei hatte. Nach dem Anwalt musste er sein stehen gelassenes Auto holen. Seine Finger spürten den Schlüssel mit der Fernbedienung – und ein Stück Papier oder Karton. Verwundert holte er es hervor und las, was darauf stand. Es war die Visitenkarte des Professors. Einen Augenblick spulte er die Erinnerung auf. Warum hatte er dessen Visitenkarte in seiner Tasche? Hatte er...?...ja, genau, der Professor hatte ihn doch eingeladen, zu ihm zu kommen, um bei einem Experiment behilflich zu sein...Was war das noch???...
Das Taxi hielt.
„Wir sind da! Macht achtzehnfuffzig...!"
Jakob hob den Kopf und sah sich um. Ja, Zeugplatz, Anwaltskanzlei. Er gab dem Fahrer einen Zwanziger und stieg aus. Kurz orientierte er sich an den Eingängen, um dann in den offen stehenden Hauseingang zu treten. Und als er die Treppen hochging, fiel ihm wieder ein, mit was sich der Professor beschäftigte. Astrophysik! Zeitreisen!? Zeitreisen? – Jakob schüttelte den Kopf und grinste. Was für ein blöder Quatsch, dass sich hochgebildete Akademiker mit so einem abstrusen Unsinn beschäftigten. Unversehens stand er vor der Kanzleitür, die den Gedankengang

unterbrach. Er drückte die Klingel und ein automatischer Türöffner ließ sie aufspringen. Und als er sich seinem Anwalt gegenübersetzte, waren für den Moment die Vorstellungen des Professors mit seiner imaginären Zeitmaschine darin schon verschwunden.

*

Nachdenklich hielt er die Karte in der Hand. Irgendwie war er doch neugierig. So durchgeknallt konnte ein Uniprofessor eigentlich nicht sein. Und er hatte auch nicht wie ein irrer Wissenschaftler ausgesehen. Eher im Gegenteil. Er sah noch einmal auf die Visitenkarte. Professor Dr. Albert Schalthaus. Astrophysiker. Universitätsprofessor. Adresse war Albert-Einstein-Str. 236a. Jakob lachte schallend laut auf. Das konnte doch kein Zufall sein, dass der Astrophysiker ausgerechnet in der Albert-Einstein-Straße wohnte. Er schüttelte ungläubig den Kopf und holte das Smartphone heraus. Das integrierte Navigationssystem zeigte ihm die genaue Lage an. Die Straße lag in einem der vornehmeren älteren Vororte der Stadt. Laufen war nicht, also musste er zuerst sein Auto holen. Unwillkürlich hatte er sich entschieden, die Einladung von Albert anzunehmen. An Details des gestrigen Saufgelages konnte er sich kaum erinnern, aber dass es um ein Wurmloch irgendwie ging, das hatte sein Gedächtnis noch behalten. Unwillkürlich stellte er sich ein Wurmloch wie die Röhre einer Wasserrutsche vor, in der man rasend schnell nach unten gezogen wurde und am Schluss wie Lava aus einem Vulkan ausgespien werden würde.
Erst viel später sollte sich Jakob Kolb an diesen kurzen Augenblick der Entscheidungsfindung erinnern, der in

67

einem winzigen Bruchteil einer Sekunde sein Schicksal in einer Art und Weise verändern sollte, das er sich in seinen wildesten Träumen und Albträumen niemals hätte vorstellen können.

Es war eine Villa aus den Zwanziger- oder Dreißigerjahren. Eine lange vergessene Spur von Pompösität, die die vier Säulen im Eingangsbereich beeindruckend darstellten. Fünf Treppenstufen führten auf eine Art Terrasse, dessen Mittelpunkt eine schwere, Eisen verzierte Doppeltüre aus Eiche als Blickfang diente. Über dem Eingang bildete eine steinerne Balustrade die Begrenzung eines Balkons, der wie eine Bühne einer königlichen Repräsentation wirkte. Die lang gezogenen Sprossenfenster ließen in einer fast nostalgisch anmutenden Weise vielfältige Reminiszenzen vergangener Epochen erwachen, ohne dass dem Besucher der Eindruck gänzlich überbordeter Eitelkeiten überkam. Der überaus gepflegte Garten verlieh dem Anwesen einen Hauch von Mystik und Neugierde – und wehrte sich damit vehement gegen Verfall und Endlichkeit. Jakob konnte sich dieser Faszination nicht entziehen und er spürte einen leichten Luftzug von Zeitlosigkeit und immerwährend. Und mit diesem seltenen Gedankengang drückte er auf die Klingel und erinnerte sich gleichzeitig an das Gespräch mit Albert über die Möglichkeit des Zeitreisens.
„Ja, bitte, wer ist da?" tönte es aus dem Lautsprecher.
„Ja...hallo, Albert...hier ist Jakob. Ich...wir haben uns gestern ja unter etwas ungewöhnlichen Umständen kennen gelernt...und..."
„Jakob!! Das ist schön...drück das Tor auf...ich mach auf!"
Ein Summton ertönte und Jakob betrat den Gartenweg. Die Stimme des Professors hatte fröhlich geklungen, als sich

Jakob gemeldet hatte. Anscheinend hatte er nicht mit ihm gerechnet. Na ja, kein Wunder...im Rausch sagt man vieles, macht man vieles, was einem später nie einfallen würde oder man dieses und jenes auch nur annähernd ernst zu nehmen gedachte.

Die schwere Holztüre öffnete sich und Albert stand grinsend in der Türe. Der sieht nicht aus wie ein Professor, dachte sich Jakob zum wiederholten Male.

„Hallo, Albert, wenn schon eine Einladung, dann muss sie auch angenommen werden."

Sie gaben sich die Hände. Albert grinste immer noch.

„Ich muss zugeben, ich hatte nicht damit gerechnet, dich zu sehen. Umso mehr freut es mich, dass du da bist."

Er klopfte ihm auf die Schulter und schien sich wirklich zu freuen. Jakob zuckte zwinkernd die Schultern.

„Heut' früh hatte ich erst mal keine Erinnerungen mehr an gestern Abend. Die kamen erst im Laufe des Tages. Das war 'ne ganz schöne Sauferei..."

„Das kann mal wohl sagen. Aber lustig war's. Mir hat's gefallen...komm' rein und setz dich."

Er lotste ihn in die nächste Türe. Albert sah nicht aus wie jemand, der den gestrigen Abend in einem Saufgelage enden ließ. Ihm war eigentlich gar nichts anzusehen – im Gegenteil zu Jakob, der immer noch blass um die Nase war und seltsam tiefliegende Augenhöhlen sein eigen nannte. Das war jedenfalls das letzte Bild des Spiegels, der ihm sein Ich präsentiert hatte.

Sie standen in einer Bibliothek. Jakob sah sich bewundernd um. Der Raum war riesig. Er schätzte ihn auf ungefähr sechzig Quadratmeter. Die Fläche einer kleinen Wohnung. Außer an der Fensterseite waren alle Wände mit Regalen bis an die Decke bestückt. Die Höhe des Raumes war

unüblich für jetzige Bauweisen. Es waren mindestens drei Meter – eher ein paar Zentimeter mehr. Die Regale reichten bis nach oben. Jakob konnte kaum leere Plätze erkennen. Er sah nur Bücher über Bücher. Außer in einer Buchhandlung hatte er noch niemals so viele Bücher gesehen. Sogar mehrere fahrbare Leitern waren an den Regalen angebracht, um die oberen Fächer erreichen zu können. Es mussten tausende sein. Die Fensterfront war eine Fensterfront in seinem ganzen Wortsinne. Fast bis an den Boden reichende Sprossenfenster. Sie war ins Mauerwerk zurückgesetzt worden, sodass das Sonnenlicht nie direkt auf die Bücherregale fiel. Sie verliehen dem ganzen Raum das Licht, das einer Bibliothek gebührte. Dezent, trotzdem ausreichend, ohne dass das Sonnenlicht die Möglichkeit hatte, den Büchern zu schaden. Perfekt ausbalancierte Lichtverhältnisse. Einen Moment war Jakob sprachlos. Vor der Fensterfront bildete ein schwerer Schreibtisch den Raummittelpunkt. Ledersessel. Zwei halbrunde Sofas aus Leder, ein niedriger Glastisch dazwischen. Der ganze Raum stellte allein durch seine einzigartige Erscheinung den Inbegriff von Wissen und Intellektualität dar.
„Tee? Kaffee? Oder was Alkoholisches?"
Jakob winkte ab.
„Bloß kein Alkohol. Aber gegen einen Kaffee hätte ich nichts einzuwenden."
„Versteh´ ich. – Moment schnell...Michelle?!"
„Ja..Professor?.."
Eine junge Frau mit kurzen schwarzen Haaren kam herein, ein Tuch in der Hand.
„Michelle, könnten Sie uns Kaffee bringen? Und ein bisschen von Ihrem hervorragenden Gebäck? Das wäre klasse!"

Michelle lächelte geschmeichelt.

„Natürlisch...kommt sofort," flötete sie in ihrem französischen Akzent.

„Meine Haushälterin...eine Perle. Ich wüsste gar nicht, was ich ohne sie machen sollte."

„Französin?"

„Ja. Ich habe viele französische Kollegen in der Astrophysik. Michelle hat einen Deutschen geheiratet, der wiederum entfernt verwandt ist mit einer Pariser Akademikerfamilie, zu der ich gute Kontakte habe. Die Welt ist klein. Und ich bin froh, dass ich eine so zuverlässige Haushälterin gefunden habe."

„Du hast ein schönes Haus. Und der Garten ist wirklich wunderbar."

„Das Werk meines Gärtners. Ich hätte gar keine Zeit für so was. Aber ich genieße natürlich dessen Arbeit und seine vorzügliche Hand gerade in Sachen Rosen. Ich liebe Rosen. Sie sind der Inbegriff der Schönheit und der Romantik."

„Wohnst du ganz allein hier?"

Albert nickte.

„Ja. Seit ein paar Jahren. Nach meiner Scheidung wollte ich eigentlich erst alles verkaufen, aber da ich mein Labor und meine ganzen Geräte hier habe, bin ich da geblieben. Schließlich ist dieses Haus ein wirklich großartiges Erbe, das ich mittlerweile nicht mehr hergeben will."

„Und Kinder?"

„Keine Kinder. – Und du?"

„Zwei Mädchen."

„Wie alt?"

„Achtzehn und vierzehn."

Albert verdrehte lachend die Augen.

„Ich kann mir vorstellen, dass das ein schwieriges Alter für die Mädchen ist."

Jakob atmete schwer aus und nickte mit zusammen gekniffenem Mund.

„Kannst du laut sagen. Nicht nur für die Mädchen. Pubertät auf der ganzen Linie. Und ich bin natürlich der uralte Spießer, der keine Ahnung von allem hat. Womit sie wahrscheinlich gar nicht so unrecht haben."

Michelle kam mit einem Tablett herein und verteilte Tassen, Teller und Gebäck. Nachdem sie eingeschenkt hatte, wandte sie sich an Albert.

„Ich habe die Post auf den Küchentisch gelegt. Karl kommt morgen wegen dem Wintergarten und Ihr Termin für die Vorlesung am Donnerstag hat sich geändert. Statt neun Uhr erst um elf. Nicht vergessen. Ach, und Dr. Nentwich hat angerufen und wollte Sie erinnern, dass am Freitag das monatliche Treffen ist."

„Ach ja, das Treffen. Danke, Michelle. Könnten Sie noch die Versuchsergebnisse zur Post bringen? Martin wollte sie haben."

„Natürlisch. Habe ich schon hergerichtet. Wenn sonst nichts mehr ist, werde ich gehen."

„Alles okay. Ich danke Ihnen. Dann bis übermorgen. Schönen Nachmittag noch. Und grüßen Sie mir Bernhard."

„Mach´ ich. Au revoir! Auf Wiedersehen, Monsieur."

„Wiedersehen", sagte Jakob und hob die Hand.

„Milch? Zucker?"

Albert zeigte auf den Tisch. Im Gegensatz zu der Erscheinung des Hauses und des Interieurs hier in der Bibliothek zeugte das Kaffeegeschirr von Moderne und war gar nicht konservativ. Rechteckige, asymmetrische Untertassen und Teller, anthrazitfarben. Jakob konnte sich dem Gefühl nicht erwehren, dass hier ein überaus konträrer Stil zum Tragen kam, der durchaus als elitär zu bezeichnen wäre.

„Also, Jakob, ich möchte eigentlich gleich zur Sache kommen, um was es bei meinen Forschungen eigentlich geht. Sicherlich hast du gestern meinen Ausführungen nur etwas ungläubig folgen können. Klang wahrscheinlich höchst abstrus und irgendwie nach Sciencefiction. Oder gleich nach einem durchgeknallten Wissenschaftler.“

Lachend blickte er ihm in die Augen. Jakob nickte leicht und verzog das Gesicht zu einem sanften Grinsen.

„Zugegeben. Zeitreisen und Wurmlöcher sind für mich wirklich nur Begriffe aus Romanen und Filmen. Vielleicht habe ich dich auch nicht richtig verstanden. Es ging doch um Zeitreisen oder??“

Zweifelnd und etwas unsicher sah er den Professor an. Der nickte. Er wirkte fröhlich. Und zum wiederholten Male fiel Jakob auf, dass er alles andere als ein Professor aussah.

„Ganz kurz gesagt: Einstein hat etwas entdeckt. Gödel hat es mathematisch weitergeführt. Und nun ist aus der Theorie die Möglichkeit der Praxis geworden. Aber wie es eben in der Wissenschaft so ist, hat die Theorie ohne Praxis keinen Wert. Es sind die Experimente, die den Beweis erbringen müssen. Letztendlich. Und nun sind wir soweit, dass wir vor einem entscheidenden Punkt stehen. Das heißt, wir müssen uns eine Frage stellen.“

Er nahm einen Schluck Kaffee und kaute auf dem Keks herum. Sinnend fiel sein Blick in die Leere und sein Gesichtsausdruck wurde ernst.

„Was für eine Frage?!“

Jakob wurde neugierig.

„Ich habe bereits eine Vielzahl von Experimenten vorgenommen. Die erste Phase war bei allen Versuchen erfolgreich. Die zweite Phase wies etliche Anomalien auf, aber das ist nicht ungewöhnlich. Die mathematische Theorie ist unumstößlich und der eigentliche Beweis. Aber jetzt müssen wir zur dritten Phase übergehen. Ohne diesen letzten Beweis kann das Experiment nicht als erfolgreich angesehen werden.“

Jakob hatte mittlerweile Mühe, gedanklich zu folgen.

„Aha. Konkret. Was heißt erste, zweite oder dritte Phase? Ich kann dir nicht mehr ganz folgen.“

Albert stand auf. Er begann auf und ab zu laufen. Sein Gesichtsausdruck war ernst und vollends konzentriert. Jetzt sah er wirklich wie ein Professor aus. Nachdenkend, überlegend, fern von momentaner Realität. Fehlte nur noch das Zauselhaar, der Bart und eine runde Nickelbrille.

„Erste Phase bedeutet Materie auf die Zeitreise zu schicken. Zweite Phase ist sie wieder auf den Ausgangspunkt heißt in diese Zeit zurückzuholen. Unter Materie verstehe ich zunächst anorganisches Material. Nichts weiter. Okay?“

Er sah ihn an. Jakob nickte.

„Verstehe. Und dann?“

„Die dritte Phase besteht darin, organisches Material in die Zeitschleife zu befördern. Für uns bedeutet das...äh...tja...es bedeutet – somit vierte Phase - einen Menschen entweder in die Zukunft oder in die Vergangenheit zu schicken. Und wieder zurück. Vierte und letzte Phase. Sehr vereinfacht dargestellt. Wobei das mit der Zukunft wirklich Sciencefiction wäre, weil sie ja noch gar nicht passiert ist.“

Jakob sah ihn etwas amüsiert und verwundert an. Er konnte das nicht im Ernst meinen, was er da sagte. Jakob war außerstande, dem irgendwelchen Glauben zu schenken.

„Du verarscht mich jetzt schon, oder?"
Alberts Blick war immer noch ernst. Kein Muskel zuckte in seinem Gesicht. Seine Augen waren klar und er machte keinerlei Anstalten, dem zuzustimmen. Langsam schüttelte er den Kopf. Sehr langsam. So langsam, dass sich Jakob bewusst wurde, dass dieser Mann vor ihm etwas Unglaubliches entdeckt haben musste. Etwas, das allen Vorstellungen widersprach und das außerhalb jeglichen rationalen und pragmatischen Denkens angesiedelt war. Jenseits aller menschlichen Illusionen und Visionen. Glauben und Unglauben lieferten sich gerade ein Gefecht. Ein tiefes eigentümliches Gefühl beschlich Jakob, während er dem Mann vor ihm in die Augen sah.
„Das...das kann ich nicht glauben. Wie...wie soll das denn möglich sein???...ich...ich kann doch nicht den gestrigen Tag noch einmal erleben können. Oder doch???"
„Es ist durchaus kompliziert. Die Möglichkeit besteht, aber wir haben darauf nicht den Einfluss, den wir glauben, haben zu müssen. Zunächst müssen wir erst einmal das Prinzip verstehen."
„Also gut, ich versuche, dir zu folgen."
Jakob atmete tief ein und kniff die Augen enger zusammen.
„Okay...Einstein hat ja in seiner allgemeinen Relativitätstheorie festgestellt, dass durch Beschleunigung und einer hinreichend hohen Reisegeschwindigkeit in einer beliebig kurzen Reisedauer eine beliebige Zukunft erreicht werden kann. Der Lauf der Zeit ist natürlich auch abhängig von den Gravitations- und Beschleunigungsbedingungen. Gödel hat entdeckt, dass bei einer Rotation des Universums ein Zurückkehren in seine eigene Vergangenheit möglich sein kann. Heute wissen wir zwar, dass das Universum nicht rotiert, aber dass die Einsteinschen Feldgleichungen ein

Universum mit gleichförmig geschlossenen zeitartigen Kurven zulassen. Nach dieser Relativitätstheorie ist es denkbar, dass verschiedene Bereiche der Raumzeit durch Wurmlöcher miteinander verbunden sein könnten. Durch diese beiden Ausgänge in unterschiedliche Zeiten wäre es auch möglich, in die Vergangenheit zu reisen. Leider haben Berechnungen belegt, dass Wurmlöcher nicht stabil sind. Man bräuchte eine hypothetische Materie, die die negative Energiedichte zur Verfügung stellt. Eine so genannte exotische Materie, die ein Wurmloch stabilisiert. Das bedeutet, wenn ein Wurmloch hinreichend schnell rotiert, dann ist auch die Reise in die Vergangenheit möglich."
Er räusperte sich und sah zu Boden.
„Verstehe. – Und jetzt willst du mir sagen, dass du eine negative Energiedichte künstlich herstellen kannst? Mit irgendeiner Maschine?"
Jakob war über sich überrascht. Er hatte wirklich auf Anhieb verstanden, was Albert ihm da mitteilte.
Der sah ihn genauso überrascht an.
„Genau das will ich sagen. Ich sehe, du verstehst, um was es geht. – Hast du dich damit schon mal beschäftigt?"
„Nein, noch nie."
„Erstaunlich."
„Also...weiter."
„Ich möchte jetzt nicht in physikalische Details abdriften. Vorausgesetzt, dass es geschlossene Zeitschleifen gibt, die sich durch Gegenwart, Zukunft und Vergangenheit aneinanderreihen, dann wäre es eben durch die Wurmlöcher, die die Verbindungen darstellen, auch möglich, jeden beliebigen Punkt in den Schleifen anzusteuern. Allerdings haben wir dann ein gefährliches Paradox zu beachten. Kausalitäten können übereinander

geraten und Ereignisse können ihre eigene Ursache sein. Etwas flapsig könnte man sagen, es besteht die Möglichkeit, dass du auf einer Reise in die Vergangenheit deine eigene Großmutter versehentlich umbringst und dadurch eine kausale Dissonanz entsteht, die deine eigene Existenz ad absurdum führt. Dann wirst du niemals existiert haben. Deine Kinder natürlich auch nicht. Keine Eltern, keine Familie. Es ist für uns ziemlich schwer zu begreifen. Zum Beispiel auch, was passieren würde, wenn du deinem eigenen Ich begegnen solltest. Im Moment haben wir keinerlei Vorstellung von so einem Szenario und wir wissen auch nicht, welche Pfade eine verbeulte Raumzeit laufen kann. Aber eines wissen wir...!"

Er setzte sich und sah Jakob offen und beschwörend ins Gesicht.

Jakob spürte seinen Herzschlag, der sich plötzlich beschleunigte und er spürte seine innere Unruhe, seine Neugierde und sein Wissen-wollen.

„Ja...??"

„Ich habe Zugang zu einem Wurmloch und ich habe die mathematischen Gleichungen bewiesen. Und ich habe entdeckt, wie ich eine Hochverdichtung der Materie beschleunigen kann. Ich kann ein Portal zu einer anderen Zeit öffnen...!"

Der Professor hatte so intensiv und mit einer derart unbeschreiblichen Leidenschaft gesprochen, dass es Jakob gar nicht einfiel, ihm nicht zu glauben. Auch wenn diese Erkenntnis in seiner Abstrusität und auch Absurdität so weit entfernt war wie – nicht weit genug – wie ein gänzlich anderes Universum, war doch so viel Überzeugung darin enthalten, dass er gar nicht anders konnte, als ihm zu glauben. Mehr noch, er wollte jetzt alles wissen. Und wie um seine Fragen noch weiter zu forcieren, stand Albert auf.

„Komm´! Ich zeig´ dir was."

Jakob erhob sich und folgte ihm ohne zu Zögern. Seine Gespanntheit vergrößerte sich in einen unendlichen Raum und sorgte dafür, dass sich die Gedanken nur noch in einem Fokus fanden, der sich in astrophysikalischen Bildern reflektierte.

Sie betraten eine Kellertreppe. Der gewölbeartige Abgang zog sich spiralförmig nach unten und Jakob konnte nicht mit Sicherheit sagen, ob er ein oder doch schon zwei Stockwerke nach unten gegangen war. Dann standen sie vor einer großen Stahltür. Sie sah aus wie ein gigantischer Tresor, hatte in der Mitte ein Rad, das an ein Schiffsruder erinnerte und ließ erahnen, dass damit ein dahinter liegender Raum zu schützen war. Albert öffnete ein Kästchen neben der Tür. Eine kleine Tastatur kam zum Vorschein, in die er eine längere Zahlenkombination eintippte. Dann drehte er das Schiffsrad und zog die schwere Türe auf.

„Bitte einzutreten", forderte er lächelnd Jakob auf.

Der sah sich völlig unerwartet wieder nicht in einem Raum, wie er vermutet hatte, sondern er stand mitten in einer Halle. Zwei- vielleicht dreistöckig. Riesig. Das war kein Labor mehr, das war ein eigenes Gebäude. Unterirdisch. Unsichtbar für jedermann. Jakob sah Albert mit großen Augen an. Ihm fehlten die Worte und er hielt den Atem an. Alles hatte er erwartet, aber nicht so etwas.

„Nicht schlecht, was?" grinste ihn der Professor an.

„Aber wie...? Wie ist das denn möglich? Das sind doch mindestens zwei Stockwerke unter der Erde."

„Stimmt. Ich brauch den Platz für den Beschleuniger und den äußeren Schutzschirm.“
Er zeigte auf eine riesige zentrifugalähnliche Maschine, die sich hinter einer Absperrung als Mittelpunkt der Halle darstellte.
„Aber...wie kannst du das denn alles finanzieren? Das muss doch ein Vermögen kosten...“
„Allerdings. Wahrscheinlich könnte man damit etliche Städte der Welt sanieren. Oder sogar völlig überschuldete kleinere Drittweltländer. – Ohne die ganz speziellen Sponsoren kommst du da nicht weit. Der Bau ist privat. Alle Geräte sind finanziert durch...ah, das willst du nicht wissen...kommt von Menschen, die kein Interesse mehr an Geld haben, weil zu viel davon da ist. Die waren alle fasziniert von den Versuchsergebnissen. – Das kannst du dir vorstellen. Ein Teil kommt natürlich auch von den Forschungsgeldern.“
„Dir werden Forschungsgelder für Zeitreisenforschung zur Verfügung gestellt?“
Jakob sah ihn skeptisch an.
„Ääähh...ja, nein...natürlich nicht, es sind ... äh, es geht ja auch um Molekularforschung. Beeinflussung von molekularen Strukturen. Materialwissenschaft könnte man sagen...“
Jakob grinste.
„Aha. Hätte mich auch gewundert, wenn...“
Doch Albert winkte vehement ab.
„Nein. Nein. Alles korrekt. Wir haben ja auch phänomenale Ergebnisse bringen können. Das hat schon seinen Nutzen. Wir veruntreuen doch hier keine Gelder.“
Jakob wedelte mit der Hand.

„Ich versteh´ davon ja eh nichts. – Sag mir lieber, was das hier alles ist."
„Also das Riesending hier ist unser Beschleuniger der negativen Materie. Das heißt, wir können ein Wurmloch und somit ein Portal in den Zeitschleifen erstellen."
Jakob sah sich um. Er kam sich vor wie bei der NASA. Er zeigte auf die Wand mit den Monitoren und den Rechnern.
„Und das ist wohl die MissionControl?"
„So ist es. Das ist unsere Zentrale. Hier berechnen wir die Ausgänge des Wurmlochs. Hier steuern wir den Zeitpunkt der Abreise und versuchen, einen ungefähren Zeitpunkt festzulegen, wo die Ankunft stattfindet. Dafür haben wir ein geometrisches Programm, das uns anzeigt, wo genau wir den Ausgang ansetzen können. Leider sind Dauer, Geschwindigkeit, Beschleunigung und natürlich der exakte Zeitpunkt durch die Instabilität der exotischen Materie und der permanenten Umstrukturierung der Schleifen nahezu unmöglich festzulegen. Aber wir sind seit kurzem in der Lage, Materie zu orten und wieder hierher zurück zu holen."
„Intakt oder zerstört?" murmelte Jakob.
„Das ist eben nach wie vor ein Problem. Wir wissen es nicht. Kann so oder so sein."
„Wenn ich es richtig verstehe, dann kann man reisen, aber niemand weiß genau, wohin und niemand weiß, ob oder wie er zurückkommt. Stimmt das in etwa?"
Jakob sah Albert an. Der nickte nachdenklich und schwach.
„So in etwa. Darum brauchen wir auch das ultimative Experiment. Nur mit diesen Daten können wir die unbekannten Größen festlegen und filtern."
„Habt ihr schon ein Tier auf die Reise geschickt?"
„Natürlich."

„Und?"
Albert räusperte sich.
„Ihre Molekularstruktur hat sich verändert..."
„Wieso? Sind sie als Monster wieder aufgetaucht?..."
„Nein. Als das, was wir im Raum zuhauf sehen."
„Also nichts?"
„Staub, Gestein, Sandkörnchen. Der Ursprung!"
Jakob atmete tief ein und aus.
„Das klingt aber nicht sehr einladend..."
„Wir haben ein neues Programm, das die Molekularstruktur exakt berechnen kann. Wenn wir den korrekten Zeitschleifenpunkt feststellen können, dann kann sich dieses Programm auf das Subjekt drauf schalten. – Wir sind soweit, dass wir es wagen können. Aber jetzt brauchen wir ein denkendes Wesen, weil ein Sensor zu aktivieren ist, bevor das Wurmloch aktiviert wird. Versteh es einfach als Navigationssystem, das den genauen Standort festlegt, den wir dann fixieren können."
„Erinnert mich das nicht ans Beamen auf der „Enterprise"?"
Albert lachte schallend auf und schlug Jakob die Hand auf die Schulter.
„Haha, guter Vergleich. Utopisch, aber durchaus korrekt. Ich sehe, du verstehst die Zusammenhänge."
Jakob starrte auf die Riesenmaschine, die wie ein monströses Gebilde aus einer weit in die Zukunft reichenden Filmattrappe aussah. Einen Augenblick jagten sich Jakobs Gedanken in ein kaum vorstellbares Universum. Unwillkürlich kam ihm diese seine Welt klein und langweilig vor, unscheinbar und völlig isoliert. Er drehte den Kopf und sah Albert an, der ihn aufmerksam beobachtete.
„Und ich soll jetzt den Karnickel spielen? Oder gar Alice im Wunderland?"

„Nein. Nicht den Karnickel. Sondern den Forscher, den Entdecker, den Besucher und den Berichterstatter."

„Und wenn es schief geht?"

Das Nicken Alberts war ernst. Ernst, aber auch optimistisch.

„Dann bist du entweder tot oder befindest dich in einer anderen Zeit, in der du leben kannst und wirst. – Es ist für uns alle nicht nur eine große Chance, sondern auch ein Sprung in eine neue Dimension und eine ganz neue Art des Denkens."

Jakob atmete zum wiederholten Male tief ein und aus, während sich sein Blick wieder auf die Maschine vor ihm richtete. Er stand vor einer Entscheidung, die noch niemals vor ihm ein Mensch zu treffen hatte.

„Ich soll ein Testpilot sein…" murmelte er.

„So ähnlich. Jakob…ich möchte hier wirklich keinen falschen Eindruck erwecken. Das Experiment ist gefährlich und niemand kann garantieren, dass es überhaupt funktioniert. Aber wenn wir es nicht wagen, werden wir es auch niemals wissen. Und…ganz ehrlich…das halten wir Wissenschaftler und alle, die mit mir zusammen arbeiten, nicht aus und wollen das auch nicht. Das wäre Stagnation. Und in der Forschung gibt es keine Stagnation. Denn sonst wäre es keine wissenschaftliche Forschung."

Jakob sah ihn an. Zweifelnd und überlegend.

„Und warum gerade ich? Was befähigt mich denn für so was? Wäre es nicht besser, einen Wissenschaftler auf die Reise zu schicken, um die richtigen Daten sammeln zu können? Ich bin weder ein Wissenschaftler noch ein Astronaut oder sonst wie ein Abenteurer, der wenigstens den Hauch einer Befähigung hätte. – Ich habe doch bisher nur auf Sicherheit und Stabilität geachtet. Das Gefährlichste in meinem bisherigen Leben war doch lediglich, von meinem Bürostuhl zu fallen."

Er drehte wieder den Kopf und wartete auf eine Antwort. Albert räusperte sich kurz. Er sah zu Boden und irgendwie hatte Jakob den Eindruck, dass es ihm als Wissenschaftler fast peinlich war, dies jetzt zuzugeben.

„Nun...ja, du hast schon recht. Ich kann´s dir auch nicht genau erklären...mein Bauchgefühl hat mir gestern gesagt, dass du der Richtige bist. Frag nicht, warum und wieso. Selbst als Wissenschaftler habe ich ein Bauchgefühl, auf das ich mich immer verlassen konnte. Das sind wohl diese Empfindungen und inneren Kräfte, die die Wissenschaft nicht erklären kann und das wahrscheinlich die nächsten tausend Jahre auch so bleiben wird. Jedenfalls...Ich bin überzeugt, dass nur du dafür in Frage kommst."

„Hmmm...das überzeugt mich jetzt nicht gerade... Wissenschaftler und Bauchgefühl ist jetzt keine Verbindung, die mich beruhigen könnte."

Albert zuckte ganz unwissenschaftlich mit den Schultern.

„Mehr kann ich dir leider auch nicht sagen..."

„Nehmen wir an, es gelingt und ich befinde mich tatsächlich in einer Vergangenheit. Wie soll ich denn damit zurecht kommen, wenn ich nicht mal weiß, wie man zum Beispiel vor tausend Jahren gelebt hat? Da treten doch schon die Probleme auf. Ganz zu schweigen von der Zukunft. Da wäre ich doch total überfordert..."

„Wir würden dich auf jeden Fall in die Vergangenheit schicken. Nur in welche, kann ich dir unmöglich sagen."

„Kannst du dann zumindest einen ungefähren Zeitraum festlegen?"

„Ja, das neue Programm macht es möglich. Aber du kannst dir vorstellen, dass hundert oder zweihundert Jahre nicht

einmal eine Nanosekunde in der Erdgeschichte ausmachen werden. Trotzdem können wir den Ausgangspunkt festlegen und vor allen Dingen orten. Das ist das Wichtigste."
Jakob begann auf und ab zu laufen und rieb sich ständig über das Gesicht.
„Wie ist das mit dem Sender? Was ist, wenn ich ihn verliere? War es dann das??"
Albert schüttelte den Kopf.
„Nein. Wir werden ihn dir implantieren. Keine Angst, es ist ein unkomplizierter Eingriff und der Sender ist gerade mal drei Millimeter groß. Unsere Molekularstrukturforschung hat sich auch in diesem Bereich weiter entwickelt."
„Aha. So ein Sender braucht doch auch Energie. Wie lange hält dann so ein Akku?"
Albert lachte.
„Ungefähr tausend Jahre. Keine Sorge Jakob. Technisch gesehen sind wir unserer Zeit Jahrzehnte voraus."
Jakob war stehen geblieben und starrte den Professor an. Seine Gedanken jagten sich immer schneller. Er könnte jetzt einfach gehen und nicht mehr an diesen Ort, dieses Gespräch und diesen ganzen wissenschaftlichen Sciencefictionroman denken. Er könnte nach Hause gehen und sich wirklich mit den Realitäten auseinander setzen. Er könnte weiterhin ein Leben leben, das ihn nie ausfüllte und er könnte weiterhin im Internet nach Lösungen für sein Dilemma suchen. Ja, all das könnte er. Er brauchte gar nichts zu ändern, wenn er nicht wollte.
Aber. Er könnte aber auch in dieses Monstrum von Maschine steigen. Er könnte in die Vergangenheit reisen. Was ist, wenn alles wahr wäre, was Albert ihm erzählt hatte? Was wäre, wenn er wirklich in einer Vergangenheit auftauchen würde und vielleicht seinem eigenen Leben

sogar eine andere Richtung geben würde? Was würde mit der Menschheit geschehen, wenn das alles der Wahrheit entspräche???? Konnte er so überhaupt noch nach Hause gehen und weiterhin so tun, als ob das alles nicht passiert wäre? Nein, konnte er nicht, denn allein das Wissen würde ihn sein ganzes Leben lang verfolgen und erinnern. Nämlich daran erinnern, Chancen einfach vorbei ziehen zu lassen.

„Wann geht's los?!"

Wie eine Pistolenkugel schoss es aus ihm heraus.

Seine Frage enthielt eine unumkehrbare Entscheidung. Und sein Tonfall teilte dem Professor mit, dass ein Mann in diesem Augenblick seinem Leben eine entscheidende Wendung geben wollte.

„Wir brauchen drei bis vier Tage für die Vorbereitung und einem Testlauf. Am Samstag sind wir soweit. – Okay?"

Er sah ihn abwartend und hoffnungsvoll an.

Jakob nickte.

„Du wirst von uns mit allerlei Dingen ausgerüstet werden. Also brauchen wir dich am Donnerstag und Freitag hier...für einige wichtige Instruktionen und für das Implantat des Senders."

„Gut...was heißt eigentlich wir?"

„Wir sind eine Gruppe von Wissenschaftlern, die sich in diesem Bereich spezialisiert haben. Hier arbeiten im Moment achtzehn Menschen aus aller Welt. Du begibst dich in die Hände von den besten Astrophysikern der Welt. Zusammen mit Biologen, IT-Genies, Geologen und natürlich Medizinern. – Noch etwas... das ist hier alles Topsecret, klar? Ich bitte dich inständig, niemandem davon zu erzählen oder auch nur anzudeuten. Wenn du hier raus gehst, denk einfach nicht daran. Hiervon weiß wirklich nur ein ausgesuchter, sehr enger Kreis. Sollten davon

Geheimdienste, Regierungen oder noch schlimmere Konsorten erfahren, sind wir alle, und möglicherweise die gesamte Menschheit, mehr als gefährdet. Wir müssen sehr vorsichtig sein. Spione sind überall. Vergiss das nicht!"
Jakob nickte.
„Natürlich. Keine Sorge. Wenn ich was kann, dann schweigen. – Wann soll ich da sein?"
„Komm gleich Donnerstag morgen. Wir haben viel zu tun."
Jakob gab ihm die Hand und sah ihm fest in die Augen.
„Dann bis dahin, Albert."
„Ich freue mich, dass du zugesagt hast. Ich bin sehr zuversichtlich, dass es klappen wird."
„Ich bin gespannt..."
Sie verließen die Halle und Albert brachte Jakob bis zur Türe.
„Noch etwas, Jakob. Sollte das Experiment scheitern... dann...dann werden wir natürlich dafür sorgen, dass es deiner Familie an nichts fehlen wird."
Jakob sah ihn mit einem schrägen Grinsen an.
„Gut. Dann hat das ja wenigstens ein Gutes..."
„Das heißt natürlich, dass ein Erfolg auch bedeutet, dass du nie wieder für jemanden arbeiten musst, wenn du nicht willst. Auch das sollst du wissen."
„Wirklich? Siehst du, daran hab ich noch gar nicht gedacht... hab vielleicht doch mehr Forschergeist in mir als ich selbst geglaubt habe...Ciao, Albert."
„Bis dann Jakob."
Als er wieder auf der Straße stand, sah er in den Himmel. Ein paar Wolken hatten sich vor die Sonne geschoben und die grellen Strahlen traten in den Wolkenlücken plastisch hervor. Jakob sah durch sie hindurch bis in die Unendlichkeit. Seine Vorstellung wanderte in den Raum

und blieb auf einer Zeitschleife sitzen. Es war wie das Fahren auf einer Achterbahn, rauf und runter, immer schneller. Dinge flogen rasend schnell vorbei, Menschen und Situationen machten nicht einmal Halt, fragmentierten sich in Momentaufnahmen und verloren an Wichtigkeit. Es galt nur noch die Reise auf einem imaginären Leitstrahl, der ihn weiter und weiter brachte und doch kein Ziel brauchte. Das einzige Ziel, das sich ihm offenbarte, war der Sinn eines Lebens, der sich in dem, was er Geist nannte, etablierte.

*

Jakob hatte mit seinen Töchtern gesprochen. Er konnte sich nicht erinnern, wann er das letzte Mal ein solches ernsthaftes Gespräch mit ihnen geführt hatte. Und auch die Mädchen verhielten sich anders als sonst. Sie waren ernst – und sie hörten ihm zu. Er versuchte, so einfühlsam wie möglich zu sein, versicherte ihnen, dass ihre Mutter und ihr Vater die Trennung so gut wie möglich über die sprichwörtliche Bühne bringen würden. Und er betonte, dass er als Vater weiterhin ein Vater sein wollte. Immer, solange es notwendig sein würde. Auch wenn er den neuen Mann nicht kannte und auch nicht den Drang verspürte, diesen Zustand demnächst ändern zu wollen, gab er seiner Zuversichtlichkeit Ausdruck, dass sich das zukünftige Leben der Kinder harmonisch weiter entwickeln würde und sollte. Jakob versteckte gekonnt eine gewisse Traurigkeit, aber er hatte den Eindruck, dass seine Töchter ihm nicht so recht glaubten, auch wenn sie nichts sagten. Überrascht nahm er zur Kenntnis, dass sie ihm versicherten, regelmäßigen Kontakt mit ihm haben zu wollen. Das hatte er so nicht erwartet, aber er registrierte es mit großer Freude.

Gleichzeitig wurde ihm aber auch bewusst, dass sich am Samstag alles ändern konnte. Niemand wusste, wie sich das Experiment und das Abenteuer, auf das er sich eingelassen hatte, verlaufen würden. Vielleicht war er sonntags bereits tot. Vielleicht hatten die Kinder am Sonntag gar keinen Vater mehr. Paradoxerweise bereitete es Jakob keine Sorgen, wusste er doch, dass in diesem Falle eine neue Familie entstanden war, die zwar die Situation personell neu ordnete, aber in ihrer Grundstruktur erhalten blieb.
Nach diesem Gespräch zog sich Jakob nachdenklich zurück. Er dachte an das, was noch zu erledigen war. Seine Anwälte hatten bereits alle nötigen Schritte unternommen. Ein Testament hatte Jakob bereits vor ein paar Jahren notariell festgelegt und er hatte nicht vor, es zu ändern. Seine Familie war in jedem Fall versorgt. In seiner Gründlichkeit war Jakob der auferlegten Pflicht in allen Belangen nachgekommen. Es war nichts mehr zu tun. Alles war gesagt und getan. Das war die Pflicht. Jetzt kam die Kür.

Der folgende Tag war der Donnerstag. Das war der Beginn eines Abenteuers, das immer noch einen nebulösen Raum beanspruchte, der weit außerhalb jeglichen verstehbaren Gedankens angesiedelt war. Jakob wurde sichtlich nervös. Und er bekam Angst. Auf was hatte er sich eingelassen? Warum war er darauf eingegangen? Spielte sein Gehirn verrückt, weil sich seine Lebenssituation so drastisch verändert hatte? Menschen verloren nach Schicksalsschlägen, wie es jetzt eben doch bei Jakob war, Vernunft geleitete Gedankengänge. War es bei ihm jetzt auch soweit, dass er jegliches Risiko außer acht ließ? Es war doch eine abstruse und wahnwitzige Vorstellung, in eine Maschine zu steigen und zu erwarten, dass er in einer anderen Zeit an einem anderen Ort wieder aussteigen konnte. Das war doch Quatsch und völliger Unsinn!! Was soll das – Zeitreisen?? Aber...Albert war so überzeugend gewesen...alles war so schlüssig und nachvollziehbar, dass man gar nicht anders konnte, als einer Fiktion den Wahrheitsgehalt zu geben, der sich dann vielleicht doch als Wirklichkeit etablierte. Jakob spürte, wie sich alle Härchen auf seiner Haut aufrichteten. Er würde der allererste Mensch auf dieser Welt sein, der aufgrund der technologischen Voraussetzungen in ein Experiment stieg, das bisher nur Theorie gewesen war. Und das Risiko für ihn war gar nicht kalkulierbar. War es das wert? Was ist, wenn er sterben musste? Allein dieser Gedanke machte ihn verrückt! Sterben! Niemals hatte er darüber ernsthaft nachgedacht. Und wie ist das überhaupt, wenn man stirbt? Was passiert denn dann? In diesem letzten Moment. Hatte man Schmerzen, war man traurig oder bekam man von dem Sterbevorgang sowieso nichts mit? Was spielt sich in diesem ultimativ letzten irdischen Moment im Menschen ab? Er hatte einmal gelesen, dass der Mensch einen winzigen Augenblick das größte Wissen in sich trägt, das vorstellbar ist – das Wissen des Lebens und des Todes. Das Wissen um die vertanen Möglichkeiten oder die Überzeugung, dass alles gut gewesen war. Im Angesicht des Todes hatte Immanuel Kant gesagt: Es ist gut! Damit meinte er, dass alles in seinem Leben, was er getan und nicht getan hatte, gut gewesen war. Nichts war zu bereuen und nichts wurde bedauert. Wenn dem so ist, dann kann man sterben. Und was war dann? Alles weg und vorbei? Was, wenn die vielen Nach-dem-Tod-Theorien doch stimmen sollten? Ein Leben in einer anderen Dimension, körperlos, reine Energie. Und wie war das mit der Reinkarnation? Die

Buddhisten und die Hindus glaubten an so was. Wiedergeboren in einem anderen Körper. War das wirklich möglich? Was, wenn....?

Jakob schüttelte sich und begann wie ein Tiger auf und ab zu laufen. Er wollte doch gar nicht sterben, warum sagte er solch einer Verrücktheit eigentlich zu? Er wollte doch leben, ohne großes Risiko, nur neu konstruiert und neu organisiert. Mit einer neuen Ordnung und einem neuen Tagesablauf. Ein Leben, das kalkulierbar und planbar war, ganz ohne die Fragezeichen, ganz ohne ein ´was wäre, wenn...!`

Ein kleines wildes Wesen schrie ihm ins Ohr. Ein winziges Wesen, aus dem eine laute Stimme aus einem überdimensionalen Mund herausschrie. Jaaajaajaa, Langeweile, du Arschloch, jeden Tag dasselbe, nur nichts anders machen, immer auf der scheinbar sicheren Seite. Vollidiot!!! Spießer!!! Du bist doch schon tot, wenn du so leben willst!!! Du Schlappschwanz!!! Das imaginäre Wesen schrie so lange in sein Ohr und sein Gehirn, bis er sich mit beiden Händen an die Schläfen schlug. Aber...wenn...es muss doch....!! - Halt die Fresse und denk nach!!!!...schrie der kleine Schreihals erneut. Diese Chance bekommt man nur einmal – wenn überhaupt. Diese Chance hat noch niemals irgendjemand bekommen! So etwas nennt man Premiere, du Idiot!

Er hob den Kopf und starrte in die Leere. Augenblicklich überkam ihn ein ganz anderes Gefühl. Längst verschüttete Gedanken schwemmten eine sich überschlagende Welle aus den Untiefen von vergessenen Träumen und Wünschen nach oben in die Sichtbarkeit und Wahrnehmbarkeit der menschlichen Sehnsüchte. Jakob spürte die Expansion seiner eigenen, lange unterdrückten Emotionen. Wollte er nicht schon seit seiner Jugend an das Neue entdecken, das Fremde, diesen Bereich, der den meisten Menschen nicht offenstand, weil sie unfähig waren, diese Türen in andere Dimensionen öffnen zu können? Aus Angst vor dem Unbekannten. Nicht jeder ist bereit für das Unbekannte. Nicht jeder will es wissen, was hinter dem vermeintlichen Horizont existiert. Nicht jeder interessiert sich für das, was unser Geist gar nicht verstehen kann. Jakobs kleine Gestalten der Neugierde begannen, die bis dahin verschlossenen Tore zu öffnen. Lachend winkten sie ihm zu, lockten ihn durch das erste Tor, durch das zweite, durch alle anderen. Es wurden immer mehr, sie verbreiteten Freude und Zuversicht, sie verbreiteten lebendigen Sinn und den unbedingten Willen des Wissen-wollen, des Verstehen-wollen, des Sehen- und Begreifen-wollen, sie breiteten das Licht des Lebens auf einem paradiesischen Teppich aus, der aus den Verknüpfungen von Sinn und Lebenslust gewebt war. Unter all den Verknüpfungen traten Maschen zutage, die Entdecker- und Forscherdrang symbolisierten und durch ihre grellen Farben den Urgrund des menschlichen Seins darstellten. Und Jakob Kolb verdrängte damit alle Ängste, alle Sorgen, alle Gedanken nach Sicherheit und Planbarkeit, nach Statik und...nach Langeweile. Er begann sich wohl zu fühlen in seiner neugeborenen Lust nach Entdeckung, Forschung und Erkenntnis. Die mahnenden Zeigefinger der Security-kobolde ignorierte er und verbannte sie in die dunklen Zonen seiner nur menschlichen Eigenart. Er dachte über einen Begriff nach, den alle kennen und dessen Frage danach niemand richtig und klar beantworten kann. Was ist Zeit?

Seit 2500 Jahren fragt man sich, was Zeit eigentlich ist. Eine schlüssige Antwort ist bis heute nicht gefunden worden. Ist

Zeit das, was die Uhr anzeigt? Oder ist Zeit das, was man hat, wenn man die Uhr wegwirft? So oder ähnlich lauten die Antworten, wenn man die Menschen auf der Straße fragt. Mitunter kann man jeden mit der Frage „Was ist Zeit?" in Verlegenheit bringen. Jedenfalls bekommt man darauf seltener eine präzise Antwort als auf die Frage, wie viel Uhr es ist. Nur weil wir wissen, was eine Uhr ist und dass sie zur Zeitmessung verwendet wird, können wir immer noch nicht sagen, was die Uhrzeiger da überhaupt anzeigen und worum es sich bei „Zeit" denn handelt. Niemand kann es definieren und trotzdem ist laut Statistik „Zeit" das neben „Mama" meistgebrauchte Substantiv in der deutschen Alltagssprache.

Der Mathematiker Lambert schrieb 1770 an Immanuel Kant, dass die beste Definition wohl immer die sein wird, dass Zeit Zeit ist. Einstein sah in der Zeit eine hartnäckige Illusion – genauso wie Tolstoi, der von der „Illusion der Zeit" sprach. Heidegger, der Existenzphilosoph, sprach vom „Sein zum Tode" und die Theologen erkennen in der Zeit „den Anlauf zur Ewigkeit". Psychologen sehen in ihr ein Empfinden ohne Sinnesorgan, Sozialwissenschaftler ein Mittel, um im Rahmen der Vergänglichkeit Ordnung zu schaffen und die nicht wegzudenkenden Ökonomen verteidigen den Glaubenssatz „Zeit ist Geld". Selbst Martin Heidegger als Verfasser von „Sein und Zeit" gestand seine Ratlosigkeit offen ein. Die Zeit ist und bleibt es wohl auch – ein verwickeltes Rätsel mit vielen unterschiedlichen Lösungen. So hat auch Thomas Mann im „Zauberberg" gesagt, als er die Frage stellte „Was ist Zeit?"... „Ein Geheimnis – wesenlos und allmächtig."

Über Zeit lässt sich unmöglich nachdenken, ohne die Grenzen der menschlichen Intelligenz zu empfinden.

Vielleicht sollte man dem Rat des Philosophen Ludwig Wittgenstein folgen, man solle unlösbare Fragen gar nicht erst lösen wollen, sondern von ihnen geheilt werden.

*

Die hölzernen Dielen knarrten, als Norbu langsam ans Fenster trat. Er drückte die Stirn an die Scheibe und sah hinunter auf den Platz. Menschen waren dort unten. Menschen und Fahrzeuge. Lastwagen, die Menschen transportierten. Die Fahrzeuge waren in einer exakt geraden Reihe aufgestellt worden. Menschen liefen durcheinander. Einige schrien andere an und fuchtelten wild mit den Armen. Sie sahen alle gleich aus. Soldaten! Norbu spürte, wie ihm der Schweiß ausbrach. Er hatte Angst. Nicht erst seit heute. Schon länger. Schon sehr lange. Die Angst war bisher subtil und unterschwellig gewesen, hatte immer auch den Hoffnungsschimmer in sich getragen, der Norbu sagte, dass nichts verloren war. Doch als die Soldaten vor ein paar Wochen in das Dorf gekommen waren, als sie rasend schnell die Macht und das Sagen für sich beansprucht hatten – da starb auch die Hoffnung und die Überzeugung, dass Menschen immer eine – gleichgültig, wie auch geartete – Moral in sich tragen würden. Seit gestern wusste Norbu, dass das nicht so war, dass Menschen eine weit über alle Dimensionen ragende Aggressionsbereitschaft in sich entfesseln konnten. Und es nur eines Auslösers und einer seltsamen Indoktrination bedarf, um jegliche Achtung, Respekt und Mitgefühl im Keim sterben zu lassen.
Sie hatten ihn am Nachmittag gebracht und verachtenswert und wortlos übergeben. Es war der Mönch Gendun, den sie

vor drei Tagen einfach mitgenommen hatten. Er war dazwischen gegangen, als sie willkürlich auf einen Mann eingeschlagen hatten. Er hatte sie beschimpft und bloßgestellt. Dann hatte er sie beleidigt und angeklagt. Sie nahmen ihn einfach mit. Er wehrte sich nicht. Er ließ es einfach geschehen. Gendun war ein wacher, aufmerksamer und sanfter Mönch gewesen. Seine Augen konnten lächeln, wie Norbu es noch von keinem Menschen gesehen hatte. Mit fünf Jahren war er von seinen Eltern ins Kloster geschickt worden, war mit achtzehn als Mönch ordiniert worden und hatte das Potential eines Lama in sich. Sie alle waren überzeugt, dass Gendun irgendwann einmal der Abt dieses Klosters werden würde. Dazu war er bestimmt. Das war sein Weg in diesem Leben. Bis gestern....

Er lebte noch, als sie ihn brachten. Aber niemand erkannte ihn mehr. Sie hatten ihm Kiefer und Zähne eingeschlagen. Die Nase war mehrfach gebrochen und ihm war ein Auge ausgestochen worden. Sein Atem war flach und er war nicht ansprechbar. Als sie ihn untersuchten, stellten sie fest, dass ihm das Hüftgelenk zertrümmert worden war. Die Nieren waren zerquetscht worden. Allein das war schon ein Todesurteil. Die Soldaten mussten gewütet haben wie Irre. Sämtliche Fingernägel waren herausgerissen und alle Handknochen waren entweder zertrümmert oder zerbrochen. Als sie ihm das Mönchsgewand auszogen, stöhnten sie auf. Gendun hatte keine Genitalien mehr. Manche Mönche konnten den Anblick nicht mehr ertragen und verließen die Kammer. Gendun verblutete grausam. Er kam nicht mehr zu Bewusstsein und Norbu dankte dies Buddha. Noch niemals hatte er solch eine Brutalität erlebt. Noch niemals hatte er sich vorstellen können, wie ein Mensch überhaupt auf den Gedanken kommen konnte, einen anderen Menschen zu Tode zu foltern. War es die Lust an den Qualen seines Opfers? Oder war es wirklich die Macht an sich, die alles Menschliche aus dem Gehirn entfernte und nur noch das tiefste Animalische zuließ? Norbu verstand es nicht und er würde es nie verstehen. Als er Gendun zudeckte und das Zimmer verließ, starb etwas in ihm. Und er befürchtete die dunkelsten Zeiten, die er und sein Volk erleben würden. Zeiten, die in dieser Abart noch niemals stattgefunden hatten. Er wusste, dass sie den Soldaten ausgeliefert waren. Sie konnten sich nicht wehren, sie konnten sich nicht widersetzen. Sie konnten nur das Schicksal akzeptieren und beten.

Norbu war nicht in der Lage, die Situation auch nur ansatzweise erkennen zu können. Alles würde noch viel schlimmer werden, als er sich das in seinen wildesten und angstvollsten Träumen vorstellen konnte. Niemand konnte es sich vorstellen. Und niemand wollte es sich vorstellen. Der Schrecken, der sich schon seit Jahren abgezeichnet hatte, bekam nun ein Gesicht und eine Struktur. Es war die Struktur der Zerstörung, der Gewalt und des Untergangs. Und niemand konnte dem Einhalt gebieten. Denn sie waren in diesem Kloster nur Mönche. Sie kannten keine Gewalt. Sie kannten nur Frieden, Hingabe, Mitgefühl und Liebe. Norbu ahnte, dass diese Begriffe von nun an keinen Schutz mehr boten. Der Tod hatte begonnen, die Sense zu schärfen – um sie gnadenlos zu benutzen...

*

Das Brummen hatte eine so tiefe Frequenz, dass die Beine von Jakob zu Vibrieren begannen. Hektische Geschäftigkeit wandelte die Halle mit den vielen Apparaten und Geräten in eine Bahnhofshalle um. Menschen rannten durcheinander, gaben Befehle, meldeten fertig erstellte Programme, ließen andere wissen, dass sie bereit waren oder brachten noch Materialien in den Beschleuniger. Permanent war ein Quietschen, ein Summen, ein Piepen und ein Heulen zu hören, das mitunter in den lauten Gesprächen der Wissenschaftler unterzugehen drohte. Albert stand mit drei anderen Wissenschaftlern vor einer Armada von Bildschirmen, auf denen Kurven, Zahlen, Farben und Spektren zu sehen waren. Immer wieder zeigten sie auf eine der Linien, um wiederum zu diskutieren und zu debattieren. Dann drehte sich Albert um und trat zu Jakob, der völlig allein vor der Absperrung des monströsen Beschleunigers stand.

„Also, Jakob, es ist soweit. Alle Systeme arbeiten einwandfrei. Keine Komplikation, keine Probleme, alles prima. Bist du soweit?"

Jakob nickte. Er war nervös und sehr aufgeregt. Sein Pulsschlag hämmerte wie wild und er versuchte verzweifelt, sich zu beruhigen.

„Ja, bin ich."

Albert zog ihn beiseite. Eine Frau mit Brille gesellte sich zu ihnen. Es war Dr. Edwina Biloschenko, eine Russin, Medizinerin und Molekularbiologin. Sie hatten sich schon am Vortag kennen gelernt, als die gesamte Mannschaft und Jakob im Besprechungsraum saßen und die letzten Erkenntnisse diskutiert wurden. Jakob wurde dahingehend aufgeklärt, wie der Zeitsprung vonstatten gehen würde und auf was er sich in den minimalen Augenblicken des Sprungs einzustellen hatte. Er war noch einmal untersucht worden und es wurden ihm auch noch einige Impfungen verabreicht. Dann wurde er auf seine Aufgabe vorbereitet. Er würde zum Chronisten werden, zum Reporter, Berichterstatter, Analyst, Entdecker und Forscher. Oder einfach zum individuellsten Abenteurer aller Zeiten.

„Ich gebe Ihnen noch eine Injektion. Eine Substanz, die die Leukozyten hochfahren lässt. Wir wissen ja noch nicht, inwieweit sich Ihr Blutbild verändern könnte. Haben Sie Ihr Notfalltäschchen?"

Jakob klopfte auf die Seite, an der der kleine schwarze Beutel befestigt war.

„Alles da."

„Gut. Wie fühlen Sie sich?"

„Bisschen aufgeregt, aber sonst gut."

„Möchten Sie noch etwas zur Beruhigung?"

„Nein, geht schon. Danke."

„Sicher?"

Jakob nickte.

„Also gut. Viel Glück und gute Reise. Ich beneide Sie, Jakob."

„Wirklich?"

Dr. Biloschenko nickte bestätigend.

„Ja, wirklich. Das kann die größte wissenschaftliche Erkenntnis seit Menschengedenken sein. Und ich bin sicher, dass es klappt. Sie werden berühmt werden, Jakob."

Sie lächelte und klopfte ihm auf die Brust.

„Es reicht schon, wenn ich so wie ich bin zurückkomme. Mehr will ich gar nicht."

Ein Mann trat zu ihnen. Es war Markus Söll, der Techniker. Der Erfinder und Bastler unter den Akademikern. Er war es, der Jakob mit einem Equipment ausstattete, das es ihm ermöglichte, im Falle des Erfolges auch Beweise mitzubringen. Er hatte ein kleines Etwas in der Hand, das er Jakob überreichte.

„Hier hab ich noch etwas Wichtiges. Das ist eine Kamera. Hochauflösend. Das Beste, das im Moment besteht. Hat nicht einmal die NASA. Haben nur wir."

„Oje, wenn ich sie kaputt mache, wie viel Jahrhunderte muss ich arbeiten, um sie bezahlen zu können?"

Söll lachte laut auf.

„Wir rechnen in Jahrtausenden, Jakob."

„Na toll..."

„Spaß beiseite. Hier schaltest du sie ein."

Er gab das kleine Ding Jakob in die Hand. Sie bedeckte gerade die Handfläche. Und nicht einmal ganz. War flach wie ein Pappdeckel. Hightech!!

„Wenn sie eingeschaltet ist, öffnet sie den Sucher. Man kann das optisch gar nicht erkennen, also wunder dich nicht. Die Bilder, die du gemacht hast, kannst du ansehen, indem du diesen Sensor etwa fünf Sekunden drückst. Löschen – wenn nötig – mit dem Touchscreen. Wie du es auch von den Smartphones kennst. Die Lichtmessung wird automatisch angeglichen, etwa 10000 Felder. Du brauchst nur den Sensor betätigen, dann werden Bilder gemacht. Mach soviel wie nur geht. Tag und Nacht spielen keinerlei Rolle. Die Kamera macht den Abgleich automatisch. Den Speicher bringst du eh nicht voll. Und keine Angst wegen der Batterie. Es ist die gleiche Energiequelle wie dein implantierter Sender. Alles soweit klar?"

Jakob nickte.

„Alles klar."

Söll gab ihm die Hand und wurde ernst.

„Viel Glück Jakob. Und pass´ auf dich auf. Ich will dich wieder hier sehen. Gesund und munter und in einem Stück. Versprochen?"

„Ich werde mein Bestes tun, Markus. Danke für die Einweisungen."

„Schon okay. Ich beneide dich. Mach´s gut."

„Tss...jeder beneidet mich. Du vielleicht auch noch, Albert?"

„Das tue ich ganz gewiss. Wir beneiden dich alle. Das kannst du glauben. – Also, los geht´s!"

Jakob nahm seinen Rucksack auf. Er hatte Kleidung an, die aus der Raumfahrt abstammten und in seinem Rucksack befanden sich die kleinsten Geräte der Welt. Zum Analysieren, Auswerten, zum Dokumentieren. Er hatte ein winziges Lexikon dabei, in dem er die gesamte Menschheitsgeschichte nachlesen konnte. Von den Anfängen des Menschwerdens bis in die Neuzeit. Über gesellschaftliche Veränderungen, über Pflanzenkunde, Geologie, Geographie, Kultur und natürlich eine virtuelle Weltkarte, in der die Länder der Erde mit seiner gesamten Historie aufzufinden waren. Die Mediziner der Gruppe hatten ihm einen Scanner eingepflanzt, der sich hinter dem Augapfel befand. Albert hatte ihm das alles im Rahmen der Nanotechnik erklärt, aber Jakob hatte abgewunken. Er verstand eh nichts davon. Wichtiger war für ihn die Funktion. Mittels eines Lasers konnte das Lexikon durch das Auge nicht nur gelesen werden, sondern wurde sofort in das Erinnerungs- und Lernvermögen des Gehirns transportiert und gespeichert. Jakob wollte es gar nicht so genau wissen, wie man ihm in seinem Auge herum gefummelt hatte. Schon der bloße Gedanke daran entfachte in ihm ein frostiges Ekelgefühl, das ihn schüttelte wie wenn er nackt am Nordpol stehen würde.

Die Waffe, die man ihm gegeben hatte, war etwas anderes. Zuerst hatte Jakob ein unangenehmes Gefühl, als er sie in der Hand hielt. Sie sah aus wie ein Spielzeug. Ein kleiner Zylinder, der sich erst in der Hand anpasste. Biomechanik, Biokinetik. Irgendwas mit Bio, hatte man ihm gesagt. Es war wie ein lebendes Wesen, wenn er das anfühlende Metall ein bisschen fester drückte und es sich wie ein träge fliesender Brei seiner Hand anpasste. Die Waffe hatte die Wirkung einer EMP. Also einer Impulswaffe, die die sich umgebende Luft verdichtete und sie wie ein Ball auf das Ziel schleuderte. Lautlos und unsichtbar. Aber genauso tödlich wie eine konventionelle Waffe. Nur mit dem Unterschied, dass es nicht magnetisch war. Söll nannte sie „Scotch", weil die Wirkung bei zu viel Energie dieselbe war.
Jakob zog die Riemen fest und trat vor die Absperrung. Noch einmal sah er sich um. Alle Wissenschaftler saßen an ihren Plätzen. Außer Albert und Markus. Sie standen hinter ihm und nickten ihm aufmunternd zu. Der Beschleuniger öffnete seinen Schlund und Jakob trat hinein. Innen stand ein Sessel mit Gurten. Er sah aus wie der Zahnarztstuhl, in dem man dann dem Grauen entgegensah. Er setzte sich hinein und zog die Riemen fest. Albert hatte ihm erklärt, dass nicht der Stuhl nicht, sondern nur der Raum um ihn herum. Es konnte sein, dass ihm übel wurde, aber auch dafür hatte er Medikamente dabei. Noch einmal sah er durch die Luke. Albert hob beide Daumen und Markus den Arm. Sie lächelten ihm aufmunternd zu. Dann wurde die Türe geschlossen.
Augenblicklich verschwanden alle Geräusche. Es war totenstill. Nichts rührte sich. Nichts hörte er. Nichts vernahm er. Nur dieses dumpfe dunkle Vibrieren, das seinen Körper durchflutete und der umfassende, fast nicht

wahrnehmbare Ton bestätigte ihm, dass es begonnen hatte. Was sich jetzt verändern würde, wusste er nicht – und konnte es sich auch nicht vorstellen. Er bemerkte nur, dass sich alles zu drehen begann. Oder doch nicht? Was drehte sich? Die Wand des Beschleunigers veränderte sich, aber sie drehte nicht. Er sah an sich hinunter. Der Stuhl stand noch so, wie er auch vorher gestanden hatte. Aber er begann langsam zu verschwimmen. Das Bild wurde unklar. Jakobs Augen begannen zu tränen – und die Wand vor ihm löste sich auf. Ein leises Pfeifen war das einzige, was zu hören war und auch da war er sich nicht sicher, ob sein Geist ihm nicht etwas vorgaukelte. Dann verschwand das Licht. Es wurde dunkler und dunkler. Dann war nichts mehr da. Als wenn sich der gesamte Behälter ins Nichts aufgelöst hätte, befand er sich in einem leeren, unendlich wirkenden Raum. Jakob starrte in ein dunkles Nichts. Panik überfiel ihn und er wollte schreien. Aber kein Ton drang aus seiner Kehle. Er wollte den Mund öffnen, aber es ging nicht. Er fühlte den Schwindel aufsteigen, der augenblicklich wieder verschwand, die Schwerkraft löste sich auf und er fühlte sich leicht und leichter. Dann begann der Schwindel wieder, wurde immer größer und sein Magen signalisierte Gefahr. Er fühlte seine Gliedmaßen nicht mehr und er verlor die Berührung mit dem Rucksack, seiner Kleidung und sogar seiner Schleimhäute im Mund. Alles wurde trocken, verschwand, löste sich auf – und dann hatte er das Bewusstsein für seinen Körper verloren. Damit auch den Schwindel, den nur noch sein Geist zu verarbeiten hatte. Er vernahm nur noch reinen Geist und reine Energie. Materie war vollständig verschwunden. Gefühle dafür existierten nicht mehr und Bilder drehten sich in unsagbarer Geschwindigkeit. Sein Geist hatte den Körper verlassen und er erkannte das tiefe Universum, das sich öffnete, ohne dass er es visualisieren konnte. Die Sinne dazu waren nicht mehr vorhanden. Eine andere unbekannte Ebene hatte die Wahrnehmung übernommen. Nach wie vor war alles tiefschwarz und ohne einen einzigen Anhaltspunkt. Er versuchte den Geist zu zentrieren, zu fokussieren, er versuchte sich auf irgendetwas zu konzentrieren, um nicht abzudriften und verrückt zu werden. Grenzen wurden überschritten und noch immer nahm er nur den dunklen Raum wahr. Es kam ihm gar nicht in den Sinn, dass er vielleicht schon tot war und nur der letzte Rest seines Geistes noch einen Anflug von Erinnerungen zusammenbrachte. Unfähig, dieses Vorkommnis zu verstehen, ließ er sich treiben.

Er fühlte sich nicht tot. Er fühlte sich lebend. Und er verspürte mit einem Mal keinerlei Angst mehr. Die Trennung von Körper und Geist konnte keine Angst mehr aufrufen. Alles war leicht, schön und weit. Zum ersten Mal in seinem Leben war er einen wunderbaren Augenblick völlig frei von Gedanken, Sorgen und Problemen. Der riesige Ballast des materiellen Körpers war weg und er sah in die universelle Ewigkeit. Tief konnte er auf einmal in den Raum sehen. Es entstand eine bewusste Wahrnehmung in die Unendlichkeit, in den Weltraum, dessen Beschreibung keine Worte mehr gerecht werden würden. Die göttliche Ruhe um ihn herum war magisch und entfachte den größtmöglichen Enthusiasmus, dem sich ein Mensch hingeben konnte. Er konnte plötzlich die Gestirne erkennen, die riesigen Gasnebel, Planeten, Sterne, Galaxien. Als Punkt, als Nebel, spiralförmig, flach, geballt, rotierend, getrennt und doch verbunden. Großartig, wunderbar, göttlich. Das absolute Paradies aller Existenz! Niemals hatte er solch brillante Farben gesehen, die die Spiralnebel preisgaben. Es war ein Märchen aus Rot, blau, gelb, orange, grün und millionenfacher Nuancen, die gegenseitige Trennlinien aufhoben und dem Geist Jakobs eine Erkenntnis bereitstellte, die niemals zuvor einem Menschen zuteil geworden war. Das Verstehen von Werden und Vergehen entfachte ein Feuer der absoluten außermenschlichen Faszination und Enthusiasmus, das in diesem Moment nur Jakob offenstand. Und wäre er sich seines Körpers noch bewusst gewesen, hätte er zu weinen angefangen. Zu weinen vor Glück und dem Wissen, dass das Leben und das Bewusstmachen von Leben das größte Wunder darstellt, das das Dasein und die Existenz zu bieten hat. Kein einziger Gedanke verirrte sich in den absoluten Augenblick, der die uns bekannten drei Zeiten einfach negierte.

Da!!! Ein Blinken!!! In der weiten Ferne. Welche Ferne?! Hier gab es keine Maßeinheit, es gab den Begriff Entfernung nicht. Aber das Blinken!! Ein Stern?! Es kam immer näher, wurde größer und größer. Das Blinken wurde zum Leuchten. Das Leuchten wurde zum Anhaltspunkt. Immer greller, immer heftiger, immer größer. Jakob fühlte seinen Körper immer noch nicht. War er weg? Verschluckt durch die schwarze Materie? Aber dieses Licht – es wurde immer mehr, immer größer und immer heller. Und genau in diesem Augenblick konnte sein Geist die rasende Geschwindigkeit ausmachen, mit der er auf das Licht zustürmte. Jakob bekam Angst, Panik machte sich breit und er wollte sich in seinen Sessel stemmen. Aber er hatte keinen Sessel mehr, er hatte auch keinen Körper mehr, er konnte nur durch die reine Energie das Licht auf sich zurasen sehen. Er wollte schreien, aber er wusste nicht wie und mit was. Er wollte die Hände heben, aber alle Materie hatte sich längst aufgelöst. Er konnte nur noch auf eine Sonne starren, die auf ihn zuraste und ihn in den nächsten Sekunden zu verschlingen und zu vernichten drohte. Er meinte, diesen unbeschreiblichen Lärm zu hören, der auf ihn eindonnerte und er meinte von irgendwo her Stimmen zu hören. Er wollte die Augen schließen, aber der Befehl verlor sich im leeren Raum. Dann war das Licht so groß, dass es den schwarzen Raum vollständig verdrängte. Er meinte, wieder diese Stimmen zu hören und er meinte, Geräusche zu hören. Er wollte sie hören, aber er wusste, dass alles ein Trugschluss war. Sein Geist kreierte den Dämon der Illusion, der das grässliche Maul weit aufriss und ihn zu verschlingen drohte.

In diesem Moment schloss er die Augen, schrie etwas hinaus, hörte endlich wieder seine eigene Stimme und vernahm sein eigenes hektisches Atmen. Dann schlug ihn etwas in den Nacken, er spürte sich auf dem Rücken aufschlagen und sein Kopf knallte gegen etwas Hartes. Unwillkürlich wurde ihm ein Gewicht auf die Brust gelegt. Ein schweres Gewicht, das sich nicht wegschieben ließ. Es umklammerte ihn und weigerte sich, loszulassen. Einen schmerzenden Moment befürchtete er, dass ihm der Brustkorb mit so einer Gewalt zusammen gedrückt wurde, dass er jeden Moment auseinanderbrechen musste. Irgendetwas hatte ihn gepackt und ließ nicht mehr los. Es löste nur langsam den Griff, sachte, bis Jakob ihn nicht mehr spürte. Das imaginäre Gewicht auf seinem Brustkorb wurde leichter und leichter und war dann ganz verschwunden. Der Körper begann sich zu entspannen und sein Atem beruhigte sich. Nach wie vor umgab ihn Dunkelheit. Er merkte nicht, dass er die Augen geschlossen hielt und sich nur darauf konzentrierte, sich nicht zu bewegen.

Der körperliche Schock ließ ihn liegen und er wartete auf den Schmerz. Doch außer einem leichten Ziehen in seiner Schulter und einem Brennen auf der Stirn konnte er nichts wahrnehmen. Stattdessen spürten seine Finger Sand. Feinen Sand, wie Staub. Er vernahm zunehmend das Gewicht der Erde und sein Bewusstsein machte ihn sanft darauf aufmerksam, dass ihn Materie umgab und dass er wieder einen Körper besaß. Langsam öffnete er die Augen. Langsam drehte er den Kopf. Das erste, was er sah, war seine Hand, die sich in den Sand gekrallt hatte. Ein kleiner Käfer grub sich gerade aus, putzte die schwarzen Fühler und schien Jakob überrascht anzublicken. Aber sofort putzte er weiter, dann schob er sich aus dem Sand heraus, machte eine elegante Rolle vorwärts, um schnellstens aus dem Blickfeld des fremden Wesens zu verschwinden. Jakob versuchte, sich zu orientieren und er versuchte, seine Gedanken zu ordnen. Immer noch sah er die riesige Sonne vor sich und war sich im Moment noch nicht sicher, ob das, was er spürte, nur sein Schmerz in seinem Körper war. Er versuchte, sich auf seine nähere Umgebung zu konzentrieren. Auf Geräusche, Wärme oder Kälte — jedenfalls auf einen weiteren Kreis als seine momentane Position.

Dann hörte er Geräusche, Stimmen, Schreie und schnell sich entfernende Schritte. Viele Stimmen, viel Geschrei und viel hektische Geräusche. Verzweifelt versuchte er, alles zuzuordnen und allein durch den Geräuschpegel seine Sinne wieder zusammenzuführen.

Alles drang noch dumpf und weit entfernt an sein Ohr und trotzdem er die Augen geöffnet hatte, zweifelte er seine Sinne immer noch an. Er versuchte sich auf sein Atmen zu konzentrieren, für das er kein Gehör benötigte. Ein-Aus-Ein-

Aus, immer weiter, regelmäßig und gleichförmig. Das dumpfe Dröhnen verschwand und er öffnete den Mund, um den Druck aus seinem Kopf zu nehmen. Da machte es „Plopp" und wie wenn jemand einen Pfropfen aus dem Ohr zog, waren die umliegenden Geräusche klar und rein. Das Bewusstsein signalisierte ihm eine Realität, die ihn augenblicklich gefangen nahm und die ihm eine Nähe auferlegte, die er so schnell gar nicht herbeigesehnt hatte. Die glasklaren Stimmen und die umliegenden Geräusche fabrizierten einen Schock, bei dem sich seine Eingeweide ängstlich zusammenzogen. Unwillkürlich stützte er sich auf die Handballen auf und stemmte sich nach oben. Schwäche und Schwindel ließen ihn in der Position verharren. Er hob den Kopf und begann sich zu orientieren. Neben ihm befand sich eine staubige Mauer. Mühevoll drehte er sich auf die Seite und lehnte sich daran. Trotz der lauten Stimmen, die er von überall her hören konnte, sah er keinen Menschen. Er saß in einer Art Hinterhof im Staub einer auf allen Seiten umgebenden Mauer. Gegenüberliegend war ein Durchgang, über dem ein kleines geschwungenes Dach aufgebaut war. Es war ein fremdes architektonisches Design und irgendwie erinnerte es Jakob an den Botanischen Garten in seiner Heimatstadt. Im Japangarten. Der Eingang. Das Tor hatte so einen ähnlichen Überbau.

Langsam begann sich sein Geist zu beruhigen und nach und nach registrierte er, was gerade mit ihm geschehen war. Er hatte tatsächlich eine Reise durch ein Wurmloch überlebt. Womöglich wirklich eine Reise durch die Zeit. Durch irgendeine Zeit. Wo er sich jetzt befand, wusste er nicht. Noch weniger konnte er von dieser Stelle aus feststellen, in welcher Zeit und vor allem, ob dies tatsächlich

Vergangenheit war oder vielleicht durch einen irrwitzigen Fehler doch die Zukunft. Im Moment wusste er gar nichts – außer dass er an einer lehmähnlichen Mauer saß und versuchte, Geist und den schwindligen Körper in seine normale Ausgangslage zu bringen. Er begann sich abzutasten. Gesicht, Kopf, Schultern, Oberkörper, Hüfte und Beine. Er konnte keine Verletzungen feststellen. Und er konnte keinen Schmerz empfinden, der ihm vielleicht mitteilte, dass irgendetwas kaputt sein könnte. Er war anscheinend völlig unversehrt. Und damit war das Experiment zumindest bis zu diesem Zeitpunkt erfolgreich.

Er holte die winzige Kamera hervor und begann, die ersten Bilder zu schießen. Von der Umgebung und von sich selbst. Noch zweifelte er an seiner eigenen Existenz. Dann stand er auf und klopfte sich den Staub von der Kleidung. Trotz der grellen Sonne empfand er die Temperatur als äußerst angenehm. Es war schön und warm, aber nicht heiß und vor allem nicht schwül, wie er es so oft zu Hause erleben musste. Die Luft war klar. Fast zu klar, wie er fand. Und noch etwas musste er feststellen, während er sich langsam erhoben hatte. Es strengte ihn an und er musste schneller atmen, als es eigentlich nötig sein sollte. Aber er schob dies auf die äußerst große körperliche Belastung während des Sprungs und wunderte sich nicht weiter. Die Kurzatmigkeit blieb zwar bestehen, aber Bedenken deswegen hatte er nicht.

Er kontrollierte den Rucksack. Er saß noch genauso exakt auf seinem Rücken, wie er ihn umgeschnallt hatte. Auch das Notfalltäschchen hatte sich keinen Millimeter verschoben. Überrascht neigte er den Kopf. Anscheinend wurde wirklich gar nichts verändert. So als ob er sich nur aus dem Sessel im Beschleuniger auf den Boden bewegt hätte. Kurios, dachte er und realisierte in diesem Moment ganz und gar, dass er der erste Mensch war, der dies durchgemacht hatte. Er war nun der Pionier des Zeitreisens. Vorausgesetzt, er befand sich wirklich auch in einer anderen Zeit. Er hob den Kopf und sah in den tiefblauen Himmel. Ein paar Schleierwolken zogen über ihn hinweg, aber sie verstärkten nur dieses so intensive Licht, das so unwirklich aussah.

Noch immer vernahm er von außerhalb des Hinterhofes Schreie, Befehle und das tiefe Murren, das sich so dumpf anhörte, wenn viele Menschen miteinander sprachen. Jakob setzte sich sachte und vorsichtig in Bewegung und steuerte den Durchgang an. Er befand sich in einer kleinen Gasse und konnte am vorderen Ende eine Straße erkennen. Leute rannten vorbei, manche langsamer, manche schneller, manche jammernd und schreiend, manche still in sich gekehrt. Es war nur eine Momentaufnahme, weil die Gasse nicht sehr breit war und die vorbei hastenden Menschen nur einen Sekundenbruchteil zu sehen waren. Trotzdem erkannte Jakob einen anderen Menschenschlag als seinesgleichen. Er erkannte auch eine ganz andere Kleidung, die nichts mit seinem Zuhause gemein hatte. Die meisten hatten Hüte, Mützen oder sonstige fremde Kopfbedeckungen auf. Die Hautfarbe war dunkel, exotisch, nicht so wie ein Afrikaner, sondern eher wie Asiaten. Inder, Thais, vielleicht auch Vietnamesen. Jakob konnte das Aussehen nicht zuordnen. Ihm fehlten die Erfahrung und der Vergleich. Sein Schritt wurde schneller und seine Neugierde größer. Er fühlte sein Herz noch schneller schlagen als vorher – und er verspürte auch eine gewisse Angst, die sich breit machen wollte. Er hatte keine Ahnung, wo er sich befand. Damit nicht genug, wusste er auch nicht, ob er sich in seinem Jahrhundert befand oder in einem ganz anderen. Jedenfalls in einer zivilisierten Welt. Es gab Häuser. Und auf den Straßen rannten zumindest keine Neandertaler herum, die keulenschwingend Fressbares suchten.

Drei Meter, bevor er die Straße erreichte, ließen ihn mehrere Explosionen und der Aufschrei einer ganzen Menschenmenge stillstehen. Stocksteif wurzelte er fast in den Boden und wagte nicht sich zu rühren. Die Explosionen waren eindeutig Schüsse aus einer Waffe gewesen. Und bevor er noch weiter darüber nachdenken konnte, hörte er sie wieder. Eins, zwei, drei,vier. Bei sieben hörte er auf zu zählen. Die Menschenmenge schrie wieder, lauter, jammernd, verzweifelt. Kinder weinten. Frauen kreischten, Männer schrien. Jakob konnte kein Wort von dem verstehen, was geschrien wurde. Es war eine für ihn gänzlich unbekannte Sprache. Nie zuvor hatte er sie jemals gehört. Langsam schlich er weiter, drängte sich an die Hausmauer und schielte vorsichtig um die Ecke. Mitten auf der Straße drängelten sich Menschen aneinander. Mit erschrockenen aufgerissenen Augen bildeten sie einen Pulk und starrten die Männer vor ihnen an. Es waren uniformierte Männer. Offensichtlich Soldaten in graubeigen Uniformen. Einige hatten Schildmützen auf und schrien mit sich überschlagender Stimme Befehle. Andere hatten nur Kappen auf, aber auch sie waren Soldaten. Die Uniformen der Schild bemützten hatten eine grünliche Färbung und Jakob schloss daraus, dass es Offiziere waren. Unwillkürlich fiel ihm nur die chinesische oder russische Armee ein. Rote Sterne auf den Krägen wiesen sie in ihrem jeweiligen Rang aus.

Auf dem Boden lagen etliche Körper. Es waren wohl hauptsächlich Männer, die da lagen. Sie hatten bessere

Kleidung als die meisten in der Menschenmenge. Um ihren Kopf herum hatte sich eine Blutlache gebildet. Jakob schrak zurück und drückte sich noch mehr an die Mauer, so als ob er sich damit unsichtbar machen konnte. Die Schüsse. Die Leichen. Offensichtlich hatten die Soldaten die Menschen auf offener Straße erschossen. Er spürte, wie ihm der Schweiß ausbrach. Wo war er hier bloß hingeraten? Was war das für ein Land? Herrschte hier Krieg? Wo zum Teufel war er?

Noch einmal lugte er um das Eck. Soldaten zerrten Menschen auf die Straße und zwangen sie, sich niederzuknien. Und ohne zu zögern, hob einer der vermeintlichen Offiziere die Waffe, schrie etwas in die Menge, wobei alle anderen Soldaten einstimmten – und schoss nacheinander jedem einzelnen eine Kugel in den Kopf. Fassungslos drückte sich Jakob wieder an die Wand. Hier wurden Menschen öffentlich ermordet!!! Wo verdammt nochmal war er??!

Panik stieg in ihm auf und er wollte nur noch weg von hier. Wenn sie ihn entdeckten, dann war er erledigt. Die plötzlich aufkommende Angst ließ ihm den Schweiß ausbrechen. Mit Gewalt zwang er seinen hektischen Atem, langsamer und tiefer zu gehen. Er befand sich offensichtlich in einem fremden Land, auf einem fremden Kontinent, an einem Ort, von dem er nichts, aber auch gar nichts wusste. Er musste erst einmal wissen, wo er war, dann konnte er entscheiden, wie oder was er weiter tun konnte. Er rannte zurück in den Innenhof und sah sich hektisch um. Eine Sackgasse! Hier konnte er nicht bleiben. Er musste einen sicheren Ort finden, an dem er erst einmal herausfinden musste, mit was er es zu tun hatte. Er rannte wieder zurück in die Gasse. Noch einmal versuchte er die Situation auf der

Straße zu erfassen. Die Soldaten schrien wieder in die Menschenmenge. Einer hatte sogar ein Megafon und erteilte Befehle. Die Menschen teilten sich und versuchten so schnell wie möglich von der Straße zu kommen. Einige hielten die Soldaten fest. Sie mussten die Leichen wegräumen. Jakob schüttelte sich. Mein Gott, dachte er, was geschieht hier. Warum wurden diese Menschen erschossen und was machten die Soldaten hier? Ein Bürgerkrieg???

Jakob stand im Rücken der Soldaten. Niemand drehte sich im Moment um. Er wandte den Kopf und blickte in die andere Richtung. Erst jetzt fiel ihm auf, dass hinter den seltsamen Häusern, die alle einen ärmlichen verfallenen Eindruck machten, sich großmächtige Berge auftaten. Sie waren grau und braun, hatten nur spärliche Vegetation und gaben in der Höhe nur den grauen und dunklen Fels preis. Ringsum bildeten die Berge die Grenzen des riesigen Tales, in dem dieser Ort war. Nur am Rande nahm dies Jakob wahr. Im Moment musste er nur raus aus dem Dorf, denn mehr wollte sich im Moment nicht erfassen lassen. Es waren willkürlich angeordnete Häuser aus Stein, die Jakob erkennen konnte. Zwei, vielleicht drei Reihen hintereinander. Straßen und Wege waren nicht zu erkennen. Dafür thronte über allem ein massives Gebäude. Weiß mit roten Fensterrahmen. Auf den Dächern prangten goldene Skulpturen. Der Eingang war reich verziert und eher ein Portal als ein Eingang. Es sah aus wie ein Kloster und Jakob konnte zumindest den Kontinent festlegen, auf dem er stand. Asien, wahrscheinlich Zentralasien. Berge. Welche Berge? Welches Gebirge? Himalaja? Aber wo nur? Der Himalaja war groß. Und es konnte auch ein ganz anderes Gebirge sein. Vielleicht in China. Oder in Russland.

Der Ural? Kaukasus? Jakob versuchte die umherirrenden Gedanken zu vertreiben und konzentrierte sich auf die Umgebung. Fieberhaft suchte er nach einem geeigneten Unterschlupf, wo er bleiben konnte, um die Situation erst einmal rational erfassen zu können. Und er verspürte Durst. Die Trockenheit in seinem Mund fühlte sich unangenehm an und drängte ihn, etwas Trinkbares zu suchen. Er war hinter die erste Häuserreihe gehastet und sah sich um. Das Rauschen von Wasser hatte er schon wahrgenommen, als er um das Häusereck gerannt war. Jetzt wurde es stärker. Ein Bach, ein Fluss, irgendetwas musste in unmittelbarer Nähe sein. Er schlich weiter, immer darauf bedacht, schnellstens in ein Versteck springen zu können. Das fließende Geräusch kam näher und näher. Und dann stand er vor einem langsam fließenden Flüsschen, das vor ihm über eine natürliche Felsentreppe sprang. Es war klares, wunderbar kühl aussehendes Wasser, das da an ihm vorbeirauschte. Er rutschte die Böschung hinunter und kniete sich in den Kies. Mit den Händen schöpfte er das Wasser und trank langsam und stetig. Er spürte, wie die Energie zurückkam und die leichte Erschöpfung, die ihn ermüdete, verschwand. Das Wasser war kalt und erfrischend. Sein aufgewühlter Geist fing an, sich zu beruhigen und er konnte endlich klar denken. Die vielen Fragen, die in ihm entstanden waren, verlangten nach einer Antwort und einer Lösung. Seine Kamera!! Er konnte mit der Kamera eine Aufnahme des Nachthimmels machen. Anhand der Sternenkonstellation war es möglich, über die Datenbank das Jahr und den Ort auszumachen. Soweit er sich noch an Alberts Ausführungen erinnerte, war es sogar möglich, den genauen Tag festzustellen. Vorausgesetzt, die Nacht würde wolkenfrei sein, konnte er endlich sicher wissen, wann und wo er sich befand. Aber zuerst musste er versuchen, ob er ein GPS-Signal empfangen konnte. Was er eher nicht erwartete. Die Militärfahrzeuge kamen ihm alt und vorsintflutlich vor.

Noch einmal benetzte er das Gesicht mit dem kühlen Nass. Dann stand er auf und drehte sich um – um zwei rotbäckigen Gesichtern ins Antlitz zu blicken. Er hatte sie nicht kommen hören. Zwei Kinder. Mit großen Augen sahen sie ihn an. Jakob konnte im Moment nicht einmal unterscheiden, ob es Jungen oder Mädchen waren. Oder ein Junge und ein Mädchen. Die dicke abgerissene Kleidung und die Wollmützen machten es ihm schwer zu unterscheiden. Einen Augenblick stand er stocksteif da und wusste nicht, was er tun sollte. Und die Kinder machten keinerlei Anstalten, etwas zu sagen. Sie pressten nur die Lippen zusammen und musterten ihn neugierig. Der Fremde hatte eine so ganz andere Kleidung an als die Soldaten. Und er sah komisch aus. So blass. Anders als alle Menschen, die sie jemals gesehen hatten.

„Rang g´are dch´ihgejö?"...Was machst du denn da?

Jakob verstand kein Wort. Fragend blickte er den oder die Kleine an, die ihn angesprochen hatte. Er konnte noch nicht einmal feststellen, ob es eine Frage gewesen ist. Hilflos zuckte er mit den Schultern und lächelte entschuldigend.

Das kleine Kind beugte sich etwas hinüber und flüsterte dem Sprecher etwas ins Ohr.

„Ngarangtso t´äh gore?"...Wir müssen gehen.

Dann drehten sich beide um und rannten davon. Jakob konnte die Sprache nicht einordnen. Für ihn war das alles nichts weiter als ein Nuscheln mit verschiedenen kehligen Lauten darin. Nicht einmal Silben konnte er unterscheiden. Er hatte nicht den Hauch einer Ahnung, welche Sprache er gerade gehört hatte. Aber im Moment war das völlig egal. Er musste dringend einen sicheren Unterschlupf finden. Dann musste er die Nacht abwarten. Zuerst war einmal wichtig, dass er sich orientierte. Er musste wissen wo er sich befand. Er brauchte ein genaues Datum und er brauchte Informationen über die politischen Verhältnisse. Erst dann konnte er entscheiden, was weiterhin zu tun wäre. Und er musste sich erst einmal beruhigen. Noch saß der Schock über die öffentlichen Tötungen zu tief, als dass er vernünftig und ruhig nachdenken konnte.

Vorsichtig hob er den Kopf und blickte über die Böschung auf die Häuserzeile. Ab und zu sah er Menschen, die sich schnell über die Straßen bewegten. Er vernahm Gemurmel, Stimmen, Geschrei, die allesamt von der Hauptstraße kamen. Er begutachtete die Gebäude in seiner nächsten Nähe. Ein kleiner Anbau fiel ihm auf. Er hatte seitlich eine Türe und sah aus wie eine kleine Remise. Schnell sprang er auf und rannte darauf zu. Schon wieder spürte er, wie er viel zu schnell außer Atem geriet. Aber ohne auch nur auf diesen Gedanken zu achten, drückte er die Türe auf, die nicht einmal so etwas wie eine Klinke besaß und stand dann tatsächlich in einem kleinen Raum mit Säcken, Regalen und Kisten. Am oberen Rand der Mauer waren kleine waagrechte Öffnungen hineingeschlagen worden, durch die das Tageslicht drang. Durchatmend setzte er sich auf eine Kiste und lauschte. Er hörte Motorengeräusch und lautes Geknatter. Fahrzeuge wurden angelassen und entfernten sich zusehends. Aufatmend versuchte Jakob durch einen Spalt der Holztüre etwas zu erfassen. Durch eine Gasse hatte er einen Blick auf die Hauptstraße. Anscheinend rückten die Soldaten ab. Das war schon einmal gut. Er setzte sich wieder hin und wartete. Die Sonne war tief gestanden, als er hier hereingetreten war. Es konnte nicht mehr lange dauern, bis sie verschwunden war. Inständig hoffte er auf eine sternenklare Nacht, um endlich feststellen zu können, wo er sich befand. Er hob einen Sack hoch, in dem wohl Getreide war und lehnte ihn auf der Kiste an die Mauer. Dann machte er es sich bequem und versuchte, die Gedanken zu beruhigen. Jetzt erst fiel ihm auf, dass er auch ohne körperliche Anstrengung schneller atmete. Also musste er sich wahrscheinlich in großer Höhe befinden. Berge waren ja genug da. Aber noch bevor er weiter forschen konnte, welches Gebirge das wohl sein würde, war er schon eingeschlafen. Unruhig döste er vor sich hin. Sein Geist versuchte in der Zeit, das wirre Gedankengut zu ordnen und es so einzurichten, dass nach dem Erwachen wieder rationales Denken zur Verfügung stand.

Das Licht blendete sein linkes Auge. Stöhnend drehte er den Kopf, um aus dem Schein herauszukommen. Aber es gelang nicht. Brummend öffnete er die Augen und war einen Moment nicht sicher, wo er sich befand. Er hatte geträumt. Von seinem Haus und seinem Garten. Es waren wirre Träume gewesen, die sich nicht an einen nachvollziehbaren Ablauf hielten. Immer wieder ließen ihn Schüsse zusammenzucken und immer wieder versperrten riesige Berge die Sicht auf das Wesentliche.
Erschrocken richtete er sich auf und sah in das grelle Mondlicht. Im Bruchteil einer Sekunde war er wach und nahm seine Umwelt wieder wahr. Ein Knurren ließ ihn aufhorchen. Sein Magen. Mechanisch sah er auf seine Uhr. Doch sie zeigte alles Mögliche an, nur nicht die Uhrzeit hier an diesem fremden Ort. Er stellte sich hin und reckte die

eingeschlafenen Glieder. Dann sah er durch den Spalt ins Freie. Es war ruhig wie in einer Gruft. Nichts war zu hören, gar nichts. Aber der Mond schien. Und die Sterne funkelten, wie er es noch niemals gesehen hatte. Langsam öffnete er die Türe und trat ins Freie. Er spürte die Kälte, die ihn umgab. Es war eine trockene Kälte, die versuchte, unter seine Kleidung zu kommen. Fasziniert starrte er in den nächtlichen Himmel. Niemals zuvor hatte er so viele Sterne gesehen. Das Firmament war fast unwirklich klar und die Sterne waren zum Greifen nah. Nahezu fünfzehn Minuten stand er nur da und starrte staunend auf diesen so seltenen Anblick. Er vergaß fast, dass er in einem anderen Land, an einem anderen Ort, in einer anderen Zeit war. Der seltene Anblick des klaren Sternenhimmels verdrängte die Fragen, die Ängste und die Sorgen...wenigstens ein bisschen. Dann öffnete er den Rucksack und holte die Kamera heraus. Er machte Bilder mit und ohne Mond, aus verschiedenen Perspektiven, südlich, nördlich, westlich, östlich. Dann legte er Kamera und das Lexikon aneinander und überspielte die Daten. Ein Piepen sagte ihm, dass die Übertragung abgeschlossen war. Er nahm wieder die Kamera in die Hand. Das kleine Display öffnete das „Suchen"-Feld und er tippte auf die Enter-Taste. Es dauerte dreißig Sekunden, dann wurde das Ergebnis preisgegeben. Gespannt begann Jakob zu lesen und veränderte dabei die Gesichtsfarbe. Wäre es Tag und hätte er einen Spiegel gehabt, würde er wohl erschrocken in sein eigenes blasses Gesicht sehen.
Datum: 8. März 1959
Zeit: 2:45 Uhr Ortszeit
Land: Tibet
Koordinaten: 30°13'45.7'' N 89°78'45.3'' E
nächstgrößere Stadt: Lhasa

Entfernung: 122 km

Jakob ließ die Arme sinken und sah wieder in den Sternenhimmel. Er hatte Mühe, Luft zu schnappen um das gerade entstandene Wissen zu verarbeiten. Tibet! 1959! Er war noch gar nicht geboren und tatsächlich in der Vergangenheit! Unbeschadet! Es hatte geklappt! Er war der erste Zeitreisende seit Menschengedenken! Mein Gott...! In seinem Gehirn versuchten irgendwelche Kobolde, die schockartige Erkenntnis zu verdrängen und zurück zu schlagen. Der Mann aus Deutschland wusste im Moment nicht, ob er seinen Sinnen – seinen Augen, seiner Nase, seinen Ohren und seinem geistigen Vermögen – trauen konnte. Jakob war völlig verunsichert, versuchte sich zu beruhigen und alles rational aneinander zu reihen – und bewegte sich in einem engen Kreis, der nur langsam begann, die Umdrehungen weiter und weiter zu spannen.

Noch einmal sah er auf das Display, um sich zu vergewissern, dass er sich auch nicht getäuscht hatte. Aber alles war so, wie es gelesen wurde. Er befand sich mitten in Tibet. Er rief den Kartenausschnitt auf und setzte seinen Standort fest. Tatsächlich - mitten in Tibet. Inmitten der Hochebene, dem Changtang. Berge, Plateaus, Flüsse, Seen, verschneite und vereiste Gipfel. Menschenleere. Weite. Diese unendliche Weite ohne irgendeine sichtbare menschliche Ansiedlung. Die Straße! Er zoomte die Gegend heran. Eine Hauptstraße, die das Land durchzog. Dieses Dorf, wo er sich gerade befand, lag etwas abseits, aber war durch kleinere Straßen verbunden. Warum und wieso er gerade in Tibet war, war im Moment zweitrangig. Jetzt wusste er, wo er sich befand. Nun musste er recherchieren, was 1959 in Tibet los gewesen war. Wie war die politische und die gesellschaftliche Situation? China hatte Tibet besetzt. Die Soldaten und ihr grausames Tun bestätigten nur, dass es in diesem Jahr auch schon so gewesen sein musste.

Jakob ging wieder in den Anbau, setzte sich auf die Kiste und aktivierte den Übertragungslaser des Minilexikons. Dann holte er die Dateien hervor, machte sie bereit zur Übertragung und setzte das kleine Gerät auf das Auge. Ein sanftes Summen sagte ihm, dass der Empfänger soeben aktiviert wurde. Söll hatte ihm erklärt, dass unmittelbar nach der Übertragung alle Daten sofort an den Speicherbereich des Erinnerungsvermögens weitergeleitet wurden. Dann würde Jakob auf alles zugreifen können, was die Datenbank hergab. Synapsen und Nervenbahnen würden blitzschnell gebildet und erweitert werden, um die Zugänge und die Filtrierung der Daten ohne Umschweife freizugeben.

Nach etwa zwei Minuten war der Download abgeschlossen. Jakob richtete sich auf – und verfiel unversehens in einen Schweißausbruch. Innerhalb kürzester Zeit wurde er mit einem erschreckenden Wissen bombardiert. Ein Wissen, das ihn nur immer am Rande interessiert hatte. Er wusste zwar über Tibet Bescheid – dass eben China das Land irgendwann besetzt hatte – aber dann war es mit seinem Wissen und Interesse auch schon zu Ende. Details waren nie ein großes Thema in seinem Umfeld gewesen. Tibet war so weit entfernt, abgeschieden von der Welt und irgendwie auf einem jenseitigen Planeten. Aber jetzt war alles anders. Jetzt befand er sich inmitten einer politischen, gesellschaftlichen und nationalen Eskalation.

Ein Datum ließ ihn erschrocken zusammenzucken. Es war der 10. März 1959. Lhasa. Der große Aufstand! Nach heutigen Schätzungen sind damals etwa 80.000 Tibeter

ums Leben gekommen. Innerhalb von drei Wochen! Der Aufstand, dem sich vor allem die Mönche angeschlossen hatten, wurde blutig niedergeschlagen. Die Besatzungsmacht hatte keinerlei Gnade walten lassen, sogar mit Kanonen wurde auf den Norbulingka geschossen – dem Sommerpalast des Dalai Lama. Aufstand und Rebellion. In einem fremden Land. Ein Land, dessen Name das einzige war, das Jakob bekannt war. Tibet war immer weit weg gewesen. Weiter als Vietnam, Afghanistan, Irak, Syrien. Afrika. Ukraine. Die Kriegsschauplätze heutiger Tage. Und Vietnam kannte er auch nur als die amerikanische Katastrophe. Als er geboren wurde, war der Vietnamkrieg gerade zu Ende gegangen. Und in der Schule war es nur Teil des Geschichtsunterrichts gewesen. Den Fall Tibet hatten sie gar nicht angesprochen. Es war einfach nicht der Rede Wert gewesen. Und niemanden hätte es auch nur ansatzweise interessiert. China – Tibet...uninteressant, was gibt´s denn da?? Geschichte, Kultur, Spiritualität könnte man darauf antworten. Aha... Und?? Weiter!? Wie ist´s mit dem technischen Fortschritt? Mit Musik, Mode und Promi-tratsch? Fehlanzeige! Weder das eine noch das andere.
Was für eine Ironie! Und jetzt saß er mittendrin in einem Chaos, von dem er nicht einmal ahnte, wohin es ihn noch führen würde. Ein tödliches Chaos! Es war real und fassbar. Jakob Kolb bekam Angst. Die sich einstellende Furcht verdrängte die noch frische Erkenntnis des Zeitreisens und gestaltete einen neuen Raum, der sich ganz anders anfühlte als alles, was er bisher erlebt hatte.
Nachdenklich trat er an die Türe und blickte durch einen schmalen Spalt in den klaren Sternenhimmel. Die Sterne! So unsagbar schön. So fein, so hell, so klar und so nah. Unwirklich...unnahbar...großmächtig und ewig...ferne

Zuschauer, die das irre Treiben der Menschen beobachteten und alles in seinem Fluss ließen...

Er wachte durch ein schnelles Trippeln auf. Ein Schleifen und ein Ziehen brachte ihn in die Realität zurück. Er öffnete die Augen und richtete sich schnell auf. Der Herzschlag beschleunigte sich wie eine Gewehrkugel, die den Lauf verlässt und brachte seine körperliche Ordnung in ein belastendes Durcheinander. Er keuchte schwer und spürte, wie ihm schlecht wurde. Langsam legte er sich wieder auf den weichen Sack, auf dem er eingeschlafen war. Er starrte an die staubige Decke und hoffte, dass nicht ausgerechnet jetzt jemand in den Verschlag kam. Erst Minuten später fühlte er sich etwas besser. Durst und leichter Kopfschmerz kündigten sich an. Langsam richtete er sich auf, stützte sich auf seine Hände und wartete. Aber sein Magen hatte sich beruhigt und das Herz fuhr die Pumptaktung spürbar zurück. Er konzentrierte sich auf die Stimmen, die er draußen vernahm. Es waren eindeutig Kinderstimmen, die plapperten. Er verstand kein Wort, konnte aber zumindest zwei unterscheiden. Zwei Kinder also. Dann fuhr eine wesentlich tiefere Stimme dazwischen. Abgehackt und in einer Schnelligkeit, die es Jakob unmöglich machte, auch nur eine einzige Silbe daraus erkennen zu können. Jetzt ärgerte er sich, dass er sich nicht die Datenbank auf das Auge gesetzt hatte, während er eingeschlafen war. Er hätte tibetisch lernen können. Oder chinesisch. Oder beides. Irgendwann musste er mit den hier lebenden Menschen Kontakt aufnehmen. Aber ohne die Sprache verstehen zu können, würde sich alles in Spekulationen verlieren.
Die Stimmen entfernten sich und Jakob blinzelte durch den Türspalt. Die Sonne schien und der Himmel war blau und

wolkenlos. Er nahm eine unwirklich scheinende Klarheit wahr, die er nicht kannte. Die Luft war durch nichts getrübt, kein Dunst, kein Schleier, kein Flimmern. Jakob öffnete vorsichtig die Türe und steckte den Kopf durch den Spalt. Er sah nach links, dann nach rechts. Nichts. Niemand da. Der Hinterhof war menschenleer und er vernahm nur etwas entfernt Geräusche von Menschen, von Utensilien, Werkzeugen, von lautem Hämmern und von jammernden Stimmen, wie ihm schien. Er schlüpfte hinaus und drückte sich an die nicht mehr ganz weiße Häuserwand. Permanent sah er sich nach allen Seiten um. Er spürte die innere Anspannung und seine immense Konzentration auf alles, was sich unmittelbar in seiner Nähe abspielen konnte. Am Ende der Mauer stoppte er, atmete tief durch und blickte vorsichtig um die Ecke. Auf der Straße konnte er Menschen erkennen. Karren, mit Ochsen bespannt und Frauen und Kinder, die lautstark weinten und jammerten. Von den Soldaten war nichts mehr zu sehen. Nirgendwo konnte Jakob Fahrzeuge der Armee erkennen. Sie waren wohl in der Nacht abgezogen – und hatten Leichen hinterlassen. Er zog sich wieder zurück und ging an die Hauswand lehnend in die Hocke. Seine Gedanken jagten sich bis in die Unendlichkeit. Was sollte er nun tun? Mit den Einheimischen Kontakt aufnehmen? Die Sprache...er würde sie im Moment nicht verstehen können. Er beschloss, sich wieder in den kleinen Lagerraum zurück zu ziehen und tibetisch und chinesisch zu lernen. Schnell lief er zurück und stand schon vor der hölzernen Türe, als er zurückzuckte. Die Türe war offen, nicht verriegelt. Er hatte sie verriegelt. Jakob war sich sicher. Er hatte den kleinen metallenen Querbalken einrasten lassen. - Jemand war hier drinnen. Er hatte schon den Knauf in der Hand, als die Türe mit einem schnellen, gewaltsamen Ruck aufgerissen wurde. Bevor sich Jakob von seinem riesigen Schreck erholen konnte, spürte er schon ein Messer an seiner Kehle – und ein blaugrünes Augenpaar blickte ihn regungslos und eiskalt an...

Endlos scheinende Augenblicke starrten sich beide Menschen in die Augen. Jakob konnte sich in seiner Starrheit nicht rühren und der Mann, der ein Messer an seine Kehle drückte, war gespannt wie ein Puma vor dem tödlichen Angriff. Jakob spürte, dass nur eine falsche Bewegung seine letzte sein konnte. Und in einer abstrusen Vorstellung sah er die scharfe Klinge des Messers durch seine Kehle schneiden, die ihn von einem Augenblick zum nächsten vom Leben zum Tod befördern würde. Er konnte nachher nicht sagen, wie lange sie sich so gegenüber gestanden hatten. Irgendwann ließ die Anspannung des Mannes nach und Jakob registrierte, dass ihm kein Tibeter oder gar Chinese gegenüberstand. Er war offensichtlich Europäer – jedenfalls Weißer. Die Härte in seinen Augen verschwand, aber er setzte die Klinge nicht ab.
„Wer bist du und was tust du hier?" fragte er ihn mit zusammengekniffenen Lippen auf englisch.
„Ich...", krächzte Jakob.
Er brachte keinen Ton heraus. Die Angst nahm ihn immer noch in Beschlag. Er spürte, wie der Druck an seiner Kehle zunahm.
„Was??!!" fragte der Mann.
„Ich...ich bin Jakob Kolb. Ich...komme aus...Deutschland...bitte...ich will Ihnen nichts tun...könnten Sie bitte...das Messer...!"
Jakob stammelte nur halbe Sätze vor sich hin, aber der Mann erkannte wohl, dass keine große Gefahr mehr von

ihm ausgehen konnte. Die Klinge verschwand, aber Jakob spürte trotzdem eine kaum sichtbare Vorsicht und Bereitschaft – und er hütete sich, eine überhastete Bewegung zu machen. Langsam hob er beide Hände, um zu signalisieren, dass er kein Feind dieses Mannes war.

„Ich bin Jakob Kolb", versuchte er seiner Stimme Festigkeit zu verleihen. Insgeheim schickte er einen Dank an seine vor Jahren getroffene Entscheidung, aufgrund der beruflichen Anforderungen die englische Sprache nicht nur zu lernen, sondern das Sprachtraining permanent zu einem Teil seines beruflichen Lebens zu etablieren.

„Na und? Weiter! Was machst du hier?"

Jakob sah sich nervös um. Noch war niemand um die Ecke gekommen und noch waren sie beide nicht entdeckt worden. Der Fremde sah seinen Blick.

„Auf der Flucht??!!"

„Nein...ja...eigentlich nicht...ich bin nur zufällig hierher gekommen..."

Der Mann packte ihn an der Schulter und zog ihn in den Lagerraum. Dann versperrte er die Türe und schob Jakob nach hinten. Das Messer hatte er verschwinden lassen, aber Jakob war sich sicher, dass er es schneller in der Hand haben würde, als er schauen konnte.

„Setzen!!" befahl er ihm.

Jakob setzte sich auf einen der Säcke.

„Also. Nochmal. Wer bist du und was machst du hier??!"

Seine Stimme klang scharf und ließ keine Ausflüchte zu.

„Mein Name ist Jakob Kolb, ich komme aus Deutschland und ich bin rein zufällig hier gelandet."

„Gelandet? Mit einem Flugzeug??!"

Jakob schüttelte den Kopf. Oje, dachte er, wie soll ich das jetzt erklären?

„Nein...ich bin mit...mit einem der Armeelastwagen mitgefahren. Hab mich unter einer Plane versteckt. Die Soldaten haben mich nicht gesehen und als wir hier angehalten haben, bin ich von der Ladefläche gesprungen und hab mich hier versteckt."

Der Mann sah ihn fest und forschend an. Kein Muskel zuckte in seinem Gesicht. Er versuchte, in Jakobs Gesicht die Wahrheit oder die Lüge darin zu entdecken.

„Was will ein Deutscher in Tibet?"

„Was will ein Amerikaner in Tibet?"

Der Mann zog überrascht die Augenbrauen hoch. Jakobs spontane Frage hatte ihm einen Augenblick den Faden abgeschnitten.

„Ich stelle hier die Fragen! - Also??!"

„Wirklich. Ich bin rein zufällig hierher geraten. Und wenn es möglich wäre, würde ich dieses Land sofort wieder verlassen. Denn morgen um diese Zeit wird in Lhasa die Hölle losgehen."

„Lhasa? Was weißt du von Lhasa?"

„Welches Datum haben wir?"

Der Mann kniff die Augen zusammen und sagte nichts. Abwartend fixierte er Jakob, der keine Antwort abwartete.

„Nach meiner Rechnung ist heute der 9. März 1959. Morgen – also am zehnten – wird der Aufstand losbrechen und die Chinesen werden ihn blutig niederschlagen. Sie werden sogar mit Kanonen auf den Norbulingka schießen. Es wird für die Tibeter das größte Massaker werden, das sie erleben. - Zumindest bis zu diesem Zeitpunkt."

„Woher weißt du das? Bist du ein Agent?? Das Datum der Losschlagung wurde erst vor kurzem festgelegt. Nur der engste Kreis weiß davon."

„Du wusstest davon, wie mir scheint. Und ich bin kein Agent. Ich bin auch kein Tourist. Ich...ich bin...einfach ein Reisender."

„Reisender...soso...und wohin soll die Reise gehen?"

„Bislang hat sie mich hierher geführt. Und...glaub´ mir, du würdest mir das eh nicht abkaufen."

Er senkte den Kopf und schüttelte ihn nach links und rechts.

„Was glauben??! Versuch´s doch mal..."

„Wer bist du eigentlich?"

„Ich? Ich bin...das spielt keine Rolle..."

Jakob sah ihn an. Dann platzierte er einen Schuss ins Blaue.

„Lass mich raten, ich tippe auf amerikanischen Geheimdienst. CIA oder so was. Vielleicht NSA...?"

„NSA...was soll das denn sein?"

Jakob winkte ab. Er war der jetzigen Zeit zu weit voraus.

„Ich denke, CIA, die haben doch damals an dem Ganzen irgendwie ihre Finger drin gehabt."

Der Mann sah ihn wild an.

„Damals?? Was soll das heißen? Wann damals? Von was sprichst du?"

„Damals halt....vergiss es...es ist zu kompliziert. Also? CIA...liege ich da richtig? - Keine Angst, wem sollte ich hier schon etwas sagen?"

Der Mann begann, auf und ab zu laufen. Angestrengt dachte er nach und begutachtete immer wieder Jakob von oben bis unten.

„Seltsame Kleidung hast du an. Hab ich noch nie gesehen. Wo kommt die her? Hat man das jetzt in Deutschland??"

„Du wirst es nicht glauben, aber das sind Grundstoffe von der NASA. So etwas wurde entwickelt für die Raumfahrt."

Der Mann verzog die Mundwinkel und sah verächtlich Jakob

in die Augen. Er glaubte kein Wort von dem, was ihm da erzählt wurde.

„Raumfahrt! Hier in Tibet...was für eine Scheißgeschichte."

„Mit Tibet hat das alles nichts zu tun. Ich und meine Ausrüstung sind nur Teil eines großen Projektes, das dein Wissen und deine Vorstellungskraft bei Weitem übersteigen würde – glaub´s mir!!"

„Und was für ein großes Projekt soll das sein, in dem die NASA mitspielt??"

„Zeitreisen! Und die NASA spielt hier keineswegs mit."

„Was?!"

„Zeitreisen!!"

Der Mann war stehen geblieben und sah ihn an wie einen Behinderten.

„Was soll der Quatsch??! Hältst du mich für bescheuert?"

„Nein. Du wolltest die Wahrheit. Hier hast du die Wahrheit. Ich hab doch gesagt, dass du damit nichts anfangen kannst. Also frag nicht weiter, wenn du mir nicht glauben kannst. Ich konnte es ja selbst nicht glauben."

Der Mann schüttelte den Kopf. Sein Blick fiel auf den Rucksack, der hinter Jakob auf einem der Säcke lag.

„Ist das deiner?"

„Ja."

„Lass´ sehen, was du alles dabei hast."

Jakob stand auf und zog den Rucksack herunter. Dann öffnete er ihn und griff hinein.

„Langsam." sagte der Mann.

„Keine Sorge. Ich bin bestimmt in der gleichen Lage wie du. Ich will niemandem etwas tun."

Seine kleinen Geräte kamen zum Vorschein. Er legte alle auf den Boden und sah dem Mann an, dass er keine Ahnung hatte, was da vor ihm lag.

„Hast du noch nie gesehen, Mann. Und das wirst du auch nicht so bald sehen. Das sind alles Dinge aus der Zukunft. Auch wenn du dir das nicht mal ansatzweise vorstellen kannst, ist es so, wie ich sage."
Sie hörten plötzlich Motorengeräusch und der Mann sprang wie eine Katze an die Türe, um einen Blick nach draußen zu werfen.
„Verdammt, sie kommen zurück. Was wollen die bloß noch hier? Da ist doch nichts..."
Jakob stand auf und sah mit hinaus.
„Die Chinesen werden einen Genozid veranstalten."
Der Mann drehte den Kopf.
„Woher willst du das wissen? Natürlich ist das, was die letzten Jahre passiert ist, schon schlimm genug, aber von einem Genozid zu sprechen ist schon sehr gewagt."
„Es wird so kommen. Und die Kulturrevolution wird ihr übriges beitragen. Mao wird keine Gnade kennen und alle rennen ihm hinterher, ohne irgendetwas anzuzweifeln. Es wird nicht anders sein als bei Hitler."
„Was meinst du mit Kulturrevolution??"
„Mao ist Kommunist allerhöchster Güte. Klassenlose Gesellschaft. Marx lässt grüßen. Er wird Millionen Menschen töten lassen. Viele werden verhungern. Das Land wird im vollkommenen Chaos versinken. Hunger, Krieg und Willkür werden alles niederschmettern. Und Tibet wird schlimme Jahre erleben. Die gesamte Kultur und Geschichte soll ausradiert werden. Die nächsten sechzig Jahre wird sich für die Tibeter nicht sehr viel ändern. Jedenfalls nicht zum Positiven."
„Ein halbes Jahrhundert?? Gewagte Annahme."
Jakob schüttelte den Kopf, während er die einfahrenden Armeefahrzeuge beobachtete.

„Es ist keine Annahme. Es ist brutale Realität. - Wie ist eigentlich dein Name?“

Sie zogen sich wieder von der Türe zurück und setzten sich auf die Getreidesäcke.

„Ich bin Mike Stanton. Amerikaner aus Seattle.“

„CIA??“

Mike nickte.

„Und wie ist dein Auftrag?“

„Eigentlich hätte ich beobachten sollen, was die Chinesen vorhaben und ob das, was sie der Welt erzählen, der Wahrheit entspricht.“

„Nichts von alledem war Wahrheit. Sie wollten nur Tibet unterwerfen, weil sie deren Souveränität nicht wollten. Und natürlich wegen der Bodenschätze. Es wird ein einseitiges Gemetzel werden. Und das Schlimmste war, dass die Vereinten Nationen nichts dagegen unternommen hatten. Damit haben sie den Völkerbund und deren Auftrag unter fadenscheinigen Ausreden schon damals ins Nichts katapultiert.“

„Soviel ich weiß, hat sich die UN noch gar nicht entschieden. Die beraten immer noch. Und Tibet ist nicht im Völkerbund.“

Jakob zuckte die Schultern. Er senkte den Blick und starrte in den Boden.

„Es wird so kommen, wie ich sage.“

Einen Augenblick herrschte Schweigen. Dann wandte sich Mike wieder an Jakob. Er konnte nicht so recht glauben, dass ihm mit Jakob kein Agent gegenüber saß. Er hatte schon viele Agenten getroffen, die so gar nicht nach Spion oder Agent ausgesehen hatten. Gerade die Unscheinbaren waren die Gefährlichsten.

„Bist du auch vom Geheimdienst?“

„Nein. Ich bin nur jemand, der neugierig gewesen ist. Neugierig auf das größte Abenteuer, das man sich vorstellen kann und neugierig auf Anderes, auf Neues und vielleicht auch auf Besseres. Ich weiß es nicht sicher, aber ich denke, das war meine Motivation, als ich in die Maschine gestiegen bin."

„Maschine? Welche Maschine?"

„Na, die, die mich durch die Zeit hierher gebracht hat. Ich bin der erste Zeitreisende der Menschheitsgeschichte. Dass ich hier in Tibet lande, noch dazu in dieser Zeit, das hat niemand voraussehen können."

Mike grinste breit und schüttelte ungläubig den Kopf.

„Du lässt nicht locker mit deiner Zeitmaschine, was? Und aus welcher Zeit bist du nun gekommen?"

Er verdrehte die Augen.

„Aus dem Jahr 2022!"

„2022!! Prima. Und wie sieht's denn in diesem Jahr aus? Waren wir schon auf dem Mond??"

Jakob lachte laut auf.

„Der Mond? Niemand interessiert sich noch für den Mond. Mittlerweile ist schon eine Sonde auf dem Mars gelandet. Wir haben Fotos von der Marsoberfläche...und die Mondlandung war bereits 1969."

„Sososo...Mars...Mondlandung...was denn noch?!! Aliens vielleicht...??"

„Vielleicht. - Wie ist das mit Area 51? Oder Roswell?"

Mike wurde schlagartig still. Seine Augen zogen sich zu schmalen Schlitzen zusammen.

„Was weißt du jetzt davon?"

„Naja, in unserer Zeit ist das immer noch ein Geheimnis. Nicht mehr so groß, aber dennoch...Es gibt haufenweise Spekulationen, etliche Menschen, die damals mit dabei waren, haben im neuen Jahrtausend darüber gesprochen. Aber die Wahrheit ist immer noch nicht ans Licht gekommen. Aber es gibt schon lange die SETI."

„SETI?? Was ist das?"

„Die SETI forscht schon seit 1960 in den Weltraum, um Kontakt mit Außerirdischen aufzunehmen. Alles ganz legal und alles hochoffiziell. Nichts Geheimes oder Mystisches. Im übrigen haben bereits Sonden unser Sonnensystem verlassen und übertragen immer noch Bilder nach Hause. In sechzig Jahren kann viel passieren, Mike."

„Anscheinend. Sogar Zeitreisen. Liest du eigentlich viel Sciencefiction??"

Jakob begann wieder zu lachen.

„Nein, tu ich nicht. Aber ich kann schon verstehen, dass du das nicht glauben kannst, nur weil ich das erzähle. Aber ist im Moment egal. Eine andere Frage ist da schon wesentlich wichtiger... wie kommen wir hier weg??"

„Wer will hier weg? Ich muss erst einmal feststellen, ob das dieselben Soldaten sind, die gestern hier weg gefahren sind."

„Warum?"

„Es hat schon einen Grund, warum ich hier bin."

„Und welchen?"

„Ich suche jemanden."

„Einen Freund?"

„Nein. Eher nicht. Ich suche einen chinesischen Offizier."

„Aha. Ein Spion? Oder Agent? Ein Informant?"

„Nein, nichts von alledem. Ich suche ihn, weil ich ihn töten muss."

Einen Moment war Jakob sprachlos. Der Tonfall des Amerikaners hatte sich weder verändert noch war er schärfer geworden. Die Bemerkung war genauso lapidar wie tödlich.

„Töten?? Warum denn?"

„Er hat einen Freund von mir umgebracht."

„Wann?? Und wo? Und warum?"

Mike hob den Kopf und sah in die Ferne. Sein Blick wurde abwesend und in seinen Augen entstand Schmerz.

„Gerald war Journalist. Er wollte eine Reportage über den Unmut der Tibeter machen. Alles geheim. Sie haben ihn verhaftet, als er ein Interview mit tibetischen Mönchen machen wollte. Tage später wurde uns mitgeteilt, dass er im Gefängnis aus nicht bekannten Gründen ums Leben gekommen ist. Man sagte, er war krank geworden und die Ärzte konnten nichts mehr für ihn tun. - Als ich nachgeforscht habe, ist herausgekommen, dass sie ihn zu Tode gefoltert hatten. Mittlerweile weiß ich auch, wer das getan hat. Reiner Zufall, dass ich den Offizier in diesem Bataillon gefunden hatte. Ich hab mich auf einem der LKW´s versteckt und bin bis hierher gefahren. Ich habe beobachtet, wie sie wahllos Leute getötet hatten, damit niemand auf den Gedanken kommt, sich zu wehren."

„Aber...ich verstehe das nicht. Die Menschen hier leben doch völlig isoliert von allem. Die haben doch niemandem etwas getan. Was soll das?"

„Vielleicht hast du mit deinem Genozidgedanken gar nicht so unrecht. Überraschen würde mich das nicht."

Jakob sah ihn sprachlos an. Es ging alles viel zu schnell. Er sah sich im Moment außerstande, die Geschehnisse und die Realität daraus in einen Zusammenhang zu bringen, dessen Ganzes sein Geist so überschauen konnte, dass er sich lediglich außerhalb dieses Raumes erkennen konnte. Zu viel

Informationen und zu viele Erkenntnisse in zu kurzer Zeit, dachte er.

Er sah wieder auf den CIA-Agenten.

„Gehört dann dies auch zu deinem Auftrag?"

„Nein. Natürlich nicht. Ich soll mich ja im Hintergrund halten. Keine Konfrontation und keinen Kontakt. Im Grunde genommen bin ich alleine hier. Im Falle einer Gefangennahme wird die US-Regierung bestreiten, dass es mich überhaupt gibt."

„Wie bei Rambo..." grinste Jakob mit einem Hauch von Galgenhumor und zog die Unterlippe nach oben.

„Bei wem??"

Er winkte ab und schüttelte den Kopf.

„Nicht so wichtig. Eine Filmfigur. Kommt später. In den Achtzigern."

Mike rollte wiederum mit den Augen. Der Deutsche ging ihm wohl auf die Nerven mit seiner Zeitreisegeschichte. Jakob fiel auf die Knie und zog den Rucksack heran.

Er griff hinein und holte wieder sein Equipment heraus. Er würde Mike vertrauen müssen, auch wenn seine Zweifel und seine Skepsis noch groß waren. Ihm blieb keine andere Wahl. Zusammen waren sie wohl sicherer. Er legte die kleinen Wunderwerke vor ihm auf den Boden. Mike beobachtete interessiert, was sich vor ihm aufbaute.

„Das sind die Dinge, die nicht einmal die Menschen unserer Zeit kennen. Und die meisten wohl auch nicht glauben könnten. Das, was ich hier habe, ist eine Technik, die selbst unserer Zeit weit voraus ist. Mittlerweile glaube ich, dass das schon immer so gewesen ist. Irgendwo hat es immer irgendwelche Forschungen gegeben, die ihrer Zeit weit voraus waren."

Er hob den Kopf und sah Mike an.

„Willst du es wissen?" fragte er.

„Klar."

Jakob sah ihm in die Augen. Lange und intensiv. Ob er etwas daraus lesen konnte, wusste er nicht. Aber auch Mike wusste nicht, welchen möglicherweise besonderen Status Jakob hatte. Es war eine seltsame Pattsituation.

„Ich muss dir vorher noch sagen, dass diese Dinge nur ich bedienen kann. Sie sind abgestimmt auf meine Fingerabdrücke, Oberflächensäuregrad, Druckpunkt und verschiedene Codes, die sich aus meiner Physiognomie ableiten lassen. Diese Dinge würden niemandem nutzen, wenn er sie hat. Von Verstehen kann schon gar keine Rede sein."

Noch immer sah er Mike in die Augen. Der nickte trotzdem verstehend.

„Ich verstehe, Jake..." Er lächelte leicht und nickte.

„Ich wollte es nur klarstellen..."

„Keine Sorge. Ich weiß sehr wohl, dass es Technologien geben kann, von denen ich nicht einmal ahne, dass sie überhaupt möglich sind. Du kannst mir vertrauen..."

„Wirklich??!"

„Ja."

„Okay, was bleibt mir auch übrig. Du bist der, der die Erfahrung hat, nicht ich."

„Also los...ich bin gespannt."

Jakob zeigte auf die „Scotch".

„Das ist eine Waffe. Für den Notfall. Es ist die letzte Möglichkeit, wenn gar nichts mehr geht. Man nennt sie EMP. Kurz gesagt, verdichtet sie die Luft und schleudert sie gegen das Ziel. Man hat mir gesagt, dass sie eine vernichtende Wirkung haben kann. Sie ist völlig lautlos, aber kann absolut tödlich sein. Ich hoffe, dass ich sie niemals benutzen muss."

„Ich hab den Namen noch nie gehört. Klingt ja beeindruckend."

Er zeigte auf die Kamera.

„Was ist das?"

Jakob nahm sie in die Hand. Sie wog nur ein paar Gramm. Unscheinbar und leicht wie eine Feder.

„Das ist meine Kamera. Ich muss ja jede Menge Fotos machen, um all das hier auch beweisen zu können."

Mike lachte prustend auf.

„Wie bitte?? Was soll das sein? Eine Kamera?"

Jakob schaltete sie ein. Das Display erschien augenblicklich. Und Mike bekam große Augen. Augenblicklich erstarb das Lachen.

„Woww...."

„Das sind die Bilder, die ich bisher gemacht hab."

Er schlug das Menü auf und wischte über den Bildschirm. Die Aufnahmen des Dorfes und des Nachthimmels wurden sichtbar. Und Mike bekam den Mund nicht mehr zu. Jakob zoomte den Mond und die Sterne in solch einer brillanten Schärfe, dass Mike lautstark ausatmete. Und wieder vergaß, den Mund zu schließen.

„Mein lieber Mann...das ist ja wirklich brillant. Die wiegt ja so gut wie nichts. Wie viel Bilder kann man denn damit machen? Und wo kommt der Strom her? Was für einen Film verwendest du?"

„Ich kann gar nicht so viele Bilder schießen, wie da drauf gehen. Unendlich. Und mit dem Akku kann ich dir nichts sagen. Das bleibt wohl ein Geheimnis der Techniker. Filme, wie du sie kennst, sind schon längst vom Markt. Das ist

Mikrospeichertechnik. Alle Bilder sind auf einem winzigen Chip."

„Verstehe...ist wirklich unglaublich...Warum hast du die Sterne aufgenommen?"

„Ich musste doch wissen, wo ich bin. Und anhand des Sternenbildes kann meine Datenbank ermitteln, wo ich mich befinde und wann."

„Welche Datenbank? Wo ist die?"

Jakob zeigte auf ein winziges Teil, das in einer Art Brille eingeschoben war.

„Die ist da drin integriert. Wenn ich irgendwas wissen will, kann ich darauf zugreifen. Da drin sind auch alle derzeit gesprochenen Sprachen beinhaltet. Da wir ja hier in Tibet sind, werde ich tibetisch und chinesisch lernen müssen, damit wir auch mit den Menschen kommunizieren können."

„Wie willst du denn jetzt tibetisch lernen. Dafür braucht man Jahre. - Versteh ich jetzt nicht, was du meinst."

Jakob grinste ihn an. Er nahm die Brille auf.

„Hinter meinem Augapfel befindet sich ein Laserscanner, der die Daten abruft und sie gleichzeitig an mein Erinnerungs- und Lernvermögen weiterleitet. Das Gehirn speichert also alles sofort ab."

Mike winkte ab und verzog das Gesicht. Jetzt übertrieb es der Deutsche.

„Quatsch. Du erzählst mir jetzt Müll, Jake..."

„Nein. Aber ich kann verstehen, dass dir das völlig verrückt vorkommt."

„Ja, so ist es...das musst du mir erst beweisen."

„Natürlich. Aber sag nachher nicht, dass ich das ja alles schon vorher gekonnt haben könnte."

„Das entscheide ich später."

„Okay. Könnten wir aber jetzt entscheiden, was weiter geschehen soll? Ich möchte in diesem Stall nicht verrotten."
Mike stand auf und sah durch den Türspalt. Er konnte niemanden entdecken. Der kleine Vorplatz war leer.
„Wir werden erst mal herausfinden müssen, wer gerade angekommen ist. Jedenfalls war es die Armee."
Er drehte sich um und sah Jakob fest an.
„Dann zeig mir mal, was dein Sprachtalent so alles kann. Wir müssen die Chinesen belauschen, warum sie hier sind und wohin sie fahren werden."
„Gut. Gib mir eine halbe Stunde."
Mike verzog den Mund.
„Tsss...halbe Stunde...irgendwie werd ich hier nicht für voll genommen..."
Jakob setzte die Brille auf und schaltete sie an. Dann setzte er sich auf den Boden, überkreuzte die Beine und versuchte, sich auf den Download zu konzentrieren. Der Sensor arbeitete tadellos. Er konnte wahrnehmen, wie sich sein Wissen bildete und wie sich ein Verständnis aufbaute, das diese komplizierte Sprache in eine einfache Selbstverständlichkeit umwandelte. Das Programm leistete hervorragende Arbeit und Jakob nahm tatsächlich nach zwanzig Minuten die Brille ab und starrte vor sich hin.
„Mein Gott..." stammelte er. „Es funktioniert. Ich...ich kann chinesisch. Mandarin-Chinesich. Unglaublich...sagenhaft...."
Mike sah ihn skeptisch und durchdringend an. Jakob machte ihm den Eindruck völliger Überraschung.
„Du siehst gerade so aus, als ob du selbst nicht geglaubt hast, dass so was möglich ist."
Jakob nickte. „Stimmt. Das ist das erste Mal, dass ich dieses Programm zum Lernen benutze. Es ist wirklich atemberaubend. Ich kann chinesisch..."

Lachend schüttelte er pausenlos den Kopf. Er sah Mike an, der ihm kein Wort glauben konnte.

„Dann los. Wie wär´s mit tibetisch??"

Er grinste ironisch.

Jakob setzte die Brille wieder auf. Diesmal dauerte die ganze Prozedur nicht so lange. Nach fünfzehn Minuten war auch das Tibetische in seinem Gehirn hinterlegt. Ohne mit dem Kopfschütteln aufzuhören, verstaute er alle seine technischen Wunder wieder in seinem Rucksack. Dann stand er auf. Plötzlich fühlte er sich wesentlich sicherer, selbstsicherer. Fast schon euphorisch grinste er sein Gegenüber an und wandte sich zur Türe.

„Gehen wir," sagte er nur.

Vorsichtig öffneten sie die Türe und schlüpften hinaus. Mike sicherte links und rechts und zusammen hasteten sie in Richtung der Hauptstraße. Dort drückten sie sich an die Hausmauer und vorsichtig sichteten sie die Straße. Es waren nur vier Armeefahrzeuge, die sie erkennen konnten. Zwei Mannschaftswagen und zwei Geländefahrzeuge. Soldaten waren schon abgesessen und trieben die Menschen in ihre Häuser zurück.

„Verdammt. Er ist es," presste Mike plötzlich hervor.

Er zuckte zurück und lehnte sich in der Hocke gegen die Hauswand.

„Was??" fragte Jakob.

Mike´s Gesichtsausdruck war hart geworden. Seine Augen blickten starr und eiskalt auf den Boden.

„Der Chinese. Der Offizier. Er ist tatsächlich hier. Sie hatten recht gehabt."

Jakob starrte ihn an.

„Was willst du tun?"

Mike sah ihn an und überlegte.

„Damit hast du nichts zu tun. Das ist meine Sache. Ich will dich hier nicht mit hineinziehen. Es ist gefährlich und kann böse enden."

Sie sahen sich einen Augenblick länger als nötig in die Augen. Und Jakob musste schon wieder eine Entscheidung fällen. Abfällig grinsend nickte er bedächtig und beobachtete einen aufkommenden zynischen Zug in sich, der sich mit einem schon längst vertrauten Sarkasmus mischte.

„Wenn wir schon zusammen sind, dann bleiben wir auch zusammen. - Was kann ich tun??"

„Sicher?!"

„Ich bin hier. Also muss ich damit auch zurechtkommen."

Mike sah ihn intensiv und überrascht an. Er traute seinem Gegenüber nicht über den Weg. Wenn dieser Mann kein Agent oder ähnliches war, wenn er also ein ganz normaler Zivilist wäre, dann zeigte er einen schon überdurchschnittlichen Mut. Nicht nur, dass er in diesem verlassenen Teil der Welt auftauchte, sondern dass er scheinbar ohne viel nachzudenken ihm, Mike, auf dem Fuße folgte. Solch schnelle Entscheidung kannte der CIA-Agent nur von gut ausgebildeten Agenten, die auch schon einige Erfahrung in diesen Dingen vorweisen konnten. Er musste zugeben, den Deutschen nicht einordnen zu können. Nachdenklich nickte er. Seine Gedanken behielt er für sich.

„Okay. Zuerst müssen wir herausfinden, warum sie hier sind und was sie vorhaben. Das wird deine Aufgabe sein. Du musst so nah wie nur möglich herankommen."

Jakob stand auf und beugte den Kopf um die Hausmauer. Die Soldaten schrien herum und rannten scheinbar wirr umher. Erst Augenblicke später konnte Jakob erkennen, dass sie ein paar Punkte besetzten, von denen aus sie das kleine Dorf kontrollieren konnten. Jakob schüttelte den Kopf. Diese Menschen waren Bauern. Im Kloster lebten wahrscheinlich Mönche. Vor was hatten denn die schwerbewaffneten Chinesen Angst? Die Tibeter waren weder Krieger noch Soldaten. Sie konnten sich nicht wehren. Und außerdem hatten sie viel zu viel Angst. Er sah noch einmal zu den Soldaten. Einige machten sich auf den Weg zum Kloster, das sich etwas erhöht von dem Dorf wie ein Adlernest erhob.

„Sie gehen zum Kloster. Los, wir folgen ihnen...“

Mike war schon davon gehastet und winkte Jakob, ihm zu folgen. Der Amerikaner huschte fast lautlos von einer Mauer zur anderen. Er bewegte sich schnell und gewandt. In einem zusätzlichen Gürtel, der um seine Hüften geschlungen war, erkannte Jakob zwei Pistolen, die sich jeweils in einem Halfter befanden. An einem Häusereck knieten sie sich nieder und sahen vorsichtig in Richtung der Soldaten. Jakob schlug das Herz bis zum Hals, er spürte die aufkommende Angst und Unsicherheit und schluckte. Eine Panikwelle überschlug sich in seinem Geist und ließ den Körper schwitzen. Der Atem beschleunigte sich und mit Gewalt wollte sich Jakob beruhigen. Er versuchte, gleichmäßiger zu atmen und den panischen Gedankenstrom zu stoppen. Und immer wieder tauchte in diesen kurzen Momenten die Frage auf: Warum bin ich hier? Warum habe ich mich nur dazu hinreißen lassen?

Für einen winzigen Augenblick wünschte er sich nach Hause, in seine Arbeit, in die gewohnten Muster – und dann schob ein Blitz alles beiseite. Eine gewaltige energiegeladene Schaufel nahm die Zweifel auf und warf sie in die gedankliche Mülldeponie. Niemals...er wünschte sich das alte Leben nicht wieder zurück. Er war aufgebrochen, etwas Neues zu beginnen, etwas, das vor ihm niemand jemals imstande war, anzugehen. Er war auserwählt, er war der Erste, er war derjenige, von dem so vieles abhing. Nein, er war hier aus einem bestimmten Grund, den er noch nicht begreifen konnte. Vielleicht würde er es niemals begreifen, aber er war jetzt hier. Hier in Tibet. Mit einem Amerikaner, der eine Mission erfüllen wollte. Und er – Jakob Kolb – hatte ihm seine Hilfe zugesagt. Jakob spürte, wie die Anspannung von ihm zu weichen begann. Sein Atem beruhigte sich und sein Herzschlag reduzierte sich wieder in den gewohnten Rhythmus.

„Was ist? Ist dir nicht gut, Jake??"

Mike musterte ihn fragend. Er sah die Blässe und das Flackern der Augen in Jakobs Gesicht.

„Nein, alles okay. - Lass´ mich mal vor, vielleicht kann ich schon etwas verstehen."

Mike nickte und rückte zur Seite. Jakob sah um das Eck, erkannte Soldaten und einen Chinesen, der wild gestikulierend Befehle erteilte. Er drehte den Kopf, damit er besser hören konnte. Er verstand kein Wort und schloss die Augen, um sich konzentrieren zu können. Seine Rezeptoren öffneten sich wie ein Scheunentor. Zuerst nahm er nur ein unmelodiöses Geschrei wahr, mit hohen und dunklen schnell aufeinanderfolgenden Tönen, dann formten sich einzelne Worte daraus. Worte, aus denen Sätze wurden. Jakob begann zu verstehen, zuerst bruchstückhaft, dann gezielter, zusammenhängender. Schließlich hatte sein Geist die Sprache in seinem ganzen Verständnis in Einklang gebracht. Einen winzigen Augenblick überzog ihn ein Sturm der Freude und der Erkenntnis eines großartigen Wunders. Dann gesellte sich ein Spritzer Stolz hinzu, der in diesem kleinen Moment die Angst vergessen ließ. Jakob konzentrierte sich auf den Offizier. Er schickte zwei Soldaten an das Klostertor, die anderen fünf, die bei ihm waren, sollten ihn begleiten. Er drehte sich um und ging den kurzen ansteigenden Weg zum Klostertor hinauf.

„Er geht ins Kloster. Zwei Soldaten sollten das Tor bewachen, damit niemand abhaut. Fünf Soldaten begleiten ihn. Die anderen bleiben beim Trupp im Ort."

Jakob starrte weiterhin auf die Chinesen. Er hatte leise gesprochen, ohne Mike anzusehen. Der zwickte die Augen zusammen und starrte um das Eck auf die sich entfernenden Soldaten. Er hatte bereits einen satanischen Plan entwickelt. Er musste die Chance im Kloster nutzen, wo er nur wenige Männer bei sich haben würde. Da konnte er ihn schnappen.

`Stirb, du Schwein, stirb – so wie mein Freund gestorben ist...´

Seine Gedanken waren hasserfüllt. Er dachte nicht darüber nach, dass ein schon sagenhafter Zufall ihn hierher geführt hatte, dass Zeitpunkt und Zufall so eng miteinander verknüpft waren. Er dachte nicht mehr darüber nach, dass neben ihm ein Mann aus einer ganz anderen Welt saß und darauf wartete, was er jetzt unternehmen würde. Er dachte nur noch an den Augenblick, wenn er ihn erschießen würde. Er dachte nur noch an die Rache.

„Wir müssen unbemerkt ins Kloster kommen. Jetzt habe ich die Chance, ihn zu überraschen. Mit den wenigen Männern ist das nur jetzt möglich."

Jakob sah ihn ernst an.

„Wenige Männer? Es sind fünf..."

Mike grinste diabolisch und verzog verächtlich die Mundwinkel.

„Eben...wenig!"

„Und die beiden am Tor?"

„Wir müssen sie ausschalten, ohne dass sie eine Möglichkeit zur Gegenwehr haben. Wenn sie einen Laut von sich geben können oder gar einen Schuss abgeben, haben wir verloren."

„Ääh...ja...so ist das...wie..???"

„Was ist mit deiner Waffe? Kannst du sie einsetzen?"

Jakob tastete nach seinem kleinen Beutel an der Seite. Kurz überlegte er, dann ein Nicken. Er hatte sich entschieden.

„Ja...ich versuch´s!"

Mike schüttelte den Kopf. Er sah Jake intensiv in die Augen.

„Nicht versuchen – tu es!"

„Okay...dann lass mich vorbei."

Etwas überrascht über das schnelle Umschalten von Jakob rutschte Mike zur Seite. Jakob stand auf, zog sich die Mütze über den Kopf, sodass er nicht auf Anhieb als Ausländer zu erkennen war – und war schon unterwegs. Er dachte nichts, nur noch, wie er die „Scotch" in der Hand halten würde und dann den Druckpunkt in die Entladung bringen würde. Sonst verhinderte kein anderer Gedanke sein Vorhaben. Erst später würde er sich über sich selbst wundern. Würde sich fragen, wie es möglich gewesen war, dass er keinerlei Aufregung oder gar Nervosität verspüren konnte. Er konnte nicht ahnen und es hätte ihn auch nicht sonderlich beeindruckt zu wissen, dass die Persönlichkeit eines Menschen niemals nur auf ein Leitsystem festgelegt werden durfte. Jeder hatte Potential auf ein verschüttetes Ich in sich, das sich nur in extremen, völlig anormalen Situationen etablieren und evolutionieren konnte. Ohne es auch nur im Ansatz zu bemerken, entsteht ein neues Gebilde an Gedanken, Überzeugungen, Wille und Zielsetzung. Es entsteht etwas, das sich im herkömmlichen Alltag nie hätte zeigen können. Eine tugendhafte Paarung, die auch viel mit Mut, Sicherheit und Entscheidungskraft zu tun hat. Aus dem zaudernden, der allzu selbstverständlichen Sicherheit folgenden Jakob Kolb begann sich in diesem Moment ein ganzheitliches Anderes zu entwickeln. Aber das konnte Jakob noch lange nicht wahrnehmen. Sein Fokus befasste sich noch mit dem Naheliegenden. Und das war an Risiko und Gefährlichkeit kaum zu überbieten.

Der Offizier war mit seinen Leuten schon im Kloster verschwunden. Die beiden Soldaten standen am Tor und beobachteten die Umgebung. Sie sprachen nicht miteinander, sondern waren sehr aufmerksam. Sie hatten Maschinenpistolen in den Händen und Jakob war sich sicher, dass sie nur abzudrücken brauchten. Die Waffen waren garantiert nicht gesichert. Er beschleunigte seinen Schritt, erkannte, dass sie jetzt auf ihn aufmerksam geworden waren. Einer hob seine Waffe leicht an.

„Stop! Stehenbleiben! Wer bist du und was willst du??"

Jakob verstand jedes Wort und verfiel wiederum in ein kurzes Staunen.

„Ich bin hier, um euch aus dem Weg zu räumen. Seid ihr damit einverstanden?"

Er war zehn Schritte vor den Soldaten stehen geblieben und hob nun den Kopf. In diesem Moment erkannten die Chinesen den Ausländer in ihm und waren einen kurzen Moment starr vor Überraschung, dass ein fremdländischer Mann sie in ihrer Sprache anredete. Jakob nutzte die kleine Pause und hob die kaum sichtbare „Scotch". Und bevor die Soldaten auch nur den Ansatz einer Aktion in Betracht ziehen konnten, wurden sie von einer unsichtbaren gewaltigen Kraft nach hinten gegen die Mauer geschleudert. Der Impuls war so stark, dass das Herz für einen Moment stillstand und die Männer ihren eigenen Tod spürten. Dann verließ sie das Bewusstsein. Ihr Herz begann wieder zu schlagen, doch nur die unbewussten Lebensfunktionen gerieten wieder in Fluss. Die Ohnmacht hatte sie in eine dunkle Dimension geführt. Wenn sie wieder erwachten, würden sie nicht wissen, was sie außer Gefecht gesetzt hatte.

Jakob starrte auf die wie tot daliegenden Männer. Das einzige Geräusch, das entstanden war, war das Dahinsinken der Körper – und Jakob war zufrieden. Überrascht nahm er wahr, dass es keinen vermeintlichen inneren Schock gab. Er hatte lediglich eine Aufgabe erledigt. Mehr nicht. Ohne weiter darüber nachzudenken, drehte er sich um und sein Blick suchte Mike, der sich bereits erhoben hatte und auf ihn zu hastete.

„Wow, unglaublich...ich habe weder was gesehen noch gehört...du wirst mir langsam unheimlich, Jake...“

„Ich mir auch...also...weiter??“

Mike nickte und schlüpfte durch das Tor. Jakob folgte ihm, ohne auch nur einen Gedanken an die Situation zu verschwenden. Jetzt war es nur wichtig, Mike zu unterstützen und ihm den Weg zu ebnen. Er musste unbedingt seine Gedanken im Augenblick behalten, sie durften nicht abschweifen und er durfte nicht über mögliche Situationen resümieren. Die Konzentration im absoluten Augenblick sicherte sein Überleben. Und das des amerikanischen Kameraden.

Sie pressten sich an die Hausmauer und lauschten nach drinnen. Jakob konnte die Stimme eines Mannes wahrnehmen. Es musste der Offizier sein, den Mike verfolgte. Er befahl den Soldaten, die Türe zu sichern und wandte sich nun offensichtlich den Mönchen zu.

„Und...? Was sagt er? Kannst du etwas verstehen?..." fragte Mike.

„Er hat zwei Männer an der Türe postiert. Jetzt verhört er die Mönche und möchte, dass sie alle religiösen Dinge in den Hof bringen, um sie zu verbrennen."

„Was? Was soll das? Hast du dich auch nicht verhört??"

„Nein. Das sind die Anfänge, um Religion und Spiritualität auszulöschen. Die Dinge, die für die Tibeter am wichtigsten in ihrem Leben sind. Sie wollen alles niedermachen...ohne Rücksicht...diese Schweine....!"

Jakob lehnte sich zurück und spürte Wut und Hass hochkommen. In einer Art und Weise, die er niemals in seinem Leben gespürt hatte. Inmitten seines Gedankenganges erklang ein Schuss. Mike und Jakob schraken zusammen und sahen sich erschrocken an. Die Soldaten fingen an, die Mönche zu ermorden.

„Los jetzt! Es ist Zeit. Die Überraschung ist auf unserer Seite. Ich übernehme die beiden an der Türe. Du den Rest. Schick sie in den Schlaf. Sind sie noch genauso, wenn sie aufwachen??"

„Ja. Ich nehm´ die Wirkung zurück. - Die Mönche wird´s auch erwischen..."

Mike nickte.

„Darum hab ich gefragt. Bereit??"

„Ja, alles klar..."

Mike sprang auf, rannte auf die Türe zu und stieß sie mit seinem ganzen Körpergewicht auf. Völlig überrascht blieb den beiden Soldaten keinerlei Chance zur Gegenwehr. Innerhalb von zwei Sekunden hatte ihnen Mike mit einer blitzschnellen Bewegung das Genick gebrochen. Ohne dass das Auge die Bewegung verfolgen konnte, stach die rechte Hand hinter den Kopf, während die andere Hand auf dem Kinn liegenblieb. Konträre Gewalt beider Kräfte. Zug und Druck. Genickbruch. Sekundentod.

Gleichzeitig stand Jakob in dem Raum, überblickte die Situation und drückte ab. Drei Mönche, der Offizier und die beiden begleitenden Soldaten sanken lautlos zu Boden. Wieder starrte Jakob staunend auf die Menschen vor ihm. Diese lautlose Gewalt hatte etwas Unheimliches und Erschreckendes an sich. Für einen kurzen Moment war Jakob erstarrt. Doch Mike hatte keine Schrecksekunde. Schon stand er neben Jakob.

„Gut gemacht. Los – entwaffnen und fesseln. Zieh die Mönche auf die andere Seite."

Wie wenn er nie etwas anderes gemacht hätte, wurden die Soldaten routiniert von dem Amerikaner gefesselt und an die Wand gelehnt. Noch wussten sie nicht, wie lange die Wirkung der Scotch anhalten würde. Jakob sah auf die Uhr. Keine vier Minuten waren vergangen, seit sie den Raum gestürmt hatten. Jakob hatte gar keine Gelegenheit, nachzudenken. Und er versuchte auch jetzt nicht, dem Gedankenfluss nachzugeben, der vehement die Angst in ihm suchte – denn wenn man ihm nachgab, er sie bestimmt auch finden würde.

Mike hatte sich einen Stuhl heran geschoben, auf dem er nun verkehrt herum saß und die Arme auf die Lehne gelegt hatte. Ausdruckslos sah er den Offizier an. Sein Blick war starr geworden und ließ weder Emotion noch irgendeine Form der Nervosität erkennen. Jakob fühlte eine imaginäre Kälte aufsteigen, wenn er den Mann neben ihm ansah. Was würde Mike mit ihm wohl tun? Würde er ihn wirklich töten? Vor seinen, Jakob's Augen?! Er wandte leicht den

Kopf und sah auf die beiden Soldaten an der Türe. Ihre Augen waren noch geöffnet. Starr, verständnislos, völlig überrascht, wie schnell der Tod sie geholt hatte. Jakob hatte nur dieses markerschütternde Knacken in seinem Rücken gehört und das fast lautlose Zusammensinken der Körper. Sonst nichts. Ohne einen Laut von sich geben zu können, wurden die Männer getötet. Schnell, lautlos, effizient. Der Amerikaner war ein Meister darin. Wie oft er wohl schon...?
Er schüttelte die Gedanken aus dem Kopf, ertappte sich dabei, eben diesem destruktiven Gedankenfluss nachzugeben und konzentrierte sich wieder auf das Naheliegende und Wesentliche.
Ein leichtes Stöhnen ließ beide den Kopf heben. Einer der Mönche bewegte sich und öffnete die flatternden Augenlider. Jakob wandte sich zu ihm. Er ging in die Hocke und sah zu, wie der Mönch erwachte.
„Hallo, wie geht es dir?" fragte er lächelnd in der tibetischen Sprache.
Der Mönch sah ihn erstaunt an und griff an seinen Kopf. Stöhnend setzte er sich auf und schloss noch einmal die Augen. Dann erst nahm er den fremden Mann, der so sanft lächelte, intensiv in Augenschein.
„Es geht. Was war das gerade? Irgendeine Kraft hat mich umgeschmissen. Ich weiß nicht, was da passiert ist. - Wer bist du??"
„Mein Name ist Jakob. Und wie heißt du?"
„Ich bin Norbu...woher kannst du meine Sprache?"
„Hab ich gelernt. Wie lange sind die Soldaten schon hier und was wollen sie?"
Norbu senkte traurig den Kopf und erschauerte.
„Sie wollen, dass wir unser Kloster zerstören und alles Religiöse vergessen."

„Sie wollen Tibet auslöschen."
Norbu sah Jakob hilflos an.
„Aber warum?? Was haben wir den Chinesen denn getan?
Und was habe ich und meine Brüder ihnen getan? - Und
wer bist du?"
Jakob sah in ihm die Furcht aufsteigen und die große Angst,
dass Tibet wirklich vernichtet werden würde.
„Ich bin Jakob", wiederholte Jakob. „Ich weiß es auch nicht.
Aber ich weiß, dass ihr hier nicht mehr sicher sein werdet.
Ihr müsst weg von hier. Sonst werdet ihr möglicherweise
alle sterben."
„Aber...????....Wir können nicht weg. Das ist doch unsere
Heimat. Das ist unser Kloster. Wo sollen wir denn hin??"
Norbu´s Stimme wurde völlig verzweifelt. Instinktiv
weigerte er sich zu glauben, dass Jakob ihm die gnadenlose
Wahrheit erzählte. Und trotzdem wusste er, dass der
fremde Ausländer die Wahrheit sprach. Eine Wahrheit, die
so furchtbar war, dass niemand sie dafür halten wollte –
oder konnte.
Jakob drehte den Kopf, weil die Soldaten wieder zu sich
kamen. Der Offizier hatte die Augen geöffnet und starrte
wild Mike an. Er unterschätzte ganz offensichtlich seine
Situation. Völlig außer sich schrie er Mike an, der nichts
verstand. Ruhig wartete er, bis der Chinese seinen
Wutanfall beendet hatte.
„Jake, du bist gefragt. Kannst du übersetzen?"
Jakob stand auf und sah noch einmal den Mönch an.
„Wir sprechen später. Im Moment seid ihr in Sicherheit.
Keine Angst."
Dann drehte er sich um und ging vor dem Chinesen, der
immer   noch   schrie,   in   die   Hocke.
„Halt den Mund und hör zu," sagte Jakob völlig ruhig zu

ihm. Überrascht sahen ihn die Soldaten an. Anscheinend war es eine Seltenheit, dass ein Ausländer ihre Sprache so gut sprechen konnte. Und dass diese Begegnung auch noch im tiefsten Tibet stattfand, machte ihr Erstaunen noch größer.

„Wenn ihr nicht sofort die Fesseln löst, werdet ihr schneller tot sein, als ihr denken könnt."

Der Offizier war immer noch wild und sah sich offensichtlich nicht in der Position, eben keine Ansprüche stellen zu können.

Jakob drehte sich zu Mike. Die arrogante Art des Offiziers entfachte völliges Unverständnis. Es bedurfte nicht viel Intelligenz, um die Situation als Gefangener einschätzen zu können. Warum der Mann vor ihm trotzdem so aggressiv war, war für Jakob weder nachvollziehbar noch durch irgendeinen Vernunftsgedanken zu erklären.

„Er meint, wir sollen sofort seine Fesseln lösen, sonst sind wir gleich tot. - Entweder ist der blind oder doof wie Holz. Kaum zu fassen, oder??!""

„Sag ihm nur, dass der Journalist ihn grüßen lässt."

Mikes Stimme war kalt wie der Nordpol und er starrte unablässig den Chinesen an, der in dem Moment seine Arroganz verlor, als er Mike sprechen hörte. Ohne ihn zu verstehen, war sein Tonfall unmissverständlich. Und der Offizier spürte das. Eine dunkle Vorahnung überschüttete ihn wie ein Wasserfall und er verstummte schlagartig. Jegliche Aggression verschwand in den dunklen Untiefen seines Wesens.

„Also. Wenn du jetzt die Ohren aufsperren kannst, dann werde ich dir jetzt die Lage erklären. - Verstanden?"

Der Offizier presste die Lippen zusammen und nickte einmal mit dem Kopf.

„Gut! Zuerst kann ich dir mitteilen, dass wir in der Lage sind, deine ganze verdammte Mörderbande auszulöschen, wenn wir wollen. Deine lächerlichen Figuren sind keine Gegner, sondern nur Übungsziele. Ihr werdet sofort eure Sachen packen und weiterfahren. Wenn nicht – werdet ihr nicht einmal begraben. Habt ihr das verstanden?"
Er sah von einem zum anderen. Die beiden Soldaten nickten. Sie wussten immer noch nicht, was sie außer Gefecht gesetzt hatte. Aber die beiden toten Soldaten an der Türe sprachen eine klare Sprache und sie bezweifelten nicht die Worte des Mannes, der vor ihnen kniete. Unsicher sahen sie auch auf Mike, dessen Gesicht wie aus Marmor gemeißelt war und keinerlei Regung oder gar Emotion zeigte. Personifizierte Eiseskälte. Jakob stand auf.
„Gut."
Er wandte sich wieder an den Offizier. Ausdruckslos sah er ihm in die Augen. Jakob empfand in diesem Moment nicht einmal Mitleid mit dem Mann, auf dessen Befehl willkürlich Menschen erschossen worden waren. Seine Gedanken schweiften schon wieder ab und versuchten, den Hass hervor zu holen. Aber blitzschnell blockierte Jakob den Gedanken.
„Mein Freund hier lässt dir Grüße ausrichten."
„Grüße?? Von wem?"
„Grüße von einem toten Journalisten, den du kennst."
Der Mann wurde blass und starrte Mike an. Jakob wandte sich an den Amerikaner.
„Ich hab´s ihm gesagt. Was willst du jetzt tun?"
Mike stand auf und bewegte kaum den Mund, als er sprach.
„Sag´ ihm, dass seine Zeit gekommen ist. Er wird niemanden mehr umbringen. Er darf sich noch von der

Welt verabschieden. Das ist mehr, als er seinen Opfern zugebilligt hat."

Jakob schluckte. Sein Mund wurde trocken und er versuchte, an die toten Menschen in dem kleinen Ort zu denken. Menschen, die einfach erschossen worden waren, obgleich sie niemandem etwas getan hatten. Sie waren nur zur falschen Zeit am falschen Ort. Er wandte sich wieder an den Offizier.

„Er sagt, dass deine Zeit abgelaufen ist und dass du niemanden mehr töten wirst."

Der Mann öffnete den Mund, schnappte nach Luft und wollte etwas sagen, aber Mike zog ihn an den Fesseln schon nach oben. Er drückte ihn an die Wand und sah ihm in die Augen.

„Wer meinen Freund tötet, ohne dass er ihm etwas getan hat, verliert jegliches Recht auf Leben."

Der Chinese sah Jakob an. Seine Augen flatterten ängstlich.

„Was hat er gesagt?? Es war doch alles...ich habe nicht...er wurde krank...und....!"

Jakob winkte ab. Er spürte Ekel aufkommen.

„Lass' es. Ihm kannst du nichts erzählen. Niemand wird plötzlich krank und stirbt wenig später. Er sagt, dass niemand seinen Freund tötet, ohne dafür Rechenschaft abzulegen."

Mike wartete keine Antwort ab, sondern zerrte den Mann zur Türe. Jakob sah ihm nach, bis die Türe wieder geschlossen war. Er hatte ein würgendes Gefühl im Hals und er fühlte sich nicht wohl. War er jetzt mitschuldig am Tod eines Menschen? War es nicht seine Pflicht, die Tötung zu verhindern? Er starrte die Soldaten an, die ihn anblickten wie einen Racheengel. Jakob spürte Traurigkeit, Wut, Hass und Desillusion aufkommen. Eine Mixtur, die er in seinem ganzen Leben noch niemals in dieser Konstellation verspürt hatte – und die ihm Angst machte. Große Angst. Er durfte sich nicht darin verlieren. Er durfte niemals dem Hass nachgeben.

„Warum tut ihr das?" fragte er in den Raum.

Er erwartete eigentlich keine Antwort, doch sein Blick nagelte die Männer noch mehr an die Wand.

„Wir haben doch nur Befehle befolgt. Weißt du, was mit uns passieren würde, wenn wir uns weigern? Soldaten müssen Befehle befolgen, sonst werden sie ganz schnell an die Wand gestellt..."

Jakob verzog verächtlich den Mund und winkte mit einer schnellen Handbewegung ab. Er hasste diese Art der Rechtfertigung. Es waren nur Ausreden und das Wegschieben eigener Schuld.

„Ich komme aus Deutschland. Wisst ihr nicht, was vor fünfundzwanzig Jahren dort begonnen hat und wie alles geendet hat??? Was ist los mit euch?? Warum lernt niemand aus der Geschichte?? Warum müssen immer wieder Unschuldige sterben?? Warum habt ihr kein Mitgefühl? Warum könnt ihr nicht denken? Was seid ihr nur für ein Idiotenvolk? Wollt ihr uns Deutschen Konkurrenz machen? Glückwunsch! Geschafft!"

Die letzten Worte hatte er geschrien. Keuchend drehte er sich um. Gerade um einen kurzen Schrei von draußen zu hören. Er schloss die Augen und versuchte, den Kloß in seiner Kehle zu schlucken, aber es gelang nicht. Er spürte das Zittern in seinem Körper, spürte die Hitze aufsteigen, die sich mit Angst, Enttäuschung, Wut und Hass mischte und sein rationales Denken ganz kurz völlig außer Kraft setzte.

Dann wurde die Türe wieder geöffnet. Mike kam herein. Er

sagte nichts, sondern sah nur völlig ausdruckslos Jakob an. Dann glätteten sich seine Gesichtszüge.

„Was hast du ihnen gesagt? Ich hab´ dich bis nach draußen gehört."

Jakob schüttelte den Kopf.

„Nicht so wichtig...wir müssen die Menschen hier wegbringen."

„Was?..."

„Die Menschen. Wir müssen sie hier wegbringen. Sie sind nicht mehr sicher. Du hast doch gesehen, was die Soldaten anrichten."

Mike schüttelte den Kopf.

„Wir können niemanden von hier wegbringen. Wohin denn?"

„Nach Indien und Nepal."

Der Amerikaner sah Jakob an wie einen Irren und lachte laut auf. Er drehte sich um zu Norbu, der inzwischen aufgestanden war und seinen beiden Kameraden auf die Beine half.

„Sie würden ihre Heimat eh nicht verlassen."

„Die meisten werden sterben. Und die Kinder werden umerzogen. Sie werden ihre Identität und ihre Persönlichkeit verlieren. Man wird sie zu Chinesen erziehen. Sie sind Tibeter. Keine Chinesen. Wir können das nicht zulassen, Mike."

„Willst du acht Millionen Tibeter nach Indien schaffen?"

„Es sind viele Kinder hier. Mike...der Dalai Lama wird fliehen und in Indien eine Exilregierung schaffen. Von dort aus wird Tibet weltweit zum Thema gemacht. Die Kinder sind die Zukunft, Mike. Du weißt das doch!!"

Mike starrte wieder Jakob an.

„Du bist verrückt."

Jakob lächelte und nickte.

„Ja. Darum bin ich hier. Vielleicht nur darum.“

Er wandte sich an Norbu.

„Norbu, ihr müsst hier weg. Wie viele Menschen leben an diesem Ort? Einschließlich der Mönche.“

„Etwa zweihundert Menschen. Und vierunddreißig Mönche.“

„Zuviel, Jakob...zu viel...unmöglich...“ rief Mike dazwischen. Er hatte nicht verstanden, was Jakob sagte, aber er vermutete es.

„Was sagt er?“ fragte Norbu.

„Zu viele...das schaffen wir nicht....“

„Er hat Recht. Und ich bezweifle, dass die Menschen ihr Dorf verlassen würden. Sie werden nicht gehen, egal was geschehen ist.“

„Norbu, es geht nicht mehr darum, was geschehen ist, sondern darum, was geschehen wird. Euer Kloster wird dem Erdboden gleichgemacht werden. Alles wird zerstört werden. Am Schluss werden 90 Prozent aller Kulturgüter zerstört sein.“

„Woher willst du das wissen? Vielleicht....“

„Nein. Es gibt kein Vielleicht,“ unterbrach ihn Jakob eine Spur zu barsch. Er hatte eine unumkehrbare Entscheidung getroffen und er war sicher, dass seine Reise hierher nur diesen einen Grund hatte. Er musste die Menschen in Sicherheit bringen. Wie viele, das spielte im Moment keine Rolle. Erstaunt stellte er fest, dass seine intuitive Entscheidung sich mit seinem Rationalismus deckte. Auch dies bestätigte ihm unverhohlen, dass er völlig richtig lag.

„Jake....!“

Mike nickte ihm zu, mit ihm ein paar Schritte zur Seite zu gehen.

„Wir müssen das Richtige tun, Mike...“
Jakob ließ ihn gar nicht zu Wort kommen.
„Jake...denk doch mal logisch. Dein Wille und dein Mut in allen Ehren, aber wir haben nicht die Möglichkeit, viele Menschen über den Himalaja zu bringen. Du unterschätzt den Weg. Selbst wenn wir einen Führer hätten – den wir bestimmt nicht haben – dann ist das ein mörderisches Vorhaben. Du kannst von Frauen und Kindern nicht verlangen, sich solchen Strapazen zu stellen. Was ist, wenn Menschen dadurch sterben müssen? Willst du die Verantwortung dafür übernehmen? Das kann ich mir nicht vorstellen. Jake...lass´ die Vernunft sprechen...es ist unmöglich!“
„Aber...“
„Kein Aber. Du hast keinerlei Erfahrung mit solchen Dingen. Oder irre ich mich da? So ein Akt kann in einer fürchterlichen Katastrophe enden. Und dann? Abgesehen davon muss so etwas gut vorbereitet sein. Du brauchst Ausrüstung. Und nicht diese Fetzen, die diese Leute anhaben. Sieh dir doch mal die Schuhe an. Damit kann man nicht ins Hochgebirge spazieren.“
Jake sah ihn ernst an und atmete schwer durch. Dann nickte er.
„Ja, du hast bestimmt Recht. Es wird schwer durchführbar sein.“
Mike nickte und atmete innerlich auf.
„Wenn sie hierbleiben, werden sie eine Hölle erleben, die sich niemand auch nur im Entferntesten vorstellen kann.“
Er sah beschwörend Mike an, der in diesem Moment erkannte, dass sich der Mann vor ihm nicht mehr von seinem Vorhaben abbringen ließ. Ein kleiner Hauch

Bewunderung durchstreifte seinen Geist. Aber er gab noch nicht auf.

„Wenn sie alles hier aufgeben, was bleibt denn dann noch von Persönlichkeit und Identität? Auf eine Reise zu gehen, von der man weder Ziel noch Zukunft kennt, ist nicht sehr klug. Und mal angenommen, sie schaffen es. Wie geht´s dann weiter? Sie werden um Asyl bitten müssen. Denk selber an dein Land. Wie willkommen sind denn Asylanten?"

„Indien und Nepal wird die Flüchtlinge aufnehmen und ihnen alles zur Verfügung stellen, was sie benötigen. Dafür wird schon der Dalai Lama sorgen. Du vergisst, dass ich aus meiner bekannten Vergangenheit spreche. Ich kenne das, was für dich noch gar nicht passiert ist. Mike, du kannst mich schon aus diesem Grund nicht umstimmen. Die nächsten sechzig Jahre werden immer wieder Flüchtlinge die Berge überqueren. Nicht alle werden es schaffen, aber viele Kinder werden eine Zukunft haben. Und die meisten werden im Exil für ihr Land kämpfen. So wie es der Dalai Lama tun wird."

Mike sah ihm tief und sehr nachdenklich in die Augen, wie wenn er darin lesen wollte.

„Wenn deine Zeitreisengeschichte wahr ist, dann gehe ich mit dir und helfe dir. Ich weiß nicht, ob ich dir das glauben kann. Dafür fehlt mir die Akzeptanz von Möglichkeiten, die ich nicht kennen kann und mir auch nicht vorstellen kann. Aber..."

Er sah ihm wieder suchend in die Augen.

„Was aber??"

„Aber wenn du Recht hast, dann..."

„....dann tun wir das Richtige. Das ist unsere verdammte Pflicht."

Mike senkte den Kopf und drehte sich zur Türe. Mit beiden Händen stützte er sich dagegen und dachte angestrengt nach. Dann hatte er sich entschieden. Jakob sah es in seinem Blick.

„Gut. Wir müssen erst etwas genau wissen. Norbu!!...“

Der Mönch kam zu ihnen und sah Mike fragend an.

„Du musst übersetzen Jake,“ sagte Mike.

„Sag´ ihm, dass er jeden im Dorf fragen muss, ob er dies auf sich nehmen möchte. Jeder soll frei entscheiden können. Wer hierbleiben möchte, soll hierbleiben. Heute Abend will ich eine Antwort.“

Damit nickte er Norbu und Jakob zu, öffnete die Türe und schlüpfte hinaus. Bevor er die Türe hinter sich zuschloss, raunte er Jakob noch zu, dass er beobachten wolle, was die anderen Soldaten machen. Dann war er weg.

„Was hat er gesagt, Jake??“

„Frag´ jeden im Dorf, was er von einer Flucht hält. Sag´ den Leuten, dass die Chinesen ganz Tibet in Brand stecken werden. Sag´ ihnen, dass ich weiß, worin alles enden wird....“

„Enden?? Was meinst du damit??“ fragte Norbu.

„Es wird eine Umerziehung stattfinden. Wer nicht mitmacht, wird sterben. Egal ob Frau, Mann oder Kind. Niemand wird verschont. Es wird die Zeit kommen, dass eure Sprache verboten wird. Wer sie spricht, wird eingesperrt. Es wird soweit gehen, dass allein der Besitz der tibetischen Flagge oder ein Bild des Dalai Lama verboten ist und unter Strafe steht. Es werden mehr als eine Million Tibeter sterben müssen. Das Land wird untergehen unter dem Ansturm von Chinesen. Der Dalai Lama wird ins Exil gehen und seinen gewaltlosen Weg von dort aus fortführen. Er wird derjenige sein, dem die Welt zuhört.

Und ihr müsst hier auch weg. Nur außerhalb Chinas habt ihr die Möglichkeit, die Umstände hier öffentlich zu machen. Norbu, ich weiß, dass es schwer zu glauben ist, aber ich weiß das alles, weil es in meiner Welt schon geschehen ist. Ich werde zusammen mit Mike versuchen, euch über die Berge zu bringen. Wenn wir einen Führer hätten, wäre die Sache natürlich leichter. Also, ich kann nur darauf appellieren, dass du mir glauben kannst. Es ist höchste Zeit. Morgen wird die Hölle losbrechen. Der 10. März 1959 wird in die tibetische Geschichte eingehen. Und nicht als Freudentag. Es werden sehr viele Menschen sterben müssen. Es ist höchste Zeit für eine Flucht...“
Norbu hatte ihm erschrocken zugehört. Einen Moment konnte er nichts sagen. Jakob hatte mit einer Leidenschaft gesprochen, die nicht gespielt war. Sie war echt und sie war glaubhaft. Auch wenn sich der Mönch das alles nicht vorstellen konnte. Aber die Geschehnisse im Dorf sprachen wohl für sich. Niemand konnte mehr sicher sein.
„Woher kommst du, Jake?“ fragte er stattdessen.
„Ich komme aus Deutschland.“
Norbu nickte.
„Dann weißt du auch, was Flucht bedeutet.“
„Nein, das weiß ich nicht. Nur aus den Geschichtsbüchern.“
„Warst du nicht dabei, als Krieg war?“
Jakob schüttelte den Kopf. Er wusste nicht, was er dem Mönch sagen sollte.
„Nein, Norbu. Ich...ich war damals noch gar nicht geboren.“
„Wie meinst du das? Noch nicht geboren? Auch wenn ich nicht sehr viele Europäer in meinem Leben gesehen habe, so ist mir schon klar, dass du kein Dreizehnjähriger bist.“

Jakob legte ihm die Hand auf die Schulter und blickte ihm ernst in die Augen. Die anderen beiden Mönche sahen die Geste und traten zu ihnen. Gespannt sahen sie Jakob an.
„Ich bin geboren am 22. August....im Jahre 1976. Ich bin heute 48 Jahre alt...und ich lebe im Jahr 2024. Ich bin ein Zeitreisender, Norbu. Glaub es oder nicht. Jedenfalls ist es so. Ich weiß nicht, warum ich hier bei euch gelandet bin. Aber ich weiß, dass ihr hier nicht bleiben könnt....“
Norbu sperrte den Mund auf und sank langsam auf die Knie. Die beiden anderen Mönche taten es ihm nach. Jakob verstand nichts und starrte nur auf die knienden Mönche, die die Köpfe gesenkt hatten und Gebete murmelten. Dann erhob sich Norbu wieder und lächelte den verständnislos blickenden Jakob an.
„Du bist das!!...das ist...jetzt ergibt alles einen Sinn...“
Er drehte sich um zu seinen Freunden, die genauso lächelten.
„Was meinst du? Was ergibt einen Sinn? Wovon sprichst du?“
„Die Prophezeiung. Es gab eine Prophezeiung. Vor ein paar Jahren. Unser damaliger Abt – Thupten Tsering Samphel – erzählte uns von seinem Traum, der nach Aussagen unseres Orakels eine Prophezeiung gewesen war. Demnach würde uns ein Wolkenreisender den Weg durch das Eis und den Schnee weisen. Er würde keinen zeitlichen Anfang und kein zeitliches Ende haben. Eine kurze Präsenz, die uns vor dem Untergang retten sollte. Wir wussten damals nicht genau, was es bedeuten sollte, aber Lama Thupten hat behauptet, wir müssten unbedingt auf ihn – also auf dich - hören, weil er die Vergangenheit, die die Zukunft ist, kennt. Ein Reisender, der die Zeiten überfliegt und durch ein göttliches Mitgefühl das Licht aufrecht erhält.“

Jakob zog die Augenbrauen nach oben und wähnte sich in einem Film – als Film- und Hauptprotagonist.

„Was? Du meinst, ihr habt mich erwartet? Unsinn...niemand hat wissen können, was alles möglich sein wird...“

„Die Götter wissen alles, Jake...sie werden uns leiten. Immer.“

„Götter?!...Ich habe zu wenig Einblick in eure Religion, als dass ich darüber diskutieren könnte.“

„Unser Lama hat jedenfalls Recht gehabt. Und wir haben darauf vertraut, auch wenn wir nicht gewusst haben, was auf uns zukommen wird. Damals waren die Chinesen noch weit weg. Niemals hätten wir gedacht, dass sie Tibet annektieren werden.“

„Wo ist euer Lama jetzt?“

„Er ist vor vier Jahren gestorben. Aber die Mönche kennen alle diese Prophezeiung. Jetzt bist du da...vielleicht bist du sogar ein Buddha...“

„Ich bin kein Buddha. Und ich bin keine Prophezeiung. Ihr müsst euch irren, Norbu. Das ist doch alles ein einziger großer Zufall.“

„Es gibt keine Zufälle, Jake.“

Jakob zog die Augenbrauen hoch. Das, was ihm Norbu erzählte, grenzte schon sehr ans Esoterische und Geisterhafte. Er atmete heftig aus.

„Ich werde das Dorf informieren. Wir müssen aufpassen, dass die Soldaten nichts mitbekommen...“

Die Türe ging auf und Mike kam wieder herein.

„Wir müssen uns überlegen, wie wir die Soldaten aus dem Ort bekommen. Irgendwann werden sie ihren Vorgesetzten vermissen und im Kloster nachschauen.“

Jakob nickte.

„Ja, ich weiß."
Er drehte sich um und sah die beiden immer noch gefesselten Soldaten an.
„Habt ihr Kontakt zu eurem Hauptquartier?"
Die beiden Soldaten sahen sich an.
„Ich weiß, wenn ihr lügt. - Wollt ihr heute sterben??"
Die beiden zuckten spürbar zusammen und sahen unsicher Jakob an. Dann nickten sie.
„Die Funkstation ist in dem großen Haus in der Mitte der Straße."
„Wie heißt der Oberkommandierende in Lhasa?"
„In Lhasa?"
„Wie heißt er?"
„Es ist Oberstleutnant Jingtao Li Ma. Er ist der Befehlshaber der Streitkräfte in diesem Abschnitt. Einschließlich Lhasa."
„Okay. - Mike!"
Sie begaben sich in eine Ecke des Raumes.
„Was hast du vor, Jake?"
„Wir müssen die ganze Kompanie von hier wegbekommen. Ich habe eine Idee. Aber das ganze hat einen Haken."
„Und welchen?"
„Dein Offizier. Er befehligt die Truppe. Wie machen wir denen begreiflich, dass er tot ist?"
„Hmmm...ja, Problem."
Jakob senkte den Kopf und dachte angestrengt nach. Sein Blick fiel wieder auf die beiden Soldaten. Es waren einfache Befehlsempfänger. Nicht besonders helle und bestimmt nicht besonders intelligent. Vielleicht...vielleicht waren sie abergläubisch oder so was?...das wäre eine Möglichkeit...
„Ich versuche etwas..."
„Und was...Jake??"

Der hatte sich schon umgedreht und wandte sich nun an die Soldaten.

„Wir haben gerade beraten, ob wir euch töten sollten. Ihr kennt uns jetzt und das ist für uns ein Risiko. - Sollen wir euch töten??"

Die Frage klang dermaßen belanglos, dass es den beiden Männern die Sprache verschlug.

„Töten?...Und...und wenn wir nichts sagen...wir sagen bestimmt nichts..."

Flehentlich sahen sie Jakob und Mike an.

„Wenn ihr eine Aufgabe erledigt, könnte es sein, dass wir euch verschonen. Was sagt ihr?"

Sie nickten heftig.

„Wenn ich es euch sage, werdet ihr euren Vorgesetzten mitnehmen zu euren Leuten. Zusammen mit dem toten Mönch. Ihr werdet sagen, dass der Mönch ihn getötet hat und dass ihr ihn erschießen musstet. Leider war es für den Kompanieführer zu spät. - Wenn ihr das ordnungsgemäß erledigt, werde ich euer Leben lassen. Wenn nicht, werde ich kommen...und dann..."

Er streckte den rechten Arm nach vorne. Die Soldaten konnten nicht sehen, dass die Scotch in seinem Handballen lag. Von dem Handrücken verdeckt. Er hatte sie neu justiert und schaltete sie jetzt ein. Der Raum veränderte sich langsam, verdichtete sich und wechselte die Dimension. Das Bild vor den Augen verzerrte sich und was die Soldaten gerade noch als Schrank sahen, wurde wie mit einem Gummiband verzerrt, gedreht und aus seiner ursprünglichen Form ins Elementare transformiert. Es entstand eine runde Kugel, die zwar Materie sichtbar bleiben ließ, aber Formen ins Abstrakte führte, sodass naive Geister wie die zwei Soldaten nur noch ans Übernatürliche und somit ans Geisterhafte glauben konnten. Sie wurden blass und blässer und Mike konnte sehen, wie sich Schweißtropfen aus der Stirn lösten und auf den hölzernen Fußboden tropften.

Jakob schaltete die Waffe wieder aus. Augenblicklich verschwand das irreale Bild. Soldaten und Mönche schluckten schwer und sahen Jakob aus einem anderen Blickwinkel. Nur Mike verzog keine Miene und beobachtete genau die Reaktion der Soldaten.

„Habt ihr alles verstanden?"

„Ja. Verstanden! Sollen wir gleich gehen?"

„Nein. Ich sage euch schon, wann."

Noch einmal wandte er sich an Mike.

„Also, ich werde jetzt den Oberstleutnant spielen und denen da unten mitteilen, dass sie sofort abrücken müssen und nach Lhasa zurückkehren, weil der Aufstand unmittelbar bevorsteht. Dann werden die beiden den Kompanieführer und den Mönch mitnehmen, damit sie denen sagen, dass ihr Chef leider durch einen Mordanschlag ums Leben gekommen ist. Der tote Mönch muss als Beweis herhalten. Und dann hoffen wir mal, dass ich überzeugend bin."

„Das soll klappen?"

Mike war mehr als skeptisch.

„Bessere Idee?"

„Nein. Okay, ich vertraue dir. Guter Plan, Jake..."

Jakob nickte und verließ den Raum. Vorher ließ er sich noch die Daten und die genaue Bezeichnung der Kompanie im Ort von den beiden Soldaten geben. Draußen holte er das Universalgerät hervor und suchte die nächstgelegene Frequenz, die das Gerät anzeigte. Das musste die Funkstation im Ort sein. Das satellitenunabhängige Navi zeigte es auch an. Er berührte den Touchscreen. Die Peilung wurde angezeigt und einen Sekundenbruchteil später stand die Verbindung.

„Hallo?! Hier Kompanie 6, Aufklärungsbataillon Zug B12. Wer spricht?"

„Hier Lhasa. Kommandozentrale. Ihr Name und Dienstgrad, Soldat?"

Jakob sprach aggressiv und streng. Er hoffte, den Chinesen gut spielen zu können.

„Leutnant Chengsao. Bereitschaftsoffizier."

„Ich übergebe an den Kommandeur Oberstleutnant Jingtao Li Ma."

Jakob versuchte, seine Stimme dunkler klingen zu lassen.

„Rücken Sie sofort mit der gesamten Kompanie von Ihrem Standort ab und kommen Sie unverzüglich nach Lhasa. Ein Aufstand des tibetischen Widerstandes steht kurz bevor und wir brauchen jeden Mann. Wann können Sie da sein?"

Jakob hielt den Atem an. Jetzt kam es darauf an, ob man ihm glaubte, dass er der Oberkommandierende war.

„Ich...ähh...wir werden..."

„Stottern Sie nicht herum, Soldat!! Ich erwarte konkrete Antworten!!"

„Wir können in zwei Stunden abrücken, Oberstleutnant. Wir brauchen zwischen sieben und neun Stunden nach Lhasa."

„Ich gebe Ihnen sechs. Und ich erwarte, dass meine Befehle befolgt werden, verstanden!!??"

Der Leutnant am Funkgerät sprang auf und salutierte.

„Jawoll, Oberstleutnant. Sechs Stunden. Zu Befehl."

„Gut. Ich erwarte einen anständigen Bericht. Ende."

Jakob schaltete ab. Jetzt zählte jede Minute. Die beiden gefangenen Soldaten mussten sofort zu ihrer Einheit. Er trat schnell in den Raum, nickte Mike zu und ging in die Hocke, um die Fesseln der beiden zu lösen.

„Also, Freunde. Ihr wisst, was zu tun ist. Los jetzt!"

Er zog sie in die Höhe und sah beiden mit halb geschlossenen Augen ins Gesicht.

„Unterschätzt nicht meine Macht. Wenn ihr mich bescheißen wollt, seid ihr tot. Und überall auf dieser Welt werde ich euch finden. Habt ihr mich verstanden??!"

Beide nickten und Jakob konnte die Angst in ihren Augen sehen. Er hatte leise gesprochen. Fast zu leise. Drohend. Eiskalt. Emotionslos. Mit starrem Blick. Er hatte gewonnen. Und irgendwie überraschte ihn seine eigene Abgebrühtheit. Die Soldaten nahmen den Mönch mit. Mike führte sie zur Leiche ihres Vorgesetzten. Mühevoll hatte jeder von ihnen einen leblosen Körper zu schleppen. Aber sie schafften es, das Kloster zu verlassen, bevor andere Soldaten kamen, um ihre Kameraden zu holen. Jakob bezweifelte, ob sie überhaupt an die beiden toten Männer an der Türe dachten. Trotzdem verließen sie mit den Mönchen den Raum, nahmen die Leichen mit und legten sie hinter das Eingangsportal.

„Hat dein Plan geklappt?" fragte danach Mike.

Jakob sagte nichts. Stattdessen winkte er dem Amerikaner, ihm zu folgen. Sie rannten in den ersten Stock des festungsartigen Gebäudes. Aus einem der Zimmer konnten sie über das gesamte Dorf sehen. Geschäftiger Umtrieb sagte ihnen, dass die Soldaten sich bereit machten, dem „Befehl aus Lhasa" nachzukommen und sich abmarschbereit zu machen.

„Sie packen tatsächlich zusammen. Gut gemacht, Jake. Das hätte ich nicht für möglich gehalten."

Anerkennend klopfte ihm Mike auf die Schulter. Sie verfolgten das scheinbare Gewirr der Soldaten. Nach nicht einmal einer Stunde war tatsächlich alles verstaut und sie hörten, wie die Motoren der Fahrzeuge gestartet wurden. Und eine halbe Stunde später setzte sich der Tross in Bewegung und verließ den Ort.

Jakob sah Mike an.

„Okay. Dann lass uns keine Zeit mehr verlieren. Norbu soll das Dorf versammeln und ich werde ihnen mitteilen, was Sache ist.“

„Ich kümmere mich mal um die Ausrüstung. Mal sehen, was so aufzutreiben ist. Und wir brauchen ein Fahrzeug oder sonst was. Ich weiß, dass die Chinesen einen LKW hier gelassen haben, weil der anscheinend den Geist aufgegeben hat. Möglicherweise kann man ihn reparieren. Ich seh´ mal, was ich tun kann.“

„Hast du eine Ahnung von Motoren?“

Mike grinste.

„Mein Vater hat eine Werkstatt. Da hab ich auch rumgeschraubt. Mach du deins, ich mach meins.“

Jakob grinste zurück.

„Yes, Sir!“

Er nahm noch einmal Norbu zur Seite und machte ihn zum wiederholten Male auf die Situation aufmerksam.

„Kannst du das Dorf zusammentrommeln? Ich werde versuchen, allen die Lage zu erklären und ihnen nahe zu legen, diesen Ort zu verlassen. So schwer das auch fallen wird. - Meinst du, sie könnten mir vertrauen?“

Norbu zuckte die Schultern.

„Ich weiß es wirklich nicht. Auch wenn unsere Ursprünge als Nomadenvolk tief verwurzelt sind, bin ich nicht sicher, ob sie ihre Heimat auch wirklich verlassen würden. Viele sind Zeit ihres Lebens aus dem Dorf nie herausgekommen. In Lhasa waren die wenigsten. Eine Handvoll vielleicht, mehr bestimmt nicht."

„Was ist mit dir?"

„Ich...ich möchte die anderen nicht alleine zurücklassen. Ich bin mir nicht sicher."

„Du lässt doch niemanden zurück. Jeder kann frei entscheiden. Ich denke, es geht um wesentlich mehr als nur um die Frage, jemanden zurücklassen zu müssen. Es geht um euer Volk, um eure Kultur, um eure Religion, um eure Freiheit. Tibet beherbergt einen riesigen Schatz, der nicht verloren gehen darf. Glaub mir, in meiner Welt sind diese Dinge, die ihr lebt, die letzte Zufluchtsstätte für uns Europäer. Wahrscheinlich sogar der ganzen Welt. Ein Weg, das unsrige Leben besser meistern zu können, ohne dass man im Kopf nicht mehr klar denken kann. Nur noch zu tun, was andere einem auferlegen, kann nicht der Sinn des Lebens sein. Glaub´ mir, ich weiß bestimmt, von was ich rede. Meinem Volk ist jeglicher Glaube und jegliche Spiritualität abhanden gekommen. Mehr noch, wer von so etwas spricht, wird im günstigsten Falle nur belächelt und nicht ernst genommen. Darum ist es wichtig, dass so viele wie möglich ins Exil gehen und von dort nicht nur den tibetischen Buddhismus verbreiten, sondern auch darauf aufmerksam machen, wie wichtig Freiheit und Toleranz ist. Sein muss..."

Jakob schnappte nach Luft, so schnell waren die Worte aus ihm hinaus gesprudelt. Norbu sah ihm an, dass er sehr wohl wissen musste, was er – Norbu – ja gar nicht kennen konnte. Er hatte keine Ahnung von Europa oder Amerika. Schon gar nicht aus einer anderen Zeit. Und natürlich nicht von einer möglichen Zukunft, die sich so einstellen könnte, wie es Jakob ihm unterbreitete.

„Ich werde allen sagen, dass sie in einer Stunde im Kloster erscheinen sollen. Auf dem großen Platz kann man gut sprechen. Gut?!"

„Perfekt. Dann bis später. Ich werde noch Mike helfen.."

Damit drehte er sich um und lief schnell zum Dorf hinunter, um Mike zu suchen. Zehn Minuten später stand er schon neben ihm. Er hatte die Motorhaube des alten Trucks geöffnet und sein halber Oberkörper war im Motorraum verschwunden. Um ihn herum standen viele Menschen und sahen dem fremden Mann zu.

Als Jakob hinzutrat, öffneten die Menschen erstaunt die Augen und die Münder. Gleich zwei Fremde an einem Tag war mehr als ungewöhnlich. Jakob erkannte bei den Kindern, die neugierig um den Lastwagen herumstanden, auch die beiden, die ihn am Bach gesehen hatten, als er die tibetische Sprache noch nicht verstehen konnte.

„Na, ihr beiden? Jetzt können wir uns unterhalten. Jetzt verstehe ich euch auch."

„Wer bist du und wie heißt du?" fragte der kleine Steppke zuerst.

Jakob ging in die Hocke.

„Ich bin Jake. Und du?"

Der Junge grinste bis hinter die Ohren.

„Scheek?"

„Nein. Jake. Also...Tscheik...klar?"

„Klar...Scheek!"

„Und wie heißt du?"

„Tsering."

„Ist das deine Schwester?"

Er zeigte auf das rotbäckige Mädchen neben Tsering. Er nickte heftig.

„Was machst du hier?" fragte er wieder und sah ihn mit seinen kleinen geschlitzten Augen an.

„Ich bin hier, weil ich euch helfen werde."

„Holst du die Ziegen und Schafe von den Bergen?"

Jakob lachte. Unwillkürlich stellte er sich vor, wie er die Ziegen vor sich her treiben würde.

„Nein...es geht um eine andere Hilfe."

„Um was denn?"

„Ich...es geht um...naja...irgendwie – das muss ich euch später erklären. Norbu, der Mönch des Klosters, wird euch dort versammeln."

„Norbu ist nett."

„Ja, das ist er. Ihr könnt ihm vertrauen."

Der Junge nickte. Seine kleine Schwester hatte immer noch nichts gesagt. Mit großen Augen sah sie den fremden Mann vor ihr an. Ihre roten Backen leuchteten wie reife Äpfel in der Sonne. Jakob sah sie an und lächelte sanft.

„Und wie heißt du?" fragte er sie.

Die Kleine steckte einen Daumen in den Mund und begann darauf herum zu lutschen.

„..Eelmah...", nuschelte sie leise.

„Wie...?"

„..Öhmah...!"

Jakob verstand immer noch nichts und wandte den Kopf hilfesuchend zu dem kleinen Tsering.

„Ich kann sie nicht verstehen. Wie heißt sie?"

„Dölma."

„Aaah...okay, Dölma...ich bin Jake."

„Scheek?"

Jakob gab es auf. Er beließ es bei „Scheek".

„Ja. Wo sind denn eure Eltern?“

Eine Frau stand plötzlich hinter den beiden Kindern und hatte das kurze Gespräch mitbekommen.

„Sie haben keine Eltern mehr. Beide leben bei mir und meinem Mann. Ich bin die Tante von Tsering und Dölma.“

Jakob stand auf und presste die Lippen zusammen.

„Oh...tut mir leid...ein Unfall?“

Die Frau schüttelte den Kopf. Sie hatte beide Arme um die Kinder gelegt, die sich jetzt an sie lehnten.

„Nein. Die Soldaten...“

„Ich verstehe...schon gut...“

Jakob hatte abgewunken und mit dem Kopf genickt. Vor den Kindern brauchte diese Geschichte nicht erzählt werden.

„Ich bin Diskit...wer seid ihr und was tut ihr hier?“

Neugierig betrachtete sie Mike, der noch immer im Motorraum des Trucks hantierte. Dann fiel ihr Blick wieder auf Jakob.

„Ich bin Jake. Und das ist Mike. Wir...es wird euch alles weitere erklärt werden. Norbu ist gerade dabei, alle Dorfbewohner ins Kloster zu holen.“

„Und dann? Kommen die Soldaten wieder? Sie haben viele Menschen getötet und wir wissen nicht einmal, warum.“

„Ja, ich weiß. Wir werden versuchen, euch alles zu erklären. Also kommt in einer Stunde ins Kloster.“

„Ja, ist gut.“

Sie nahm die beiden Kinder an die Hand und drehte sich um. Jakob sah ihr nach, wie sie noch mit den anderen Neugierigen sprach, dann wandte er sich Mike zu.

„Wie sieht's aus, Mike? Ist da noch was zu machen?“

Mikes Oberkörper erschien wieder auf der Bildfläche und er rieb sich die Hände mit einem Tuch sauber.

„Die Batterie ist viel zu schwach. Damit kann der Motor nicht anspringen. Wir brauchen eine Batterie. Oder ein Ladegerät."
„Ich glaube kaum, dass es so etwas im Dorf gibt. Also kein LKW?"
Mike schüttelte bedauernd den Kopf.
„Ohne eine funktionierende Batterie geht's eben nicht."
„Wenn alle im Kloster sind, fragen wir einfach. Vielleicht hat ja doch jemand etwas da."
Mike zuckte die Schultern, während er sich die Hände reinigte.
„Glaub' ich kaum. Aber versuch es einfach."
„Dann lass' uns rauf ins Kloster."
Mike warf den Lumpen auf die Motorhaube und zusammen gingen sie den kurzen Weg zum Kloster hinauf.

Norbu hatte ganze Arbeit geleistet. Tatsächlich waren alle seinem Aufruf gefolgt und nun hatte sich das gesamte Dorf einschließlich der Mönche in dem großen Innenhof versammelt. Norbu stand auf der erhöhten Stufe des Haupteingangs des großen Saales und hob die Hände, um das stete Gemurmel der Menge zum Schweigen zu bringen.
„Nachdem wir ja nun miterlebt haben, zu was die Armee imstande ist, haben sich ganz andere Situationen ergeben. Ihr habt die beiden Fremden zum Teil schon kennen gelernt. Das hier sind Jake und Mike. Sie wollen uns nicht nur helfen, sondern haben auch einen Vorschlag zu machen. Und sie werden uns mitteilen, wie die Situation nicht nur hier bei uns, sondern in ganz Tibet ist. - Jake?"
Er winkte Jakob zu sich, der die Treppen nach oben ging und damit auf die Menge herabschauen konnte, sodass ihn auch jeder sehen konnte.

„Mein Name ist Jake. Ich komme aus Deutschland und bin auf einer...mehr zufälligen Reise hier in eurem Dorf gelandet. Heute ist ein denkwürdiger Tag. Es ist wahrlich kein Tag zum Jubeln. Heute ist der 10. März 1959. Und seit heute morgen hat in Lhasa eine Revolution der tibetischen Bevölkerung, hauptsächlich der Mönche, begonnen. Die Armee hat alle verfügbaren Kräfte abgezogen, um sie nach Lhasa zu bringen. Sie wollen diesen Aufstand mit allen Mitteln niederschlagen..."
Einige klatschten in die Hände und schrien laut auf.
„Es lebe Tibet...", riefen sie.
Doch Jakob schüttelte den Kopf und hob die Hände.
„Leute...es ist nicht so, wie man hoffen könnte. Die Chinesen sind nicht nur in der Überzahl, sondern haben auch die moderneren Waffen. Sie schießen sogar mit Kanonen auf den Sommerpalast des Dalai Lama. Viele eurer Landsleute werden sterben und viele werden ihren Einsatz für ihr Land mit Gefängnis, Folter und Tod bezahlen müssen..."
„Woher weißt du das alles??" rief einer aus der Menge.
„Ich weiß es. Es ist so, wie ich sage. Mein Freund Mike wird es euch bestätigen. Er ist in Tibet, um über die Lage der Bevölkerung und den Aufstand zu berichten. Er ist über alles informiert. Ich kann euch nur sagen, dass ich das alles weiß, weil es passieren wird – und gerade passiert. Die Soldaten werden eine Säuberungsaktion durchführen. Viele Unschuldige werden dafür sterben. Aber was noch schlimmer sein wird - die Vereinten Nationen werden nicht einschreiten, so wie sie auch nicht eingeschritten sind, als China in Tibet einmarschiert ist."
Er machte eine Pause und sah nachdenklich zu Boden.
„Und was sollen wir tun? Kämpfen?"

Eine Frau war aus der Menge getreten und sah zu Jakob hinauf, der gerade den Kopf hob. Es war Diskit, die gesprochen hatte.

„Nein. Ihr könnt nicht kämpfen. Ihr habt weder Waffen noch könnt ihr gegen einen Gegner kämpfen, der darin ausgebildet ist. Es gibt nur eine Möglichkeit."

„Und welche?"

„Ihr müsst von hier weg. Nach Nepal und nach Indien. Indien wird euch auf jeden Fall aufnehmen. Nepal auch. Ihr müsst beginnen, eine Exilregierung zu errichten, um von dort einen globalen Widerstand zu gestalten. Gewaltfrei und informativ für die Welt. Nur durch die Öffentlichkeit kann China gestoppt werden, Tibet und seine Kultur chinesisch zu machen."

„Aber...wir können doch nicht so einfach weg von hier. Wie soll das gehen? Über die Berge. Wir leben hier. Das ist unsere Heimat. Wir gehen nicht fort von hier. Die Chinesen haben kein Recht, uns zu vertreiben."

„Selbst wenn ihr nicht mehr euer tibetisches Leben leben könnt?"

„Wieso?? Wie meinst du das? Was wollen denn die Soldaten uns nehmen? Wir haben doch nichts."

„Doch. Ihr habt etwas, das man nicht kaufen kann. Es ist euer Glauben, eure Spiritualität, eure Tradition und eure Wesensart, die bestimmt einzig in der Welt ist. Und ihr habt einen Führer, der euch niemals im Stich lassen wird. Auch wenn er fliehen muss, weil er nur als Lebender etwas bewirken kann. - Abgesehen haben es die Chinesen hauptsächlich auf eure Rohstoffe, die in der Erde liegen. Und die werden sie holen..."

„Der Dalai Lama flieht?"

Ein kleiner Mann hatte sich zu Wort gemeldet. Er hatte seine Mütze abgenommen und sah nun ängstlich Jakob an.

„Ja...er wird fliehen müssen. Aber nicht aus Angst um sein Leben, sondern weil er nicht sterben darf. Die Chinesen werden alles daran setzen, um ihn zu fangen oder gleich umzubringen. Er ist die größte Gefahr für China. Er hat Zugang zu den Menschen auf der ganzen Welt. Er wird in der Welt ein großer Mann werden. Immer auf dem Weg der Gewaltlosigkeit und immer auch im Sinne des tibetischen Volkes. Er wird nicht aufhören zu predigen, wie wichtig und notwendig das Mitgefühl ist und zukünftig sein wird. Ihr werdet ihm vertrauen, so wie ihr in den Dalai Lamas auch immer euren lebenden Buddha gesehen habt."

„Du sprichst, als ob das alles schon geschehen ist."

Der kleine Mann hatte wieder gesprochen. Jakob sah ihn genauer an. Ein kleiner Mann, aber mit klaren, wachen Augen.

„Wie heißt du?" fragte ihn Jakob.

„Ich bin Tashi."

„Okay, Tashi. Ich...."

In diesem Moment trat Norbu wieder vor. Er hob die Hände und blickte die Dorfgemeinschaft ernst an. Er nickte Jakob zu und wandte sich ehrfurchtsvoll an die Menschen vor ihm.

„Er ist der Wolkenreisende. Er weiß das alles."

Einen Moment herrschte ungläubiges Staunen, dann sanken wie auf ein stilles Kommando alle Menschen auf die Knie, neigten die Köpfe und murmelten ein Gebet. Norbu hatte sich zu Jakob umgedreht und sah ihm in die Augen.

„Sie müssen es wissen, damit sie Vertrauen haben können. Du bist die Prophezeiung. Du bist der Wolkenreisende. Dir werden sie folgen."

In diesem seltsamen Moment erbebte die Welt in Jakob. Urplötzlich war aus einem Plan, einem Vorsatz und deren Umsetzung eine Aufgabe geworden, die sich mit einer Verantwortung paarte, ohne belastend zu wirken. Jakob sah Mike an, der zu schlucken hatte. Dann sah er wieder auf die kniende Menge hinunter, die begann, sich wieder zu erheben. Tashi lächelte nun Jakob an. Ein Lächeln, das ein unwiderrufliches Vertrauen widerspiegelte und in Jakob ein Gefühl mitteilte, das er noch niemals in seinem Leben gespürt hatte.

„Wenn du wirklich der Wolkenreisende bist, dann werde ich dir folgen. Das werden nicht alle tun. Viele werden sich nicht auf die beschwerliche Reise begeben können. Aber diejenigen, die es tun, werden dir vertrauen. - Du kennst den Weg.“

„Es soll jeder frei entscheiden, was er tun möchte. Wir haben einen LKW zur Verfügung, den wir vielleicht doch benutzen können. Leider ist die Batterie zu schwach. Hat jemand von euch eine Batterie dafür?“

Er sah in die Menge, ohne eine Antwort zu erwarten. Doch Tashi grinste ihn an.

„Hab' ich. Kein Problem. Wann geht's los?“

Überrascht machten Jakob und Mike große Augen. Norbu hatte versucht, Jakobs Ausführungen Mike in seinem bescheidenen Englisch zu übersetzen. Mike hatte verstanden. Das hatten sie jetzt doch nicht erwartet.

„Ääh...tja...so schnell wie möglich. Diejenigen, die sich dafür entscheiden, treffen sich bei dem LKW. Dann müssen wir die Route besprechen. Also geht und besprecht es in euren Familien. In zwei Stunden brauchen wir zumindest eine Entscheidung.“

Die Menge zerstreute sich murmelnd und diskutierend. Jakob sprang die Treppen hinunter und blieb vor Tashi stehen. Der kleine Mann lachte ihn verschmitzt an. Kaum waren seine Pupillen zu sehen, so sehr verzog er das Gesicht. Sein Alter war undefinierbar, aber er strahlte eine tiefe Stärke und Kraft aus, die selbst Jakob spürte.
„Du hast wirklich eine Batterie für den Wagen?"
„Ja, hab sie den Chinesen mal geklaut. Die haben das nicht bemerkt."
„Und die funktioniert noch? Wie alt ist sie denn?"
„Ich hab einen Generator, mit dem ich sie laden kann. Für den LKW reicht das allemal. Sie ist wirklich funktionsbereit."
Mike war ihnen gefolgt und sah gespannt Jakob an.
„Stimmt das mit der Batterie?"
„Ja. Du musst sie dir mal ansehen. Aber Tashi sagt, dass er sie mit einem Generator immer wieder laden kann."
„Gut. Dann mal los. Diese Tibeter sind wirklich schlau. Man glaubt es kaum. Wo hat er den Generator her?"
„Von den Chinesen geklaut. Genauso wie die Batterie."
Mike lachte lauthals los.
„Warum lacht er?" fragte Tashi.
„Weil ihr den Chinesen trotz alledem das Klo unter dem Arsch weg klaut."
„Hahaha. Ja, da hat er Recht. Die sind eben auch nicht klüger als wir."
Sie bogen in die nächste Gasse ein, bis sie auf ein kleines, unscheinbares Haus stießen.
„Das ist mein Haus. - Woher kannst du eigentlich so gut unsere Sprache?"
Jakob zuckte die Schultern.
„Hab ich gelernt. Ich bin ein Sprachtalent. Fällt mir leicht."

Ausweichend begutachtete er den steinernen Bau. Tashi nickte und öffnete die Türe, um die Männer einzulassen.

„Lebst du alleine, Tashi?"

„Ja. Die Chinesen haben meine Frau entführt und mitgenommen. Ich habe sie nicht wiedergesehen."

Er sah traurig zu Boden und Jakob fragte nicht weiter. Er konnte sich vorstellen, was geschehen war. Und er wollte diesen Gedanken nicht weiter verfolgen.

Tashi öffnete eine verborgene Falltüre und stieg in einen Keller, der bei oberflächlichem Suchen nicht auffallen konnte.

Sie stiegen die Stufen hinunter in einen dunklen Raum. Jakob nahm flüchtig den Geruch von Diesel wahr, aber er war sich nicht sicher. Viele Gerüche vermischten sich miteinander. Irgendwie roch es nach allem Möglichen. Diesel, Zwiebel, Kräuter, Öl, Metall, Fleisch, Gras. Nichts war richtig auszumachen. Ein Mix aus einem Leben des Hochlandes. Für einen Augenblick gewährte ihm ein Gehilfe den Blick in das Bild eines Volkes. Eine Nanosekunde des Sehens in eine ihm fremden Welt, in der er der Eindringling war. Zwar in der Form des Nichtverstehens, aber keinesfalls des Eindringens eines Aggressors. Ein Licht wurde entzündet und augenblicklich wurde der dunkle Keller erhellt.

Jakob sah sich um. Ein Vorratskeller. Getreide, getrocknete Kräuter, Fleisch hing an Haken von der Decke. Mehl. In kleine Säckchen abgefüllt. In einer Ecke stand der Generator. Daneben die alte Batterie. Als Jakob die Batterie sah, zweifelte er gehörig an deren Funktionsweise. Sie sah aus wie aus dem letzten Jahrhundert. Was logischerweise auch der Wahrheit entsprach. Doch der Ironie wegen setzte er doch noch ein Jahrhundert oben drauf. Allein vom

Anblick dieses verstaubten und antiquierten Stücks war er sich sicher, dass dieses Teil ihrer anberaumten Aufgabe längst enthoben worden war. Der Generator sah nicht viel besser aus. Aber er hütete sich, voreilige Schlüsse zu ziehen. Er befand sich in einer Zeit und in einem Land, in dem Kreativität und Erfindungsgeist überlebenswichtig waren. Aus scheinbaren Schrottteilen wurde immer wieder ein Gegenstand mit einem Leben gezaubert. Not macht erfinderisch und in Tibet kannte man den Begriff einer Wegwerfgesellschaft überhaupt nicht. Alles musste so lang wie nur möglich verwendet werden. Und wenn es seine Aufgabe erfüllt hatte, bastelte man eben so lange, bis entweder das Alte oder etwas Neues daraus entstanden war.

Tashi zeigte stolz auf seine „Beute".

„Da ist er. Und die Batterie."

Mike sah skeptisch auf Jakob.

„Das soll wirklich funktionieren? Na, ich bin mal gespannt."

„Lass´ ihn laufen. Wir müssen sehen, ob die Batterie Saft hat."

Tashi griff in eine Kiste hinein und zog so etwas wie einen Schlauch heraus. Dann befestigte er das Teil an dem Generator und verband den Schlauch mit einer Muffe, die aus dem Mauerwerk herausragte.

„Für die Abgase," erklärte er.

„Aha."

„Für die Abgase," erklärte er Mike, der die Augen nach oben schob. Dann zog Tashi an einem kurzen Seil des Generators mit einem kräftigen Ruck daran. Ohne zu zögern, sprang das Gerät mit einem bollernden Krachen an. Er lief. Zwei Kabel befestigte er an zwei Laschen, die an einer Art Steckdose aus dem Generator ragten, die anderen Enden der Kabel wickelte er um die Pole der Batterie. Kurz funkte es, aber sonst passierte nichts. Der Generator lief rund.

„Halbe Stunde. Dann wird sie voll sein. Ich hab sie regelmäßig geladen."

Mike zog die Augenbrauen hoch, spitzte anerkennend die Lippen und sah Jakob an, der immer noch nicht glauben konnte, dass der Schrottkasten Strom liefern konnte.

„Ich glaub, wir haben es hier mit einem Bastler zu tun. Nicht schlecht."

Mike nickte Tashi zu. Und der grinste zufrieden.

„Okay?" fragte er Jakob.

„Wir werden sehen, ob genügend Saft in der Batterie steckt."

Tashi nickte...er war sich sicher.

„Wird es. Schließlich war sie auch in einem Lastwagen."

„Gut. Gehen wir."

Jakob wandte sich zur Treppe, als ihm noch eine Frage auf der Zunge lag. Er drehte sich noch einmal um.

„Tashi, kennst du dich hier in der Gegend gut aus? Ich meine, kennst du Wege und Straßen, die relativ sicher sein können?"

„Ich kenne die Schleichwege. Ich kann sie dir zeigen."

„Warst du schon einmal weiter weg von deinem Dorf?"

„Natürlich."

„Wie weit?"

„Sehr weit."

„Kannst du Karten lesen?"

„Kann ich."

„Los. Ich zeig dir welche."

Sie verließen den Keller, blieben aber noch in Tashi's Haus. Dort wandte sich Jakob an Mike, der nicht verstanden hatte, was Jakob den Tibeter gefragt hatte.

„Was hast du ihn denn gefragt?"
„Wegen der Wege, Straßen und so weiter. Karten! Hast du Karten von dieser Gegend? Oder von Tibet?"
„Na klar."
„Hol sie. Tashi hat anscheinend mehr Talente, als wir uns vorstellen können."

Mike hatte eine Karte ausgefaltet und nun beugten sich die drei Männer über sie, um sich zu orientieren. Jakob fand, dass die Karte überaus genau war. Eigentlich zu genau für eine normale Karte für Touristen. Aber sie waren eben auch keine Touristen.
„Spezialanfertigung?" fragte er den Amerikaner.
„So ist es. Nicht schlecht, was? Da ist alles drauf, was wichtig und unwichtig ist. Absolut aktuell."
„Tashi? Und?"
Erwartungsvoll sah er den Tibeter an, der angestrengt nach den Wegen suchte, die am sichersten waren. Dann nickte er und zeigte auf einen Punkt.
„Hier. Da sind wir. Das ist die Hauptverbindung nach Südosten. Nach Lhasa. Die schnellste Verbindung. Haben die Chinesen gebaut. - Und da...das ist die alte Route nach Süden. Wird vom Militär ab und zu benutzt. Ist nicht sicher. An diesem Kreuzpunkt befindet sich ein Armeelager, das für den Südwesten in diesem Gebiet zuständig ist."
Jakob übersetzte Mike die Ausführungen Tashis.
„Und das heißt jetzt?"
 Mike war ein bisschen ratlos.
„Wir müssen dieses Gebiet umfahren. Wird länger, dafür sicherer. Das Zielgebiet muss südlich von Shigatse sein. Hier."
Er zeigte auf eine eingezeichnete Bergspitze.

Jakob richtete sich auf und sah in die Leere des Raumes. Er versuchte, Shigatse aus seinem Lexikon hervor zu holen.
Dreihundert Jahre lang wirkte das Wahrzeichen Shigatses, der Dzong, wie eine Miniaturausgabe des Potala in Lhasa. Schon aus der Ferne ist er für den Reisenden sichtbar. Weit über der Altstadt ragt er von einer Felsklippe über der zweitgrößten Stadt von Zentral-Tibet. Noch. Im Jahre 1959 wird er durch die chinesische Artillerie zerstört werden. Also heute. Jetzt. In diesen Tagen. Auch steht in Shigatse das berühmte Kloster TashiLunpo, der Sitz des Panchen Lama. Shigatse ist berühmt. Und darum gefährlich. Sie durften gar nicht in die Nähe dieser Stadt kommen.
Er blickte wieder Tashi an.
„Wir müssen Shigatse weiträumig umfahren. Die Chinesen werden es mit ihrer Artillerie beschießen. Also...welcher Weg? - Bis zum Nangpa La."
Tashi sah ihn erschrocken an. Und erkannte in Jakobs Augen den unwiderruflichen Ernst der Sache. Er beugte sich wieder über die Karte und begann, einen Weg einzuzeichnen....

*

Mike hatte den Motor ausgeschaltet und sie stiegen aus dem Fahrzeug. Augenblicklich herrschte eine fast schon körperlich empfundene Stille, die nur durch den Wind gestört wurde. Sie befanden sich in einem weitläufigen Tal. Links und rechts erhoben sich geröllartige Hügel, die sich wie künstlich aufgeschüttete Sandhaufen darstellten. An den Seitenrändern sahen sie aus, als ob eine riesengroße Schaufel etwas davon abgegraben hätte. Dahinter türmten sich die monumentalen, schneebedeckten Berge mit dem grauen Fels auf. Bewacht von mehr oder weniger schroffen Bergen, die die Tiefe der Landschaft noch exakter erscheinen ließ. Die Spitzen des Hochgebirges waren so weiß wie frisch gewaschene Wäsche, die man zum Trocknen ins Freie gehängt hatte. Das tiefdunkle Blau des Himmels gestaltete einen unwirklichen Kontrast zur Umgebung und ließ selbst das kleinste Steinchen leuchten wie ein Diamant.

Sie waren seit drei Tagen unterwegs. Geschlafen hatten sie in dem LKW. Zweiundzwanzig Menschen hatten sich bereit erklärt, ihr Dorf zu verlassen. Meistens waren es junge Menschen, Kinder. Norbu und noch ein Mönch namens Lhakpa begleiteten sie. Diskit, ihr Mann und die beiden Kinder Tsering und Dölma waren auch in der kleinen Gruppe. Sie glaubten dem „Wolkenreisenden", der so schreckliche Dinge wusste, die noch gar nicht passiert waren. Sie glaubten Norbu, der ihnen die Prophezeiung immer wieder erzählt hatte. Jakob spürte, dass sie Vertrauen zu ihm hatten. Das hatten auch die anderen. Ein seltsamer Kloß hatte sich in Jakob gebildet. Er konnte nicht verhindern, dass ihn die Verantwortung nervös machte und Bauchschmerzen verursachte. So wie es ihm Mike schon vorausgesagt hatte, wurde Jake mit einer großen Bürde belegt. Doch trotzdem war er wild entschlossen, diese Menschen über die Berge nach Nepal zu bringen. Bis jetzt war alles gutgegangen. Sie waren kleine Nebenstraßen gefahren, ohne dass ihnen eine Menschenseele begegnet wäre. Shigatse wurde über 100km links liegen gelassen. Die Wege waren schlecht. Schlaglöcher und kleine und größere Flussläufe versperrten oft den Weg, aber glücklicherweise war der LKW nie abgesoffen oder hatte sich festgefahren. Mike wollte so weit wie nur möglich in den Himalaja hinein.

Er stimmte mit Tashi überein, der sie alle darauf vorbereitete, laufen zu müssen. Sehr weit laufen. Sehr hoch laufen. Bei jedem Wetter. Bei Schnee, bei Regen, bei Sturm, bei Wind. Es könnte hageln, es könnte eisig kalt werden. Und es könnte in den Niederungen tauen. Paradoxerweise war das die schlimmste Vorstellung. Bei Tauwetter brachen die Eiswände ein, Bäche würden sich bilden und zu reißenden Strömen werden, die unmöglich zu überqueren waren. Letztendlich war es besser, wenn das Wetter trocken und kalt war. Dann würden sie auch gut voran kommen. Aber im größten Gebirge der Welt lag Hoffnung und Enttäuschung, Furcht und Freude, Demut und auch Arroganz sehr nah beieinander. Man konnte nur versuchen, die Natur zu lesen und mit ihr zu leben. Es blieb eben doch nur die Hoffnung, dass die Götter ihnen erlaubten, die Pfade und Wege in den Süden nehmen zu können. Auch ohne die Wetterkapriolen war es ein lebensgefährliches Unterfangen. Mit den Kindern unkalkulierbar. Niemand wusste, wie der Körper in den Höhenlagen reagieren würde. Sie mussten bis in die 5000er Regionen aufsteigen. Aber niemand von den Flüchtlingen dachte in diesem Moment an die Gefahren der Berge. Ihre größte Angst war die, von der chinesischen Armee entdeckt zu werden.

Tashi stand vor dem LKW und sah angestrengt in die Ferne.
„Was ist? Siehst du etwas?" fragte ihn Jakob.
„Nein. Ich denke nach..."
„Über was denn? Wird´s Probleme geben?"
Die Frage klang etwas naiv und Tashi lachte laut auf.
„Ja, Scheek, es wird Probleme geben. Die Frage ist nur, wie wir sie am besten umgehen könnten."
„Was meinst du?"

Der Tibeter zeigte in die Ferne zwischen zwei Bergrücken.

„Die Straße führt zwischen den beiden Bergen hindurch. Danach trifft sie auf die Hauptquerverbindung. Dort ist eine chinesische Garnison. Ein Posten, gut ausgestattet, sogar mit schweren Waffen. - Wir müssen da vorbei. Über dem Highway können wir noch etwa 50 km fahren. Vorausgesetzt, der Regen hat nicht die ganze Straße mitgenommen. Dann müssen wir laufen."

Jakobs Blick folgte seinem Finger und er konzentrierte sich auf den Einschnitt zwischen den Bergmassiven.

„Du denkst, wir können nicht so ohne weiteres an den Soldaten vorbei fahren? - Gibt's eine Umgehung?"

„Nein. Nicht mit dem LKW. Zu schwer."

„Was sollen wir tun? - Hast du eine Idee??"

Jakob sah ihn an. Seine Augen waren ernst und er spürte die Angst hochkommen.

„Wir müssen unbemerkt an ihnen vorbei kommen. Tagsüber geht es sowieso nicht. Sie haben einen Wachturm, der immer besetzt ist. Und nachts haben sie Nachtsichtgeräte."

Tashi stockte und überlegte.

„Das heißt, wenn wir in der Nacht die Hauptstraße überqueren, sollten sie nicht auf den Gedanken kommen, das Gelände zu beobachten. - Und wir bräuchten ein Nachtsichtgerät..."

Tashi drehte den Kopf, spitzte die Lippen und schloss die Augen.

„Exakt. Vollkommen richtig."

Jakob sah ihn an und machte große Augen.

„Du willst doch nicht denen so ein Gerät unter dem Arsch wegklauen??"

„Hast du ne bessere Idee?"

„Aber...wie willst du denn in die Garnison kommen? Und woher willst du wissen, wo....?!"
Jakob bekam einen kurzen Moment keine Luft mehr, so sehr erschrak er sich über dieses Vorhaben.
„Jake??"
Mike hatte sich zu ihnen gesellt und sah Jakob an.
„Was ist los? Stimmt was nicht?"
„Hinter den Bergen ist die Querverbindung und eine Garnison, die alles bewacht, was da durch möchte."
„Ja, weiß ich."
„Du weißt?.....Tashi hat gerade einen Plan gehabt. Erstens müssen wir in der Nacht durchfahren und zweitens brauchen wir ein Nachtsichtgerät. Die Wachposten haben nämlich auch welche."
Mike zuckte die Schultern.
„Und? Klauen wir eben eins."
Jakob sah Tashi an, dann Mike, dann wieder den Tibeter. Er sagte ihm, was Mike gerade so lapidar von sich gegeben hatte.
„Er sieht eben auch die Notwendigkeit," sagte Tashi, zuckte ebenfalls gleichmütig mit den Schultern und grinste den Amerikaner an.
„Kennt ihr euch irgendwoher?" fragte Jakob ironisch und sah beide ungläubig an.
„Ich war schon mal in der Garnison. Ich weiß, wo die Wachmannschaft und die Waffenkammer untergebracht ist."
Jakob wandte sich an Mike.
„Tashi war schon einmal dort. Er weiß, wo man hin muss, um alles zu finden."
„Okay. Ich werde mit ihm gehen. - Wir müssen die Soldaten irgendwie ablenken."

„Und wie?"

„Ich habe Sprengstoff dabei. Wenn wir ein Feuerwerk zaubern, müsste das genügen."

„Willst du die Garnison in die Luft sprengen?"

Mike schüttelte den Kopf.

„Nur einen Teil, der nicht in Sichtweite der Straße ist."

„Was sagt er?" fragte Tashi.

„Er will die Soldaten mit einem Feuerwerk ablenken. Dann können wir den Highway überqueren."

Der Tibeter nickte und schob die Unterlippe nach vorne. In seinem Kopf war schon ein Plan entstanden.

„Viel Zeit werden wir nicht haben...der Wachturm müsste beschädigt werden..."

Er ging in die Hocke und zeichnete mit dem Finger einen Grundriss der Garnison in den Sand. Dann erläuterte er den Weg hinein und wieder hinaus. Mit Mike einigte er sich auf die Stelle des Sprengstoffanschlags. Dann war alles gesagt. Sie saßen wieder auf und Mike startete den Motor. Es würde bald dunkel werden. Vor drei Tagen war Neumond. Die Nacht würde dunkler als sonst sein. Man konnte nur hoffen, dass Wolken aufziehen würden. Dann wäre zumindest das Umfeld perfekt...

Sie hatten sich hinter einer Mauer geduckt und verschmolzen mit dem Gebäude. Mike hatte verwundert festgestellt, dass sein tibetischer Begleiter ein Meister darin war, unsichtbar zu werden. Er bewegte sich völlig lautlos von einem Ort zum anderen, benutzte auch die kleinste Deckung und entfachte in Mike den Verdacht, dass er dies nicht zum ersten Mal machte. Tashi war ein Purba. Ein tibetischer Widerstandskämpfer, der, so wie er sich verhielt und dachte, eine militärische Ausbildung absolviert haben musste. Ohne dass sie sich mit Worten verständigen konnten, wurde allein durch knappe Gesten mitgeteilt, was der andere tun sollte. Mike war beeindruckt. Tashi war unauffällig. Er machte eher den Eindruck eines naiven Bauern, der nichts von der Welt wusste und nur seine Arbeit in dem kleinen Dorf im Kopf hatte. Mitnichten!! Der kleine Tibeter war hochqualifiziert und ein scharfer Denker. Er wusste genau, was zu tun war – und das schaffte in dem amerikanischen Agenten ein Vertrauen, das ihm sagte, dass das, was sie gerade vorhatten, unter einem guten und besonderen Stern stand.

Er fasste nach dem Riemen an seiner Schulter, der die Tasche mit dem Sprengstoff hielt. Den Grundriss der Garnison hatte er sich genau eingeprägt. Sie befanden sich etwa 20m von einem kleinen Tor entfernt. Es war die Rückseite der gesamten Kaserne. Mike huschte zu dem vergitterten Zugang. Sanft zog er an dem Eisengestänge und überrascht stellte er fest, dass es nicht verschlossen war. Mit einem leichten Quietschen zog er das Tor auf. Er drehte den Kopf. Tashi hatte zu ihm aufgeschlossen und trotz der Dunkelheit konnte er das Grinsen erkennen, das sich auf Tashis Gesicht gebildet hatte. Schnell schlüpften sie hindurch und pressten sich an die Mauer. Der eine links, der andere rechts. Sie mussten sich nicht absprechen. Alles war im Fluss. Sie verstanden sich ohne irgendwelche Worte. Sie mussten um zwei Mannschaftsquartiere und der Offiziersmesse herum, um zu den Räumen des Wachpersonals und der Waffenkammer zu gelangen. Doch zuerst legte Mike den Sprengstoff und den Zünder zurecht. Er konnte ihn über Funk schalten.

Sie hörten Gegröle aus den Baracken dringen. Tashi sah Mike an und nickte lächelnd. Er zeigte die Bewegung mit der Hand an, die bedeutete, dass die Soldaten sich ausgiebig dem Trinken hingaben. Mike nickte, dass er verstanden hatte. Das war ein Vorteil für sie. Betrunkene Soldaten konnten nicht kämpfen, konnten nicht denken und würden nur unkoordiniert zusammenlaufen, wenn die Explosion stattfand. Nichts durfte darauf hinauslaufen, dass es sich um einen Anschlag handelte. Es sollte wie ein Unfall aussehen. Irgendeine Leitung oder ein Generator musste durch einen Kurzschluss in die Luft gegangen sein. Das war nichts Ungewöhnliches. Bis sie feststellen konnten, dass es doch anders war, mussten sie schon weit weg sein.

Sie waren an dem Anbau des Wachpersonals angekommen. Die Waffenkammer. Es gab keine Türe. Man musste durch die Räume der Wachmannschaft, um zu den Waffen zu gelangen. Mike sah sich um. Auf dem Hof standen LKW's und kleine geländegängige Fahrzeuge in Reih und Glied. In den hinteren Befestigungskörben befanden sich Kanister. Benzinkanister. Mike hatte eine Idee. Er sah Tashi an und zeigte auf die Fahrzeuge. Dann ließ er den Daumen aus der geschlossenen Hand schnippen. Tashi nickte. Feuerzeug! Brand! Die Fahrzeuge sollten in Flammen aufgehen. Mike zog ein Tuch aus seinem Rucksack. Dann sah er Tashi an, der eine Hand gehoben hatte. Der Daumen stand nach oben. Alles okay!

Wie ein Indianer huschte Mike durch die Dunkelheit. Hinter dem Wagen ging er in die Hocke, drehte den Verschluss des Benzinkanisters auf und steckte das Tuch hinein. Er drehte den Kopf und suchte den Tibeter. Aber in der Dunkelheit konnte er außer den Konturen des Hauses nichts weiter erkennen. Jetzt mussten sie schnell sein. Wenn das Wachpersonal aus dem Gebäude stürmte, um zu sehen, was geschehen war, dann mussten sie blitzschnell

eindringen, um das Nachtsichtgerät zu holen. Wie viel Zeit sie danach noch hatten, wusste er nicht zu sagen. Die Flamme würde etwas brauchen, bis sie den Kanister zur Explosion bringen konnte. In dieser Zeit würde auch die Sprengladung an der hinteren Seite der Garnison hochgehen. Gleichzeitig musste der Wachposten auf dem Turm abgelenkt werden. Eine Sprengladung musste die Waffenkammer aus den Fugen jagen. Das würde für die komplette Verwirrung sorgen. Mike nickte in sich hinein. Das Feuerzeug lag in seiner Hand – dann zuckte die Flamme und das Tuch wurde erfasst. Im gleichen Moment rannte Mike zurück zu Tashi, zog den Sprengstoff aus dem Rucksack, steckte den Zünder hinein und schaltete ihn scharf. Dann warteten sie und beobachteten den Kanister. Schon waren die Flammen am Einfüllstutzen. Sie züngelten gelb, rot und blau. Fast schien es so, als ob sie ausgehen wollten. Dann erschütterte eine gewaltige Explosion die Nacht. Das kleine Fahrzeug wurde durch die Wucht angehoben. Der zweite Kanister, den Mike geöffnet hatte, entzündete sich und gleich darauf detonierte auch der. Türen wurden aufgerissen, Geschrei war zu hören, Schritte, Getrampel, Befehle....
Mike drückte den Funkzünder. Im hinteren Bereich des Geländes zuckte ein dumpfer Knall und eine Staubfontäne in den dunklen Nachthimmel. Sie hörten, wie das Wachpersonal aus dem Gebäude stürmte und wild durcheinander schrie.
„Jetzt!!" sagte Mike zu Tashi und zusammen rannten sie um den kleinen Anbau herum. Die Nacht war von dem brennenden Fahrzeug hell erleuchtet und ein paar Soldaten versuchten mit Decken, die Flammen, die durch das herausgeschleuderte Benzin auch die anderen Fahrzeuge

erwischt hatte, zu ersticken. Niemand achtete auf die beiden Fremden, die durch die Türe sprangen und plötzlich im Raum standen. Blitzschnell orientierte sich Tashi, sah die Schlüssel an der Wand hängen, riss sie herunter und stand schon vor der Türe zur Waffenkammer. Drei, vier Schlüssel passten nicht, der fünfte...wieder nicht...noch einer – perfekt. Er drehte ihn, die Türe sprang auf und Tashi hinein. Keine drei Sekunden später war er wieder da. Triumphierend hob er das Nachtsichtgerät hoch. Er verschloss die Türe und hängte die Schlüssel wieder an ihren Platz. Niemand sollte auf den Gedanken kommen, dass sich irgendjemand an den Waffen zu schaffen machte. Sie schlüpften wieder hinaus und suchten ein dunkles Eck hinter dem nächsten Gebäude. Dann jagte Mike die hintere Mauer der Waffenkammer in die Luft. Die Detonation war ohrenbetäubend. Einen Moment konnten sie gar nichts mehr hören, außer dem dumpfen Ton von niederprasselnden Steinen und aneinander schlagenden Metallen. Mike schielte vorsichtig um die Ecke und suchte den Wachturm. Staubwolken ließen fast nichts erkennen. Er drehte sich um und zeigte auf das Nachtsichtgerät in Tashis Hand. Dann schaltete er es ein. Überrascht stellte er fest, dass sich kein Soldat auf dem Turm befand. Anscheinend waren alle damit beschäftigt, den Grund für die Explosionen zu suchen und die Brände zu bekämpfen. Das war die beste Gelegenheit, aus der Garnison zu verschwinden. Sie befanden sich bereits auf der Ostseite der Kaserne. Sie wurde auf dieser Seite nur durch einen einfachen Zaun geschützt. Schnell huschten sie dahin, Tashi holte einen kleinen Seitenschneider aus der Tasche und zwickte den Draht auf. Gerade so viel, dass sie hindurch schlüpfen konnten. Auf der anderen Seite drehte er den

Draht wieder zusammen, sodass man das kleine Loch nur feststellen würde, wenn man schon davor stand. Mike warf noch einen Blick auf den Wachturm. Er hoffte, dass das kleine Feuerwerk die Soldaten noch einige Zeit beschäftigen würde. Bis zu ihrem LKW würden sie fast eine halbe Stunde brauchen.

Die Wolkendecke, die sie bis jetzt unsichtbar werden ließ, brach auf und Sterne erschienen. Fast schien es so, als ob die Götter damit den Rückweg für die beiden erkennbar machen wollten. Die Sterne glitzerten in einer diamantenen Pracht, gerade so hell, dass sie ihren Weg fanden und gerade so dunkel, dass sie mit bloßem Auge selbst von dem Wachturm nicht mehr gesehen werden konnten. Der Tibeter und der Amerikaner sahen sich an, nickten und grinsten. Sie schlugen sich gegenseitig in die Hände. Plan perfekt ausgeführt! Dann verschwanden sie lautlos in der Dunkelheit, die nun ganz sanft von den Sternen erhellt wurde. Aber daran dachten sie eine Stunde später schon nicht mehr, als sie den Highway längst hinter sich gelassen hatten.

*

Lhasa, 17. März 1959, abends
Die Kapelle des Mahakala ist belegt mit einer Gruppe von Mönchen, die Gebete rezitieren. Das flackernde Licht der entzündeten Butterlampen taucht den Raum in ein diffuses Dämmerlicht, das durch das murmelnde Rezitieren der Mönche eine tiefgreifende Atmosphäre verdichtet. Als Tenzin Gyatso, der 14. Dalai Lama, den Raum betritt, senken sich die Köpfe der Mönche vor Ehrfurcht noch tiefer, doch die Gebete werden nicht unterbrochen. Mit einem weißen

Tuch, das der Dalai Lama zum Zeichen des Abschieds vor der Statue der Schutzgottheit ablegt, verneigt er sich und zieht sich dann zurück, um eine Zeitlang in stiller Andacht zu verweilen. Wenig später entledigt er sich seines Mönchsgewandes und schlüpft in die ungewohnte Kleidung eines Soldaten. Dann lässt er sich auf dem Thronsitz seines Gebetsraumes nieder, öffnet eines der heiligen Bücher und liest die Sutra über einen Mönch, dem der Buddha rät, Mut und Zuversicht zu entwickeln. Nach kurzer Meditation segnet er den Raum, löscht die Lichter und steigt hinab ins Erdgeschoss. Tenzin Gyatso hängt sich ein Gewehr um die Schultern und verlässt zusammen mit einem Soldaten durch eine Pforte den Garten. Und in diesem denkwürdigen Augenblick war der Dalai Lama, das geistliche und weltliche Oberhaupt Tibets, das „wunscherfüllende Juwel", „die Gegenwart Buddhas", „der kostbare Beschützer", die Verkörperung des transzendenten Bodhisattva Avalokiteshvara – in diesem Moment war er zu einem Flüchtling geworden....

*

Sie hatten alles Wichtige aus dem LKW entladen. Es war unmöglich, das ganze Gepäck mitzunehmen. Warme Kleidung, feste Schuhe, Mützen, Brillen und haltbare Lebensmittel wurden in die Rucksäcke verteilt. Dann brachen sie auf. Die fahrbare Straße, die schon seit Stunden keine mehr gewesen war, hatte sich ins Nichts aufgelöst. Keine Piste erlaubte mehr eine Weiterfahrt, schon gar nicht mit einem schweren LKW. Von nun an zeigte nur ein ausgetretener Pfad ihren Weg an. Ein Pfad, der sich in der Ferne verlor und nur andeutete, dass er durch die

Schluchten hinauf in die Unwägbarkeit der Bergwelt führen würde. Wenn sie das kleine Tal, in dem sie das Fahrzeug zurückgelassen hatten, verließen, war kein Blick mehr weiter als zum nächsten Massiv.
Tashi hatte ihnen auf der Karte den Fußmarsch aufgezeichnet. Auf über 3500m Höhe lag ein langgestrecktes Hochtal, in dem sich ein weit verzweigtes Höhlenlabyrinth befand. Dort wollten sie Schutz suchen, wenn das Wetter umschlagen sollte. Aber noch standen sie ganz am Anfang. Langsam setzte sich die Gruppe in Bewegung. Tashi führte sie an. Jakob folgte ihm. Norbu und Mike bildeten den Schluss, um acht zu geben, dass den Kindern nichts passierte. Denn die Pfade wurden schmal und gefährlich in den Bergen. Waren sie schon für die Erwachsenen schwierig, so für die Kinder lebensgefährlich. Abgesehen davon, dass sie stundenlange Märsche schon rein körperlich nicht durchhalten konnten. Regelmäßige Pausen waren Voraussetzung für den weiten Weg. Sie beschlossen, lieber länger zu brauchen, als das Risiko einzugehen, dass jemand vor Erschöpfung nicht mehr weiter konnte. Jakob ahnte, dass es keine Frage mehr von Tagen war, sondern von Wochen.

Der Nebel ließ keinerlei Sicht zu, die weiter als zehn Meter reichte. Es hatte geregnet, dann fiel Schnee, der sich wieder in ein Regen-Schnee-Gemisch verwandelte. Es war kalt und feucht. Der schmale Pfad war nass und schlüpfrig – und gefährlich. Sie hatten einen Pass überquert. Durch das tiefe Schneefeld brauchten sie vier Stunden, ehe sie wieder auf einem steinigen Pfad waren. Die Kinder waren am Ende ihrer Kräfte und Tashi und Jakob beschlossen, einen geeigneten Platz für die Nacht zu suchen. Sie hatten alle

Hunger und Durst. Abwechselnd wurden die Kinder getragen, was angesichts des rutschigen Pfades zusätzlich an die Kräfte ging. Vier Tage waren sie nun schon unterwegs. Mittlerweile war die chinesische Gefahr den Unzulänglichkeiten der bergigen Natur gewichen. Sie hatten keine Soldaten mehr gesehen. Keine Transporte, keine Hubschrauber, keine Patrouillen. Und je länger sie unterwegs waren, desto mehr nahm diese Angst ab. Nur Tashi blieb weiterhin aufmerksam. Jakob musste den kleinen Tibeter bewundern. Er hatte eine Kondition wie ein Pferd. Mit einer unglaublichen Sensibilität passte er die Geschwindigkeit an die Gruppe an, sah genau, wenn er langsamer gehen musste oder wenn es einmal bergab ging, er das Tempo beschleunigen konnte. Mit dem Gespür eines Tieres suchte er sichere Nachtlager aus, legte sich als letzter in seine Decken und war als Erster wieder wach, um das Feuer in Gang zu bringen. Tashi entwickelte sich zum unersetzlichen Menschen in dieser Gruppe und Jakob wie auch Mike wussten genau, dass sie verloren wären, würde ihm etwas passieren.

„Da vorne!! Eine Höhle! Da werden wir übernachten..."
Mit ausgestrecktem Arm zeigte Tashi nach oben. Ein diffuses dunkles Loch gähnte aus der grauen Felswand. Vereinzelt wuchsen kleine Büsche aus den Felsspalten, die der trostlosen Farbenarmut wenigstens einen Hauch von Leben einflößte. Sie umrundeten noch ein paar Felsenhaufen, dann standen sie vor einem schwarzen Eingang, der nichts von seinem Inneren preisgab.
„Ich geh´ mal rein. Könnte sein, dass sich hier Bären befinden. Und die werden nicht erfreut sein, wenn sie durch uns gestört würden."

Er entzündete eine der Fackeln, die er aus einer Seitentasche seines Rucksacks herauszog. Dann verschwand er und nur der flackernde Schein ließ erahnen, wie tief er schon in die Höhle eingedrungen war. Erst fünf Minuten später kam er wieder heraus.

„Alles okay. Wir können rein. Wird auch höchste Zeit..." sagte er mit Blick in den nebelverhangenen Himmel. Es hatte zu schneien begonnen. Nasser Schnee, vermischt mit Regen. In der Ferne hörten sie ein dumpfes Grollen. Es mochte Donner sein, vielleicht auch ein Lawinenabgang. So genau konnte man das nicht unterscheiden, aber dem nebligen, dunkel gewordenen Himmel nach zu urteilen, stand ihnen eher ein Gewitter bevor. Schnell verteilten sie sich in der Höhle. Tashi und Mike sammelten noch schnell ein paar Zweige, um das Feuer in Gang halten zu können. Ein Baum war beim letzten Sturm entwurzelt worden und lag ein paar Schritte vom Höhleneingang entfernt. Eigentlich war es gar kein Baum, sondern lediglich ein weit verzweigter Strauch, dessen Wurzeln zu wenig Halt in der kargen Erde gefunden hatte. Zu fünft schleiften sie den Strauch in die Höhle. Dann wurden sie durch einen unglaublichen Knall bis in die Haarspitzen erschüttert. Gleichzeitig erleuchtete ein greller langer Blitz die Berge und das Tal. Weinend kuschelten sich die Kinder an die Erwachsenen. Der ohrenbetäubende Donnerknall hatte ihnen große Angst eingejagt. Die Helligkeit des Blitzes beleuchtete für einen kurzen Moment die Wolken, die ihre Schneelast abluden. Dann herrschte wieder Totenstille, bis das Grollen des Donners wieder zu hören war. Diesmal dumpf, matt, weit entfernt. Schnell war das Gewitter weiter gezogen.

Als das Feuer entzündet waren, bereiteten die Frauen ein karges Mahl. Tsampa, Wasser. Mehr gab es nicht. Niemand konnte sagen, wie lange sie in den Bergen bleiben mussten. Alles war abhängig vom Wetter, von der Konstitution der Kinder und dass niemand krank wurde. Abgesehen von der Gefahr, sich auf den Wegen zu verletzen. Und noch immer bestand die Gefahr, dass sie einer Patrouille in die Arme laufen konnten. Als Gruppe waren sie unbeweglich, sie konnten nicht flüchten, wenn sie entdeckt wurden. Dementsprechend mussten sie die Pfade gehen, die die Chinesen nicht kannten und auf denen sie auch nicht patrouillieren würden.

Jakob starrte ins Feuer. Seine Gedanken waren weit weg. Jetzt, da sie den LKW stehen gelassen hatten und zu Fuß unterwegs waren, jetzt, wo die unmittelbare Gefahr des Militärs nicht mehr akut war, jetzt kam Jakob zur Ruhe. Merkwürdig, dachte er, noch keine Sekunde hatte er an zuhause gedacht, an seine Kinder, den Job, der keiner mehr war, Helga, seine Noch-Frau. Nicht einmal der Professor war ihm in den Sinn gekommen. Die Situation, in der er sich befand, die Umstände, die ihn wie ein Tsunami überschüttet hatten, all das hatte ihn so in Anspruch genommen, dass er sich nur auf die Realität, auf das Jetzt, konzentrieren konnte. Er hatte keine Zeit für andere Gedanken, für die Fragen, die natürlich aufkommen mussten. Wie komme ich wieder zurück? Komme ich wieder zurück? Muss ich am Ende noch hierbleiben? Hier in dieser Zeit, in diesem Land, in diesem politischen Chaos, in diesem Bereich der Gewaltspirale. Vor gerade mal einer Woche waren seine größten Probleme die des Jobs. Gut - dass sich seine Frau von ihm trennte, stellte sich schon als einschneidendes Problem dar, das die Psyche eines

Menschen auf eine harte Probe stellen konnte. Doch wenn er jetzt diese Kinder, die sich um das Feuer scharten und die Menschen ansah, mit denen er sich auf der Flucht befand, schämte er sich fast wegen seiner winzigen Probleme zu Hause. Nachdenklich hob er einen Ast auf und stocherte in den Flammen. Seine Gedanken kamen wieder zurück und er dachte an morgen, an den schwierigen Weg, den sie gehen mussten. Aber er dachte auch daran, dass sie irgendwann die Grenze überschreiten konnten. Dann waren sie frei, diese Menschen, durften in Nepal leben, wenn sie wollten. Kathmandu würde sie aufnehmen. Nepal würde sie aufnehmen. Und Indien. Der Dalai Lama wird in Dharamsala die Exilregierung aufbauen. Und die flüchtenden Tibeter werden ihm folgen. Einem plötzlichen Entschluss folgend nahm er seine Datenbank heraus und schaltete sie ein. Das Display erschien und er wählte das Datum aus. Er hob den Kopf, schnaufte lautstark aus und sah an die vom flackernden Feuerschein beleuchtete Höhlendecke.

„Was ist?" fragte ihn Mike, der seinen Seufzer hörte und seinen Blick sah.

„Heute ist der 17. März...."

„Ja...und?"

Jakob sah ihn an. Ernst und sehr nachdenklich.

„Heute Nacht wird der Dalai Lama fliehen."

„Was???!! Woher....?"

„Ich weiß es...", unterbrach ihn Jakob.

Mike schüttelte ungläubig den Kopf. Immer noch starrte er Jakob in die Augen.

„Was wird das bedeuten?" fragte er ihn.

„Das bedeutet, dass er einerseits das Richtige tun wird. Er kann den Widerstand von Indien aus in alle Welt tragen.

Gewaltfrei und sehr intensiv. Bis in meine Zeit wird Tibet ein großes Thema sein. Immer die Mahnung an das Privileg der Freiheit..."

„Und andererseits?"

„Andererseits werden natürlich nicht alle Tibeter mit dieser Entscheidung einverstanden sein. Manche werden sagen, dass das Oberhaupt einer Bevölkerung bei seinem Volk bleiben muss. Sie werden das so nicht akzeptieren können. Aber sie werden auch dies lernen, denn ein toter Dalai Lama nützt niemandem. Zumindest nicht in dieser Zeit. Tenzing Gyatso muss leben, um nicht nur das Problem Tibet weiter zu bringen, sondern auch den tibetischen Buddhismus."

Mike nickte.

„Verstehe....erzähl mir was über dein Leben, Jake..."

Jakob hob überraschend den Kopf.

„Wirklich? Ich dachte, du glaubst mir kein Wort."

„Vielleicht doch? Ich bin noch nicht sicher...also??"

Jakob presste die Lippen zusammen und dachte nach.

„Ohne dich enttäuschen zu wollen, aber mein Leben war bislang stetig, vorbestimmt, langweilig und stand ständig unter irgendeiner Pflicht. Es hat mich nicht zufrieden gemacht. Ich..."

Er stockte kurz.

„Ich habe meine Frau sehr früh kennengelernt. Wir haben geheiratet und ich habe zwei Töchter, die mittlerweile fast schon erwachsen sind."

„Das ist doch toll, Jake. Warum bist du unzufrieden?"

Jakob zuckte mit den Schultern. Er wusste keine richtige Antwort auf die Frage.

„Keine Ahnung. Wir haben ein Haus gebaut, ich hatte einen guten Job und..."

„Hatte?"

„Bin vor kurzem gekündigt worden. Am selben Tag hat mir meine Frau eröffnet, dass sie sich von mir trennen wird und zu einem anderen Mann zieht. Es hat nicht einmal zwei Stunden gedauert – dann war mein bisheriges Leben im Arsch."

„Oh, Mann...scheiße. Und jetzt? Wie bist du hierher gekommen? Und warum?"

Jakob zuckte die Schultern und grinste schief.

„So langsam glaube ich an das Schicksal, Mike. Denn am selben Tag, an dem ich gekündigt worden bin und gleichzeitig meine Frau mich verlässt, lerne ich abends einen Mann in der Kneipe kennen."

Er stocherte wieder im Feuer. Mike sagte nichts, sondern wartete neugierig.

„Es ist ein Professor für Astrophysik. Und er hat mich dann überredet, dieses Zeitexperiment zu machen. Alles streng geheim. Jetzt bin ich hier. Komisch, was?!"

„Das ist allerdings seltsam zufällig. Und das alles am selben Tag?"

„Sagen wir mal, am selben Tag haben sich neue Wege gebildet. Die Entscheidung, in diese Maschine zu steigen, habe ich ein paar Tage später getroffen. Aber natürlich war diese Begegnung mit Schalthaus der Auslöser."

„Schalthaus? Ist das der Professor?"

„Ja. Er war sehr überzeugend. Aber vielleicht habe ich auch nur zugesagt, weil mein Leben den Bach hinuntergeht und das möglicherweise irgendein Weg war, auf dem ich dem allen diese Wucht nehmen konnte. Alles, was für mich wichtig gewesen war, hat sich urplötzlich aufgelöst, als wenn es nie dagewesen wäre. Einfach so....!"

Er hob die Hand und schnippte mit den Fingern.

„Und dann entscheidest du Dinge, die du sonst niemals in Erwägung ziehen würdest... so langsam glaube ich an das Schicksal."
Mike nickte verstehend.
„Was hast du beruflich gemacht?"
„Ich war für den Einkauf von Werkzeugen, Beschlägen und diesen ganzen Kram zuständig. In einem Großhandelsbetrieb."
„Also in einem Büro?"
Jakob nickte.
„Ich fass´ es nicht."
Mike atmete lautstark aus und begann zu grinsen.
„Was denn?!"
„Ich kann mir dich nicht in einem verstaubten langweiligen Büro vorstellen. Du und Krawatte. Das ist völlig abstrus."
„Ääh...nein...keine Krawatte, das macht man heutzutage nicht mehr. Zumindest nicht in so einer Position wie ich. Völlig unnötig. - Was hättest du denn gedacht, was ich mache?"
„Ich weiß nicht...irgendwas mit Technik, Erfindungen, Forschung. Jedenfalls kein Büroheini, eher was Kreatives."
„So kann man sich täuschen..."
„Ja, so kann man sich täuschen...wenn alles so stimmt, was du erzählst, dann hast du innerhalb einer Woche eine Metamorphose durchgemacht. Was sehr verwunderlich ist....andererseits...."
„Andererseits?"
„Ich bin überzeugt, dass Menschen durch eine Aufgabe – so wie diese – eine vollständige Änderung der eigenen Persönlichkeit herbeiführen können. Hat wohl was mit Überzeugung und Einstellung zu tun. Aber deine Geschichte

hat schon was von Unglaublichkeit, findest du nicht auch, Jake??"

Mike blickte ihm lächelnd in die Augen und Jakob erkannte in diesem Moment, dass der Amerikaner geneigt war, ihm zu glauben.

„Hat es, natürlich. Meinst du, für mich ist es selbstverständlich, einfach mal eine Reise durch die Zeit zu machen, ohne dass ich Schwierigkeiten haben würde, dies auch zu begreifen?? Nein, es ist nach wie vor schwer zu akzeptieren und ich muss mich oft kneifen, um auch zu realisieren, dass ich hier bin, dass ich mich im Himalaja befinde und dass ich – mit euch natürlich – diese Menschen über die Berge bringen muss, damit sie wieder ein Leben leben können, das frei ist. Es ist für mich schwierig, Mike, es ist ausgesprochen schwierig. Aber ich versuche, das zu akzeptieren, ohne daran denken zu müssen, nie wieder von hier weg zu kommen. Oder noch schlimmer, an dem, was wir hier tun, zu versagen. Hier geht es um Menschen, um Kinder, um...um..."

Er senkte den Kopf, weil ihm nicht die richtigen Worte einfallen wollten. Er spürte die Hand des Amerikaners auf seiner Schulter.

„Ich verstehe. Du hast dir selbst eine Aufgabe gegeben. Mach dir erst mal nur Gedanken um diese Menschen hier, dann um dich selbst. Es wird der Tag kommen, an dem sich alles von allein entscheiden wird. Aber eins kann ich dir jetzt schon sagen. Du hast Mut bewiesen. - Und wir werden alle über die Grenze in Sicherheit bringen..."

„Danke..." sagte Jakob und nickte lächelnd mit dem Kopf.

Sein Blick fiel auf die Gruppe, von denen die meisten bereits in tiefen Schlaf gesunken waren. Auch Tashi hatte sich in seine Decken gerollt und schlief. Nur Norbu, der

Mönch, saß noch mit gekreuzten Beinen vor dem Feuer und murmelte leise Mantras.

„Die Mönche und Nonnen werden am meisten leiden müssen..." flüsterte Jakob wie zu sich selbst. Er wartete keine Antwort ab. Die Müdigkeit übermannte ihn, der monotone Schein des Feuers und die abstrahlende Wärme machten den Körper träge. Er schlüpfte in seine Decken und war nach nicht einmal einer Minute eingeschlafen. Er brachte noch ein schwaches „Gute Nacht, Mike" heraus, dann fielen schon seine Augen zu.

„Gute Nacht, Jake..." flüsterte Mike und stand auf. Er kramte Tabak und Papier aus seinen Taschen, drehte sich eine Zigarette und trat vor den Höhleneingang. Die Wolken waren aufgebrochen und gaben einen Blick in das Firmament frei. Wie durch ein Fenster konnte er den Sternenhimmel sehen, der so klar war, dass man jedwedes Blinken und Funkeln erkennen konnte. Die kleinen Diamanten am Himmel signalisierten Hoffnung und Zuversicht. Und mit jedem Funkeln wünschte sich Mike, dass ihre Exkursion unter eben diesen Sternen stehen würde.

Der übernächste Morgen weckte die Flüchtlinge mit klirrender Kälte. Sie hatten zwei Nächte in der Höhle verbracht, weil das nasse, diesige Wetter den Weg zu gefährlich machte. Der Schlamm machte alles glitschig und rutschig. Schnell konnte man das Gleichgewicht verlieren und abstürzen. Aber nun waren die Gegebenheiten andere. Das Wetter war umgeschlagen und hatte einen Temperatursturz mitgeführt. Fröstelnd schälten sich Jakob und die anderen aus den Decken. Das Feuer war ausgegangen und in der Höhle war es bitterkalt geworden.

Aber die Sonne schien. Jakob trat nach draußen und musste die Augen zusammen kneifen, um trotz des grellen Sonnenlichtes etwas sehen zu können. Die Gräser, die aus der dünnen Schneedecke ragten, waren weiß vom Frost. Die durchdringende Klarheit der Luft, der tiefblaue Himmel und die absolute Stille ließen Jakob eine enthusiastische Hoffnung verspüren, die sich schon fast als Freude bezeichnen ließ. Er atmete tief ein und drehte sich um, als er Schritte hörte. Es war Tashi, der lachend neben ihn trat und den grandiosen Anblick der Berge genoß.

„Herrlich, nicht wahr? Und es ist kalt. Der Schnee ist gefroren, wir werden gut vorankommen."

Er schlug die Hände zusammen. Nicht um sie warm zu klatschen, sondern weil er sich freute.

Sie brachen so schnell wie möglich auf. Tashi meinte, den wunderschönen, kalten Tag nutzen zu müssen, um eine gute Strecke hinter sich bringen zu können. Sie kamen gut voran und sogar die Kinder hatten Spaß an der glitzernden Landschaft. Viel Schnee lag nicht und die Sonne schmolz den frostigen weißen Überzug, der wie Puderzucker auf der Graslandschaft lag. Am Nachmittag hatten sie einen öden, mit Geröll übersäten Pass überquert. Vor ihnen lag ein fast kreisrundes Tal, in das sie hinunter mussten. Ein Fluss durchschnitt die Mitte, dessen Uferränder grün bewachsen waren. Und dann sahen sie noch etwas anderes. Häuser, Baracken, eine Fahne, Straßen. Tashi winkte alle hinter die Felsen, holte die Karte heraus und studierte sie.

„Was ist los, Tashi? Haben wir uns verlaufen? Ich dachte, es gibt hier keine Straßen mehr."

Jakob sah ihn fragend an.

„Nein, gibt es auch nicht. Wir haben uns nicht verlaufen. Verdammt....!"

Er stand auf und sah in das Tal hinunter.

„Das ist neu. Bisher führte keine Straße hierher. Die Chinesen müssen sie neu gebaut haben. Und der Wachposten ist auch neu."

Er holte das Fernglas heraus und beobachtete die Militärstation. Dann drehte er sich um und sah die anderen an. Er presste die Lippen zusammen und hatte die Stirn gerunzelt.

„Scheiße, wir hätten da hinunter müssen. Am Ende vom Tal führt ein Pfad in die Berge. Die Nomaden treiben im Sommer ihre Schafe hinauf. Zwischen den Bergen liegt eine Hochweide. Wir können mit der Gruppe unmöglich da hinunter. - Wir werden über die Berge gehen..."

„Kennst du den Weg?" fragte Jakob.

„Wir müssen einen suchen. Oder willst du dich an den Chinesen vorbei schleichen?"

Doch Jakob schüttelte den Kopf und sah Mike und Norbu an, die sich neben ihnen befanden und das Tal beobachteten.

„Er sagt, wir müssen über die Berge ans Ende des Tales kommen. Unten geht`s nicht. Was meint ihr?"

Norbu zuckte gleichmütig mit den Schultern.

„Tashi weiß schon, was zu tun ist."

Mike sah immer noch in das seltsam kreisförmige Tal hinunter. Ohne den Kopf zu drehen, nickte er.

„Ist sicherer. Und wir müssen nicht erst hinunter und dann hinauf. Vielleicht sparen wir Zeit und Kräfte. Und vermeiden das Risiko, mit den Soldaten in Berührung zu kommen. - Gehen wir!"

Er drehte sich um und suchte den Pfad, der von ihrem Weg in die Berge führte. Offensichtlich waren hier schon mehr Menschen gelaufen. Nur wie weit sie gekommen waren, konnte nur spekuliert werden. Er sah Tashi an, der genauso angestrengt nach oben sah.

„Also los. Folgen wir erst einmal dem Pfad." sagte er zu Jakob.

Dann marschierte er los. Mike folgte ihm. Der Trupp, die Kinder, zuletzt Jakob und Norbu. Ohne zu murren oder zu jammern, traten die Kleinen auf den Pfad, der so schmal war, dass gerade ein Mensch darauf gehen konnte. Er führte kaum sichtbar durch ein Felsengewirr und verlor sich zwischen aufragenden Spitzen und langgezogenen Hängen.

Mit zusammengekniffenen Augen standen sie vor der abenteuerlichen Konstruktion, die vor ihnen lag und sie anstarrte wie einen eindringenden Feind. Die Hängebrücke schwankte leicht im Wind. Sie umspannte eine tiefe Schlucht, in der die Gruppe das Wasser eines herabstürzendes Baches grollen hörte. Die Schlucht war ungefähr fünfzig Meter breit. Auf der anderen Seite führte der schmale Pfad direkt in den Fels hinein und weiter stufenartig bergauf. Der Weg sah schon von dieser Seite aus wie der schlüpfrigste Klettersteig der Welt. Links die fast senkrecht in die Höhe ragende Felswand, rechts der Abgrund, der mindestens einhundert Meter in die Tiefe fiel. Der Weg war nicht einmal eben, sondern fiel schräg zum Abgrund ab. Er war nicht breiter als kaum zwei Füße nebeneinander Platz hatten. Lebensgefährlich, wenn es feucht oder nass wäre. Nicht minder gefährlich jetzt bei diesem trockenen und kalten Wetter. Jakob spürte, wie sich seine Nackenhaare aufrichteten. Eine wogende Welle innerer Angst floss durch ihn hindurch und reizte die Magenwände. Einen Moment war er starr vor Schreck und konnte sich nicht vorstellen, über dieses labile Konstrukt von Brücke zu gehen geschweige denn diesen Höllenpfad zu laufen.

Tashi stand vor dem linken Seil und prüfte die Festigkeit. Die Hängebrücke bestand lediglich aus einem Tragseil und zwei Handläufen. Auf dem Tragseil waren Bretter befestigt worden, auf denen man gehen konnte. Schritt für Schritt, denn sie waren keine zwanzig Zentimeter breit. Die Handlaufseile waren mit senkrecht zulaufenden Stricken mit dem Tragseil verbunden. Die senkrechten Fixierungsverbindungen waren alle fünfzig Zentimeter verzurrt worden, um der ganzen Konstruktion Stabilität und Halt zu geben. In den Fels der gegenüberliegenden Seiten wurden Verankerungen eingeschlagen, in deren Ringe die Seile befestigt waren. Mit Schaudern konnte Jakob das leichte Schwingen beobachten, das der Wind verursachte. Wie sollte man das Schwingen stoppen können, wenn man darauf stand? Die Brücke war zu lang, als dass man das Schwingen abstellen konnte. Und niemand wusste, ob die Seile das überhaupt halten konnten. Sie sahen nicht neu und nicht vertrauenerweckend aus. Aber es gab keinen anderen Weg. Sie mussten auf die andere Seite.

„Oh, Mann...da müssen wir rüber?" fragte Jakob Tashi, der noch immer die Grundfestigkeit prüfte.

„Sie sieht nicht schlecht aus. Ich denke, das geht schon."

„Aber sicher bist du nicht, oder?"

Jakob sah ihn mit einem schrägen Lächeln an.

„Was ist schon sicher? Keine Angst, Scheek..! Hab Vertrauen!"

Jakob atmete lautstark aus. Seine Blicke trafen sich mit denen Mike´s und Norbu´s. Er sah ihnen an, dass sie mindestens genauso skeptisch waren. Er drehte sich um. Die Menschen hatten Angst.

„Ich werde als Erster gehen,“ sagte Tashi und marschierte schon los. Nach zehn Schritten begann die Brücke zu schwanken. Tashi hielt inne. Beide Hände lagen auf den Handläufen. Der linke Fuß vorne, der rechte hinten. Er wartete einen Augenblick, bis das Schwanken weniger wurde, dann setzte er wieder einen Fuß vor den anderen. Das Schwanken wurde wieder stärker, aber Tashi ging ruhig weiter, versuchte durch das Gegengewicht das Hin und Her auszugleichen. Er hatte die Mitte bereits erreicht. Nun ging es wieder leicht bergauf. Alle blickten gespannt mit zusammengepressten Lippen auf den Tibeter, der ruhig und konzentriert Schritt für Schritt der anderen Seite näherkam. Dann hatte er es geschafft, zog sich am Seil auf den Pfad und drehte sich um. Er hob die Hand und winkte den anderen zu, dass die Hängebrücke stabil war. Dann mussten die anderen sich bereit machen. Mit Seilen wurden jeweils zwei Kinder mit einem Erwachsenen gesichert. Ein Kind, ein Erwachsener, ein Kind. Mike war der nächste, vergewisserte sich, dass die Kleinen fest verzurrt waren, lächelte sie noch einmal an – dann ging es los. Schritt für Schritt. Jakob konnte hören, wie Mike mit ruhiger Stimme mit den Kindern sprach. Sie konnten ihn nicht verstehen, aber allein der Klang seiner Stimme gab ihnen Zuversicht und Kraft. Er achtete darauf, dass sie im Gleichtakt die Schritte setzten, sodass das Schwanken reduziert werden konnte. Nach zehn Minuten hatten sie es geschafft. Und so überquerten nach und nach die Menschen die Schlucht. Jakob war der letzte mit den Kleinsten. Tsering und Dölma. Er sah ihnen an, dass sie große Angst hatten. Nachdem er sie mit den Seilen gesichert hatte, kniete er sich nieder und sah ihnen in die Augen.

„Ihr braucht keine Angst zu haben. Die anderen haben es doch auch geschafft. Es ist ganz leicht. Ich gebe das Kommando und ihr macht nur das, was ich mache. Okay?"
„Aber es ist so hoch...und wenn wir runterfallen?"
Die kleine Dölma machte große Augen und sah Jakob ängstlich an. Und auch Tsering sah man die große Angst an. Doch Jakob schüttelte nur wild den Kopf.
„Nein, wir haben keine Angst. Wir schaffen das!" sagte er lächelnd und so ruhig wie möglich. Aber ihm war gar nicht wohl zumute. Auch er hatte Angst. Aber er durfte sie nicht zeigen. Die Kinder mussten ihm vertrauen. Er stand auf.
„Los geht's."
Dölma ging voran. Jakob war in der Mitte und Tsering folgte ihm. Zusammen setzten sie den rechten Fuß auf das Brett. Der linke folgte. Jedem Schritt folgte Jakobs Kommando. Sie hatten die Mitte noch gar nicht erreicht, da traf sie eine Windbö völlig unvorbereitet an der Seite. Die Brücke begann zu schwanken und die Kinder schrien auf. Dölma fiel vor Angst auf die Knie und sah in die Schlucht hinunter, die ihr vorkam wie der Schlund eines wütenden Berggeistes. Sie begann zu weinen und krallte sich in die Seile. Und die Brücke schwankte immer heftiger. Jakob hörte den Jungen hinter ihm schreien, konnte sich nicht umdrehen und krallte sich seinerseits in die Handläufe. Er spürte, wie sich die Angst in ihm Raum schaffte und seinen Körper zur Untätigkeit verdammen ließ. Kurz schloss er die Augen und versuchte sich zu konzentrieren. Mit Gewalt wollte er die Angst, die alles in ihm erstarren ließ, vertreiben. Er hörte die Kinder weinen und schreien, die Brücke schwankte immer heftiger und Panik überfiel ihn. Dann öffnete er wieder die Augen, erschrak fürchterlich, als das kleine Mädchen vor ihm die Hände von den Seilen löste und

abrutschte. Mit einem Schrei flutschte sie durch die senkrechten Fixierungen.

„Neeein…"schrie Jakob und spürte gleichzeitig den Ruck an seiner Hüfte, der das kleine Mädchen noch hielt. Mit Gewalt krallte er sich ein und ging langsam in die Knie. Er hörte Tsering hinter sich schreien und wollte den Kopf drehen.

„Tsering…halt dich fest…ganz fest…ruhig…hörst du?….hörst du mich???"

Aber der Kleine schrie weiter und begann gleichzeitig zu weinen. Doch er hielt still. Jakob löste eine Hand, versuchte durchzuatmen und ruhiger zu werden. Mittlerweile hatte er sich auf ein Knie fallen lassen und fasste mit der freien Hand das Sicherungsseil, an dem Dölma hing. Er versuchte, das verzweifelte Schreien des Mädchens zu ignorieren und konzentrierte sich nur auf das Seil in seiner Hand. Er musste sie mit einem Ruck hochziehen. Nachfassen konnte er nicht, sie musste sofort auf das Brett gezogen werden, damit sie sich wieder an die Laufseile krallen konnte. Leise zählte er. Eins – zwei – drei – jetzt….

Er hatte das Seil so weit unten wie möglich gegriffen. Mit einem verzweifelten letzten Ruck drückte er das Knie durch und zog das Mädchen wieder auf das Trittbrett.

„Festhalten…halt dich fest…die Seile…nimm die Seile…jetzt…los!!!!" schrie er sie an.

Die kleinen Hände fassten die Seile und krallten sich darum. Dann kniete sie weinend auf den Brettern. Ihr Körper zitterte wie Espenlaub.

„Gut…gut gemacht…jetzt steh auf…ich bin da….ich bin da…ich hab dich…steh´ auf…ja, gut so…gut so…prima…!!!"

Das kleine Mädchen stand wieder auf den Brettern. Links und rechts lagen die Hände auf den dicken Seilen.

Verkrampft und verkrallt wie die Krallen eines Greifs in seinem Opfer.

„Sieh´ mich an, Dölma...sieh´ mich an...!"

Der kleine Kopf drehte sich ganz langsam um und große, erschrockene Kinderaugen sahen Jakob an. Sie waren tränen verschleiert und angstvoll. Jakob versuchte, seine Stimme ruhig klingen zu lassen.

„Alles ist gut...prima...alles ist gut...jetzt lass´ uns weitergehen. Alles gut..."

Die Kleine nickte brav, schluchzte noch einmal und ging wirklich vorwärts. Ohne sich umzublicken, rief Jakob nach hinten.

„Tsering...bereit zum Weitergehen?...alles okay...?"

„Jaaa..." kam die leise Antwort. „Alles okay...weiter..."

Jakob atmete auf. Er spürte, wie ihm der Schweiß über den ganzen Körper floss und sah geradeaus. ´Nur nicht nach unten sehen`, sagte er sich unaufhörlich. Schritt für Schritt setzten sie nach. Die Brücke fing wieder leicht zu schwanken an, aber sie waren schon über den Mittelpunkt hinaus. Noch zehn Meter, Jakob sah in die Augen der Gruppe, die das ganze Geschehen mit aufgerissenen Augen verfolgt hatten, unfähig, hier eingreifen zu können. Noch fünf Meter, noch drei, noch zwei...

„Geschafft, Kinder!! Gut gemacht...geschafft."

Diskit nahm die beiden in die Arme, während Mike Jakob half, die Sicherungsseile zu entfernen. Dann sah er ihm in die Augen.

„Mein lieber Mann. Das war knapp. Gut gemacht, Jake, gut gemacht."

Jakob nickte nur. Er drehte sich um und sah auf die Hängebrücke. Sein Blick fiel nach unten in die schäumende Flut des Bergbaches. Ein letzter Schauer ließ ihn sich schütteln, dann war es vorbei. Er sah Tashi auf dem schmalen Pfad stehen und ihm zunicken. Sein Nicken signalisierte Achtung und Respekt.

„Wir müssen uns gegenseitig sichern," sagte er dann zu der Gruppe. „Macht Sechsergruppen. Kinder in die Mitte. - Mike soll alles überprüfen, Scheek."

Jakob wandte sich an Mike.

„Wir sollen Sechsergruppen bilden. Du sollst die Seile überprüfen."

Mike nickte und begann, die Seilschaft einzuteilen. Nach einer halben Stunde waren alle gesichert und Tashi gab den Befehl zum Weitermarschieren. Jakob ging mit Norbu wieder am Schluss. Sie hatten Tsering und Dölma in ihrer Mitte. Zudem verstärkten Diskit und ein junger Bursche die kleine Gruppe. Dann liefen sie los. Der schmale Pfad war nicht minder gefährlich als diese höllische Brücke, aber durch die Seile fühlten sich die Flüchtlinge sicher. Zudem vertrauten sie mittlerweile ihrem Führer Tashi, dem Amerikaner und dem fremden Deutschen, der ihnen als die personifizierte Prophezeiung die nötige Hoffnung gab, es zusammen mit ihm schaffen zu können. Jakob bildete das Schlusslicht. Langsam kamen sie voran. Langsam, aber stetig. Er musste die Kinder bewundern, die nicht aufgaben, nicht jammerten, sich vorbehaltlos dem Kommando der Erwachsenen unterordneten und damit Jakob das innige Gefühl gaben, nicht nur das Richtige zu tun, sondern auch mit Überzeugung und Hoffnung auf die Zukunft die Kraft und Energie bereit stellten, die nötig war, um diesen beschwerlichen Weg weiter beschreiten zu können.

Erst am späten Nachmittag erreichten sie Höhen, die nicht mehr an irgendwelchen Abgründen vorbeiführten oder so steil waren, dass sie klettern mussten. Sie befanden sich auf

einem kleinen Plateau, das die Sicht auf die umliegenden Berge freigab. Vor ihnen reihte sich das Hochgebirge auf. Schneebedeckt, monumental, furchterregend und gleichzeitig schöner als es jemals Bilder hätten darstellen können. Jakob spürte mit einem Mal, wie klein sie alle waren, wie unscheinbar ihre Erscheinung sein musste. Die glitzernden schneebedeckten Berge mit ihren schroffen Gipfeln, dieses Gefühl der Einsamkeit und die fühlbare Nähe zu imaginären höheren Wesen entfachte ein Bedürfnis nach dem Sehen einer inneren Welt, diesen riesigen Bereich des eigenen Selbst, dem sich niemand in seinem monotonen Alltag auch nur annähernd hingeben konnte, ohne die Oberflächlichkeit gänzlich verlassen zu können. Wie schon so viele Menschen vor ihnen, verstanden sie, dass die Ruhe der Berge, das Weit-weg-sein von allen geschäftigen Dingen eine sehnsüchtige Welt bereitstellte, die ein jeder immer sucht – und nur die wenigsten finden werden. Gemeinsam staunte die Gruppe in die Bergwelt, sagten nichts, blieben stumm, weil keine Worte das Empfinden wiedergeben konnte. Und trotzdem allen, auch den Kindern, klar war, dass dieser Augenblick nur durch den wolkenlosen, azurfarbenen Himmel, der grellen Sonne und diesem unwirklichen Licht zustande kam, wurde allein durch die unvergleichliche Stille der Augenblick zur Erkenntnis. Denn heftige Stürme, Kälte, Gletscherspalten und Lawinen konnten aus dem momentanen Idyll schnell eine Eishölle machen, in der jegliche Chance auf Überleben ausgeschlossen war.
Jakob stand neben Mike, der genauso ehrfurchtsvoll die Gipfelskyline bewunderte.
„Das ist grandios. Wunderbar..." flüsterte Jakob und konnte seinen Blick nicht abwenden.

„Das ist es…das ist es…" flüsterte Mike zurück, so als ob er die Stille nicht durch seine Stimme durchbrechen wollte.
Das übernahm dann Tashi.
„Los. Wir müssen weiter. Da hinter diesem Berg muss die Hochweide der Nomaden sein."
Er übernahm wieder die Führung und wie auf einer Perlenschnur aufgereiht folgte ihm die Flüchtlingsgruppe.

*

Das Wetter hatte umgeschlagen. Innerhalb kürzester Zeit waren schwere, dunkle Wolken aufgezogen. Nebel hatte sich gebildet und die Sicht fast unmöglich gemacht. Sie standen an einem Felsen und suchten die Ränder der Hochweide. Es war wieder kalt geworden, seit die Wolken die Sonne zugedeckt hatte. Der scharfe Wind wurde pfeifend und stach mit winzigen Nadeln in die Haut der Menschen. Sie hatten die dicken Mäntel wieder übergezogen und wärmende Mützen aufgesetzt. Tashi begutachtete angestrengt das Plateau, suchte nach einem sichtbaren Pfad, der aus dem Tal heraufkam. Aber der Nebel machte dies unmöglich. Er konnte nicht die steinigen Ränder erkennen, die ihm anzeigten, dass zwischen ihnen der Pfad aus dem Tal mündete. Alles war in ein milchiges Grau getaucht und der schneidende Wind reizte die Augen, sodass sie sich mit Tränen füllten und alles noch schemenhafter machte.
„Ich kann nichts erkennen," sagte der kleine Mann zu Jakob.
Auch Jakob sah weder Pfad noch Weg, so sehr er sich auch anzustrengen versuchte.
„Siehst du etwas?" fragte er Mike.
„Nichts. Wir werden ihn suchen müssen."

„Mike meint, den Weg wird man suchen müssen. Von hier aus kann man nichts erkennen," sagte er zu Tashi.
Der nickte, ohne den Blick aus der Ferne zu nehmen.
„Ja, müssen wir wohl. Er soll mich begleiten."
„Du sollst ihn begleiten. Es muss einen Pfad hier herauf geben, der dann weiterführt. Den müssen wir finden."
„Gut. Gehen wir."
Mike zog die Gurte des Rucksacks fester und klopfte Tashi auf die Schulter. Der nickte nur und hintereinander stapften sie durch das nasse Gras, das hie und da noch etliche Schneefelder aufwies. Es hatte leicht zu schneien begonnen und der Wind blies ihnen die nassen, eiskalten Schneeflocken ins Gesicht. Immer wieder drehten sie sich um, um die Richtung zu fixieren, aus der sie gekommen waren. Mike folgte erstaunt dem kleinen Tibeter, der schon fast traumwandlerisch die Richtung, die sie eingeschlagen hatten, beibehielt, weder sich orientieren musste noch dass er Zweifel hätte, dass sich nicht doch herausstellen würde, dass sie völlig falsch lagen. Ab und zu sah er sich um, aber schon nach kurzer Zeit verschwammen die zurück gelassenen Menschen und er konnte bald nichts mehr erkennen außer dem dichten Nebel, der schwadenförmig und geisterhaft über die Alm zog. Lautlos und unheimlich, jegliches Geräusch verschluckend. Es war still, kalt und feucht. Wie in einer Gruft, kam es Mike vor. Er fühlte sich unwohl. Seine Sinne waren aufs Äußerste gespannt, ohne dass er dieses Gefühl einordnen konnte. Sie waren allein, niemand war hier oben. Kein Mensch und kaum ein Lebewesen würde sich hier aufhalten. Während des Nebels wäre es auch unmöglich, irgendwelche Tiere zu Gesicht zu bekommen. Die Ziegenherde der Nomaden, mögliche Yaks, die sie ihr eigen nennen, waren noch im Tal — oder

irgendwo in den vielen verschwiegenen Tälern oder den weiten Ausläufern des Changtang. Aufmerksam achtete er auf jedes mögliche Geräusch. Er mochte es nicht, dass sie wie auf einem Präsentierteller über das Plateau stapften. Auch wenn der Nebel es einem möglichen Feind unmöglich machte, sie zu erkennen. Er kannte die Berge. Innerhalb kürzester Zeit konnte die Wolkendecke aufbrechen und die Nebelschwaden verschwanden im Nichts.

Der Gedanke war noch gar nicht zu Ende gedacht, da traten sie aus der Nebelbank heraus. Urplötzlich standen sie im klaren Licht der Sonne. Vor ihnen türmten sich Felsformationen auf, kleine und große Findlinge, die wie Murmeln aufeinander getürmt worden waren. Abrupt blieben sie stehen. Gleichzeitig erblickten sie den Pfad, der vom Tal heraufführte. Und gleichzeitig sahen sie in die Mündungen von Gewehrläufen, hinter denen sie von schlitzförmigen Augen angestarrt wurden. Einen Augenblick herrschte eisige Stille. Weder die Soldaten noch Mike und Tashi sagten etwas. Beide starrten sich an, überrascht, hier oben auf Menschen zu stoßen. Ein metallisches Klicken ließ die Zeit, die für den Moment stehen geblieben war, weiterlaufen. Und Mike verfluchte sich im Stillen, dass er nicht besser aufgepasst hatte. Langsam hoben sie die Hände, standen still und spürten das Verschwinden von Hoffnung...

*

Jakob wurde langsam nervös. Die beiden waren schon viel zu lange weg. Längst hätten sie wieder hier sein müssen. Wieder und wieder holte er die Karte hervor, verglich sie mit seinen Daten und kam immer wieder zu dem Schluss, dass diese Alm überschaubar war. Man brauchte nicht stundenlang, um von einer Seite zur anderen zu kommen. Irgendwas musste passiert sein. Ständig lief Jakob auf und ab, immer wieder sah er in die Nebelbank und immer wieder hoffte er, die beiden Männer dort auftauchen zu sehen. Aber dem war nicht so. Niemand kam, niemand erschien – und Jakob beschloss, sie zu suchen. Er rief Norbu zu sich. Die Unruhe hatte ihn gepackt und ließ ihn nicht mehr los.

„Da stimmt was nicht. Sie sind schon drei Stunden weg. Längst hätten sie wieder da sein müssen."
Norbu pflichtete ihm bei. Auch er hatte Sorge.
„Hoffentlich ist ihnen nichts passiert. Im Nebel kann man sich leicht verlaufen."
Jakob nickte ernst und starrte wieder in die Nebelbank. Ab und zu gab sie einen Blick frei, wenn der Wind hineinfuhr und die Schwaden aufwirbelte. Dann konnte er wie in einen tiefen Schlund sehen. Nur kurz, dann versperrten weitere Nebelwolken wieder die Sicht. Er sah vor sich auf die Spuren, die Mike und Tashi hinterlassen hatten. Das Gras war niedergedrückt und man konnte recht klar den Weg erkennen, den die beiden Männer gegangen waren. Entschlossen nahm er seinen Rucksack auf und zog die Riemen fest. Er konnte nicht länger warten.
„Ich geh´ sie suchen, Norbu," sagte er zu dem Mönch.
„Du solltest nicht allein gehen, Scheek. Nimm` Dhabu mit, er kennt sich in den Bergen aus."
Jakob sah sich um. Sein Blick fiel auf einen jungen Mann, der sich gerade mit Diskit unterhielt. Ein schweigsamer Mann, von dem Jakob bis jetzt nicht sehr viel gehört hatte. Er war längst im heiratsfähigen Alter, aber wohnte nach wie vor mit seinen Eltern und den Geschwistern zusammen. Er

war der einzige seiner Familie gewesen, der sich bereit erklärt hatte, mit ihnen zu gehen. Jakob hatte lediglich mitbekommen, dass er seiner Überzeugung nach der Familie nur helfen konnte, wenn er sich außerhalb Tibets um seine Bildung, seine Zukunft bemühte. Er wollte studieren, Sprachen lernen, sich damit Gehör verschaffen, um die katastrophale Situation der Tibeter weltweit publik machen zu können.

Doch Jakob schüttelte den Kopf.

„Nein, das wäre unklug. Er muss euch im schlimmsten Falle über die Grenze bringen."

„Aber...", wandte Norbu ein, doch Jakob rief den jungen Burschen bereits zu sich.

„Dein Name ist Dhabu?" fragte er ihn.

„Ja, kann ich was tun?"

„Ich muss Tashi und Mike suchen. Sie sind schon viel zu lange weg. Norbu meint, du solltest mich begleiten. - Kennst du dich hier aus? Warst du schon einmal hier?"

„Ich war mit den Clans schon einmal hier oben. Und ich weiß, dass der Bergpfad am Ende des Plateaus weiter geht. Aber da war ich noch nie."

„Es wäre mir lieber, dass du hier bei den anderen bleibst. Ich weiß nicht, was passiert ist oder ob überhaupt etwas passiert ist. Wenn ja – und wenn wirklich alles schiefgeht – dann musst du diese Menschen über die Berge zum Pass bringen."

Der junge Mann starrte Jakob erschrocken an.

„Meinst du denn, dass etwas passiert ist? Soldaten?"

Jakob zuckte die Schultern.

„Ich weiß nicht, aber ich bin voller Sorge. Ich werde sie suchen. Vielleicht ist meine Unruhe unbegründet. Aber wir müssen immer vom Schlechtesten ausgehen. Also – traust du dir das zu?"

„Was bleibt mir schon übrig?" grinste er Jakob an. Dhabu hatte Galgenhumor.

„Okay, dann gehe ich jetzt. Wenn ich bis morgen Mittag nicht zurück bin, geht ihr los. Heute Nacht müsst ihr hierbleiben. Seid vorsichtig!" wandte er sich wieder an Norbu. Er nickte beiden zu, dann drehte er sich um und stapfte den Fußspuren nach, die sich vor ihm abzeichneten. Bald verschluckte ihn die Nebelwand und Norbu und Dhabu sahen nichts mehr außer einer milchigen weißen Wand, die nach wie vor nicht viel Tageslicht hindurch ließ.

Die Spuren waren frisch. Und es waren viele. Das spärliche Gras um die Felsformation war niedergetreten. Ohne jeden Zweifel befanden sich hier mehr als nur zwei Menschen. Jakob war kein Spurenleser, aber selbst ihm war klar, dass Mike und Tashi hier überrascht worden waren. Vielleicht war es Zufall, vielleicht wurden sie auch beobachtet, ohne dass sie bisher etwas bemerkt hatten. Jakob war sich sicher, dass es nur Soldaten sein konnten. Vielleicht war es eine Patrouille gewesen. Egal, es spielte keine Rolle. Der Nebel hatte sich aufgelöst und er konnte den Pfad erkennen, der ins Tal hinunter führte. Er war breit und steinig. Abfließendes Wasser hatte Sand zwischen dem Geröll angehäuft, in dem er die Fußspuren erkennen konnten. Er fröstelte und spürte seinen Magen rebellieren. Angst und Ausweglosigkeit machten sich breit und ließen in ihm Zweifel und Sorge entstehen. Was sollte er nun tun? Sollte er ihnen folgen? Hinunter ins Tal? Und dann? Wenn sie wirklich gefangen genommen worden waren, wie konnte er sie befreien? Er war weder Soldat noch ein in diesen Dingen ausgebildeter Mann. Er hatte nicht einmal eine Schusswaffe. Und ob er sie denn auch gebrauchen konnte oder gebrauchen würde, war höchst fragwürdig.

Jakob lehnte sich an einen Felsen. Er musste ihnen folgen, das stand jedenfalls außer Frage. Er musste herausfinden, wo sie hingebracht werden würden und er musste versuchen, sie zu befreien. Jakob schüttelte innerlich den Kopf. Er war sein Leben lang in einem kaufmännischen Beruf verankert gewesen. Außer mal Streit mit Kollegen und Vorgesetzten waren sonstige Konfrontationen fremd für ihn. Bis jetzt. Bis zu dem Zeitpunkt im Kloster. Er war nicht mehr der Büroheini. Alles war jetzt anders, alles was scheinbar wichtig gewesen war, war nicht einmal ein Gedanke wert. Jetzt hatte er Kameraden, die auch ihr Leben verlieren konnten. Er musste sie befreien. Niemals konnte er sie ihrem Schicksal, wie auch immer das aussehen würde, überlassen.

Jakob stand auf. Ohne auch nur noch einen Gedanken an Ängste oder Zweifel zu verschwenden, trabte er den Weg abwärts. Er dachte nur noch daran, dass er es auf keinen Fall zulassen konnte, dass Mike und Tashi irgend etwas passieren könnte. Konzentriert behielt er den Weg im Auge, ignorierte aufkommendes Hunger- und Durstgefühl und achtete nur noch auf jede Biegung, jeden Felsen und jeden Hügel, hinter dem Gefahr lauern konnte. Er war konzentriert aufmerksam wie selten zuvor. Er vermied es, über die Menschen auf der Hochweide nachzudenken und sich auch darüber noch Sorgen machen zu müssen. Er vertraute Norbu und Dhabu. Sie würden es auch ohne ihn schaffen können. Der gedankliche Zwiespalt, die Verantwortung für diese Menschen und die tief verwurzelten Ängste lösten sich auf. Im Augenblick war wesentlich, dass er die beiden Freunde finden musste.

Mike gab sich keinen Illusionen mehr hin. Sie hatten sich überraschen lassen, waren vielleicht zu unaufmerksam gewesen. Andererseits konnte er sich auch nicht große Vorwürfe machen. Der Nebel hatte es unmöglich gemacht, mehr Vorsicht walten zu lassen, als er es gerne gehabt hätte. Und niemand konnte ahnen, dass sie im Bruchteil einer Sekunde im sprichwörtlichen Freien stehen würden. Die Patrouille war doch genauso überrascht wie sie. Auch die Soldaten hatten bestimmt niemand hier oben erwartet. Es war nur reiner Zufall gewesen, dass sie sich alle in diesem Moment trafen. Unglaublich, dachte sich Mike, wenn wir nur zehn Minuten später losgelaufen wären, dann hätte es diese Situation gar nicht gegeben. Er schüttelte ungläubig den Kopf. War das wirklich so etwas wie Schicksal? Wieso trafen solche Zeitpunkte in dieser Exaktheit aufeinander, die es eigentlich gar nicht geben durfte? Aber dann dachte er wieder an Jake, den Reisenden durch die Zeit. Auch das durfte es nicht geben. Oder vielleicht doch?

Sie saßen in einer kleinen, kalten Zelle. Nur ein winziges Fenster ließ ein bisschen Licht herein. Anscheinend war das der einzige absperrbare Raum des Wachpostens. Mike hatte auf die Fragen der Soldaten nicht antworten können. Er verstand sie nicht. Sie hatten ihm seine und Tashis Papiere abgenommen und zumindest feststellen können, dass er Amerikaner war. Was ihm nicht helfen würde. Als Ausländer war er zuerst einmal Verdachtsspion. Er musste ihnen beweisen, dass er keiner war. Und das war völlig unmöglich. Es war sowieso unmöglich, irgendwelche

Statements abzugeben. Die Soldaten verstanden ihn nicht. Und Tashi verstand ihn auch nicht. Er hatte keinerlei Möglichkeit, sich verständlich zu machen. Wahrscheinlich würde man sie beide vorsichtshalber erschießen. Sie befanden sich unberechtigterweise in Sperrgebiet. Und wer benutzte schon geheime unzugängliche Pfade durch das Gebirge? Nur Spione, Schmuggler und zwielichtige Personen, die etwas zu verbergen hatten. Es herrschte überall in Tibet Ausnahmesituation. Kriegszustand! Jeder war ein potenzieller Feind des chinesischen Regimes. Er sah Tashi an, der mit überkreuzten Beinen auf dem Gestell saß, das wohl ein Bett darstellen sollte. Seine Augen waren geschlossen und murmelnd formten seine Finger verschiedene Gebilde. Er betete mit Hilfe von Mudras.

Mike kannte die Methoden des chinesischen Militärs. Sie würden erst einige Stunden hier in dieser Zelle verbringen. Dann würden sie abwechselnd verhört werden. Erst der eine, dann der andere. Vielleicht würde man sie foltern. Es gab tausende Wege, jemanden zum Sprechen zu bringen. Es gab nur eine Unbekannte: er würde soviel sprechen können, wie er wollte, sie würden kein Wort verstehen können.

Ein Schlüssel wurde ins Schloss geschoben und umgedreht. Die Türe ging auf und ein Soldat winkte Mike heraus. Ein anderer stand mit angeschlagenem Gewehr daneben. Sie deuteten ihm an, die Hände über dem Kopf zu verschränken und der Soldat mit dem Gewehr stieß ihn vorwärts. Sie verließen die Baracke nicht, sondern betraten lediglich einen anderen Raum. Als sie hineintraten, salutierte der Soldat, meldete knapp und stand dann still wie eine Statue.

Mike konnte hinter dem Schreibtisch einen Offizier ausmachen, der nicht einmal den Kopf hob. Er hatte Mikes Ausweis in der Hand und studierte ihn. Dann sah er ihn an, legte den Pass beiseite und versuchte, sein Gegenüber einzuschätzen. Er hob die Hand.

„Bitte, setzen Sie sich," sagte er.

Sein Tonfall war weder aggressiv noch verachtend. Eine gewisse Höflichkeit und der Anflug von gehobenen Umgangsformen war heraus zu hören.

Mike war überrascht. Der Offizier sprach ein klares Englisch. Er setzte sich und überlegte gleichzeitig, was er nun sagen könnte.

„Sie müssen verzeihen, wenn Ihre Zelle ein bisschen primitiv wirkt, aber wir befinden uns hier sehr weit weg von irgendeiner zivilisierten Umgebung. Wir werden Ihnen später selbstverständlich Essen und etwas zu trinken bringen. Der Weg über die Berge ist bestimmt anstrengend."

Der Offizier verzog keine Miene und Mike konnte im Moment nicht erkennen, ob seine Rede ironisch oder zynisch gemeint war. Er beschloss, nicht um den heißen Brei herum zu reden. Wenn er sich schon verständigen konnte, dann gleich und direkt.

„Danke. Warum sind wir verhaftet worden?"

„Vielleicht sollten wir uns erst einmal vorstellen. Auch hier draußen brauchen wir Höflichkeit nicht zu ignorieren. - Ich bin Oberleutnant Li Fei. Ranghöchster Offizier dieses Außenpostens. Und Ihr Name bitte?"

„Mein Name ist Mike Stanton. Ich bin Amerikaner und nicht illegal in Ihrem Land. Wie Sie sicher aus den Papieren erkennen können."

Er zeigte auf die auf dem Schreibtisch liegenden Unterlagen.

„Ja, das konnte ich sehen. Leider berechtigen Sie die Papiere nur für Lhasa und die naheliegenden Gebiete bis 20km. Sie haben keinerlei Erlaubnis, sich in dieser Region aufzuhalten. Geschweige denn, abseits der offiziellen Verkehrswege andere Verbindungen zu benutzen.“

Li Fei sah ihn scharf an.

„Ich liebe die Berge und wollte unbedingt einmal den Himalaja sehen. So oft habe ich nicht Gelegenheit, diese einmalige Größe zu bewundern.“

Li Fei zog eine Schublade auf und legte die beiden Pistolen Mikes auf den Tisch.

„Und dafür brauchen Sie Waffen?“

„Ich möchte mich verteidigen können, wenn es nötig sein sollte.“

„Verteidigen? Gegen wen?“

„Bären. Wölfe. Ich denke, hier gibt es noch genug davon.“

Li Fei starrte ihn an. Noch wusste er nicht, ob und wie er auf diese Antworten reagieren sollte.

„Und warum brauchen Sie ein Nachtsichtgerät? Dazu noch eins aus Armeebeständen. Wo haben Sie das her?“

„Man hat mir in Lhasa eins angeboten. Auf der Straße. Da hab ich einfach zugegriffen. Ich dachte mir, bei einem Notfall im Gebirge kann das sehr nützlich sein. Ich wusste ja nicht, dass es nicht erlaubt ist, Nachtsichtgeräte zu besitzen.“

Der Offizier ging nicht auf die Erklärungen Mike´s ein. Noch nicht.

„Ihr Begleiter ist Tibeter.“

„Ja, das hoffe ich schon. Er fungiert als Führer, weil er sich wohl in den Bergen auskennt. Ich könnte doch niemals durch die Berge ohne Führer wandern."
„Sprechen Sie tibetisch oder chinesisch?"
„Nein."
„Und wie verständigen Sie sich dann? Ich kann mir nicht vorstellen, dass der Mann englisch spricht."
„Tut er auch nicht."
„Also?!"
„Man hat ihm gesagt, wohin er mich zu führen hat. Mehr war nicht nötig. Die Karten, die wir dabei haben, erübrigen Kommunikation. Man kann auch ohne Sprache miteinander klar kommen."
„Soso. Sie haben recht wenig Proviant dabei. In diesem abgelegenen Gebiet viel zu wenig. Ich frage mich, was Sie essen wollen. Und wie sind Sie von Lhasa eigentlich bis hierher gekommen?"
„Ein LKW hat uns mitgenommen."
„LKW? Wohin ist er gefahren?"
Mike zuckte die Schultern.
„Keine Ahnung. Ich habe mich da auf meinen Führer verlassen."
„Wissen Sie, wie er heißt?"
„Ich glaube, Tashi oder so."
„Wissen Sie, wie Sie wieder nach Lhasa zurückkommen wollen?"
Mike zuckte die Schultern.
„Ich weiß nicht. Ich dachte, vielleicht könnte uns wieder jemand mitnehmen."
„Sie sind von der Hauptstraße bis hierher gelaufen?"
„Ja. Das bin ich gewöhnt. Zu Hause laufe ich sehr viel. Und ich bin auch viel in den Bergen."

Li Fei schwieg. Nach wie vor fixierte er den Mann vor ihm. Aber Mike wusste sich zu beherrschen. Ruhig und unschuldig blickte er dem Chinesen ins Gesicht. Und verzog keine Miene. Ergebnis einer überaus harten Ausbildung.

„Ich glaube Ihnen nicht, was Sie mir sagen." sagte der Offizier plötzlich. Für einen Moment war Mike völlig überrascht über diese spontane offene Reaktion.

„Warum denn nicht? Was sollte ich denn sonst hier wollen? Sie glauben doch nicht, dass ich die nationale Sicherheit bedrohe?"

„Das weiß ich noch nicht. Aber ich denke, Sie wollen alles Mögliche, nur nicht durch die Berge aus reinem Spaß laufen. Ich vermute eher, Sie sind ein Spion und wollen nun über die Berge nach Nepal."

Mike verzog das Gesicht zu einer nicht gestellten Frage.

„Gibt's da nicht einfachere Verbindungen?"

„Vielleicht werden Sie schon gesucht und wir wissen nur noch nichts davon?"

„Das ist doch Unsinn. Wieso sollte ich in Ihr Land kommen und irgendwas spionieren? Wobei ich nicht wüsste, was in Lhasa so wichtig wäre."

Li Fei fixierte ihn noch einen Augenblick, dann senkte er den Blick und beschäftigte sich mit einem Stapel Papiere, die vor ihm auf dem Schreibtisch lagen.

„Sehen Sie, Mister Stanton. Ich habe hier eine Mitteilung von unserem Hauptquartier in Lhasa, dass ein amerikanischer Spion des CIA Verbindung zu den Rebellen aufgenommen hat. Und wir glauben, dass die USA eben den Rebellen Waffen liefern möchte, um die Region zu destabilisieren. Leider ist diese Person unseren Agenten entkommen. Und ich neige dazu, dass Sie diese Person sind."

„Wie bitte? Dafür haben Sie doch keinerlei Beweise. Das sind doch reine Spekulationen. Ich habe einen ganz offiziellen Antrag zur Einreise gestellt, der von Ihren Behörden genehmigt worden ist, so wie Sie sehen. Es geht einzig und allein um kulturelle Besichtigungen und deren Geschichte. Gut - dass ich die vorgeschriebene Route verlassen habe, gebe ich ja zu. Aber wie ich schon sagte, mein Interesse und Motivation für die Bergwelt ist eben schon sehr hoch. Und oft habe ich nicht Gelegenheit, in den Himalaja zu kommen. Oder meinen Sie, Spione geben erst ihre gesamte Persönlichkeit preis, um wirklich Sabotage oder Spionage betreiben zu können? Das klingt sehr unlogisch."

Li Fei beugte sich weit vor. Seine Augen wurden noch schmaler.

„Ich finde, das, was Sie hier als Erklärung abgeben, unlogisch. Ich werde das Gefühl nicht los, dass Sie nicht das sind, was Sie vorgeben, zu sein. Glauben Sie mir, wir haben Möglichkeiten der Wahrheitsfindung, die Sie sich nicht vorstellen können. Es widerstrebt mir, diese Mittel anzuwenden, aber wenn Sie mir keine Wahl lassen..."

Er lehnte sich achselzuckend zurück und wackelte bedeutsam mit dem Kopf.

„Wollen Sie mir jetzt drohen? Ich bin amerikanischer Staatsbürger, Sie dürfen nicht..."

Li Fei sprang abrupt auf. Von einer Sekunde zur anderen veränderte sich seine Persönlichkeit. Dröhnend schrie er Mike an.

„Was ich darf oder nicht darf, entscheide ich, Mister Stanton. Und Sie können mir glauben, dass Ihre Staatsbürgerschaft für mich hier an diesem Ort keinerlei Rolle spielt. Sie befinden sich auf chinesischem Staatsgebiet und haben sich unseren Gesetzen zu fügen. Wir befinden uns in einer schwierigen Situation in der Region Tibet. Die Rebellen haben die Bevölkerung zum Aufstand provoziert. Diese feindlichen Subjekte müssen eliminiert werden, denn sie untergraben Recht und Ordnung. Und wenn sich herausstellen sollte, dass ausländische Kräfte und Spione ihre Hände im Spiel haben, dann, Mister Stanton, werden Sie die unabänderliche Konsequenz der Volksrepublik China hinnehmen müssen.“

Mike hatte sich das Gebrüll kommentarlos angehört. Die Drohung war unmissverständlich. Sie würden irgendein Geständnis aus ihm herauspressen. Und aus Tashi!

Der Oberleutnant hatte sich wieder gesetzt. Ausdruckslos beobachtete er die Reaktion Mikes auf seinen Wutausbruch. Ein Wutausbruch, den er nur brillant gespielt hatte, um den Amerikaner aus der Reserve locken zu können. Auch wenn er ihm misstraute, ihm die ganze an den Haaren herbeigezogene Geschichte eines Bergtouristen nicht abkaufte, hasste er die Maßnahmen, Menschen zum Reden bringen zu müssen. Er kam aus einer zivilisierten, elitären Familie Chengdus, dieser Riesenstadt inmitten des chinesischen Reiches. Viele Methoden des Militärs verabscheute er als wahre Barbarei. Trotzdem musste er sich unterordnen, konnte keinesfalls seine Meinung sagen und er konnte keinesfalls Befehle verweigern. Gleichzeitig wurde er natürlich mit den indoktrinierten sozialistischen Gedanken faktisch geimpft. Auch er konnte sich nicht dagegen wehren, zu glauben, dass alle in China gleich sein sollten und ein jeder das gleichgroße Einkommen und damit Auskommen haben sollte. So musste es sein. Teil der Gemeinschaft. So kann neidlos ein Leben für die Partei gelebt werden und die krankhaften Methoden des

Kapitalismus und einer lächerlichen Religion mussten ausgerottet werden. Damit die Partei und somit das Volk in der Gemeinschaft gut leben konnte. Noch ahnte er nicht ansatzweise, dass damit auch der riesige Bereich der Kultur ausgerottet werden sollte und China in einer der größten Hungerkatastrophen seiner Geschichte den Preis für Maos Wahn zahlen würde. Li Fei war ein Kind seiner Zeit geworden. Er war mit Stolz Soldat und würde auch mit Stolz die „Feinde" Chinas ausmerzen. Auf Gefühle würde niemand Rücksicht nehmen dürfen, auch wenn sie noch so ernsthaft Einspruch erhoben.

Mike sah ihn ausdruckslos an. Und diese kontrollierte Ausdruckslosigkeit in der Mimik des Amerikaners war für den Offizier die Bestätigung, dass er diese Art des Verhörs entweder kannte oder darauf gedrillt wurde, sich nicht in die Enge treiben zu lassen. Für den Oberleutnant war Mike Stanton alles andere als ein Tourist.

„Ich gebe Ihnen eine Stunde Zeit, Ihre Geschichte zu überdenken. Glauben Sie bitte nicht, nur weil wir hier ein weit entfernter Außenposten sind, dass wir nicht in der Lage sind, Situationen einzuschätzen und zu beurteilen. Überdenken Sie Ihre Lage. Ich kann Ihnen versichern, dass Sie mit der Wahrheit weitaus besser fahren."

„Ich kann Ihnen bestimmt nicht mehr sagen, als schon gesagt wurde. Sie täuschen sich, wenn Sie glauben, einen Spion vor sich zu haben. Ich möchte mich wirklich nicht in politische Dinge einmischen, dazu fehlt mir die Kenntnis und auch das Interesse. Warum sollte ich so ein Risiko eingehen? Ich..."

Li Fei unterbrach ihn barsch.

„Sparen Sie sich die Worte, Mister Stanton. Wenn Sie nicht vernünftig werden, zwingen Sie mich zu anderen Maßnahmen…"

Er wedelte kurz mit der Hand und der Wachsoldat packte Mike am Oberarm. Dann zog er ihn mit zur Türe. Er wurde wieder in seine Zelle gebracht. Tashi war nicht da. Und Mike befürchtete das Schlimmste.

*

Jakob lehnte sich erschöpft an einen Felsen. Er hatte den Talgrund fast erreicht. Vorsichtig spitzelte er in das Tal hinunter. Er konnte Fahrzeuge vor den Baracken sehen. Rauch stieg aus den metallenen Rohren auf. Vor und hinter den Gebäuden versperrten Schranken die Straße, die sich im Nirgendwo der Berge verlor. Das letzte Licht der Sonne beleuchtete die Bergspitzen. Es würde nicht mehr lange dauern, dann kam die Nacht. Und mit der Nacht die Entscheidung, was zu tun war. Mit der Nacht kam auch die Kälte. Jakob musste schnell handeln. Doch zuerst musste es dunkel werden. Im Schutz der Nacht konnte er sich an den Posten heranschleichen und herausfinden, wo die beiden Kameraden untergebracht waren. Er setzte sich auf den Boden und versuchte, die Ruhe zu finden. Seine Gedanken näherten sich wieder den Menschen oben auf der Hochweide. Sie würden es nicht schaffen ohne Tashi und Mike. Die Kinder! Sie waren noch so klein, so jung, so unschuldig. Ihr Leben lag noch vor ihnen. Nur außerhalb von Tibet hatten sie vielleicht die Chance, sich selbst aus dieser momentanen Hilflosigkeit, der Resignation und der Hoffnungslosigkeit ihrer Heimat zu befreien und ein freies

Leben führen zu können. Aber dazu mussten sie den Pass erreichen. Den Pass in die Freiheit. Lebend.

Mit Gewalt schob er die Gedanken beiseite. Er durfte jetzt nicht an so etwas denken. Die ganze Konzentration musste sich diesem Posten widmen – und einer möglichen Befreiung. Jakob stand auf und sah auf die Bergspitzen, die jetzt dieselbe graue Farbe angenommen hatten wie die Felsformationen, die tiefer lagen. Die Sonne war verschwunden und rasend schnell legte sich Dämmerung über die Landschaft. Wie eine flauschige Decke überzog die Dunkelheit schleichend und unbemerkt das Tal und öffnete somit das Tor für die entscheidende Handlung.

Sobald das Licht nicht mehr ausreichte, ihn auf freiem Feld sehen zu können, schlich sich Jakob vorsichtig in Richtung der langen Baracke. Der gesamte Posten war weder umzäunt noch konnte Jakob irgendwelche Sicherheitseinrichtungen ausmachen. Es war mehr eine besser ausgerüstete Straßenkontrolle als ein fester Wach- und Beobachtungsposten. Die „Scotch" lag längst in seiner Hand, geschaltet auf wenig Energie. Er wollte niemanden töten und er wollte nichts beschädigen, was gefährlich für sie alle hätte sein können. Wie er vorgehen sollte, wusste er nicht. Alles war jetzt abhängig von der augenblicklichen Situation. Ohne zu wissen, wo sich Mike und Tashi befanden, konnte er sowieso noch nichts unternehmen. Den Gedanken, dass sie möglicherweise nicht mehr leben könnten, ließ er gar nicht erst aufkommen. Er hatte die hintere Wand erreicht und konnte aus dem kleinen Fenster über ihm Stimmen hören. Aber er verstand nichts. Nicht einmal die Sprache konnte er einordnen. Es war nur ein murmelndes monotones Geräusch. Er musste höher stehen. Das Fenster war einen Spalt weit geöffnet und wenn er das Ohr nahe daran halten konnte, verstand er vielleicht doch etwas.

Vorsichtig schlich er um das Gebäude herum. Linke Seite. Rechte Seite. Neben einem der Fahrzeuge lagen Kisten herum. Einige waren geöffnet. Sie würden von der Größe reichen. Kurz schloss er die Augen, um sich ganz und gar auf Geräusche oder Schritte zu konzentrieren. Nichts war außerhalb der Baracken zu hören. Anscheinend hatte niemand draußen Wache zu stehen. Skeptisch und zweifelnd suchte er die nähere Umgebung ab. Er konnte nicht glauben, dass die Soldaten keine Wache an der Straße abgestellt hatten. Auch wenn dieses Tal noch so einsam gelegen war, sie hatten einen Straßenposten errichten lassen, also Grund genug, anzunehmen, dass dieser Weg doch frequentiert wurde. Das Nachtsichtgerät wünschte er sich in diesem Moment. Aber das hatte Mike in seinem Rucksack. Wenn die Chinesen es fanden, würden sie erst recht misstrauisch werden und Fragen stellen. Wer rannte schon mit einem Nachtsichtgerät, noch dazu aus Armeebeständen, durch die einsame Gegend? Noch einmal konzentrierte er seine Augen auf die nur noch schemenhaft zeigende Umgebung. Es war mittlerweile stockdunkel geworden. Nur noch die Berge zeichneten sich gegen den beginnenden Nachthimmel ab. Ein ratternder Generator versorgte eine müde scheinende Laterne vor dem Hauptgebäude mit Strom. Sonst war keine Lichtquelle auszumachen. Zumindest nicht im Freien. Gebückt huschte Jakob zu den Kisten, schnappte sich eine und schlich so leise wie nur möglich zurück hinter das Gebäude. Sanft stellte er das Kistchen auf, hoffte, dass sie sein Gewicht hielt und nicht mit lautem Getöse zusammenbrach. Vorsichtig stieg er hinauf, aber sie hielt stand, ohne instabil zu wirken.

Das Ohr legte er an die Fensterkante. Niemand konnte ihn von innen sehen, ohne das Fenster aufmachen zu müssen. Und auch das war eher unwahrscheinlich, da es viel zu hoch lag. Auch von drinnen musste man auf eine Leiter steigen, um überhaupt hinaus sehen zu können. Er konzentrierte sich auf die Stimmen, die nach draußen drangen. Chinesisch. Anscheinend unterhielten sich zwei Soldaten miteinander.

„In zehn Minuten bringt ihr den Amerikaner in den Waschraum. Er muss reden."

„Er wird reden, Oberleutnant."

„Wenn wir Lhasa einen Erfolg melden können, wären die Chancen gut, wieder zurück zu kommen."

„Der Scheiß-Amerikaner wird reden, wie er noch nie geredet hat. Dieses imperialistische Pack - können doch keine Schmerzen aushalten! Es wird nicht lange dauern."

„Sorgen Sie nur dafür, dass er den Mund aufmacht und wir die Namen der Mittelsmänner bekommen. Dann kann der ganze Untergrund mit einem Schlag vernichtet werden. - Vielleicht...vielleicht können wir gar nach Peking kommen. Dieses rückständige Tibet! Ich hasse es! Was soll ich hier tun, können Sie mir das sagen?!"

Er war wohl aufgestanden und lief in dem Raum auf und ab.

„Es hieß, wir müssen es wieder zum Mutterland zurückholen."

„Blödsinn. Wir hätten Tibet schon viel früher den Zahn ziehen müssen. Die mit ihrer Scheißreligion und dem ganzen Klostermist. Haben Sie gesehen, wie viele Mönche und Nonnen da rumlaufen? Die arbeiten nichts, die beten nur. Und die anderen müssen darum noch mehr arbeiten, um dieses Pack zu versorgen."

„Es herrscht nicht viel Bildung im Land und von Hygiene halten die wohl gar nichts. Sehen oft aus wie aus der Gosse. Möcht man nicht anfassen, igitt…“
Der Offizier setzte sich wieder auf seinen Stuhl.
„Was ist mit dem Tibeter? Habt ihr was rauskriegen können?“
„Nein. Er hat uns zwar ganz viel erzählt, aber ich glaube, der versteht kein Wort, was wir von ihm wollen. Selbst als wir ihn windelweich geprügelt haben, hat er bloß dieses Kauderwelsch daher gelabert. Ich weiß nicht mal, ob das tibetisch ist oder irgendein Scheißdialekt.“
Der Offizier hämmerte auf den Tisch.
„Tja, das deckt sich eigentlich mit dem, was der Amerikaner gesagt hat. Er konnte sich mit dem Tibeter auch nicht verständigen. - Also bleibt nur er. Überredet ihn! Weggetreten!“
Jakob hörte, wie die Hacken zusammen geschlagen wurden. Dann sich entfernende Schritte. Sich öffnende und zufallende Türen.
Er trat wieder von der Kiste herunter. Die Zeit wurde knapp. Er musste jetzt etwas unternehmen. Sie wollten Mike verhören und foltern. Tashi war schon misshandelt worden. Der Waschraum! Wo war der Waschraum??!

*

Die Türe wurde geöffnet und sie schmissen Tashi förmlich in die Zelle hinein. Schwer stürzte er auf den Boden. Sein Gesicht war blutüberströmt und er hustete schmerzhaft. Mike war aufgesprungen und half dem kleinen Mann auf die Pritsche. Sie hatten ihm das Gesicht zerschlagen. Mike konnte nicht erkennen, wie groß die Verletzungen waren, aber das viele Blut sprach offensichtliche Bände. Er holte ein Tuch aus seiner Hosentasche und versuchte so sanft wie möglich, das Blut aus seinem Gesicht zu wischen. Die Augen waren fast zugeschwollen und die Nase verschoben. Die Lippen waren aufgeplatzt. Ob er ein paar Zähne verloren hatte, konnte Mike nicht feststellen. Er wusste auch nicht, wie viele Zähne vorher in seinem Mund waren. Stöhnend versuchte Tashi, ein Auge zu öffnen. Das andere war schon geschlossen. Wenn sie ihn nicht mehr schlugen, würde er es vielleicht am nächsten Tag wieder öffnen können. Vorausgesetzt sie würden diesen Tag erleben. Mike's Hoffnung schwand so schnell wie ein Schneeball in der Wüste schmolz. Sie würden hier nicht mehr herauskommen. Er setzte sich neben Tashi und hielt seine Hand. Mit der anderen tastete er den Körper des Tibeters ab, aber anscheinend hatten sie ihm sonst nichts angetan. Er konnte keine Verletzungen feststellen. Er sah ihm in das eine Auge, das ihn anblickte und lächelte schwach. Tashis linke Hand hob sich und mit einer großen Anstrengung machte er eine Faust, in der der Daumen nach oben zeigte. Mike lachte laut auf. Tashi hatte wirklich einen unglaublichen Humor. Die Zellentür wurde geöffnet. Zwei Soldaten kamen herein und nahmen ihn mit.

Okay, auf zur letzten Schlacht, dachte sich Mike und überlegte gleichzeitig, wie er die beiden Soldaten am effektivsten außer Gefecht setzen konnte. Aber bevor er weiterdenken konnte, waren aus den Zweien bereits vier geworden. Mike hatte keine Chance. Seine Hände waren auf den Rücken gefesselt worden. Er war vollkommen hilflos.

Sie führten ihn über den Hof in ein kleines Häuschen. Das Waschhaus. An der Türe wartete bereits Oberleutnant Li Fei.

„Haben Sie nachgedacht, Mister Stanton?"

Seine Stimme klang ruhig und klar.

„Was soll das? Wollen Sie mich nun zusammenschlagen wie den Tibeter? Wenn das alles ist, was Ihre Armee zustande bringt, dann wird's wohl mit der sozialistischen Weltherrschaft nichts werden."

Trotz der Dunkelheit konnte Mike fühlen, wie Li Fei rot vor Wut anlief. Er hatte den empfindlichen Nerv des Nationalstolzes getroffen.

„Bringt ihn rein!" kommandierte er seine Soldaten.

Sie zerrten ihn in den Waschraum und banden ihn an ein obenliegendes Rohr. Mike konnte in einer Ecke einen Ofen sehen, der angenehme Wärme verbreitete. Aus der Brennkammer ragte der Griff eines Messers. Die Spitze steckte in dem brennenden Holz. Oder Kohle. Das war nicht zu erkennen. So oder so war das Messer glühend heiß.

Li Fei stand vor ihm und sah ihn an.

„Ich überlasse Sie jetzt meinen Männern. Die haben darin mehr Erfahrung. Ich werde draußen eine oder zwei Zigaretten rauchen. Wenn Sie mit mir reden wollen, dann schreien Sie nur. Schreien ist keine Schande. - Im Übrigen möchte ich Ihnen noch mitteilen, dass man Ihnen vielleicht ein paar Finger lassen wird. Vielleicht zwei, damit Sie mit denen noch das übrig gebliebene Auge bedecken können. Wobei ich auch das bezweifle, weil Sie mit einem gebrochenen Ellbogen den Arm ja auch nicht bewegen können."

Damit drehte er sich um und wollte den Raum verlassen. Doch an der Türe stoppte er. Er sprach auf den Hof hinaus.

„Haben Sie mir noch etwas zu sagen, Mister Stanton?"

„Leck´ mich am Arsch, Chinesenzipfel...!?"

Li Fei drehte sich nicht um. Er schüttelte nur den Kopf und trat dann nach draußen.

Mike verspürte wenig bis gar keine Angst. Man hatte ihm beigebracht, solche Gefühle zu vernichten. Er wusste nicht, was er aushalten konnte, bevor sein Widerstand vollends gebrochen war. Er wusste nicht, zu was diese Männer fähig waren. Er wusste nicht, was ihnen alles einfallen würde, nur um ein paar Ahnungen nachgehen zu können. Aber er wusste, was es hieß, Schmerzen zu empfinden. Seine Erinnerungen kehrten zurück. Zurück nach Korea, als er fast in einer gleichsam ähnlichen Situation gewesen war. Er war Soldat in einem Infanterieregiment gewesen, als sich die chinesische Armee mit den Nordkoreanern verbündeten und eine Offensive veranstalteten. Er wurde gefangen genommen und verhört. Drei Tage lang. Sie hatten ihm ein Messer in die Niere gejagt. Gleichzeitig die Schulter gebrochen. Er konnte sich noch genau an die höllischen Schmerzen erinnern, die den Wunsch aufkommen ließen, zu sterben. Vorher und nachher hatte er niemals wieder diese Schmerzen ertragen müssen. Aber er hatte überlebt, mehr tot als lebendig. Dafür war er ausgebildet worden. Nach seiner Befreiung wurde er nach Hause geschickt. Sechs Monate brauchte seine Heilung. Das Kriegstrauma blieb, aber sein Wille und seine Zähigkeit waren ausschlaggebend, dass er sich beim Geheimdienst bewarb. Ein ganzes Jahr wurde er trainiert. Trainiert, zu überleben, trainiert, Schmerzen auszuhalten, trainiert, um zu töten, trainiert, zu sterben. Sie wurden mit einem Fallschirm abgeworfen und mussten sich sechs Wochen durch die kanadische Wildnis kämpfen. Tagelang stapften sie durch

Morast, Kälte, Nässe, Hitze, Moskitos. Als er wieder zu Hause war, hatte er 9 Kilo abgenommen. Und sein Wille wurde noch größer. Zwei Jahre später wurden sie durch den kongolesischen Dschungel gehetzt. Sie hatten Geiseln aus den Fängen der Rebellen befreit. Der Dschungel war heiß und feucht. Fremde Tiere und Gefahren mischten sich mit der Flucht vor den Rebellen. Mike konnte sich erinnern, dass er nicht einmal während der Kämpfe mit einer unsichtbaren Übermacht Angst gehabt hatte. Vier Wochen schlugen sie sich durch die grüne Hölle, dann hatten sie Kinshasa erreicht. Von fünfzehn Mann kamen nur noch sechs zurück. Über die Rebellenverluste wurde im Nachhinein nur spekuliert. Geheime Kreise sprachen damals von über fünfzig. Aber niemals wurde darüber laut gesprochen – und schon gar nicht bestätigt. Er wusste genau, was Schmerzen waren...

Der Mann vor ihm starrte ihn an. Er verzog keine Miene, nur eine leichte aggressive Wut war auszumachen. Mike sah ihm in die Augen. Er versuchte, sich zu konzentrieren, sich auf einen Punkt in seinem Geist zu konzentrieren, so wie er es stunden- und tagelang geübt hatte. Über Jahre hinweg.
Der Mann drehte den Kopf und sagte etwas zu dem anderen Soldaten, der am Ofen stand. Mit einem Ruck zog er das Messer mit der glühenden Spitze heraus und wollte gerade einen Schritt vorsetzen, als die Türe aufflog und ein Mann darin stand. Erschrocken hielten die Soldaten inne, starrten auf die Türe, sahen nur einen Schatten – und erstarrten zu Eis, als der Raum sich zu verändern begann. Gummiartig zog er sich zusammen, die Wände verbogen sich, die Decke drückte nach unten und der Schatten teilte

sich in zwei Hälften. Die letzten Gedanken, die sie hatten, war die unermessliche Furcht vor einem nicht irdischen Wesen, das nun gekommen war, um sie vom Leben zum Tode zu befördern. Bevor auch nur einer der drei Soldaten irgendetwas tun konnte, wurden die beiden an der Wand stehenden durch eine unsichtbare Gewalt hoch gehoben und gegen die Wand geschleudert. Ohne auch nur einen Laut von sich zu geben, sanken sie in sich zusammen und rührten sich nicht mehr. Kein Laut war zu hören, kein Geräusch, kein Schuss, kein Nichts...lautlos wie der Tod.

Der Soldat, der vor Mike stand, begriff die Gegebenheit nicht, hatte weder eine Erklärung noch war er imstande, sich auch nur ansatzweise zu bewegen. Er spürte nur diesen Orkan der Angst, der blitzschnell seinen Geist vereinnahmte. Der Schlag an seinen Kopf kam für ihn überraschend, schnell, ohne Rücksicht. Ohne Gegenwehr. Wie vom Blitz getroffen, sackte er in sich zusammen. Mit überkreuzten Beinen fiel sein Oberkörper auf die Oberschenkel, ohne dass er umfallen konnte. Grotesk saß er da. Wie zur Meditation. Das Blut lief ihm über die Stirn und tropfte auf die Stiefel.

Mike starrte den Mann vor ihm wie einen Geist an. Alles hätte er jetzt erwartet, aber nicht, Jakob hier zu sehen. Die Überraschung war perfekt.

„Jake...verdammt...wie kommst du denn jetzt hierher?...Oh, Mann...“

Mehr brachte er nicht heraus. Jakob zog sein Messer aus dem Gürtel und schnitt die Lederriemen durch. Die kurze Eisenstange hatte er in seinen Gürtel gesteckt.

„Gerade noch rechtzeitig, denke ich. Wir haben nicht viel Zeit. Wo ist Tashi?“

Jakob hatte eine Hand auf Mikes Schulter gelegt und sah ihn fest an.

„Drüben. In der Zelle."

Er war immer noch sprachlos wegen Jakob.

„Dann los. - Alles klar? Bist du verletzt?" fragte ihn Jakob, der nicht sicher war, ob wirklich alles in Ordnung war. Dann wachte Mike aus seiner Starre auf.

„Nein...ja...äh... mir geht's gut. Tashi ist verletzt. Sie haben ihn zusammengeschlagen. Ich weiß nicht, ob er laufen kann."

„Er muss...komm!"

Jakob zog ihn aus dem Waschhaus. An der Türe lag Li Fei. Er hatte eine offene Wunde quer über der Stirn. Seine Augen waren geschlossen. Er war bewusstlos. Mike hob den Kopf und starrte Jakob mit zusammen gekniffenen Augen an.

„Verdammt, Jake. Du wirst mir mehr und mehr unheimlich...Büroheini...!"

Jakob grinste ihn an und legte den Kopf schief. Und Mike grinste zurück.

„Bin ich doch nicht mehr. Und auch nicht mehr wichtig." sagte Jakob.

„Danke, mein Freund. Das vergesse ich dir nicht..."

„Lass´ die Laberei. Wir müssen sehen, dass wir wegkommen. Ich weiß nicht, wie lange die da drin schlafen. Und wir müssen verdammt leise sein, damit der Rest nicht aufwacht."

Sanft wie eine Katze schlichen sie über die Straße. Niemand hatte etwas bemerkt und niemand hatte etwas gehört. Alles war absolut lautlos abgelaufen und Jakob dankte im Stillen dem genialen Erfinder Markus für die Entwicklung der „Scotch".

Als sie die Zellentür aufschlossen, sahen sie erstaunt einen Tashi auf der Bettkante sitzen und sie mit dem einen noch sehenswerten Auge anstarren.

„Scheek...das gibt's doch nicht...du???!!" fragte er, sichtlich überrascht und bewegt.

„Doch, gibt's. Kannst du laufen?"

Tashi atmete laut aus und versuchte ein Grinsen. Das dann doch aussah wie die Fratze eines Zombies.

„Jetzt schon. Nur weg hier!"

Schon stand er stöhnend auf. Aber er stand und er würde auch laufen. Bergauf, bergab, auf jeden Gipfel, wenn es sein müsste. Nur weg von hier.

Mike hatte sich ein Gewehr und seine beiden Pistolen geschnappt. Munition und ein paar Handgranaten packte er in einen Rucksack, dann öffneten sie vorsichtig die Türe. Mike hatte das Nachtsichtgerät aufgesetzt und beobachtete die Umgebung. Dann huschten sie hinaus und verschwanden in der Nacht. Der Himmel hatte sich bewölkt und ließ nur ab und an das Licht der Sterne hindurch. Der Mond versteckte sich vorsichtshalber hinter Wolken, um den drei Männern die Flucht zu ermöglichen. Der Pfad auf das Hochplateau war anstrengend. Sie zwangen sich, langsam zu gehen, sich nicht zu verausgaben und die Kräfte dementsprechend einzuteilen. Laufend achtete Jakob auf den kleinen Tibeter. Er sah ihm die heftigen Schmerzen an, aber Tashi verlor kein Wort darüber. Nur ab und zu vernahm er ein leises Stöhnen.

Nach vier Stunden hatten sie über tausend Höhenmeter hinter sich gebracht. Schwer atmend lehnten sie an einem Felsen und mussten eine Pause machen. Jakob sah auf die Uhr. Es war schon nach eins. Ob die Soldaten schon Alarm geschlagen hatten? Niemand wusste, wie lange die

Bewusstlosigkeit durch die „Scotch" anhalten würde und niemand konnte sagen, wie schnell die niedergeschlagenen Männer wieder zu sich kommen konnten. Auch der Blick hinunter ins Tal war wenig aufschlussreich. Sie konnten nichts erkennen außer dem diffusen Schein der einzigen Laterne vor dem Hauptgebäude.

„Wie geht's, Tashi?!" fragte Jakob besorgt.

„Geht schon," keuchte der kleine Mann. „Keine Sorge," setzte er hinzu.

„Wirklich?"

„Na klar. Mir bleibt auch nichts anderes übrig. - Aber es geht schon, keine Angst."

Jakob senkte den Kopf und dachte nach. Sie mussten so schnell wie nur möglich mit der Flüchtlingsgruppe von dem Plateau herunter und in den Bergen verschwinden. Er war sich sicher, dass die Soldaten sie verfolgen würden. Keinesfalls blieben sie in ihren Baracken sitzen und ließen alles auf sich beruhen.

„Sie werden uns verfolgen, Jake," sagte Mike, als wenn er die Gedanken Jakobs lesen konnte. Jakob nickte schwer.

„Ich weiß. Wir müssen schnell verschwinden. Vielleicht ist es ihnen zu anstrengend, wenn sie uns in die Berge folgen müssen. Und nach wie vor wissen sie nichts von den Menschen hier. Außer ihr habt etwas davon erwähnt."

Er hob den Kopf und sah Mike an. Daran hatte er bis jetzt noch gar nicht gedacht, dass die Chinesen vielleicht schon wussten, dass ein Trupp Flüchtlinge mit ihnen unterwegs war.

„Von mir bestimmt nicht. Frag mal Tashi."

Jakob wandte sich wieder an ihren Führer.

„Hast du die anderen erwähnt, Tashi? Wissen die etwas davon?"

Doch Tashi schüttelte nur den Kopf.

„Nein. Darauf sind sie gar nicht gekommen, dass wir Flüchtlinge über die Berge führen. Sie faselten immer etwas von Spionen und Aufstand. Und Waffen. Außerdem hab ich geredet wie ein Wasserfall, aber sie haben mich nicht verstanden."

„Aber du hast sie doch verstanden, oder?"

Tashi versuchte ein schiefes Grinsen.

„Schon. Aber mein Blablabla hat sie völlig irre gemacht. Und irgendwann wurde es ihnen zu blöd, weil sie wohl gemerkt haben, dass ich sie eh nicht versteh."

„Gut gemacht!"

„Los. Wir müssen weiter. In fünf Stunden wird es hell, da müssen wir unbedingt in den Bergen sein."

Sie setzten sich wieder in Bewegung. Es war nicht mehr weit bis zu den runden Felsen. Der Mond hatte sich wieder gezeigt und erhellte in gespenstischer Weise das Plateau und die Wiese. Hastig stapften sie durch das nasse Gras, bis sie wieder die andere Seite erreicht hatten.

*

„Norbu! Seid ihr alle da??" fragte Jakob leise in die Runde. Er konnte die Menschen atmen hören. Viele schliefen, aber etliche waren wach und passten auf.

„Scheek?? - Gut, dass ihr wieder da seid. Wir haben uns sehr große Sorgen gemacht."

Norbu stand vor Jakob, der die riesige Erleichterung spürte, die dem Mönch die Anspannung nahm.

„Was ist passiert? - Tashi, um Himmels Willen, bist du schwer verletzt?"

Erschrocken wandte sich Norbu dem Tibeter zu, dessen Gesicht aussah, als ob eine Yakherde darüber gelaufen war.

„Alles okay, sieht schlimmer aus, als es ist. Wir müssen sofort los, Norbu. Weck die anderen. Wir haben keine Zeit." Jakob erzählte dem Mönch in kurzen Worten, was passiert war, wo sie waren und wie sie wieder entkommen konnten. Atemlos hörte er zu, nickte ab und zu oder schüttelte verwundert den Kopf. Dann begann er, die schlafenden Menschen zu wecken. So leise wie nur möglich packten sie ihre Sachen zusammen, während Mike permanent in die Dunkelheit starrte. Er befürchtete, dass die Soldaten schneller hier oben waren, als sie sich entfernen konnten. Er sah sich immer wieder um. Es dauerte ihm zu lange, aber mit den Kindern konnten sie nicht schneller sein. Jakob kniete vor der kleinen Dölma und knöpfte ihren Mantel zu. Dann setzte er ihre Mütze auf und sah ihr lächelnd in die Augen.

„So, jetzt gehen wir wieder auf Wanderschaft. Wenn das Wetter hält, wird es wunderschön werden. Wie geht's dir? Bist du bereit?"

„Ja. Gehst du wieder mit uns, Scheek?"

„Natürlich. Du und Tsering gehen wieder vor mir und ich pass' auf, dass euch nichts passiert – oder dass euch der Yeti angreift."

Dölma machte große Augen.

„Du meinst, der Migö wird uns was tun?"

„Der Migö?"

Dölma nickte erschauernd. Jakob rief Norbu zu sich.

„Norbu, was ist ein Migö?"

„Migö? Das ist der Berggeist. Du kennst den Migö unter dem Namen Yeti, der Schneemensch. Migö heißt `Wilder Mann`. Eigentlich ein Fabelwesen, aber die Sherpa, die

Tibeter und die Lepcha glauben sehr wohl an ihn. Er herrscht über die Berge. Und man sollte ihn keinesfalls stören.“

„Aha!“

Er wandte sich wieder an das kleine Mädchen.

„Wenn er kommt, laden wir ihn zum Essen ein, okay?“

Dölma fing zu grinsen an und nickte eifrig.

Die Gruppe war abmarschbereit. Mike und Jakob gingen voraus, um auf der anderen Seite der Alm die Umgebung im Auge behalten zu können. Es begann langsam zu dämmern. Der Nachthimmel verzog sich und ein graues, helles Band kündigte sich weit im Osten an. Noch beherrschten die Sterne das Firmament, aber es würde nicht lange dauern, dann war es hell. Aber da mussten sie schon aus dem Präsentierteller des Plateaus heraus sein.

Mike behielt angestrengt das kugelrunde Felsgewirr im Auge, durch das ein jeder treten musste, der aus dem Tal heraufkam. Er hatte schon wieder dieses nervöse, ungute Gefühl in sich. Sicher war, dass Li Fei die Flucht nicht auf sich beruhen lassen konnte. Er hielt den Oberleutnant für stolz. Zu stolz, als dass er diese Demütigung vor seinen Leuten abtun konnte. Er war sicher, dass er alles tun würde, um ihn und Tashi – und das bedeutete, auch den Rest der Gruppe – dingfest zu machen. Sicher war auch, dass sie sich nicht ergeben konnten – und es auch nicht tun würden. Denn das wäre das komplette Aus dieser Menschen, nicht nur von Mike und Tashi. Es würde unweigerlich zu einem Kampf kommen. Aber er war vorbereitet. Das Gewehr lag bereits in seiner Hand. Es war geladen und entsichert. Er hatte eine AK-47 in Händen. Eine Kalaschnikow. Ein Russengewehr, dachte er sich. Immer noch nicht waren die Chinesen fähig, eine eigene Waffe zu konstruieren, dachte er sich. Und es würde auch noch vier Jahre dauern, bis China eine eigene Produktion eines Sturmgewehres in Angriff nehmen konnte. Aber das konnte Mike noch nicht wissen. Die AK-47 war zuverlässig. Das wusste er. Er sah sie noch einmal an, drehte sie in den Händen – und bemerkte fast zu spät, dass sich zwischen den Felsen Köpfe in die Höhe schraubten. Soldaten!!!

*

„Nehmen Sie sofort die Waffe herunter und ergeben Sie sich," hörte er Li Fei schreien und mit einer Pistole wedeln. Er trat sogar aus seiner Deckung heraus. Keine zwanzig Meter von Jakob und Mike entfernt.

„Scheiße," flüsterte Jakob und starrte verblüfft auf die Soldaten, die für ihn völlig überraschend ihre Gewehre in Anschlag gebracht hatten. Li Fei hatte einen grauen Verband um die Stirn gewickelt. Seine schmalen Augen funkelten. Und Mikes Gedanken rasten. Sein Kopf flog herum und er suchte die Gruppe, die bereits in der Mitte der Wiese war und erschrocken inne hielten. Alle sahen die Soldaten und die Waffen in ihren Händen.

„Jetzt müssen wir kämpfen, Jake...geh´ in Deckung...jetzt!!!!!" schrie er das letzte Wort heraus. Gleichzeitig sprang er zur Seite und betätigte den Abzug des Sturmgewehrs. Eine Salve trieb die Soldaten in Deckung. Andere schossen sofort zurück. Innerhalb einer Sekunde wurde aus der Stille ein Schlachtfeld mit einem ohrenbetäubenden Lärm.

Mike winkte verzweifelt die Flüchtlinge zu sich. Tashi hatte sofort verstanden. Sie mussten schnellstens in Deckung gehen. Lauthals trieb er sie an und die Menschen fingen an zu rennen. Mike versuchte die Soldaten mit gezielten Schüssen in Deckung zu halten, aber sie wechselten sofort ihre Stellung und kamen immer näher. Inzwischen hatte auch Tashi begonnen zu schießen. Aber die Soldaten waren viel geübter im offenen Kampf. Diszipliniert begannen sie, einen Kreis um sie zu bilden.

Mike kniete neben Jakob und wusste genau, was sie vorhatten.

„Sie versuchen, uns einzukreisen. Wir sind zu wenige, als dass wir das verhindern könnten. Wir müssen etwas anderes versuchen. Sonst sind wir verloren."

Mit zusammen gekniffenen Lippen sah er Jakob in die Augen und der konnte fast so etwas wie Verzweiflung darin sehen.

„Ziehen wir uns erst mal zurück...los!!" sagte Mike plötzlich und sprang auf. Jakob folgte ihm auf dem Fuße. Im Moment konnte er keinen klaren Gedanken fassen. Immer wieder dachte er an die Menschen, die er über die Berge in die Freiheit führen wollte. Sollte dies schon das Ende sein? Sollte er jetzt schon gescheitert sein? Jetzt? Belagert von chinesischen Soldaten?

Sie hatten die Felsformation erreicht, hinter der die Gruppe Schutz gesucht hatte. Tashi lag auf einem Felsen und feuerte auf die Soldaten. Mike hatte Dhabu eine Pistole gegeben, ihn kurz eingewiesen und nun versuchten sie, sich die anrückenden Soldaten vom Leib zu halten. Aber das Gegenfeuer wurde immer heftiger. Sie konnten kaum noch über die Felsen sehen, so heftig wurden sie durch das Feuer in Deckung gezwungen. Der Lärm war unbeschreiblich, Rauch erfüllte die Luft und reizte die Atemwege. Und dann flog eine Handgranate über sie hinweg. In dem Moment, als Jakob sie sah, wurde ein Weltbild zerstört. Wurde das, was unter dem Begriff „Moral" stand, mit allen nur erdenklichen Füßen getreten. Es war unübersehbar, dass die Gruppe aus Frauen, Männern und Kindern bestand. Fassungslos starrte Jakob auf die Flugbahn der Handgranate, die sich langsam zu senken begann. In einem Anflug von panischer Angst sprang Jakob auf und rannte auf die beiden Kinder zu – Tsering und Dölma. Sie saßen beide weinend auf dem Boden und hielten sich an den Händen. Diskit hatte beide Arme um sie gelegt, um ihnen Schutz zu bieten. Im Bruchteil einer Sekunde nahm Jakob das alles wahr, flog förmlich auf die Menschen zu, sah gleichzeitig die Granate zu Boden fliegen, vor den paar Felsen, hinter denen alle Schutz gesucht hatten. Er landete vor Diskit und wollte sich umdrehen, da erschütterte eine dumpfe, hallende Explosion die Luft. Die Granate riss Teile des Felsens heraus und verteilte die Splitter um sie herum. Fetzen von Erde und Steinen flogen wie Geschosse um die Felsen. Jakob spürte einen fürchterlichen Schlag an seiner Hüfte und wurde in den Boden gedrückt. Er fühlte, wie eine warme Flüssigkeit die Hose durchdrang und dachte an das Sterben. Augenblicklich erstarben alle wahrnehmbaren Geräusche um ihn herum, er vernahm nur diesen gewaltigen Schmerz, der ihm den Atem nahm und Tränen in die Augen presste. Schon wollte er der Panik nachgeben, wollte diesen wahnsinnigen Schmerz herausschreien, da packte ihn die Sorge um die beiden Kinder. Mit zusammengepressten Lippen hob er den Kopf und suchte mit Tränen verschleierten Augen die Kinder und Diskit. Sie saßen immer noch zitternd und angstvoll dicht an Diskit gedrängt. Offensichtlich war ihnen nichts passiert. Jakob keuchte, bekam kaum Luft, jeder Atemzug schien den Schmerz in seiner Seite neu zu entfachen. Mit Mühe wälzte er sich auf die andere Seite. Seine Hand tastete sich zu der verwundeten Stelle. Er fasste nur in ein nasses Etwas. Als er seine Hand wieder zurückzog, war sie rot von seinem Blut. Er sah an sich herunter und erschrak. Eine Kugel hatte ihn anscheinend getroffen. Kraftlos und geschockt ließ er sich fallen und starrte in den grauen Himmel, der immer heller wurde. Und mit einem Mal konnte er wieder jedes Geräusch wahrnehmen. Wie ein aufplatzender Pfropfen wurden die Gehörgänge freigelegt. Er schloss die Augen und riss sich zusammen. Er konnte jetzt nicht liegen bleiben. Er konnte sich nicht dem Schmerz hingeben. Wenn er jetzt aufgab, würden sie sowieso sterben. Aber jetzt nicht!!! Jetzt noch nicht!!!

Mit einem Schrei richtete er sich auf und drehte sich auf die Hände. Die Anstrengung war schweißtreibend und er keuchte wie nach einem Marathonlauf. Seine Augen suchten wieder die Kinder. Er hörte Tsering jammern und weinen – und er hörte Diskit schreien. Er sah Tsering und er sah Diskit. Und er sah sie, wie sie sich über die kleine Dölma beugte. Immerzu schrie sie, weinte sie, jammerte sie.

„Diskit...was ist?...was ist mit ihr???!!!!" schrie Jakob sie an. Ein furchtbarer Schrecken durchfuhr ihn und ließ ihn einen Moment all seine Schmerzen vergessen. Er krabbelte wie ein Baby zu ihnen hin, schob Diskit zur Seite und dachte in diesem Moment, dass die Welt zu existieren aufzuhören schien. Alles stand still, nichts bewegte sich mehr, kein Laut war zu hören, alles war egal, nichts war mehr wichtig – und Jakob registrierte, wie sein Herz einen Moment zu schlagen aufhörte. Der Atem stockte und so etwas wie Tod und Dunkelheit umfasste seine Seele. Fassungslos, entsetzt und unfähig, noch einen klaren Gedanken fassen zu können, starrte er auf das kleine Mädchen vor sich. Dölma hatte die

Augen geschlossen, ihre Gesichtszüge waren völlig entspannt. Ihre Brust war voller Blut. Eine Kugel, ein zufälliger Querschläger hatte sie durchschlagen. Sie war tot.

Niemals in seinem Leben hatte Jakob Kolb so einen tiefen Schmerz, so eine unvorstellbare Trauer, so eine riesige, dumpfe Leere empfunden. Niemals war er sich bewusst gewesen, was es hieß, vor dem Abgrund aller Abgründe zu stehen. Niemals war er so hilflos gewesen wie in diesem Moment der Fassungslosigkeit. Seine blutverschmierten Hände nahmen die kleine Mädchenhand auf, so als ob er sie dadurch wieder zum Leben erwecken könnte. Tränen liefen ihm über das Gesicht. Tränen aus den tiefsten Tiefen des Herzens. Tränen, die nicht mehr aufhörten zu fließen, die immer wieder kamen, die die Augen trübten, die auf das Mädchen tropften und sich mit ihrem Blut vermischten. „Neeeeeeeiiiiiiiinnn.......aaaaaahhhhhhhh!!!!!!!" schrie er mit erhobenem Kopf in die Bergwelt. Dann senkte er den Kopf, sah ihr wieder ins Gesicht – und wollte sterben. Er wollte nicht mehr leben, er wollte einfach die kleine Dölma nicht alleine in die andere Welt gehen lassen. Er spürte eine Hand auf seiner Schulter und hob den Kopf. Es war die Hand von Tsering, ihrem Bruder. Seine Gesichtszüge waren verkrampft und seine Augen weinten. Doch trotzdem fühlte er diesen riesigen Schmerz, der in dem fremden Mann aus einer fernen Welt neben ihm sein Unwesen trieb. Dann zog ihn Jakob an sich, hielt ihn ganz fest, spürte das Beben, das ihn und den Jungen aneinander kettete. Er sah auf und in die Augen Diskits, die ihn hilflos anstarrte.
Dann machte er sich los. Die Tränen waren versiegt und Diskit sah, wie eine undefinierbare Härte sich Zugang verschaffte. Abrupt stand er auf, achtete nicht mehr auf

seine Verletzung, spürte keinen Schmerz außer dem in seinem Herzen. Er hatte die „Scotch" in seiner Hand und stellte sie ein. Dann drehte er sich um, ungeachtet der umherfliegenden Kugeln. Er sah Mike neben einem Felsen in der Hocke, wie er gerade das Gewehr lud. Als er ihn ansah, bemerkte er sofort den riesigen Blutfleck an Jakobs Hüfte.

„Jake, mein Gott, was ist passiert? Hast du eine Kugel abbekommen? Scheiße...lass´ mich sehen..."

Er wollte ihn herunterziehen, doch Jakob schüttelte nur den Kopf.

„Ich werde das jetzt beenden..." sagte er nur. Seine Augen waren ausdruckslos und starr. Abwesend und nicht von dieser Welt.

„Was?   Nein...bleib...wir...Jake!!!....Jake!!!...Jake,   bleib hier...!!! Jake, verdammt...!!" schrie Mike hinter ihm her. Doch Jakob war nicht mehr aufzuhalten. Er hatte alle Gefühle ausgeschaltet, er konnte nichts mehr fühlen, nichts mehr denken. Er dachte nur noch an das kleine Mädchen, das jetzt tot war. Sie war vier Jahre alt. Sie hatte ein ganzes Leben noch vor sich. Jetzt war sie tot. Er, Jakob, hatte sie nicht beschützen können. Nicht beschützen können...er hatte versagt...nicht beschützen können...versagt...versagt... Er kannte nur noch diesen einen Gedanken. Und diesen Hass, der ihn dazu verdammte, die Menschen, die dafür verantwortlich waren, zu vernichten. Er entledigte sich jeglicher Vorsicht, nichts war mehr wichtig, nichts hatte mehr einen Wert und nichts konnte ihn mehr aufhalten.

Li Fei sah ihn aus der Deckung kommen und auf ihn zugehen. Fragend sah er den Soldaten neben ihm an. Er konnte keinerlei Waffe ausmachen. Der Mann, der da auf ihn zukam, hatte nicht einmal eine Jacke an. Er sah den riesigen roten Blutfleck an der Hüfte Jakobs.

„Hört auf zu schießen," befahl er. Auch von der anderen Seite wurde kein Schuss mehr abgefeuert. Li Fei stand auf und trat hinter dem Felsen hervor.

„Ergeben Sie sich??"

Jakob sah ihn an. Mit seinen im Moment toten Augen. Niemals hatte der Oberleutnant so gnadenlose Augen gesehen. Und er würde sie auch nie wieder sehen. Er registrierte noch, wie sich die Hand des fremden Mannes hob und auf ihn zeigte. Li Fei war nicht beunruhigt, eher erstaunt. Der Mann hatte keine Waffe in der Hand. Immer noch sah er ihm in die starren Augen, bemerkte gleichzeitig, wie sich die Luft veränderte, der Felsen, der Himmel, das Gras, dieser seltsame Mann, Unverständnis überzog sein Gesicht – dann spürte er nur noch, wie sein Herz zerbarst und sein Körper in die Höhe gehoben wurde. Dass er auf einem Felsen aufschlug und dabei die Hirnschale knackend brach, nahm sein Geist schon nicht mehr auf. Die Druckwelle erfasste alle anderen Soldaten, ob vor oder hinter Felsen. Sie starben lautlos und still. Nicht wissend, wie sie gestorben waren.

Innerhalb einer Sekunde herrschte wieder Totenstille. Doch diesmal im wahrsten Sinne des Wortes. Mike konnte von seiner Position nicht erkennen, was Jakob getan hatte. Doch Tashi lag immer noch auf einem Felsen. Er hatte Jakob auf die Soldaten zugehen sehen und er hatte gesehen, was dann geschehen war. Er hatte nicht gesehen, dass Jakob etwas in der Hand hielt. Und damit war er überzeugt, dass allein das Heben seines Armes mit irgendeinem Zauber darin die Soldaten ins Jenseits befördert hätte. Er drehte sich auf den Rücken und war sich absolut sicher, Zeuge eines Wunders der Götter gewesen zu sein. Er legte das Gewehr beiseite und begann, ein Mantra zu beten. Ein Mantra, das Bezug auf den fremden Mann nahm und damit Tashi vor die Frage stellte, ob Jakob ein Mensch war oder ein Gott, der vom Himmel herunter gestiegen war, um sie durch die Berge zu führen und sie vor allen Gefahren zu beschützen.

*

Mike kniete bereits neben dem toten Mädchen, als Jakob zurück kam. Tashi war von dem Felsen herunter gekommen, hatte vorsichtshalber überprüft, ob von den Soldaten noch Gefahr ausging. Aber sie waren alle tot. Er zählte acht Männer. Und keiner von ihnen wies irgend eine äußere Verletzung auf. Außer ihr Vorgesetzter, dessen Kopf eine blutige Masse geworden war.
Als Mike ihn ansah, nickte er stumm.
„Die Soldaten sind alle tot," sagte er leise zu den anderen.
Stumm standen sie um den kleinen Leichnam herum. Norbu betete. Und die anderen taten es ihm nach. Als Jakob eintraf, verstummten sie. Er war blass und hatte auf einmal Ränder um die Augen. Seine rechte Hüfte war Blut durchtränkt, aber er schien es nicht zu bemerken. Als er den Kopf hob und sie in sein Gesicht sahen, erschraken sie alle. Innerhalb von Minuten hatte sich ein Mensch total verändert. Niemand vermochte in diesem Augenblick zu sagen, ob das von dem Tod der kleinen Dölma oder von seiner Verletzung herrührte. Oder gar von dem Vernichten der Soldaten. Jakob schlug ein spürbares Mitgefühl entgegen. Die Anteilnahme an seiner Verantwortung, an

seiner Pflicht, an seiner Sorge – und an seinem unsäglichen Schmerz.

„Es ist vorbei..." sagte er nur. Ausdruckslos sah er alle an. Die Pupillen sprangen hin und her, verschwanden unter den halb geschlossenen Augenlidern, die sich flatternd über die Augäpfel schoben. Dann brach er zusammen. Es war zu viel geworden. Mike sprang schnell auf ihn zu. Sie trugen ihn an einen Felsen und Mike begann, seine Hose zu öffnen und das Hemd heraus zu ziehen. Überrascht stellte er fest, dass es keine Kugel gewesen war, die Jakob getroffen hatte. Ein Stück messerscharfen Felsens war wie ein Geschoss in seine Hüfte eingedrungen und steckte noch im Fleisch. Diskit schob sich durch die Umstehenden.

„Lasst mich nach ihm sehen."

Sie beugte sich über Jakob und erfasste mit einem Blick, was zu tun war.

„Holt mir Wasser, macht es heiß. Und Decken, ich brauch ein paar Decken. Tsering, hol meine Tasche."

Mike ließ sie machen. Diskit hatte wohl Erfahrung mit solchen Dingen. Fachmännisch hatte sie ihn untersucht. Norbu versuchte, die wichtigsten Fakten Mike zu übersetzen.

„Er hat viel Blut verloren. Sie muss den Stein herausschneiden. Er hängt im Fleisch fest. Aber sie vermutet, dass keine inneren Organe verletzt sind. Doch so wird er nicht weitergehen können. Nicht jetzt jedenfalls."

Mike nickte.

„Wir werden hier trotzdem weg müssen. - Dann tragen wir ihn."

Norbu sah ihn skeptisch an.

„Durch die Berge?"

„Willst du ihn hier lassen?"

„Nein, natürlich nicht. Wir brauchen so etwas wie eine Bahre."

„Wir haben doch die Zeltstangen. Die nehmen wir. Das wird schon gehen. Wir müssen uns eben abwechseln. Aber wir müssen auf jeden Fall hier weg. Und zwar schnellstens."

Norbu stimmte ihm zu.

„Ja, du hast natürlich recht. Ich frage Diskit."

Doch Diskit schüttelte vehement den Kopf. Jakob war nicht fähig, durch die Berge zu gehen. Er war nicht einmal fähig, überhaupt aufzustehen geschweige denn zu gehen.

„Nein, wir werden eine Trage bauen und ihn darauf legen. Irgendwie muss es gehen."

„Gut. Dann fangt schon mal an. Ich verbinde ihn noch."

Während Diskit damit begann, die Wunde zu säubern und mit sauberen Tüchern zu verbinden, kniete Mike unweit von dem verletzten Jakob im Gras. Was hatte bei Jake im Gehirn geradezu ausgesetzt, dass er sich dieser großen Gefahr preisgab? dachte er und versuchte, sich in ihn hinein zu versetzen. Sein Blick fiel auf das kleine tote Mädchen, das mittlerweile zugedeckt worden war. Vielleicht war sie der Auslöser gewesen. Vielleicht hatte ihr tragischer Tod Jake völlig austicken lassen. Er hatte sie auf der Hängebrücke wieder hochgezogen. Mike hatte erkannt, wie verzweifelt und mit welchem Willen Jakob dagegen kämpfte, dass das Mädchen die Schlucht hinunterstürzen würde. Und während sie diesen gefährlichen Weg hochgestiegen waren, hatte er beide Kinder bei sich angeseilt, so als ob er die Verantwortung niemand anderem aufbürden wollte außer sich selbst. Nachdenklich senkte er den Kopf. Und war sich fast sicher, dass Jake lieber selbst gestorben wäre als dieses unschuldige Kind. Vielleicht hatte er sterben wollen, als er auf die Soldaten zugegangen war. Seinem Gesichtsausdruck nach zu urteilen war es ihm völlig egal, was passieren würde. Mike kannte diese Reaktion auf Situationen, die die mentale Fähigkeit eines Menschen übersteigen konnte und somit völlig abnormale und unvernünftige Reaktionen und Aktionen hervorriefen. Im Krieg hatte er es viel zu oft miterleben müssen, dass Kameraden geradezu den Tod suchten, weil sie es nicht mehr aushalten konnten. Und es auch nicht wollten. Jeder Mensch hatte seine Grenzen. Auch er − Mike. Mit Schaudern dachte er an den Kongo und die damit verbundenen Erinnerungen. Es waren schreckliche Erinnerungen und meistens konnten sie verdrängt werden. Er wollte nicht daran denken, er wollte sie nicht hervor holen. Aber er wusste, dass es unmöglich war, alles für immer weg zu sperren. Die schrecklichen Bilder würden ihn immer und immer wieder einholen. Vielleicht schwächten sie sich mit der Zeit ab, aber verschwinden würden sie nicht. Er hatte damals Freunde verloren. Gute Freunde, richtige Freunde. Jeder konnte sich auf den anderen verlassen. Was auch Voraussetzung dafür war, dass sie diese Aktion überhaupt starten konnten. Sie alle waren dafür ausgebildet worden − in Krisensituationen einzugreifen. Schnell, effektiv, unsichtbar. Doch der Dschungel war ein eigenes, in sich geschlossenes und gefährliches Kampfgebiet. Ein Bereich, der Angst verbreiten konnte. Auch ohne einen Gegner. Mit ihm war es das tiefste Loch einer Hölle, die nichts mehr hasste als Menschlichkeit. Die Rebellen waren gefürchtet wegen ihrer Brutalität. Sie gaben sich nicht damit zufrieden, Feinde nur zu töten. Sie hatten völlig entmenschlichte Praktiken erfunden, Gefangene zu foltern. Mit oder ohne Grund. Nur weil sie da waren. Der Dschungel war damit eine perfekte Bühne für...

„Mike??...“
Er hob den Kopf. Die Gedanken verschwanden so plötzlich, wie sie aufgetaucht waren. Jakob war aufgewacht und sah ihn an. Der starre, abwesende, leere Blick war verschwunden und er war wieder Jakob. Mike lächelte ihn an. In seinem Inneren fiel ein Fels vom Herzen. Er stand auf.
„Na, Büroheini? Du hast uns allen ganz schön Angst eingejagt. Wie fühlst du dich?“
„Wie ein Rentner im Rollstuhl...ist es sehr schlimm??“
Mike trat näher. Diskit hatte die Wunde verbunden und saß mit Tsering neben Jakob.
„Diskit hat die Wunde gereinigt und dich verbunden. Anscheinend hast du großes Glück gehabt. Wenn die Nieren verletzt gewesen wären, dann wäre es jetzt aus.“
„Ich weiß gar nicht, was es war. Die Explosion der Handgranate...oder eine Kugel?“
Doch Mike schüttelte den Kopf.
„Nein, keine Kugel. Ein Stück Fels hat dich umgehauen. Ein Splitter durch die Granate. Du hast viel Blut verloren. Die anderen bauen gerade eine Trage. Wir müssen von hier weg. Wer weiß, wann die Soldaten als überfällig gelten. Und die Schießerei hat man bestimmt auch im Tal gehört.“
Jakob sah ihn an, senkte den Blick und schloss für einen Moment die Augen.
„Jake...??“
„Ja?“ Er sah dem Freund wieder in die Augen.
„Was war los mit dir? Das mit den Soldaten...das war mächtig unklug und gefährlich.“
„Ich weiß es nicht...ich war...es ist...alles war nur leer gewesen...ich weiß es nicht...“
Mike sah, wie sich Wasser in seinen Augen zu bilden begann und er verstummte sofort. Er nickte nur und schloss

für einen winzigen Augenblick die Augen, um Jakob sein Verständnis mitzuteilen. Doch Jakob wollte noch etwas wissen.

„Was...was ist mit dem Mädchen? Wir...wir müssen sie doch beerdigen...!"

Mike zuckte die Schultern.

„Ich weiß es nicht. Norbu kümmert sich da drum. Ich habe keine Ahnung, wie Tibeter das machen."

Jakob wandte den Kopf und sah Diskit und Tsering an.

„Was ist mit Dölma? Wird sie beerdigt werden?"

„Nein. Mein Mann Lhündrup ist ein Rogyapa. Er wird eine Himmelsbeisetzung durchführen. Zusammen mit Norbu."

„Was ist das?"

„Wir müssen Dölma erst einmal mitnehmen. Sie wird gewaschen und einbalsamiert. Zumindest mit den Mitteln, die wir haben. Erst nach drei Tagen wird Norbu sie freigeben. Aber den Zeitpunkt bestimmt nur er. Er weiß, wann der Rogyapa mit seiner Arbeit beginnen kann."

„Was ist denn ein Rogyapa?"

„Er zerteilt die Leichen."

Eine Schockwelle überzog den verletzten Mann.

„Was??! Ihr wollt sie zerteilen? Warum?"

Jakob war entsetzt. Er versuchte sich auf die Ellbogen aufzurichten, aber stöhnend sank er wieder zurück.

„Die Übergabe seines Körpers ist die letzte Mildtätigkeit, die jemand vollbringen kann. Der Leichnam wird für die Geier vorbereitet. Die Geier sind heilig. Sie sind die Emanationen weißer Dakinis. Das sind die friedvollen Himmelstänzerinnen, die den Ort bewohnen. Es erleichtert das Karma des Toten."

„Aber...kann man sie nicht beerdigen?"

„Nein...das Verschließen der Körper verhindert ihre Reinkarnation und führt zum völligen Erlöschen. Und wo willst du in den Bergen jemanden beerdigen?"
Sie sah ihn an – und er wusste, dass es eine rein rhetorische Frage war. Diskussionen darüber waren unangebracht und unhöflich. Darum nickte er nur. Die Bestattungspraktiken der Tibeter waren ihm fremd und unverständlich, aber er hatte sie zu respektieren, ohne sie in Frage zu stellen. Aber Diskit ließ ihre Erklärungen nicht dabei. Dieser Mann, den Norbu den „Wolkenreisenden" genannt hatte und der sie über die Berge führte, hatte auch das Recht, zu fragen und er hatte natürlich das Recht auf Antworten. Also versuchte sie ihm den Zusammenhang von Leben, Tod und Wiedergeburt begreiflich zu machen.
„Die Zerteilung und Bereitstellung des Körpers für die Geier schließen den Kreis des Werdens und Vergehens. Es ist ein immerwährender Kreislauf. Die Geier nehmen das Fleisch auf und machen es damit – und auch den Verstorbenen – zu einem Teil des wiederkehrenden Lebens."
Jakob sah sie nur an und sagte nichts. Diskit fuhr fort.
„Wenn jemand gestorben ist, verlässt die Seele den Körper. Nur sie ist wichtig für eine Wiedergeburt. Das Zerteilen des Körpers danach ist nicht nur die Beseitigung der Überreste, sondern vor allem die Absicht, auch ganz sicher die Seele aus dem Körper entlassen zu können. Darum ist die Arbeit eines Rogyapa auch so wichtig für die Angehörigen. Die Seele muss frei vom Körper in die 49 Ebenen aufsteigen können. In das Bardo."
„Ich verstehe...wir werden sie also mitnehmen?"
„Ja...in drei Tagen wird Norbu entscheiden, ob wir mit der Zeremonie beginnen können."

Trotz seiner Schmerzen in der Hüfte lief es Jakob eiskalt den Rücken hinunter, wenn er daran dachte, dass der Körper der kleinen Dölma zerstückelt und buchstäblich den Geiern zum Fraß vorgeworfen werden würde. Er wähnte sich im tiefsten Mittelalter oder wirklich ins frühzeitliche Altertum mit ihren rituellen Bestattungen. Gleichzeitig war ihm auch klar, dass er die Bräuche und die religiösen Grundsätze in ihrem Zusammenhang gar nicht kannte, um vorbehaltlos urteilen zu können. Und abgesehen davon ließ ihm momentan auch die tiefe Trauer um das kleine Mädchen keinen Raum für das Interesse tibetischer Kultur, gleich, wie es geartet war.

Mike und Tashi hatten den Trupp organisiert. Die Träger, die Jakob auf seiner Bahre trugen, befanden sich mittig. Jede Stunde wurden sie abgelöst, aber immer befand sich Jakob in der Mitte der kleinen Kolonne. Sie liefen den ganzen Tag, machten wenige kurze Pausen und entfernten sich damit relativ schnell von der Hochweide. Der Pfad war schmal, manchmal steil, manchmal gerade und manchmal auch so breit, dass zwei Menschen nebeneinander her laufen konnten. Sie überquerten mächtige Geröllhalden, stapften durch ausgedehnte Schneefelder, wateten durch eiskalte Bergbäche und wähnten sich dem Ziel, nämlich dem Nangpa La, immer näher. Sie übernachteten zwischen zusammen gestellten Felsformationen, wo sie gefahrlos Feuer machen konnten, um eine warme Mahlzeit zubereiten zu können. Die Frauen der Gruppe hatten wohlweislich das Plateau nach Dung der Herden abgesucht. Yakdung eignete sich hervorragend als Brennmaterial. Holz war Luxus. Und Luxus gab es in den Bergen nicht.

Diskit untersuchte regelmäßig Jakobs Wunde, reinigte sie und verband sie neu. Sie war nicht zufrieden. Es hatte sich Eiter gebildet, der permanent die Wunde nässte und sie nicht zuheilen ließ. Immer wieder kochte sie unbekannte Blätter und legte sie auf die entzündete Wunde.

Am zweiten Tag versuchte Jakob aufzustehen und selber zu laufen, aber schon nach einhundert Metern wurde ihm schwindlig und Mike ließ keine Diskussionen mehr zu. Sie trugen ihn weiterhin. Das Wetter war immer noch stabil, selten zog ein Wolkenband über die Gipfel und krallte sich dort fest. Sie hatten Glück.

Am dritten Tag standen sie auf einer grauen, schmutzigen Geröllhalde und sahen auf eine Senke hinunter, in der sich das Gletscherwasser gesammelt hatte. Neben dem kleinen Teich erkannten sie zwei Nomadenzelte. Rauch stieg aus einem der Jurten. Die Nomaden hatten schon ihr Sommerlager bezogen, weitab von jeglicher Zivilisation. Und weitab von irgendwelchen chinesischen Soldaten oder Behörden. Längst schon war eine Kampagne am Laufen, die die Nomaden in feste Wohnhäuser bringen sollte. Mit allen möglichen Versprechungen wurde ihnen die Sesshaftigkeit schmackhaft gemacht. Letztendlich entgingen die Nomaden ihrer Kontrolle. Und das mochten die Chinesen gar nicht.

„Wir sollten ein paar Nächte hierbleiben. Uns ausruhen. Jake soll seine Wunde pflegen. Wir müssen bis auf fast 6000 Meter hinauf. Dazu brauchen wir alle Kräfte," sagte Tashi zu Norbu.

Der Mönch nickte. Es war ihm nur allzu recht. Er musste auch anfangen, für Dölma die Totengebete zu sprechen. Es wurde Zeit und etwas sagte ihm, dass dieser Ort der richtige war.

„Ich glaube, ein paar Nächte werden nicht reichen, um Scheek wieder auf die Beine zu bringen. Wir sollten hierbleiben, solange es möglich ist."
Tashi nickte und sah auf die Zelte hinunter, die so etwas wie Wärme und Geborgenheit, Sicherheit und Gelassenheit ausstrahlten. Die Nomaden würden ihnen Aufenthalt gewähren, solange es nötig war. Das forderte nicht nur die Gastfreundschaft, sondern auch das Wissen um die Situation der Gruppe.

*

Mitten in der Nacht wachte Jakob auf. Irgend etwas hatte ihn geweckt. Er schlug die Augen auf und war hellwach. Jegliche Müdigkeit war verschwunden. Er tastete nach seiner Hüfte und konnte den dicken Verband spüren. Der Wind hatte zugenommen und rüttelte an den Verzurrungen der Jurte. Es waren nur einzelne Böen, die einen seltsamen Gesang anstimmten und mal hohe, mal tiefe Töne um das Zelt trieben. Jakob richtete sich auf und sah sich um. Er hörte regelmäßiges Atmen und leises Schnarchen. Dann wieder aufatmendes Stöhnen, ein Rascheln, wenn sich jemand auf die andere Seite drehte. Es war kuschelig warm im Zelt. Der kleine Ofen brachte tatsächlich angenehme Wärme herein und die vielen Menschen verstärkten wahrscheinlich noch die Temperaturen. Jakob hörte eine leise Stimme rufen. Flüsternd, monoton, fast erotisch hauchend. Jaakob – Jaaakob – Jaaaakob...
Das „a" wurde wie an einem Gummiband in die Länge gezogen. Er drehte den Kopf, versuchte, durch die Dunkelheit etwas zu erkennen und den Rufer zu lokalisieren, aber er war nicht sicher, ob das Flüstern auch

aus dem Zelt stammte. Er lauschte angestrengt, setzte sich ganz auf und schloss die Augen. Da war es wieder, dieses Flüstern. Ein Flüstern, das ihm durch und durch ging und seine Haare aufrichten ließ. Er hatte keine Furcht, es war ein anderes Gefühl, weit weg von Angst oder Bedenken oder Sorge. Jaaakob – Jaaakob – Jaaakob...Sein Name. Die Stimme rief seinen Namen. Langsam schlug er die Decke beiseite und setzte sich auf. Die Wunde spannte und signalisierte ihm, dass er sich vorsichtig zu bewegen hatte. Sie schmerzte immer noch sehr stark, aber es war mittlerweile zu ertragen, ohne dass Jakob die Zähne zusammenbeißen musste oder schnellatmig wurde. Immer noch konzentrierte er sich auf das Rufen nach ihm, aber nur der Wind spielte mit den vielen Tönen, die er variantenreich um das Zelt pfeifen ließ. Ein Schlagen und Klopfen fixierte seinen Blick auf den Eingang. Der Wind hatte einen losen Lappen als Spielzeug gefunden und knallte ihn lustvoll gegen die Zeltwand. Jakob stand auf und tastete sich vorsichtig nach vorne. Er bekam die Eingangsstange zu fassen und schob mit der anderen die schwere Decke beiseite. Das Schlagen kam von rechts und er erkannte, dass sich das Seil eines Überhanges gelöst hatte und dadurch dem scharfen Wind ein Spielzeug in die Fänge gab. Vereinzelt wirbelten Schneeflocken durch die Luft, es war kalt. Der Wind verstärkte die empfundene Kälte noch. Sie umschlang sofort den Mann am Zelteingang und rieb die Kälte in seine Haut. Jakob trat aus dem Zelt und sah sich um. Die Nacht war sternenklar und er konnte das andere Zelt sehen, aus dem feine Rauchschwaden quollen. Der Dreiviertelmond schien fast schon unwirklich und ließ die Landschaft und die umliegenden Berge plastisch erscheinen. Sein Blick fiel auf die spiegelglatte

Wasseroberfläche, obwohl der Wind mit Jakobs Haaren spielte und das Wasser gar nicht glatt sein konnte. Funkelnde Sterne spiegelten sich in dem kleinen Teich. Jakob trat ganz ins Freie, ließ die Eingangsdecke los und machte zwei Schritte nach vorne. Fasziniert starrte er in den endlosen Sternenhimmel und merkte erst nach Augenblicken, dass sich der Wind urplötzlich gelegt hatte. Die eintretende Stille wirkte wie ein Schlag ins Gesicht, hatte etwas Unheimliches und gleichzeitig etwas Schönes, Großartiges, Wahrhaftiges an sich.

Ein Lächeln bildete sich in Jakobs Gesicht. Ein tiefes, raumgreifendes Lächeln, das die vollkommene Erfassung der Natur und des Lebens in sich trug. Sein Herz wurde weit und es war, als wenn sich Türen der Seele öffneten, von deren Existenz Jakob bis jetzt weder etwas gewusst noch geahnt hatte. Er drehte sich um, verspürte diese riesige innere Freude und die Erkenntnis, dass solche Augenblicke nichts kosteten, nichts verlangten – nur da waren. Nur bereit, zu sehen und zu fühlen...

Das Lächeln vereiste zur Starrheit. Am Rande des Teiches stand eine Gestalt, eine unheimliche, große, geisterhafte Gestalt. Sie stand nur da, rührte sich nicht, sah ihn mit dunklen, tief in den Höhlen liegenden Augen an. Das Mondlicht beleuchtete die Gestalt in einer diffusen, nicht vollständig erkennbaren Art und Weise. Das fremde Wesen war über und über mit zotteligem, langem Fell bedeckt. Jakob konnte in den Augen keine Pupillen erkennen. Sie waren wie tote Augen, wie tote Höhlen. Das ganze Gesicht erschien schwarz wie eine Nacht ohne Sterne und Mond. Jakob konnte sich nicht rühren, war unfähig, auch nur die kleinste Bewegung zu bewerkstelligen. Das jenseitige Grauen überschüttete ihn wie eine Flutwelle – und doch, es

verband sich gleichzeitig mit einem anderen Gefühl. Einem Gefühl der Vertrautheit, der Wärme und des Kennens. Jakob versuchte, in sich zu forschen. Was war das für ein komisches und unbekanntes Gefühl, das aus Grauen, Angst und gleichzeitig Vertrautheit und inniger Hingabe bestand? Er machte einen Schritt nach vorne. Einen Zweiten. Einen Dritten. Ein dumpfer Ton erklang aus dem Rachen des felligen Riesen. Es klang wie das Brummen aus einer tiefen Höhle, nur viel sanfter, weicher. Wie ein angenehmer tiefer Ton eines Musikstückes, das sich nur durch diesen besonderen Ton in ein Meisterwerk verwandeln konnte.
Wieder dieser Ton. Noch einmal und noch einmal. Zwei Töne. Hoch – Tief. Jakob sah immer noch in diese dunklen Augen, die eigentlich keine waren. Dann bewegte sich das Wesen. Und jeder Schritt, den es auf die Erde setzte, entfachte in Jakob ein Kribbeln, ein Dröhnen und ein Vibrieren, das seinen ganzen Körper in Aufruhr versetzte. Das Wesen kam immer näher und Jakob konnte sich nicht mehr vom Fleck rühren. Ein plötzlicher Schauer der Angst überkam ihn und er wollte rufen, schreien, sich irgendwie den anderen bemerkbar machen. Aber kein Ton entrang sich seiner Kehle. Kein Laut war zu hören. Nichts. Stille. Nur Stille...
Dann stand das Ungetüm vor ihm. Fünf Schritte vor ihm blieb es stehen. Senkte den Kopf, um mit seinen schwarzen Augen in ihn zu dringen. Es zwang den Mann vor ihm, seinen Kopf bis in den Nacken zu legen, damit sie sich ansehen konnten. Und Jakob konnte seinen Blick nicht senken. Faszination und Furcht gaben sich gegenseitig die Hände und beließen es bei der Starrheit seines Körpers. Und auf einmal empfing Jakob Signale. Ohne dass das Ungeheuer einen Laut von sich gab, konnte Jakob seine

Gedanken hören. Es begann ein Zwiegespräch, lautlos, sprachlos, still, öffnend, vertraut, einig. Ein Gespräch der Gedanken, der Empfindungen, der Übereinkunft – ein fast schon musikalisches Duett, das nur mit dem anderen funktionieren konnte.

„Du hast mich gerufen?!" fragte es.

„Ich?...nein, ich kenne dich nicht...wer bist du?"

„Du weißt, wer ich bin. Du hast mich gerufen. Jetzt bin ich hier."

„Aber...!!?"

„Du bist einen weiten Weg gegangen. - Was suchst du?"

„Ich weiß nicht, was du meinst. Was sollte ich denn suchen? Ich bin doch nur zufällig hier...nur zufällig..."

„Glaubst du wirklich an Zufälle?!"

„Ob ich...? Ich bin nicht sicher. Bin ich nicht zufällig hier?!"

„Glaubst du an Zufälle?" fragte es noch einmal.

„Ich weiß es nicht. Wenn es keine Zufälle gibt, was ist es dann, was mich hierher gebracht hat?? Schicksal? Vorbestimmtes Schicksal?"

„Der Zufall ist eine Erfindung der Menschen. Was nicht erklärt werden kann, nennen sie Zufall. Aber ist es wirklich Zufall?"

„Es würde keine Rolle spielen...ich bin hier – und habe anscheinend eine Aufgabe."

Das Wesen nickte leicht.

„Du hast eine Aufgabe. Dadurch bist du aufgewacht."

„Aufgewacht?? Was meinst du damit?"

„Du hast lange geschlafen. Jetzt bist du erwacht."

Jakob konnte den Gedanken nicht mehr folgen.

„Ich verstehe nicht...geschlafen?...Meinst du damit, ich habe mein Leben verschlafen? Und jetzt, mit dieser Aufgabe, bin ich aufgewacht?"

„So ist es. Nicht nur das. Damit ist auch dein Mitgefühl erwacht. Etwas, das du bis dahin nicht erkannt hast. Der tiefe Schlaf birgt viele Illusionen. Dein Weg war lang und schmal, Jakob. Jetzt öffnet er sich. Aus dem Dunkel ins Licht."

Jakob sah in die kohleartigen Augen und erkannte den Grund, warum er dieses gedankliche Gespräch führte.

„Die kleine Dölma...warum musste sie sterben...???!"

„Sie ist gestorben, damit du leben kannst."

Jakob spürte, wie sich die Tränen aus seinen Augen schälten. Er spürte den pochenden Schmerz in seinem Herzen wieder kommen. Es war ein tiefer Schmerz, der in die Untiefen der Seele bohrte und den man nicht wie manche körperlichen Schmerzen einfach ignorieren konnte. Er vereinnahmte die Lebensenergie, die den Motor des Daseins stellte und drehte somit an der Schraube des existentiellen Sinnes. Ein unendliches Mitgefühl und damit verbundene verzweifelte Traurigkeit waren die Ergebnisse innerer Pein.

„Aber...warum konnte ich nicht sterben? Sie war noch so klein, unschuldig. Sie hat doch niemandem etwas getan...warum nur?? Warum ausgerechnet sie?"

„Das Schicksal hat entschieden. Und Dölma wird eine weiter entwickelte Reinkarnation leben. Sie ist für dich gestorben und das ist der größte Verdienst, den ein Leben geben kann. Sie ist gestorben, ohne etwas dafür zu wollen. Das einzige, was sie wollte, ist, dass du lebst. Dass du endlich lebst."

„Aber *ich* wäre für sie gestorben...dass *sie* leben kann...ich, verstehst du??? Warum nicht ich???...Das ist nicht gerecht!!!...Wie soll ich mit dieser Last leben können???"

„Sie hat gelebt. Du nicht. Du hast nur funktioniert. Funktioniert durch die Bedingungen deines Umfeldes und deiner Umwelt. Bis jetzt. Jetzt wirst du leben. Dein Weg ist noch lange nicht zu Ende. Auch du wirst einmal verstehen, dass Gerechtigkeit und Balance, so wie die Menschen es verstehen, nur nach den härtesten und steinigsten aller Wege erreicht werden kann. Und wenn es soweit ist, wird sich dies alles in Rauch auflösen, weil es nicht mehr wichtig sein wird. Erst wenn sich sämtliche Illusionen in Rauch auflösen und sich dieser Rauch verzieht, dann erst sehen wir die Wirklichkeit. Ohne Schleier, ohne Einschränkung, ohne diese Verzerrung, die die Menschen doch so lieben. *Ein* Leben ist wie der Flügelschlag eines Kolibri. Für den Menschen nicht erkennbar.“

Mittlerweile flossen Ströme von Tränen die Wangen Jakobs hinunter. Er versuchte, zu verstehen und sich einen kausalen Zusammenhang vorzustellen. Es war sehr schwer. Aber dennoch suchten sich die Fragmente wie kleine selbständige Puzzleteile ihren Weg zu ihrem Platz, an dem sie das Gesamtbild weiter voran bringen konnten.

„Ist es das, was die Menschen hier Karma nennen?“

„Ja. Das ist der Weg. Das ist dein Weg. Das ist ein guter Weg. Der wahre Weg. Gehe ihn. Jetzt und in der Zukunft. Und vergiss nie, dass der Weg immer dein ganzes Dasein ausmachen wird. Denn *ein* Leben ist nur ein Fragment, mehr nicht. Eine Chance, ja, aber eben nur ein kleiner winziger Teil des Ganzen. Erst das Aneinanderreihen von vielen Leben wird die Existenz klarlegen.“

„Zukunft?!...Zukunft?!...Vergangenheit...Gegenwart...die Zeit...sie spielt keine Rolle mehr...Weißt du nicht, dass ich ein Zeitreisender bin?“

„Ich weiß es. Für deinen Weg hat es keinerlei Bedeutung. Nur das, was ihr Menschen Geist oder Seele nennt, das ist eure Energie, eure Stärke, euer Sinn für das Leben."

„Also ist es völlig egal, ob ich in dieser Zeit bin oder in einer anderen?"

„Zeit ist kein relevanter Begriff, Jakob. Auch nur eine Erfindung der Menschen. Du bist jetzt, du bist hier, du stehst auf deinem Pfad, der dich über die Dimensionen bringen wird. Zeit spielt dabei eine nur untergeordnete Rolle. Im Grunde genommen spielt sie gar keine Rolle, denn das Beschreiten des richtigen Weges ist vollkommen zeitunabhängig."

„Dann...dann meinst du, Dölma ist nicht umsonst gestorben?...weil ich...weil ich???...."

„Ja...???"

Das Fellwesen beugte sich weit vor, nach unten, sah ihm mit dunklen Kohlen in die Augen. Tief wie niemand jemals vor ihm. Der Blick reichte bis in den Urgrund der Seele hinab, sah alles, erkannte alles, wusste alles. Und Jakob begriff, dass das riesige Wesen, das da vor ihm stand, in ihn hineinsah wie durch eine Glasscheibe. In diesem Moment des Wissens spürte Jakob, dass es ihm nichts ausmachte. Im Gegenteil fand er es als tröstend und hilfreich, dass seine Schmerzen offengelegt werden konnten, damit er sie teilen konnte und somit so viel von diesem schmerzenden Ballast verschwand.

„Damit ich wirklich leben kann?"

Abrupt richtete es sich wieder auf zu seiner unglaublichen Größe. Das riesige Haupt nickte.

„So ist es. - Habe ich deine Fragen nun beantwortet?"

„Ja...eine Antwort fehlt mir noch!"

„Ich weiß."

„Wer bist du?“

„Du hast mich zum Essen eingeladen, Scheek, weißt du noch?!“

Jakob lächelte ihn an und nickte. Er spürte, wie die große Last einer sich selbst auferlegten Schuld von ihm genommen wurde. Ihm war, als würde dieses riesige Wesen mit Leichtigkeit seine Bürde herunter nehmen.

„Ja, das habe ich. Und jetzt kann ich dir nicht mal etwas anbieten.“

„Ist schon gut. Ich habe schon gegessen.“

Die klauenartigen riesigen Pranken hoben sich seitlich ab, so als ob sie sagen wollten `Ist doch kein Problem, alles okay´.

„Danke!! - Danke für dein Hiersein.“

Noch niemals in seinem ganzen Leben war sich Jakob des Dankes so bewusst wie in diesem so unwirklichen Moment in den Tiefen und Weiten dieses so riesigen Gebirges.

Jakob lächelte das riesige Fabelwesen an und spürte, wie seine Dankbarkeit von dem Ungetüm liebevoll aufgenommen wurde. Die riesige Pranke legte sich sanft wie eine Feder auf die Schulter von Jakob. Er spürte die Berührung, die sich wie eine angenehme Welle der Wärme durch ihn hindurch schob. Und fast schien es so, als ob diese Welle alles an Sorgen, Problemen und Traurigkeit mit sich riss, um den Weg frei zu machen für das helle, alles durchdringende Licht des wirklichen Lebens.

„Leb wohl, Wolkenreisender...“

„Leb wohl, Migö...leb´ wohl...“

Das Wesen war verschwunden, als ob es niemals dagewesen wäre. Die Stille umfing ihn, die glitzernden Sterne, die Nacht, der Mond, der Teich, der wie ein Spiegel des Universums da lag und das Bild des Bildes wiedergab.

Kein Windhauch regte sich, das Weglassen der Geräusche bildete eine neue erkannte Welt, die er sich immer gewünscht, aber nie erlebt hatte. Immer wieder Neues, dachte er und drehte sich um. Jakob ging zurück in das Zelt und wickelte sich in die Decken. Er war plötzlich todmüde und nach nicht einmal einer Minute eingeschlafen. Er glitt hinab in ein wohliges friedvolles Reich, das für ihn die Tore öffnete und ein sanftes Bett der Leichtigkeit bereitstellte, das die Sorgen und Probleme der Menschen wie zarter Nebel verpuffen ließ. Die Träume waren verschwunden und würden zumindest in dieser Nacht nicht mehr zurück kommen.

Die Sonne stand schon hoch, als er erwachte. Er schlug die Augen auf und war sofort wach. Es war niemand im Zelt, er war allein. Von draußen hörte er Stimmen. Norbu und Tashi gaben irgendwelche Anweisungen. Er hörte ein helles Meckern – wie von Ziegen oder Schafen. Oder beiden. Andere Stimmen überlagerten die Tiere. Die Geräuschkulisse hatte etwas Archaisches an sich. Etwas, das Jakob an eine Zeit erinnerte, in der jegliche Technik noch nicht Einzug in das menschliche Dasein gefunden hatte. Erinnerungen, die nur in den Vorstellungen entstanden und somit individuell wurden. Zeiten, in der ein Computer noch nicht den Tagesablauf organisierte und festlegte. Und in der man zusammen mit den Nutztieren praktisch unter einem Dach lebte. So wie hier. In diesem Zelt. Bei dieser Familie, die ohne Handys auszukommen hatte. Die keinen Bankschalter brauchte, um leben und überleben zu können. Sie kannten keine Busse, die sie von A nach B brachten und sie kannten kein Taxi, keine Straßenbahn, keine Ampeln – und keine Uhr.

Seine Nase nahm den Geruch von Tieren wahr. Von Leder, von Fellen, von Feuer, von allem etwas. Nur keine Abgase, kein Müll, kein Parfüm, kein Putzmittel, kein Teer. Ihm wurde klar, wo er sich befand. Und warum er sich hier befand. Immer noch starrte er an die Zeltdecke. Immer noch lag er auf dem Rücken und immer noch nicht hatte er sich bewegt. Er spürte das Pochen in seiner Hüfte und erinnerte sich an die schwere Verletzung. Mit einer Hand streifte er die Decke ab und sah an sich herunter. Er tastete den Verband ab. Er war trocken, zwar Blut durchtränkt, aber trocken. Er wälzte sich auf die andere Seite und stützte sich auf seinen Ellbogen. Dann setzte er sich auf. Kein Schwindel, keine großen Schmerzen, nur das Pochen und Ziehen der Hüfte blieb und verstärkte sich. Aber es war auszuhalten. Jakob fühlte sich wesentlich besser als die Tage zuvor. Die Wunde begann zu heilen. Es war ein Glückstreffer, dass sie die Nomaden getroffen hatten, die sie bereitwillig aufnahmen und ihnen Schutz boten.
Seine Erinnerungen setzten wieder ein. Dölma, der Migö...der Migö??...er erinnerte sich an jedes Wort, an jeden Moment dieser seltsamen Begegnung, aber er war nicht sicher, ob er nicht doch – fiebrig, wie er war – alles nur geträumt hatte. Oder die Wahnvorstellungen ihm einen gewaltigen Streich gespielt hatten. Dölma...Norbu würde mit der Zeremonie beginnen wollen...vielleicht...vielleicht hatten sie schon?...
Er stand auf, ignorierte das Ziehen in der Hüfte und schlug die Zeltbahn des Eingangs beiseite. Das Bild, das sich ihm bot, hatte so gar nichts mit Flucht, Gewalt, Krieg oder sonst Böses an sich. Es war ein friedvolles Bild, das die Situation, in der sie sich befanden, in ein paradoxes Gegenteil wandelte. Die Herde der Nomaden hatte sich um den Teich

verteilt. Zwischen ihnen spielten die Kinder. Die Erwachsenen standen zusammen in einer Gruppe und starrten auf eine Felsspitze. Mike war darunter. Auch er hatte den Felsen in der Ferne im Blick. Als er Jakob kommen hörte, drehte er sich um und grinste ihn an. Ein Strahlen unsagbarer Freude umspannte seine Gesichtszüge.

„Jake...siehst gut aus, mein Freund? Gut geschlafen??!"

„Ja...eigentlich schon...was ist da vorne?"

Die anderen hatten sich umgedreht und lächelten Jakob freudig an. Tsering stand unter ihnen. Er hatte Tränen in den Augen, aber als er Jakob sah, verschmolzen sie mit seinem Lachen.

Er stürmte auf Jakob zu und umarmte seine Hüften. Er ging ihm gerade bis knapp über den Gürtel.

„Scheek...bist du wieder gesund?"

„Es geht mir gut, mein Junge...!"

Er drehte den Kopf zur Seite, weil er die Hand von Mike auf seiner Schulter spürte.

„Was ist?..."

Mike zeigte auf die Felsen und in die Höhe.

Er sah über den Felsen etwas fliegen. Geier! Erschrocken zuckte er zusammen und suchte fieberhaft Norbu. Er war nicht da. Lhöndrup auch nicht. Dölma...die Himmelszeremonie...

„Dölma?????.....sind sie...?"

Mike nickte.

„Ja – Norbu sagte, dass es jetzt Zeit ist."

Jakob sagte nichts, schluckte nur und beobachtete die Kreise der Geier. Zuerst hatte er nur zwei gesehen, aber es waren schon mehr. Und es wurden immer mehr. Es war allen immer wieder ein Rätsel, wie schnell diese Vögel miteinander kommunizieren konnten und niemand wusste bisher, in welcher Art und Weise das geschah. Dass sie schon in so großer Anzahl hier waren, bedeutete wohl, dass der Rogyapa mit seiner schrecklichen Arbeit schon begonnen hatte. Jakob schüttelte sich vor der Vorstellung, wie er die kleine Leiche Stück für Stück zerteilte und sie in kleinen, schnabelfertigen „Häppchen" für die Geier präsentieren würde. Es tröstete ihn der Gedanke, dass der Mönch Norbu bei ihm war und die Zeremonie in der vorgeschriebenen Weise durchführte.

Er hörte die Menschen um ihn herum beten. Sie beteten für die Seele der kleinen Dölma und sie beteten um ihrer selbst willen. Sie beteten das höchste Mantra: „Om mani padma hum". Manche fielen auf die Knie, verbeugten sich pausenlos, ohne mit dem Mantra innezuhalten. Und ohne sich dessen bewusst zu sein, fiel Jakob in das Gebet mit ein. Er schloss die Augen und betete mit den tibetischen Flüchtlingen. Kurz durchströmte ihn der Gedanke, dass er sich nicht mehr erinnern konnte, wann er zum letzten Male in einer Kirche gewesen war. Geschweige denn, wann er jemals, seit er ein kleiner Junge war, gebetet hatte. Automatisch wiederholte er das Mantra, immer wieder, so lange, bis ihm die Tränen kamen, bis er wusste, dass das Mädchen frei war, dass ihre Seele aufgestiegen war in den Himmel, um sich wieder zu reinkarnieren. Er schlug wieder die Augen auf. Die Geier kreisten immer noch über den Felsen. Es waren wieder ein paar dazu gekommen. Dunkel hoben sie sich gegen den azurblauen Himmel ab, zogen ihre Kreise und hatten es nicht eilig. Die Mahlzeit war ihnen sicher. Sie hatten endlose Geduld.

Die Hand von Mike lag immer noch auf seiner Schulter. Als er sah, dass Jakob wieder die Augen geöffnet hatte und die Mantra-Rezitation beendete, nahm er sie wieder weg.

„Es ist alles gut. Norbu hat getan, was getan werden musste. Sie ist in guten Händen, Jake...“

„Ja...ich weiß...ich weiß...“

„Wie geht`s deiner Wunde? Und wie fühlst du dich?“

„Ich fühle mich gut. Und die Wunde nässt nicht mehr. Ich glaub, wenn ich vorsichtig bin, kann ich auch wieder laufen. Diese Nacht hat mir gut getan. Hab mich wohl gesund geschlafen.“

Er lächelte ihn schief an. Mike zog die Augenbrauen nach oben.

„Diese Nacht?...wir sind den sechsten Tag hier, Jake...du hast zwei Nächte Fieber gehabt und dann einen ganzen Tag und eine ganze Nacht geschlafen...Hast wohl gar nichts mitbekommen, scheint mir?“

Jakob sah ihn entsetzt an.

„Waaas??...Wirklich??...sechs Tage???...das...das kann doch nicht sein...wir waren doch gestern noch...oder???“

Bevor Mike noch etwas erwidern konnte, stand Diskit neben ihm.

„Scheek, ich freue mich, dass es dir wieder gut geht. Du hast uns einen schönen Schrecken eingejagt. Wir haben schon gedacht, du verlässt uns. Die Wunde hat geeitert und du hast hohes Fieber gehabt.“

„Aber...“

Er schüttelte ungläubig den Kopf. Und sofort dachte er wieder an den Migö. Und an das, was er gesagt hatte. Was er ihm, Jakob, mitgeteilt hatte. Dass seines und das Schicksal Dölmas so eng miteinander verknüpft seien, dass er leben musste. Es war noch nicht Zeit zu sterben.

„Es wundert mich, dass du schon wieder stehst. Du hast eine Natur wie ein Bär,“ sagte Mike zu ihm. Ein bisschen ungläubig sah er ihn an und schüttelte permanent den Kopf.

„Ja...vielleicht...“

Er sah wieder in die Ferne. Die Geier waren verschwunden. Nichts störte den Blick in den blauen wolkenlosen Himmel.

„Die Geier sind weg...“ flüsterte er und spürte, wie er trotz der kühlen Temperaturen zu schwitzen begann.

„Da kommen Norbu und Lhöndrup,“ rief Tashi und zeigte nach vorne. Tatsächlich kamen beide zwischen den hoch aufragenden Felsen heraus. Langsam kamen sie näher.

Die Menschen waren aufgestanden und hatten Tücher aus ihren Taschen gezogen. Einer spannte am Teich ein Seil zwischen herumliegende Felsen. Daran befestigten sie alle ihre fast quadratischen Tücher. Jakob konnte erkennen, dass sie alle beschriftet waren.

„Was macht ihr da?“ fragte er Diskit.

„Das sind Gebetsfahnen. Jeder hat Wünsche und Mantras darauf geschrieben. Und jeder hat auch einen Segen für Dölma darauf geschrieben. Jetzt hängen wir sie an das Seil und der Wind wird bei jedem noch so kleinen Windstoß die Gebete in den Himmel mitnehmen, wo die Götter sie lesen können. Ein Windstoß – ein Gebet. - So machen wir Tibeter das, Scheek.“

Jakob nickte.

„Ich verstehe. - Kann ich auch ein Tuch haben?“

Diskit griff in ihre Jackentasche und zog ein blaues Tuch heraus.

„Hier. Ich habe es extra für dich mitgeschnitten. Schreib deine Wünsche darauf, mit einem Mantra und mit einem Segen. Dann hängst du es zu den anderen.“

„Danke.“

Er setzte sich auf einen Felsen und schrieb darauf, was ihm gerade einfiel. Es war eine Bitte, ein Wunsch, ein Mantra und der Dank an ein kleines Mädchen, das viel zu früh ihr

Leben verlassen musste. Dann hing er es an das Seil. Augenblicklich fing das kleine Tüchlein zu flattern an, so wie die anderen. Und fast konnte Jakob sehen, wie die Buchstaben mit dem Wind in die Höhe getrieben wurden. Immer weiter, immer höher, bis sie nicht mehr wahrgenommen werden konnten.

Trotz seiner großen Traurigkeit empfand Jakob doch so etwas wie ein beruhigendes Gefühl. Ein Gefühl, dass alles richtig war, nichts falsch gemacht wurde und das Leben tatsächlich weiter ging. Er entfernte sich von den Gebetsfahnen und wollte mit Mike sprechen, wie es nun weitergehen sollte. Nach zehn Metern blieb er stehen und starrte vor sich auf die Erde. Da war der Migö gestanden, an diesem Platz, als er ihn in seinem Traum gesehen hatte. Vor dem Teich, an diesem Ort. Er bückte sich und hob die lange, beige-braune Faser auf, die sich zwischen den Gräsern verfangen hatte. Sie hatte sich zusammen gerollt und um die Grashalme geschlungen. Er zog sie auseinander, bis er die beiden Enden in den Fingern hatte. Sie war weit mehr als einen Meter lang. Fühlte sich an wie Fell, nicht wie Gras oder irgendwelche sonderlichen Flechten des Himalaja. Nachdenklich rollte er es zwischen den Fingern, als jemand seinen Namen rief.

Jakob drehte sich um. Tashi hatte ihn gerufen und kam auf ihn zu.

„Scheek, ich freue mich, dass du wieder auf den Beinen bist. Komm´, wir müssen besprechen, wie wir von hier weiter kommen. Ich bin so froh, dass es dir wieder besser geht. Ich hab schon Angst gehabt...“

„Ja, ist gut, ich komme.“

„Was hast du da?“ fragte der Tibeter. Seine Augen waren wieder offen, nur leichte dunkle Schwellungen deuteten noch die Schläge der Soldaten an. Er zeigte auf die lange Faser in Jakobs Hand.

„Hab´ ich grad gefunden. Fühlt sich an wie Fell, was meinst du?“

Tashi nahm es in die Hand und untersuchte die Faser.

„Hmmm...ja, es ist Fell...keine Pflanzenfaser...eindeutig Fell...aber so lang?...ich glaube, es ist...“

Er sah nachdenklich Jakob an.

„Was?...Was ist es?...Weißt du es?...“

Doch Tashi schüttelte den Kopf.

„Nein...unmöglich...vielleicht irgendeine Schafart, die sich in den Bergen verlaufen hat und nie mehr geschoren worden ist.“

„Und was meinst du mit unmöglich?“

Tashi lachte.

„Vielleicht ist es auch ein Haarbüschel vom Yeti...wer weiß das schon?“

„Der Migö?“

„Oder so...jaja...es ist ein Fabelwesen, Scheek, nichts weiter...komm´ jetzt!“

Doch Jakob war alles andere als sicher. Unwillkürlich dachte er daran, ob vielleicht sein Traum gar kein Traum gewesen war. Ohne darüber nachzudenken, rollte er die Fasern zusammen und steckte sie in seine Tasche. Mythos oder nicht, er hatte ihm geholfen, er hatte ihm das Leben und die Bedingungen erklärt. Für ihn war der Migö präsent, auch wenn er sich nicht zeigte. Aber gerade darum war er ja ein Mythos. Weil niemand sicher wusste, ob es ihn gab oder nicht. Für Jakob spielte es in diesem Moment keine Rolle. Ob er wirklich war oder nur in seinen Träumen erschien, er hatte ihm, den europäischen Atheisten, das Leben erklärt, das sich nun so ganz anders ausgebreitet hatte, als es Jakob in seiner bisherigen Art und Weise gelebt hatte. Und darum war der Migö tatsächlich, war präsent, war wirklich, war kein mordendes und fressendes Ungeheuer, sondern ein Meister des Wissens, vielleicht sogar ein Gott. Der Gott über die Berge, über die anderen Götter, ein Buddha. Jakob brauchte keinen Beweis dafür, das veränderte Denken in ihm war Beweis genug.

Er verspürte Hunger. Und Durst. Großen Hunger und großen Durst. Vorsichtig stapfte er den sanften Hügel hinauf zu den Jurten. Tashi, Mike, Norbu und Dhabu saßen im Gras und unterhielten sich. Aus dem Zelt der Nomaden quoll Rauch hervor. Jakob konnte den Geruch von Essen wahrnehmen. Sie würden Tsampa essen, das Nationalgericht der Tibeter. Vielleicht mit ein bisschen Fleischeinlage. Trinken würden sie den grässlich gesalzenen Buttertee, der so wichtig in diesen Höhenlagen war. Jakob war alles recht. Er fühlte sich ausgesprochen erschöpft und kraftlos, aber er war sich sicher, dass sein Körper es schnellstens wieder kompensieren konnte. Wichtiger war sein seelischer Zustand. Und der war hoffnungsvoll und optimistisch. Noch war seine Aufgabe nicht erledigt. Noch waren sie alle mitten in den Bergen. Eingeschlossen von den riesigen schneebedeckten Gipfeln, möglicherweise verfolgt von den Soldaten, nicht wissend, was sie in der Zukunft noch alles erwarten würde. Sicher waren sie erst, wenn sie über dem Nangpa La waren. Erst dann, wenn das Land Nepal oder auch Indien sie aufnehmen würde – erst dann waren sie sicher. Und er – Jakob Kolb – würde alles tun, um sie auch sicher dahin bringen zu können. Dann erst, und nur dann, würde auch er sicher sein. Sicher, seine Aufgabe als erledigt ansehen zu können.

Sie würden noch Zeit bei den Nomaden verbringen. Solange, bis alle bereit waren, den letzten schwierigen Pfad zu bezwingen. Den Pfad in die Freiheit. Ob Tage oder Wochen, spielte dabei keine große Rolle.

*

Das große mächtige Schneefeld lag vor ihnen. Es glitzerte wie ein riesiger Haufen Diamanten. Das tiefe Blau des Himmels bildete einen unwirklichen Kontrast zu dem wunderschönen weißen Schnee und den grauen Felsmassiven, die sich daraus hervor schälten. Die Luft war dünn, das Atmen fiel unglaublich schwer. Der Nangpa La zog sich fast auf 6000m Meereshöhe. Der wolkenlose Himmel war ein Geschenk der Götter. Mike und Tashi sahen sich aufmerksam um. Normalerweise zogen sich die chinesischen Grenzsoldaten im Winter ins Tiefland zurück, somit war der Pass unkontrolliert. Aber sie wussten es nicht sicher.
Die Pfade hier herauf waren gefährlich. Eisrinnen folgen Schneepassagen und Spalten, die große Höhe lässt das Herz pumpen und die Lungen pfeifen. Jakob nahm den Rucksack herunter und holte die Thermoskanne heraus. Er drehte den Deckel herunter und ließ ihn mit dem Buttertee volllaufen. Dann gab er ihn Tsering, der gierig daran schlürfte. Der kleine Junge hatte sich bravourös gehalten. Nicht einmal war ein Jammern von ihm zu hören gewesen und nicht einmal hatte er gefragt, wie weit es denn noch sei. Jakob musste den kleinen Tibeter bewundern. Seine Schuhe waren keine Schuhe mehr, sondern oft genug durchnässt vom nassen Schnee. Er musste Schmerzen haben vor lauter Kälte, aber er ließ sich nichts anmerken.

Immer wieder wurden seine Füße eingerieben und verbunden. Sie mussten schleunigst die Grenze überqueren, sonst liefen sie Gefahr, dass Erfrierungen sich einstellten. Nicht nur bei dem kleinen Tsering, sondern auch bei den anderen. Erwachsenen wie Jugendlichen und Kindern. Aber Tsering war der Jüngste. Und der Härteste. Jakob schien es oft so, dass der Junge nur diese Härte zeigen konnte, weil seine Schwester ihn antrieb. Auch wenn sie nicht mehr bei ihm war, auch wenn ihr Tod ihn am schmerzlichsten betraf, sie war immer bei ihm und ließ es nicht zu, dass er aufgab. Denn nur wenn er Nepal erreichte, dann hatte auch ihr Tod den Sinn, weswegen sie sich auf den langen, schwierigen Weg gemacht hatten.
„Wie weit, Tashi?" keuchte Mike.
Auch er hatte mit der Höhe zu kämpfen.
„Nicht mehr weit. Da vorne, an dem Massiv, da müssen wir nach links. Dort ist der Grenzstein. Dort ist Nepal."
Jakob drehte sich zu der Gruppe um. Alle waren erschöpft, keuchten und husteten. Aber alle waren gesund und alle vertrauten Jakob.
„Hört zu! Bald haben wir es geschafft. Wir sind am Nangpa La. Es wird noch einmal gefährlich werden. Wir wissen nicht, ob Soldaten da sind. Und wir wissen nicht, wie das Schneefeld beschaffen ist. Tashi und ich werden vorgehen und den Weg prüfen. Wir winken euch, wenn alles okay ist. - Bald haben wir es geschafft. Noch eine letzte Anstrengung..."
Er nickte und sah Mike an.
„Ich habe ein ungutes Gefühl, Mike. Pass auf die Umgebung auf. Wir sind kurz vor dem Ziel. Wir brauchen jetzt keine Überraschungen mehr."

„Ich pass´ auf. Und du auch. Sei bereit für alles. Sollte irgendwas passieren, lauft so schnell wie möglich zu dem Geröllfeld hinter dem Schneeberg. Da kann euch nichts mehr passieren."

„Gut. - Wir sehen uns auf der anderen Seite."

Er nickte Tashi zu und zusammen verließen sie die Gruppe, stapften vorwärts, langsam, mit einem Auge immer auf der Spur, die die Yaks hinterlassen hatten. Wenn hier Yaks gehen konnten dann konnten sie sich auch darauf verlassen, dass die Schneedecke hielt. Rechts von ihnen floss ein Schneefeld zwischen den Felsgraten herunter, eine graue Felsspitze dehnte sich in den Himmel und ein exakt geformter Schneespitz reckte seinen Gipfel wie ein Willkommenszeichen in das herrliche Blau. Dahinter erstreckte sich eine Gebirgskette bis zum äußersten Horizont. Nepal!

Sie hatten den Hang nach unten fast erreicht, als die Kugel Jakob in die Schulter traf. Die Wucht des Geschosses warf ihn nach vorne in den Schnee. Zuerst spürte er gar keinen Schmerz, er glaubte nur, gestolpert zu sein. Dann breitete sich ein drückende Welle über ihm aus, presste seine Kraft heraus und verursachte eine Lähmung, die die Schulter, den Nacken und seinen rechten Arm in Mitleidenschaft zog. Dann erst hörte er den Knall, der ein vielfaches Echo nach sich zog. Ein Schleier überzog die Augen und die schreckliche Erkenntnis, das Ziel nicht mehr erreichen zu können. Seine Gedanken holten das Bild der Menschen hinter ihm empor, ließen ihn die Schmerzen vergessen und die Angst verlieh ihm fast übermenschliche Kräfte. Er hörte Tashi rufen, er hörte Schüsse von der anderen Seite und er fühlte sich gezogen, gezerrt und geschleift. Tashi hatte sich neben ihn geworfen, drehte ihn auf den Rücken und schleifte ihn hinter die Schneewehe, die die Sicht über das Schneefeld verbarg. Er warf sich in den Schnee und begann, die Soldaten unter Feuer zu nehmen. Gleichzeitig schrie er mit sich überschlagender Stimme, dass alle herüber laufen sollten. Jakob spürte Panik in sich aufkommen. Es konnte nicht sein, dass sie so kurz vor dem Ziel scheiterten. Das konnte nicht sein!! Das durfte nicht sein!!...

Er wälzte sich keuchend auf die andere Seite, griff nach der „Scotch" und kroch neben Tashi. Blut strömte aus der Wunde und nur mit Mühe konnte er sich konzentrieren. Aber die Sorge um die Menschen, deretwegen er auf diesem Pass war, war größer als der Schmerz.

„Wo??...Wo sind sie???..." presste er mühsam hervor.

Tashi zeigte nach vorne zwischen den Felsen. Mit zitternden Händen stellte Jakob die Waffe ein. Er konnte die aufkommende Kälte fühlen, gleichzeitig Hitze und Nervosität. Der Schmerz pochte wie ein schwerer Hammer, den ein Schmid auf ihn eindrosch. Er musste sich beeilen. Mit einer Hand wischte er sich noch einmal über die Augen, presste sein Gesicht in den Schnee und legte die Hand mit der „Scotch" nach vorne. Tashi verfolgte einen Moment völlig verblüfft, was er da wohl mache. Er hatte nie die Waffe gesehen, die Jakob benutzte. Und auch jetzt konnte er kein Detail erkennen. Mit zusammen gepressten Lippen sah Jakob nach vorne, mit flatternden Augen und spürbarer Konzentration.

„Da vorne?.."

Seine Stimme war nur noch ein Flüstern.

„Jaaa....die Richtung stimmt. Was hast du vor?"

Dann entlud sich die Waffe. Lautlos und tödlich wie immer. Tashi sah, wie in dem Felsgewirr Menschen hochgeschleudert wurden und über das Geröll rutschten. Er verstand es nicht. Er sah den Mann neben sich mit großen Augen an. Sein Mund stand offen und seine Waffe hatte sich gesenkt. Er hörte Mike rufen und schreien. Dann hatte er sich wieder in der Gewalt, richtete sein Gewehr erneut auf einen nicht mehr vorhandenen Feind, sah die Menschen so schnell wie nur möglich auf sich zukommen, beobachtete die andere Seite, von der die Schüsse abgefeuert worden waren. Aber nichts geschah mehr. Keine Schüsse, keine Gefahr. Geschafft!!

Als Mike mit der Gruppe ankam, sahen sie einen verzweifelten Tashi neben Jakob sitzen. Jakob kniete im Schnee und keuchte wie ein alter Mann. Rings um ihn hatte sich der Schnee rot verfärbt. Blut sickerte durch das Hemd, durch die Jacke, durch den Mann. Mike sah sofort die Wunde in seiner Schulter. Er sprang auf ihn zu und drehte ihn um.

„Jake...mein Gott...halt durch... Mann, wir haben es doch gleich geschafft...verdammt, verdammt...!!"

Die Kugel hatte die Schulter von hinten durchschlagen und war vorne wieder ausgetreten. Er hatte schon zu viele Schusswunden gesehen, als dass er diesmal die Hoffnung hätte, der Mann würde es überleben. Jakobs Gesicht war grau. Seine Augen flatterten wie irre. Er war von seiner schweren Hüftwunde noch gar nicht vollends genesen – und jetzt das hier.

„Wir sind noch nicht in Sicherheit..." sagte Tashi zu Norbu. Aber das wusste auch Mike. Verzweifelt sah er auf den schwer verletzten Mann vor ihm. Kurz entschlossen packte er Jakob und hob ihn auf. Dann griff er ihm um die Hüfte und warf ihn sich über die Schulter.

„Los! Weiter...weiter!!..." schrie er die Menschen vor ihm an.

Tashi war schon aufgesprungen. Es war nicht mehr weit...nicht mehr weit...gleich...gleich haben wir es geschafft...dachte er und rannte fast den Hang hinunter. Hinunter zum Grenzstein...nach Nepal...in Sicherheit...

Mit einer übermenschlichen Anstrengung waren sie abgestiegen. Raus aus den Schneefeldern, raus aus den Geröllhalden. Jede 100 Höhenmeter spürten sie das Ansteigen der Temperaturen. Irgendwann ließ Tashi sie anhalten. Mike lehnte Jakob an einen Felsen. Er bekam kaum noch Luft und seine Muskeln flatterten wie Fähnchen im Wind. Er war fix und fertig. Sie konnten in ein Tal hinunter sehen. Dort waren Gebäude. Sie sahen verfallen aus, aber das konnte auch täuschen. Jakob war wach. Er hatte die Augen geöffnet und sah Mike an. Seine Gesichtsfarbe war aschfahl und er sah aus wie ein Toter. Die Lippen waren schmal und die Augen hatten einen trüben Blick. Jegliche Klarheit darin war verschwunden. Mike hatte Angst um ihn.
„Haben wir es geschafft?!" fragte Jakob ihn leise.
Mike nickte und lächelte. Mit Mühe beherrschte er sich, sah auf den Freund, dessen Leben langsam aus ihm herausquoll. Wie ein zäher Brei würgte es sich aus des Menschen Seele. Langsam, sanft pressend, aber kontinuierlich und unaufhaltsam.
„Ja, Mann. Wir haben es geschafft. Du hast es geschafft. Gut gemacht, mein Freund."
Jakob versuchte ein Lächeln. Aber es misslang auf allen Ebenen.
„Dann ist es gut. Ich fühl mich total beschissen..."
„Versteh ich..."
„Ich glaub´, das schaff ich nicht mehr..."

„Quatsch!!! Natürlich schaffst du es...red´ keinen Scheiss...“
Verzweiflung lag in seiner Stimme. Eine tiefe Verzweiflung,
die er so lange nicht mehr verspürt hatte. Irgendetwas
schrie in ihm, dass es nicht sein dürfte, dass Jakob ihn hier
verlassen sollte. Irgendeine tiefe, dunkle wie auch helle
Stimme, kreischend, brüllend, quietschend, schrill und
eindringlich zugleich. Alles in ihm wehrte sich zu
akzeptieren, dass der Tod neben Jakob stand und wartete.
Abwartend, beobachtend, mit unendlicher Geduld.
„Okay...wenn du es sagst...“
„Du wirst mir jetzt nicht aufgeben...ist das klar?“
Beschwörend sah Mike ihn an. Seine Hand krallte sich in
Jakobs Jackenkragen.
„Ja...klar, Boss...ist klar...“
Seine Stimme war leise und er hatte die flatternden Augen
geschlossen. Diese mächtige, nach ihm greifende
unsägliche Müdigkeit, gepaart mit diesem dumpfen
Schmerz, der alle Lebensgeister aus seinem Körper ziehen
wollte, breitete sich langsam aus. Jeden Augenblick konnte
er das Bewusstsein verlieren.
Mike sah Diskit an, die neben ihm kniete und den Kopf
schüttelte. Jakob verlor zu viel Blut und sie würden das
ohne medizinische Hilfe nicht stoppen können. Sie hatte ein
paar Tücher dabei. Mike öffnete Jacke und Hemd von Jakob
und wollte gerade die neuen Tücher auf die Wunde legen,
als beide, er und Diskit, zurückzuckten.
In der Brust Jakobs begann ein Licht zu leuchten. Unter der
Haut, in ihm drin, klein wie ein Stecknadelkopf, aber hell
wie die Sonne. Wie ein Signal ging es an und aus.
Orangefarben.
„Was ist denn das?“ fragte Norbu, der zwischen ihnen
stand.

„Keine Ahnung. Sieht wie das Schlagen eines Herzens aus. - Jake...kannst du mich hören?“

„Ja...“

„In deiner Brust leuchtet ein oranges Licht. Was ist das?!“

„Ein Licht?...“

Jakob versuchte die Augen offen zu halten und sah trübe Mike an.

„Ja. Wie ein Signal. Was soll das sein??!“

„Dann...dann ist es Zeit...“ keuchte er.

„Zeit?? Zeit wofür??“

„Zeit zu gehen, Mike....Zeit zu gehen...dahin, woher ich gekommen...gekommen bin..sie...sie rufen mich damit...es ist das Signal...das Ortungssignal....“

„Was...???? Jetzt?? Aber wie...?“

„Hilf mir....es ist das Signal...ich muss es bestätigen...hilf mir auf...“

Sie setzten ihn auf. Hörbar stieß Jakob die Luft aus seinen Lungen. Die Anstrengung war kaum zu schaffen. Das beschwerliche Keuchen wechselte sich mit einem brummigen Stöhnen ab.

„Meine Tasche...gib´ mir meine Tasche...“

Mike reichte ihm die Tasche und mühsam suchte Jakob das Navigationssystem. Um die Rückholung zu erleichtern und ganz sicher zu machen, konnte er mit dem Navigationssystem den Sender verbinden. So hatte ihm das der Techniker Markus erklärt. Er schaltete das Display an und startete das Programm. Dann fasste er sich an die Brust und drückte auf das Implantat. Augenblicklich wechselte die Farbe auf Grün. Der Countdown hatte begonnen. Soweit sich Jakob noch erinnerte, hatte er damit noch etwa drei Minuten Zeit.

„Wo ist Tsering...?" fragte er Diskit. Seine Pupillen irrten ständig hin und her.

„Ich bin hier, Scheek..."

Der Kleine quetschte sich durch die Erwachsenen.

„Hör zu, mein Junge...ich muss gehen...jetzt seid ihr in Sicherheit..."

Der Kleine weinte und hielt Jakobs Hand. Schluchzend kniete der kleine Knirps neben seinem Beschützer.

„Aber...ich will nicht, dass du gehst...du musst doch mit uns kommen...Scheek...bitte geh´ nicht..."

„Unsere Wege müssen sich jetzt trennen...ich muss wieder dahin, wo ich herkam...du musst mir eins versprechen..."

„Ja...??"

„Geh´ zur Schule, lerne...lerne...und verlaß´ ihn nicht, deinen Weg...hörst du?...sag der Welt, was los ist mit Tibet...und lebe ein Leben in Freiheit, in deinem Glauben, in deiner Überzeugung - das ist das Wichtigste, versprochen??!"

„Versprochen, Scheek...ich verspreche es..."

Seine Tränen verschluckten fast seine Worte. Er schluchzte ununterbrochen.

„Okay...guter Junge...du bist mutig...du schaffst es..."

Jakob atmete schwer durch. Er fühlte, wie er immer schwächer wurde. Er musste sich beeilen, sonst war es endgültig vorbei.

Er sah Mike an. Seine Augenlider flatterten leicht, so als ob er ein Staubkorn in den Augen hatte.

„Danke...danke, Mike...für deine Hilfe...das hätte ich nie allein geschafft...vielleicht...vielleicht sehen wir uns einmal wieder...irgendwo...irgendwann....vielleicht ist doch...ist doch alles wahr...das mit der Wiedergeburt..."

„Das hoffe ich, mein Freund. Du hast ganz schön was drauf, das wollt ich dir schon lange sagen...gut gemacht, alles richtig gemacht...hast immer recht gehabt...“
Jakob nahm die Hand des Amerikaners und drückte sie, so fest er konnte. Tief sah er ihm in die Augen.
„Bring die Menschen dahin, wo sie frei sind...“
„Das mache ich...verlass´ dich drauf...versprochen...“
„Seht mal da...!!!“ schrie auf einmal Dhabu.
Alle Köpfe ruckten herum. Die Luft schien sich zu verzerren und nach außen zu drängen. In der Mitte gab sie ein dunkles Loch frei, ein schwarzes Etwas wie den Eingang zu einer Höhle. Angstvoll blickten die Menschen auf das Phänomen, das sie niemals gesehen hatten und das sie nicht verstanden. Unwillkürlich glaubten sie an das Erscheinen eines Gottes oder einer der Berggeister und drängten sich Schutz suchend zusammen.
„Hilf mir auf, Mike...es wird höchste Zeit...“
Mike half ihm auf die Beine. Schwer atmend hielt sich Jakob an ihm fest. Er nahm all seine Energie und Kraft zusammen, um auf den Füßen zu bleiben. Versuchte, den lähmenden Schmerz zu ignorieren. Schwindel kam auf und er schloss die Augen, atmete noch einmal tief durch. Mike war der einzige, der in etwa verstand, was da gerade vor sich ging. Aber auch er war überfordert, wusste er doch jetzt ganz sicher, dass Jakob die Wahrheit gesagt hatte. Er war tatsächlich ein Zeitreisender. Ungläubig blickte er in das sich schnell vergrößernde Loch.
Langsam führte er ihn zu diesem schwarzen Nichts. Dort drehte Jakob sich noch einmal um. Mike ließ ihn los, widerwillig, sorgenvoll, unsicher. Aber er ließ ihn alleine stehen. Keuchend und unter Aufbietung aller restlichen Kräfte sprach Jakob zu der Gruppe. Jedes Wort schien die

Anstrengung noch zu erhöhen, schien den Atem aus Jakob herauszupressen und den Mann daran hindern zu wollen, seine Gedanken und seinen Willen nach außen dringen zu lassen. Es wurde nur noch als ein übermenschlicher Kraftakt empfunden, der aus einem keuchenden Aufbäumen gegen das Sterben bestand.

„Ihr seid jetzt in Sicherheit. Mike wird euch dahin führen, wo ihr ein neues Leben beginnen könnt. Ein Leben in Freiheit, so wie auch ich es kenne. Aber vergesst dabei nicht eure Heimat. Tibet ist eure Heimat. Kämpft dafür, gebt niemals auf. Schreit es in die Welt, was Tibet erleiden muss. Jetzt seid ihr das Sprachrohr dafür. Mit vielen anderen. Es werden euch viele folgen. Auch der Dalai Lama. Unterstützt ihn bei seinem gewaltlosen Kampf für Tibet. Lebt wohl, ich danke euch, denn ich habe so viel gelernt in den letzten Wochen...viel Glück...euch allen...."

„Gute Reise...Büroheini...gute Reise..." flüsterte Mike.

Er spürte, wie sich seine Nackenhaare aufrichteten und sich ein Kloß in seiner Kehle bildete. Er versuchte zu schlucken, aber es ging nicht. Sein Magen begann zu rumoren und einen Moment lang wünschte er sich, dass Jakob hierbleiben würde.

Jakob hob die Hand und lächelte sie alle an. Dann drehte er sich um, mühsam setzte er einen Schritt um den nächsten. Die linke Hand war auf die rechte Schulter mit den Blut durchtränkten Tüchern gepresst. Dann trat er in die verzerrte Umgebung. Die Menschen sahen ihn verschwimmen, sich verzerren, sich in Einzelteile auflösen... im Schwarzen Loch eintauchen, das ihn wie ein gigantisches Maul verschluckte. Er verschwand wie ein Stück getrockneter Farbe, die sich in Wasser auflöste und die

Struktur veränderte. Unsichtbar für das Auge und nur im Ganzen als neue Kreation wahrnehmbar.

Und dann...verschwand mit einem kurzen Zischen der ganze Spuk. Die Erscheinung wurde immer kleiner, bis sie nur noch ein winziger Punkt war. Dann war auch das nicht mehr zu sehen. Alles war wie vorher...nichts deutete auf irgendetwas Außergewöhnliches hin. Außer...dass Jakob - dass Scheek - nicht mehr da war. Sie saßen alle auf dem Boden und sprachen nichts. Für sie alle war Jakob in diesem denkwürdigen, nicht von dieser Welt stammenden Moment ein Gott, den die anderen Götter nach Hause holten.

Norbu fing nach langen Minuten an zu beten. Er rezitierte ein Mantra, ständig wiederholend, mit zitternder Stimme, mit einer nur menschlichen Ohnmacht, dessen Geist es noch nicht realisieren konnte, welcher Erscheinung sie gerade beigewohnt hatten. Seine Stimme wurde fester, lauter, fast verzweifelt hörte sie sich an, erinnerte bald an ein Schluchzen, dann wieder an die subtile Tiefe der Demut und der Dankbarkeit. Der nächste setzte ein, wieder einer, noch einer...bis alle zu beten anfingen. Selbst Mike saß unter ihnen und hatte die Hände gefaltet. Er konnte nicht beten, er verstand sie nicht mit Worten — aber er wusste genau, für wen sie beteten. Der Wolkenreisende hatte seine Aufgabe getan und war nun wieder dahin gegangen, woher er gekommen war. So wie es die Prophezeiung gedeutet hatte, war ein Mensch aus einer anderen Welt für kurze Zeit auf ihren Schicksalsweg getreten, um sie in die Freiheit zu führen. Und keiner von ihnen würde diesen Menschen jemals in seinem Leben vergessen...

*

Mit einem tiefen Brummen öffnete sich die schwere Türe. Albert und alle anderen Wissenschaftler standen gebannt vor der Absperrung. Jetzt würde sich zeigen, ob ihre Berechnungen richtig waren und der Beschleuniger korrekt gearbeitet hatte. Sie waren neugierig wie noch niemals zuvor in ihrem Leben. Albert und Markus zogen die schwere Türe auf. Nebliger Dunst drang aus dem Inneren. Albert trat zuerst hinein. Sein Herz schlug wild und beinahe unregelmäßig.

„Jakob??!" rief er hinein. Keine Antwort.

„Jakob?!"

Noch einmal. Wieder nichts. Der Schreck übermannte ihn und ließ seine Nackenhaare aufrichten. War das Experiment gescheitert? Jetzt? Nach so vielen Versuchen? Nach einem offensichtlichen Erfolg? Denn die Bestätigung des Rückholsignals bedeutete, dass Jakob lebte und in einer anderen Zeit angekommen war.

Er stand vor dem großen Sessel. Er war leer. Und die größte aller Enttäuschungen machte sich in Albert breit. Jakob war nicht hier. Niemand war hier. Irgendwo auf den Zeitschleifen wurde er atomisiert. Albert stand da und war fassungslos. Es war doch alles perfekt. Die Berechnungen waren unumstößlich und alle Programme sowie die Maschine arbeiteten bis zuletzt einwandfrei. Fehlerlos! Er konnte es nicht begreifen, nicht fassen. Ihm war, als ob alles, was er bis jetzt getan hatte, gebaut hatte, Zeit investiert hatte – es war, als ob alles in sich zusammenstürzte. Alles vergebens!! Alles vorbei!! Er spürte, wie seine Handflächen feucht wurden und sein Puls raste. Er begann zu schwitzen, konnte die herabfließenden Schweißtropfen auf seiner Stirn fühlen und verspürte Angst. Angst um Jakob!

Der Nebel begann langsam, sich zu verflüchtigen und er drehte sich um, das Innere der Kapsel zu verlassen. Da ließ ihn ein leises Stöhnen herumfahren. Seine Augen suchten den kleinen Raum ab, Hoffnung durchströmte ihn und verbreitete sich wie ein Virus in seinen Nervenzellen. Durch den sich auflösenden Nebel sah er eine zusammen gekrümmte Gestalt liegen. Mit einem Sprung war er bei ihr und fiel auf die Knie. Und zuckte ganz kurz zurück.

Die Gestalt vor ihm sah aus, als ob sie durch tausend Explosionen gelaufen war. Die Kleidung war zerrissen und dreckig. Der umgeschnallte Rucksack machte den Eindruck eines jahrhundertealtes Artefaktes und die Schuhe waren als solche nicht mehr zu erkennen. Die ganze Schulter war Blut durchtränkt, die Hüfte aufgerissen. Das Gesicht war durch den Bart kaum erkennbar, aber sofort wusste Albert, wer da vor ihm lag. Es war Jakob! Tatsächlich Jakob! Und er lebte. Auch wenn Albert in diesem Moment nicht sicher war, dass es auch so sein würde.

Der Nebel war mittlerweile abgesaugt worden und Albert konnte das ganze Ausmaß von Jakobs Zustand erkennen. Er sah sofort die schweren Verletzungen und schrie nach draußen.

„Schnell, eine Trage, beeilt euch, schnell...macht schon!!!!"
Doktor Biloschenko, die russische Ärztin, stürmte herein und starrte schockiert auf den Menschen am Boden.

„Oh, mein Gott, was ist denn da passiert??! Laß´ mich mal sehen...Jakob?!...Jakob?!...kannst du mich hören?!"
Sie tätschelte leicht sein gebräuntes Gesicht. Jakobs Augen flatterten, er versuchte sie zu öffnen, aber er schaffte es nicht mehr. Die Pupillen verschwanden aus dem sichtbaren Bereich und versteckten sich in den dunklen Räumen. Ein

tiefes Stöhnen begleitete ihn in die erlösende Bewusstlosigkeit.

Die Trage war inzwischen da und sie verfrachteten Jakob darauf. Rasend schnell wurde Jakob in den OP gebracht. Die Mediziner waren vorbereitet gewesen, aber selbst sie taten sich schwer, diesen Mann wieder zu erkennen. Albert stand mit Markus draußen und sie sahen sich entsetzt an.

„Mein Gott, wo ist er nur gelandet? Hast du gesehen? Das war doch eine Schusswunde in der Schulter, oder irre ich mich?"

Albert sah Markus fragend an.

„Schon möglich...verdammt..ich hoffe, er kommt durch...der sieht aus, als ob man ihn tausendmal durch den Wolf gedreht hätte...scheiße, verdammt....verdammt, mein Gott, verdammt..."

Albert stützte sich mit beiden Händen gegen die Wand und hatte den Kopf gesenkt. Er war verzweifelt und fühlte, wie sich die Schuld einen Weg in sein Innerstes bahnte. Die Hand von Markus lag auf seiner Schulter.

„Wird schon schiefgehen. Jakob ist ein zäher Hund, der schafft das schon..."

„Hoffentlich," flüsterte Albert. „Hoffentlich..."

Er richtete sich wieder auf und hob den Kopf, um in eine imaginäre Leere zu sehen. Der Schock über Jakobs Zustand brodelte wie eine heiße Quelle in ihm und er war im Moment nicht fähig, mehr als die sehnsüchtige Hoffnung darin zu entfachen.

*

Es roch nach Zitrone, mit einem Hauch Lavendel. Oder wie...wie...wie Tannennadeln, die hatten auch so einen intensiven Geruch an sich. Er konnte sich nicht festlegen, außer dass alles nach Frische roch, nach Sauberkeit, nach Reinheit und nach einem angenehmen wohligen Gefühl. Er sah sich über eine blühende Blumenwiese schweben, er vernahm das Summen der Insekten, er roch das intensive Wachsen des Grases und er spürte diesen leichten, warmen, sanften Windhauch, der ihn streichelte wie die zarte Hand einer schönen Frau. Das grelle Zwitschern der Kohlmeise drang an sein Ohr und er hob den Kopf, um sie zu suchen. Die Sonne stand wie eine unzerstörbare Festung am azurblauen, wolkenlosen Himmel und er spürte, wie das Leben in ihn drang. Ohne sich anzustrengen, bahnte es sich seinen Weg in das Innerste, bedeckte die Seele, schmiegte sich um das Herz und signalisierte eine weit über der menschlichen Wahrnehmung präsente Daseinsform. Ein nicht gekanntes, neues Glücksgefühl etablierte sich in einem undefinierbaren Raum des Selbst, das losgelöst von aller Erkenntnis ein neuartiges Verstehen kreierte.

Als Jakob die Augen aufschlug, sah er eine weiße Decke über sich. Licht schien herein, Sonnenlicht. Es war klar und es war schön. Er drehte den Kopf und beobachtete die Sonnenstrahlen, in deren Schein Staubteilchen miteinander spielten. Sie hüpften auf und ab, traten aus dem Strahl heraus, um sofort wieder mit einzusteigen in das Spiel des Fangens. Er drehte den Kopf auf die andere Seite. Das Zimmer war groß und geräumig. Die Fenster waren lang, mit Sprossen versehen. Vorhänge zierten sie. Ein dezentes Zitronengelb hellte den Raum noch mehr auf und gab ihm die Atmosphäre des Positiven und Optimistischen. Es war still in dem Raum, still in dem Haus. Ruhe. Himmlische Ruhe. Jakob hatte keinen blassen Schimmer, wo er sich befand – und es war ihm im Moment auch völlig egal. Er versuchte, die Erinnerungsfetzen zusammenzufassen und ein Ganzes daraus zu formen. Zuerst waren es nur Schnappschüsse, fragmentarische Bilder, undefinierbare Farben und Formen, dann stellte sich die Verbindung wieder ein. Der Nangpa La...das war das Letzte, woran er sich erinnerte...der Schuss, diese tiefen, abartigen Schmerzen...Mike, Nepal, Tsering, das Mädchen, die Menschen, Tashi, der Schnee, der nicht mehr weiß war, nur rot, rot von seinem Blut – aber der Pass...geschafft! Wir haben es geschafft...!! Das Signal, er erinnerte sich an das Signal. Das pochende Licht in seiner Brust...das Zeitportal war wieder geöffnet worden, er war hineingelaufen...und dann? Dann verblasste jegliche Erinnerung. Er konnte nichts mehr aus seinem Geist aufrufen, da war nichts, nur Dunkelheit. Absolute undurchdringliche Dunkelheit.

Er versuchte, tief durch zu atmen, aber die Schmerzen in der Schulter ließen es nur bedingt zu. Ein Stechen und ein Ziehen erinnerte ihn an die schwere Schussverletzung. Er sah sich noch einmal um. Langsam drehte er den Kopf. Er konnte ihn nicht einmal anheben, so geschwächt war er. Aber seine Augen nahmen das Licht war. Licht! Wie der Himmel. Helligkeit, Sehen, Begreifen, Farben, Formen...wunderbar. Es sah so aus, als ob er wieder zu Hause wäre. Vielleicht in einem Krankenhaus? Das Bett, die Kommode, der Schrank, die hohen Fenster...nein, das war kein Krankenhaus. Es war viel zu exklusiv eingerichtet. Er war woanders...vielleicht???...nein, keine Ahnung...ich weiß es nicht...ich weiß es einfach nicht...

Er schloss wieder die Augen, aber er wollte nicht wieder in die Dunkelheit versinken. Er spürte, wie die Gedanken begannen, sich zu formieren, zu sammeln, um ihm wieder einen Hauch Rationalität bewusst zu machen.

Bevor er noch weiter darüber nachdenken konnte, öffnete sich leise und behutsam die Türe. Er drehte den Kopf und sah Dr. Biloschenko, die lächelnd eintrat.

„Unser Patient ist wach, schau, schau...hallo, Jakob...wie fühlen Sie sich?"

Sie kam herein, setzte sich auf die Bettkante und nahm seine Hand. Freudig tätschelte sie sie wie eine Mama. Jakob erkannte sie wieder und versuchte ein schiefes Lächeln.

„Ich glaube, ganz gut..." krächzte er hinaus.

Er räusperte sich und schielte auf die Flasche Wasser auf dem kleinen Nachtschränkchen. Sie goss ein bisschen Wasser in ein Glas und gab es ihm. Gierig trank er es leer. Sofort fühlte er sich besser. Sein Blick fiel auf die vielen Apparaturen neben seinem Bett und der Infusionsflasche, die auf einem Ständer hing und mit seinem Arm verbunden war. Noch zweimal wurde das Wasserglas gefüllt, dann waren die Stimmbänder wieder damit einverstanden, in Funktion zu treten.

„Ich war wohl in keiner guten Verfassung, als ich wieder da war," sagte er leise zu ihr. Sie nickte, verlor aber ihr Lächeln nicht.

„Das kann man wohl sagen. Nur aufgrund Ihrer guten Konstitution sind Sie noch unter uns. Sie hatten viel Blut verloren und die Schusswunde war gewaltig. Auch die Schusswunde an Ihrer Hüfte ist recht tief gewesen, aber sie war gut verheilt. Irgendwie ist sie wieder aufgebrochen, aber nun haben Sie das Schlimmste überstanden. Auf dem OP-Tisch sind Sie mir zweimal weggestorben. Nur kurz, aber Sie haben uns ganz schön erschreckt. Auf Ihren Bericht bin ich gespannt, Jakob...Nun gut...erholen Sie sich jetzt...Sie haben alle Zeit der Welt...und es sieht alles sehr gut aus."

Sie stand auf und tätschelte seine Wange. Immer noch lächelte sie und es sah für Jakob so aus, als ob sie sich wirklich freute, dass er noch lebte.

„Danke..." sagte er nur und verzog das Gesicht zu einem schrägen Grinsen.

„Wie lange liege ich schon hier? Mir fehlt jegliche Erinnerung nach dem Zeitsprung," rief er ihr schwach nach, bevor sie den Raum verließ. Sie drehte sich noch einmal um und sah ihn an. Ihre Augenbrauen zogen nach oben und die Unterlippe legte sich über die Oberlippe.

„Das ist jetzt die dritte Woche, Jakob. Sie lagen zehn Tage im Koma. - Albert wird gleich nach Ihnen sehen. Ich sag ihm Bescheid, dass Sie wieder unter uns sind. Bis später, Jakob."

Sie verließ den Raum und ließ einen nachdenklichen Jakob zurück. Drei Wochen. Er war drei Wochen weg getreten. Er war zweimal gestorben. Tot! Zweimal. Zweimal tot! Er versuchte, sein Gefühl zu erforschen, ob der eigene Tod etwas in ihm hinterlassen hatte. Oder ob der Tod einen unbekannten Bereich entstehen ließ, der ihn immer daran erinnern sollte, wie endlich ein Menschenleben eben doch war. Aber er fand nichts. Jedenfalls nichts, was im Bewusstsein verankert war. Trotzdem war er überzeugt, dass das Unbewusste all das längst gespeichert hatte. Vielleicht würde es irgendwann, zu gegebener Zeit, dieses Wissen, diese einzigartige Erinnerung, dieses Verständnis, vielleicht würde es das alles einmal freigeben. Als Hilfe für den letzten Schritt, als Anstoß für ein überdimensioniertes Erleben und Erkennen. Vielleicht auch als Helfer für den Eintritt in eine neue, andere, hoffentlich weitaus bessere Welt.

Ein Schauer überschüttete ihn und urplötzlich wurde ihm bewusst, dass er lebte. Wieder lebte! Sie hatten ihn wieder zurückgeholt. Ins Leben. Gleichzeitig wurde ihm klar, dass er sich durch den Zeitsprung und den daraus resultierenden Geschehnissen schon selbst wieder ins Leben zurückgeholt hatte.

Die Türe ging wieder auf und eine junge Frau schob ein Wägelchen ins Zimmer. Es roch nach Essen und Jakobs Magen signalisierte Hunger. Zeichen dafür, dass er wirklich am Leben war. Die Erinnerungen wollten sich einstellen, aber Jakob verbannte sie auf später. Er wollte etwas essen und versuchen, an nichts zu denken. Die Fragen, die sich unwillkürlich aufdrängten, konnten irgendwann beantwortet werden. Der Professor würde ihn schon aufklären. Er begnügte sich damit, zu wissen, dass er hier war, gut behütet, gut versorgt, gut gepflegt – und lebend ohne irreparable Schäden. Mit Erstaunen stellte er fest, dass er sich nicht mehr verrückt machte, um Dinge wissen zu müssen, die im Moment lediglich Fragen waren. Alles hatte seine Zeit. Zeit...er würde diesen Begriff aus einem neuen Blickwinkel sehen müssen. Nicht mehr als sich fortführende Momente, die sich durch ein Aneinanderreihen von Geschehnissen definierten, sondern einfach als ein Begriff, der keiner Definition bedarf – weil es keine befriedigende gab.

Die junge Frau stellte das Bett hoch, so dass er sitzen konnte. Dann schob sie ihm das Tablett vor den Bauch. Jakob konnte die rechte Hand noch nicht vollständig benutzen, ohne Schmerzen zu empfinden, aber das hielt ihn nicht davon ab, mit seiner Linken das immense Hungergefühl zu befriedigen. Auch wenn das Gericht nur aus Kartoffelbrei und gedünstetem Gemüse bestand. Es schmeckte ausgezeichnet und er fand, dass das das beste Essen war, das er jemals zu sich genommen hatte – nach den langen Wochen mit Tsampa und Buttertee keine fundamentale Erkenntnis. Die Lebensgeister erwachten wieder und führten ihn auf einen neuen Pfad. Sehr wohl bemerkte er seinen eigenen expandierenden Geist, der unaufhaltsam neuen Raum schaffte. Damit Jakob ihn füllen konnte. Und sicher war, das auch leicht bewerkstelligen zu können.

Als die Türe aufging, sah er einen grinsenden Albert eintreten. Er streckte nur seinen Kopf herein und sagte laut: „Hallo, Jakob, du alter Abenteurer, wie geht's?"

„Es geht mir gut, danke. Komm´ rein, Albert."

Nach wie vor war seine Stimme leise und schwach, aber sie zeugte von Positivismus und Optimismus.

Der Professor schloss die Türe hinter sich, zog sich einen Stuhl heran und sah Jakob in die Augen. Pausenlos nickte er. Anerkennend, bewundernd, staunend, lachend. Die Freude stand ihm sprichwörtlich im Gesicht geschrieben.

„Ich freue mich sehr, dass es dir wieder gut geht. Wir hatten wirklich ausgesprochen große Bedenken. Und ich hab glaub ich, zehn Nächte nicht geschlafen."

„Ich hab´ schon gehört, dass ich fast abgenippelt wäre. War wohl haarscharf..."

„Allerdings. - Können wir reden? Oder fühlst du dich noch nicht soweit? Ich warte gerne, bis es dir besser geht."

Jakob schüttelte den Kopf. Er fühlte sich gut. Noch müde und ein bisschen schläfrig, aber gut. Eigentlich wollte er schon fragen, wissen wollen, wie denn nun das Experiment zu werten war, aber er fühlte auch die innere Schwäche, die ihn schlapp und müde werden ließ. Er spürte den Mantel, der sich um ihn zu legen begann und damit signalisierte, dass er noch viel zu erschöpft war und sich nun gesund schlafen sollte.

„Ja...vielleicht später...bin schon wieder müde, vom Essen wahrscheinlich...später, Albert, dann reden wir...bin schon sehr gespannt...“
Albert stand auf.
„Klar. Kein Problem. Schlaf dich gesund, wir haben Zeit...“
Das hörte Jakob schon nicht mehr. Er war bereits wieder eingeschlafen. Lächelnd sah der Professor auf seinen Zeitreisenden. Dann nickte er nur und verließ leise den Raum. Fast spürte er so etwas wie Glück hochkommen. Gepaart mit dieser unsagbaren Freude, Jakob wieder gesund im Leben sehen zu können.

Am nächsten Morgen klopfte es sanft an der Türe. Jakob war bereits wach, er fühlte sich ausgesprochen gut. Er hatte fünfzehn Stunden einen wohligen genesenden Schlaft geschlafen und stellte fest, dass die Müdigkeit sich verflüchtigt hatte und er präsent war.
Albert trat ein.
„Guten Morgen, mein Freund. Gut siehst du aus. Hast wieder Farbe im Gesicht. Wie fühlst du dich?“
„Prima. Ich glaub, ich bin jetzt auf dem Weg der Besserung. Und Hunger hab ich auch.“
Albert lachte.
„Toll. Ich freue mich sehr. Bereit zu reden?“
„Ja, alles klar. Wo fangen wir an?“
Er zog sich einen Stuhl an das Bett und setzte sich.
„Nun, wir haben deine Fotos ausgewertet. Das war alles sehr sehr aufschlussreich und interessant. Und es war gut, dass du deine Position mit dem Sternenhimmel abgeglichen hast. Das war der endgültige Beweis, dass du in der Vergangenheit warst.“

„Ja. Es war wirklich die Vergangenheit. Ich konnte es ja selbst nicht glauben, als ich dort in diesem Hinterhof aufgeschlagen war."

„Du musst mir alles erzählen. Und vor allem, warum dein Ankunftsort so weit von dem Ort weg war, an dem wir dich wieder zurückgeholt hatten."

„Ja...das ist...das ist eine lange Geschichte, Albert. Es ist soviel passiert, dass ich...ich gar nicht weiß, wo ich anfangen soll..."

Albert lachte.

„Na, so lang kann die Geschichte ja nicht sein. In 48 Stunden kann doch nicht so viel passiert sein."

„Wieso? Wie meinst du das? Wieso in 48 Stunden?"

Erstaunt sah ihn Jakob an. Er verstand nicht, was Albert damit sagen wollte. Wieso achtundvierzig Stunden??

Albert nickte wissend und gleichzeitig unverständlich.

„Also, das ist es ja, was wir nicht verstehen. Wie kannst du in zwei Tagen mehr als 5000 Fotos geschossen haben? Du musst ja permanent den Auslöser betätigt haben."

Jakob sah ihn an, als ob er von etwas ganz anderem sprach als von dem, um das es eigentlich ging.

„Ich versteh´ das jetzt nicht ganz. Warum zwei Tage? Ich war mehr als neun Wochen in Tibet. - Am 8. März bin ich angekommen...und es muss schon der 11. oder 12. Mai gewesen sein, als wir die Grenze überquert hatten. Das muss doch auf den Bildern zu sehen sein...das Datum. Oder etwa nicht?"

„Nein...leider nicht...die Datumsanzeige war defekt und wir konnten sie nicht wieder herstellen...aber, das würde ja bedeuten, dass..."

Albert stockte und machte große Augen. Unwillkürlich wurde ihm die Bedeutung von Jakobs Aussage bewusst.

„Was??! Was würde das bedeuten?"
Er stand auf und kratzte sich den Kopf.
„Das würde bedeuten, dass die Zeit nach einem Zeitsprung mit einer anderen Geschwindigkeit verläuft als hier bei uns. Und nicht parallel besteht. Das macht unsere gesamte Berechnung unlogisch. Und bedeutet, dass wir in einer anderen Zeit schneller altern als in dieser. Der Alterungsprozess hebt sich dadurch nicht auf...Unglaublich...bist du ganz sicher, dass es so war??"
„Natürlich bin ich sicher. Oder glaubst du, wir sind mit dem Porsche auf ´ner Autobahn gefahren? - Dann stimmt ja das Zeitkontinuum nicht mehr. Albert, ich war diese vielen Wochen dort. Sonst hätte ich wahrscheinlich nicht so ausgesehen, wie ich ausgesehen habe, stimmt´s?"
Albert nickte zustimmend.
„Ja, das ist wahr. Wir haben schon gerätselt, wie man nach zwei Tagen dermaßen zerrissen und verdreckt aussehen kann. Das erklärt natürlich einiges...und jetzt will ich alles wissen...erzähl, ich bin schon sehr gespannt...von Anfang an...und was sind das für Leute auf den Fotos???..."
Einen Moment zögerte Jakob. Er suchte die fragmentierten Erinnerungen zusammen und versuchte, seine Erläuterungen so stringent wie nur möglich wieder zu geben. Fast schon chronologisch erzählte er seine Erlebnisse, ließ nichts aus, erwähnte jedes Vorkommnis, jeden Schritt, jede Person. Das einzige, was er nicht erzählte, war der Schmerz, der in ihm tobte. Der körperliche und der seelische. Sein Tonfall war monoton, nicht leidenschaftlich, sondern pragmatisch und manchmal niedergeschlagen und traurig. Albert hörte aufmerksam zu, unterbrach ihn nicht ein einziges Mal, ließ ihn reden, ließ ihn alles hervorholen, was sein Geist hervorbrachte. Von

Minute zu Minute wurde sein Blick ernster. Er hörte eine Geschichte wie aus einem Roman. Es war wie eine Fiktion, eine Geschichte ohne einen besonderen Wahrheitsgehalt. Aber er wusste, dass sie genauso passiert war. Sein Blick hatte sich in den Jakobs verkrallt, er folgte ihm teilweise fassungslos und tief betroffen. Erst nach zwei Stunden beendete Jakob seinen Bericht. Er sah Albert mit einem schalen Blick an. Ein Blick, in dem der Professor eine tiefe Traurigkeit erfasste, ein Blick, der so viel mehr aussagte als eine Erzählung.

Lange Augenblicke saß er nur da und starrte vor sich hin. Albert war unfähig, einen Kommentar abzugeben. Er war immer noch beschäftigt, die Worte Jakobs irgendwo unterzubringen, eine Wertigkeit zu erstellen, die dem wenigstens in etwa gleichkommen konnte. Aber er hatte immer noch damit zu tun, die Geschehnisse zu verarbeiten.

„Puuh...kaum zu glauben, wirklich...so hatten wir uns den Aufenthalt in einer anderen Zeitebene nicht vorgestellt...nein, so nicht...dass du so gut über die politische und gesellschaftliche Situation von damals informiert bist, ist unglaublich. Nein, so hatte ich mir das wirklich nicht vorgestellt."

„Ich auch nicht, Albert...ich auch nicht..."

Jakob sah wieder an die weiße Decke. Er war todmüde und die Augen fielen ihm immer wieder zu. Albert stand auf.

„Ich komme später wieder. Ruh´ dich aus, das war alles andere als ein Spaziergang..."

Aber da war Jakob schon eingeschlafen. Wirre Träume begannen, ihn zu verfolgen, versuchten, ihn zu verwirren und ein Chaos zu stiften, dem sein Geist nicht mehr Herr werden sollte. Und immer wieder sah er sich an einem Abgrund stehen, mitten im Hochgebirge, umgeben von schneebedeckten, einsamen Gipfeln. Er sah hinunter in eine Schlucht ohne Ende. Er wankte und hatte schreckliche Angst. Und in dem Moment, als er nach vorne kippte und fallen sollte, hielt ihn eine Hand am Arm fest und zog ihn sanft zurück. Es war die kleine Dölma, die ihn packte und immer wieder zurückzog. Jedes Mal. Niemals sagte sie ein Wort, sondern sah ihm nur in die Augen. Augen, die lächelten. Augen, die weder traurig noch vorwurfsvoll schauten. Augen mit einem unendlichen Mitgefühl, die so tief waren wie der Ozean. Immer hielt sie ihn, ließ ihn nicht fallen, zog ihn immer wieder zurück. Sah ihn nur an...

Der Traum war immer derselbe. Die nächsten Tage erschien er Jakob regelmäßig, dann wurden die Abstände länger. Aber die Szenerie blieb bestehen, änderte sich nicht, verharrte immer in dem gleichen Bild. Auch nach Wochen änderte sich das nicht, außer, dass die Abstände noch länger wurden.

Nach einer Woche fühlte sich Jakob so genesen, dass er in den Garten gehen konnte. Albert hatte ihn nicht in ein Krankenhaus bringen lassen. Die medizinische Versorgung bei ihm zu Hause war besser – und er konnte nicht riskieren, auf Fragen zu antworten, die nicht gestellt werden durften. Schusswunden wurden nicht einfach so behandelt, da würde nachgefragt werden. Jakob war froh, dass die Entscheidung so gefallen war. Und er war froh, dass es Albert in die Wege geleitet hatte, seine Töchter im Glauben zu lassen, dass ihr Vater sich eine Auszeit genommen hatte und in Urlaub geflogen war. Zeit hatte er zur Genüge, also konnte auch dahin gehend kein Misstrauen aufkommen. Aber jetzt wurde es langsam Zeit, dass er sich wieder um seine privaten Belange zu kümmern hatte. Helga und die Kinder waren schon längst ausgezogen.

Was sie mitgenommen hatten und wie ihre neue Adresse lautete, wusste Jakob nicht. Er hatte nur mit dem Handy Kontakt – und das lag zu Hause auf seiner Kommode.

All dies kam ihm wieder in den Sinn, als er in Alberts Rosengarten spazieren ging. Er konnte wieder die Schulter bewegen, der Verband war durch ein großes Pflaster ersetzt worden. Seine russische Ärztin sah täglich nach ihm und war erstaunt, wie schnell sich Jakob erholen konnte. Beide Wunden heilten gut, es würden Narben bleiben. An der Hüfte, in der Brust, in der Schulter. Aber sie würden ihn in seiner Bewegung nicht hindern, sagte sie ihm. Täglich absolvierte Jakob leichtere muskuläre Übungen, um Sehnen, Gelenke und Muskeln wieder in Form zu bringen. Fast vier Wochen war er jetzt in Alberts Haus. Er hatte mit den Wissenschaftlern gesprochen, mit Albert, mit Markus Söll, dem Tüftler. Die Mediziner machten alle möglichen Tests mit ihm. Er wurde durchgecheckt wie noch niemals in seinem Leben. Blut, Knochendichte, Gewebe, Hirnströme, Muskelkontraktionen. Die Suche nach Bakterien, Viren und möglichen Krebszellen. Er musste detaillierte Berichte über sein Empfinden in großer Höhe abgeben. Hatte er Schwindel, Schwäche oder Probleme, die Muskeln normal zu bewegen? Wie war es mit dem Atmen? War es schwer gewesen, fiel ihm auf, sich langsamer als sonst zu bewegen? Und wie war der Übertritt in das Wurmloch? Was fühlte er? Schmerz, Freude oder gar nichts? Konnte das Ankommen in einer anderen Zeit überhaupt wahrgenommen werden? Und wie funktioniert eigentlich die Psyche nach der gewonnen Erkenntnis des Unmöglichen?

Jakob beantwortete alle Fragen so gut wie nur möglich. Nur die wichtigsten Fragen wurden nicht gestellt. Fragen nach den Menschen, mit denen er über die Berge geflüchtet war.

Fragen nach Mike, nach Tashi, nach den chinesischen Soldaten. Fragen nach Nähe, nach Sehnsucht, nach Angst, nach Glück, nach innerer großer Einsamkeit und Pein. Es wurde nicht einmal die Frage gestellt, ob er die „Scotch" benutzen musste. Unzählige Daten wurden erfasst und ausgewertet. Daten, die ausschließlich rational zu erfassen waren. Empirische Daten. Psychologie, Philosophie, Soziologie oder gar anthropologische Fragen kamen zu kurz. Sie rundeten, wenn überhaupt, nur das Ganze in seinem Umfang ab, ohne eine echte Relevanz darzustellen.
Nur mit einem Problem kamen die Wissenschaftler nicht zurecht. Der Alterungsprozess! Man konnte nicht feststellen, wie schnell die Zellen gealtert waren im Vergleich zum zeitlichen Verlauf. Es fehlten Daten, die Aufschluss über ein mögliches Muster geben konnten. Und – was noch viel wichtiger war – stand die Zeitdauer in der aktuellen Zeit proportional zu der Dauer der Zeit, in die man hinein katapultiert wurde? Darüber konnten die Akademiker nur noch spekulieren. Ausschließlich Tests würden möglicherweise Antworten geben können. Aber wie viele solcher Tests wären repräsentativ? Das wusste niemand. Und mit einer Wiederholung des Experiments hielt man sich im Moment unausgesprochen sehr zurück.
Jakob war ein anderer geworden. Er spürte es selbst, als er nachdenklich durch die Rosenbüsche und Rosenstämmchen ging. Der Jakob Kolb, der er einmal gewesen war, existierte nicht mehr. Er konnte nicht einmal selbst sagen, was genau so anders war. Vielleicht war es das fundamentale Erkennen, dass dieses niederschmetternde Gefühl der Frustration nicht mehr da war – und auch nie wieder auftauchen würde. Vielleicht war es auch diese Ernsthaftigkeit dem Leben gegenüber, dieser

Verantwortung für sich selbst und sein eigenes Dasein, das in ihm neu war. Die Aufmerksamkeit der Gegenwärtigkeit und die innere Disziplin, dass sich ein gefühlsmäßiger Überfluss und dadurch Langeweile einstellen wollte, waren nie wahrgenommene Gedankengänge, die Jakob mit der bis dahin fehlenden Sinnhaftigkeit gleichstellte. Dass sich seine Sichtweise, seine Einstellung zu den Dingen verändert hatte, war augenscheinlich. Aber da war noch mehr. Da war etwas, das nichts mit seinem Geist zu tun hatte. Rationalität wurde davon nicht berührt. Es war ein ganz anderer Bereich, der auch den Raum der Emotionen ausschloss. Irgend etwas in ihm hatte sich gewaltig ausgebreitet. Ein Bereich, ein Raum, ein Universum. Er wusste nicht, wie er es benennen sollte, er hatte keinen Begriff dafür. Aber es war spürbar und sorgte für ein Gefühl, das groß war. Riesengroß. Unwillkürlich dachte er an die Worte des Migö: „Auch nur wieder ein Begriff der Menschen" hatte er gesagt. Ein Begriff des Menschen – so schien es denn Jakob, dass es keinerlei Begriffe bedurfte, was er in sich wahrnehmen konnte. Vielleicht war es einfach nur ein expansiver Raum für Spiritualität, der jetzt nach außen drängte und die Ebene einer gar menschlichen Oberflächlichkeit verließ. Um möglicherweise das ausfüllen zu können, was früher schlicht mit Leere bezeichnet werden konnte.

Wichtiger war, dass er damit seinem zukünftigen Leben eine neue, sinnvolle Richtung geben konnte. Diese destruktiven Gefühle, an die er sich noch peinlich erinnern konnte, gab es nicht mehr. Die Welt war größer geworden und verschluckte dadurch einfach diese kleinen, nichtssagenden Probleme, mit denen sich Jakob jahrelang beschäftigt hatte. Jetzt konnte er auch erkennen, warum er niemals einen echten Ausweg daraus sah. Er war gefangen in einem engen, geistigen Denkprozess, aus dem er logischerweise nicht ausbrechen konnte, weil niemand da war, der ihm die Richtung zeigte. Oder auch nur eine Methode, Augen und Ohren zu öffnen, um die bohrenden Idioten in ihm drinnen zu ignorieren und sich auf den Weg zu machen. Jetzt war alles anderes geworden...jetzt konnte er alles in einem größeren Zusammenhang sehen. Individualität war demnach zwar noch wichtig, aber nur, um das Werkzeug zu bilden, die Welt auch mit vielen anderen Augen sehen zu können. Die Erkennbarkeit von Wirklichkeit bedingt das Öffnen seiner selbst. Oder wie es ihm der Migö gesagt hatte - das Erwachen wird einen Anfang bilden, der das Vergangene als unwichtig bloßstellen würde.

„Ach...da bist du?...Ich hab´ dich schon überall gesucht, Jakob...komm´, ich hab´ dir etwas mitzuteilen.“

Albert stand vor ihm und grinste ihn an.

„Ich steig´ in keine deiner Maschinen, Albert...“ sagte Jakob und grinste breit. Mit den Händen wedelte er herum, um darzustellen, dass er kein Experimentierhase mehr sein würde.

„Nein, nein...musst du nicht, es geht um was anderes...“

Sie betraten die Bibliothek.

„Setz´ dich, bitte...Tee?“

„Nein, danke...hab´ erst gefrühstückt...um was geht`s denn?“

Albert setzte sich hinter seinen gewaltigen Schreibtisch und zog eine Schublade auf. Er nahm einen Stapel Papiere heraus und legte sie auf die Tischplatte.

„Nun...du erinnerst dich sicher noch, als ich dir damals sagte, dass wir im Falle eines ääh...Misserfolges deine Familie besonders absichern werden...“

„Ja...ich weiß...“

„Da ja glücklicherweise das nicht eingetreten ist und das Experiment – unabhängig von seinem...äh...deinem Ausgang – als besonders erfolgreich eingestuft werden konnte, halte ich natürlich mein Wort. Und die Zusage von unserem Gremium...“

Albert lachte ihn fröhlich an und übergab ihm einen Umschlag.

„Das ist quasi dein Honorar, Jakob. Es steht zu deiner persönlichen Verfügung.“

Albert lachte immer noch. Eine besondere Freude stand ihm im Gesicht geschrieben. Und Jakob öffnete den Umschlag. Es befand sich ein Scheck darin. Er drehte ihn um und hatte Mühe, die Zahl darauf richtig zu lesen. Ungläubig hob er den Kopf und sah Albert an. Dann sah er wieder auf den Scheck und zählte die Nullen. Es waren viele. Insgesamt sechs. Davor eine fünf.

„Das ist nicht dein Ernst, oder doch??!“

Seine Stimme zitterte etwas. Und Albert nickte fröhlich. Er konnte sich richtig über Jakobs Gesicht amüsieren. Der senkte wieder den Kopf und las das, was auf dem Scheck stand.

„Fünf Millionen Dollar....!!!“

„Ja...wir müssen ihn auf Dollar ausstellen. Das hat bürokratische Gründe. Deine Bank wird es natürlich auf Euro umstellen.“

„Fünf Millionen Dollar???...“

„Das war uns dein Beitrag allemal wert, Jakob. Mit deinen Daten und deinen Ausführungen haben wir einen Riesenschritt nach vorne gemacht. Ich gebe zu, dass anfangs alle mehr als skeptisch gewesen sind, als ich dich da vorgeschlagen habe. Aber der Erfolg hat mir in allen

Phasen recht gegeben. Du warst der Richtige, du hast unsere Erwartungen nicht nur erfüllt, sondern bei Weitem übertroffen. - Und dafür...dafür kann man das glaub ich nicht einmal mit Geld bezahlen. - Ich hoffe, du kannst damit jetzt tun, was du immer schon tun wolltest..."
Er sah ihn abwartend an. Jakob war im Moment nicht fähig, irgendeinen Kommentar abzugeben. 5 Millionen Dollar waren etwas, das er sich nicht vorstellen konnte. Er, der mit seinem kleinen Gehalt mehr oder weniger zurecht kam. Er, der die Finanzierung seines Hauses so gerechnet hatte, dass fünf Jahre vor seinem Rentenbeginn keine Schulden mehr darauf lasteten. Und jetzt? Jetzt war er so reich, dass er wirklich nicht mehr für irgend jemanden arbeiten musste. Genauso, wie es ihm Albert prophezeit hatte. Er schluckte und begriff erst ganz langsam...
„Jetzt hätte ich doch etwas zu trinken...keinen Tee, bitte...vielleicht eher einen Schnaps..."
Albert lachte laut auf.
„Machen wir, Jakob...machen wir..."
Er stand auf und öffnete den Schrank, kam mit einer Flasche und zwei kleinen Gläschen zurück.
„Auf dich, Jakob...und auf deine Zukunft..."
Ein fast schon sinnbildlicher Trinkspruch, der die Metapher ins irrwitzige Paradoxe führte.

*

Er stand vor einem schmiedeeisernen Gartentor. Der kurze Gartenweg zum Hauseingang war blitzsauber. Das Haus war gediegen, es war nichts besonderes daran zu erkennen. Praktisch, gepflegt, gut gelegen. Jakob sah auf das Namensschild. Richard Hörmann. Darunter war ein neues

Schild angebracht worden. Helga Kolb. Ein bisschen von einem Kloß steckte in seiner Kehle, als er den Namen seiner Frau las. Aber nur ein bisschen. Ein von ihm beauftragter innerer Agent forschte in seinen Gefühlen. Nach etwas, das mit Eifersucht, Ärger, Wut und Enttäuschung zu tun hatte. Aber er fand nichts, was relevant gewesen wäre. Und das wiederum empfand er als beruhigend und damit gut.
In seiner Hand hielt er einen Aktenordner. Vor vier Wochen hatte er das Haus verkauft. In zwei Monaten sollte die Übergabe stattfinden und er brauchte die Unterschrift von Helga. Seit ihrer Trennung hatten sie sich nicht mehr gesehen. Nachdem Jakob wieder genesen war und zu Hause wohnte, kamen regelmäßig Claudia und Yvonne, um ihn zu besuchen. Nur von ihnen erfuhr er, dass es ihnen allen gut ging, Richard sich sichtlich um sie bemühte und er ihre Mutter ganz offensichtlich sehr liebte. Ein kleines bisschen tat's noch weh, wenn er daran dachte, wie lange sie zusammen waren. Aber es spielte eigentlich keine große Rolle mehr. Mehr als je zuvor hielt er die Trennung für einen sehr richtigen Schritt. Auch wenn es von Helga ausgegangen war.
Er drückte die Klingel und wartete. Eine Männerstimme erklang.
„Ja, bitte?"
„Hier ist Jakob Kolb. Ich möchte zu Helga, wir sind verabredet."
Einen Augenblick herrschte Stille.
„Ich komme...Augenblick..."
Die Eingangstür öffnete sich und ein Mann trat heraus. Er war ein bisschen größer als Jakob, trug eine modische Brille und sah ganz anders aus, als er sich ihn vorgestellt hatte. Der Bauchansatz war nicht zu übersehen, störte aber seine

ganze Erscheinung nicht. Widerwillig kam in diesem Moment Jakob in den Sinn, dass der Mann sympathisch aussah. Er wollte doch gar nicht, dass dieser Mann, der jetzt mit seiner Frau zusammen lebte, sympathisch aussah. Schließlich hatte dieser Mann ihm, Jakob, seine Frau ausgespannt.

Scheiße, dachte sich Jakob, da war doch nicht mehr viel auszuspannen. Er verdrängte die Gedanken und wartete, bis Richard ihm das Gartentor öffnete. Er sah ihm offen ins Gesicht. Vielleicht war er ein bisschen nervös, aber genau konnte das Jakob nicht sagen. Er war selbst nicht nervös und er hatte keinerlei Grund, unehrliche Fröhlichkeit zu spielen.

„Hallo, ich bin Richard Hörmann..." sagte der Mann mit einer tiefen Stimme. Wieder musste Jakob feststellen, dass auch durch die Stimme kein Widerwillen aufkam. Und dann verdrängte er auch diesen Gedanken. Er machte gar keinen Sinn.

„Guten Tag...ich bin Jakob Kolb."

Einen winzigen Moment sahen sich die beiden Männer in die Augen. Dann gab ihm Jakob die Hand. Erstaunt erwiderte der Mann seinen Händedruck. Das hatte er wohl nicht erwartet. Aber Jakob wollte sofort die Fronten klären. Er hatte keine Lust auf irgendwelche Spielchen. Die Fakten waren doch schon längst klar und sie konnten auf einer neutralen Ebene kommunizieren.

„Bevor ich mit reinkomme, wäre es mir lieb, wenn wir beide gleich die Situation klären..." begann er und sah dem „Rivalen" in die Augen, die einen kleinen Moment flackerten und zuckten.

„Hören Sie, Herr Kolb, ich weiß, dass..." begann Richard, aber Jakob winkte ab. Seine Augen begannen sanft zu lächeln. Richard hatte doch nicht wirklich Angst vor ihm gehabt – oder doch??

„Ich habe die ganze Situation bereits akzeptiert und bin nicht hier, um Stress zu machen. Ich möchte Ihnen sagen, dass wirklich alles in Ordnung ist. Ich bin weder beleidigt noch sauer auf Sie. Ich werde Sie auch nicht beschimpfen, beleidigen oder auf Sie einschlagen. Ich bin froh, dass Helga wieder ein Leben leben kann, das sie glücklich macht. Wenn das so ist, dann ist wirklich alles in Ordnung. Ich möchte nur, dass Sie das wissen. Ich werde mit ihr die notwendigen finanziellen Dinge in die Wege leiten. Meine Töchter haben mir schon viel erzählt. Sie schätzen Sie und sehen auch, dass es ihrer Mutter gut geht. Das ist alles, was ich will, nicht mehr. Wir beide – Sie und ich – sollten miteinander so umgehen, wie es sich für erwachsene Menschen gehört. Also, es ist wirklich alles in Ordnung...okay??"

Richard war für einen Moment baff und fand keine Worte. Aus den Augenwinkeln konnte Jakob Helga am Fenster sehen, wie sie sie beobachtete. Sie kaute tatsächlich an ihren Fingernägeln. Anscheinend hatten beide den Verdacht, dass Jakob ausrasten und eine Szene veranstalten würde. Er wandte den Blick wieder auf Richard, der seine Überraschung überspielt hatte.

„Ich...ich weiß nicht, was ich sagen soll...das habe ich jetzt wirklich nicht erwartet, dass Sie so offen mit der Situation umgehen. Ich weiß sehr wohl, was eine Trennung bedeutet. Auch ich habe dies schon hinter mir. Dass Sie das so...so abgeklärt sagen können...das...das freut mich natürlich ungemein. Und ich glaube, insbesondere Helga..."

Er gab ihm nochmal die Hand und Jakob nahm sie.

„Ich bin Richard..." sagte er.

„Jakob..."

Sie sahen sich in die Augen. Und irgendwie fiel Jakob ein Stein vom Herzen. Er fand, dass Richard der richtige für Helga und die Kinder war. Er spürte, wie eine subtile Sorge sich von ihm löste und plötzlich nicht mehr da war. So etwas wie der letzte verborgene Rest eines Gefühls von Freisein stellte sich ein. Freisein nicht im Sinne von „ich kann jetzt machen, was ich will", sondern ein Gefühl, dass er die Menschen, die immer am wichtigsten gewesen waren – und natürlich insbesondere was seine Töchter betraf – immer noch sind und sein werden, dass diese Menschen eine Basis für ein gutes Leben hatten.

Er nickte Richard zu und zusammen gingen sie in das Haus. Ein klein wenig unwohl fühlte sich Jakob schon. Schließlich war er in diesem Moment ein Fremder, ein Jemand, nur ein Besucher, der seine Noch-Ehefrau aufsuchte, weil sie die Dinge regeln mussten. Er sah sich um, registrierte eine relativ moderne Einrichtung und er registrierte die Hand Helgas in dekorativen Dingen. Es war alles aufgeräumt und sauber, so wie sie das während ihrer gemeinsamen Zeit auch immer so gehandhabt hatte. Helga stand am Fenster und sah ihn an. Sie lächelte. Jakob konnte sich nicht erinnern, wann sie das letzte Mal so gelächelt hatte. Sie sah gut aus. Sehr gut sogar. Sie hatte eine neue Frisur, etwas frech und fast erotisch. Er hatte vergessen, dass sie hübsch war – und er schämte sich insgeheim dieses Vergessens.

„Hallo, Jakob..." sagte sie.

„Hallo...Helga...gut siehst du aus..." sagte Jakob etwas heiser.

„Ich mach´ Kaffee..." sagte Richard. „Willst du Kaffee, Jakob?"

Er drehte sich um.

„Ja...gerne..."

Helga sah die beiden Männer erstaunt an.

„Ihr seid per Du?" fragte sie sichtlich überrascht. Aber Jakob konterte sofort.

„Männer machen das halt so..." zwinkerte er lachend Richard zu.

Helga sah überrascht und sehr erstaunt aus. Und Jakob war ein klein bisschen stolz auf sich.

„Setz´ dich...wie geht`s dir?"

„Danke...es geht mir gut...alles okay."

Er sah sie an und sie sah in seinen Augen die Veränderung. Sein Blick war nicht mehr gelangweilt, frustriert und genervt. Sein Blick war glasklar, gelassen und ruhig. Vielleicht eine Spur zu ernst, aber in einem positiven Sinne.

„Du siehst anders aus."

„Du auch."

Sie lächelte wieder.

„Ja...es geht mir gut...es geht mir wirklich gut...ich..."

Sie sah verlegen zu Boden.

„Das sieht man...und es freut mich...wirklich, ohne Scheiß..."

„Das ist schön, Jakob...ich hatte schon befürchtet..."

„Ja...kann ich mir vorstellen...aber glaub´ mir, es ist alles in Ordnung, ich freue mich, dass es euch gut geht...und ich wünsche dir, dass es auch so bleibt. Ich glaube, Richard ist ein guter Mann. Er ist der Richtige."

„Das ist er," sagte sie und nickte heftig mit dem Kopf.

„Was hast du die ganze Zeit gemacht? Wo warst du denn? Ein Professor hat mal bei mir angerufen...Professor Schalthaus, glaub ich...und gesagt, dass du ins Ausland geflogen bist...seit wann kennst du einen Professor?"

„Ein Freund...ein sehr guter Freund...ja, ich musste mal weg. Und da bin ich halt nach..."

Er überlegte fieberhaft, wo er denn hingeflogen sein könnte.

„Nach Irland in so ein Cottage. War schön...und ruhig..." sagte er etwas zu hastig. Aber Helga schien nichts zu merken. Sie nickte nur verstehend.

Richard kam mit einem Tablett, auf dem Geschirr, Kaffee und Gebäck lag.

„Also, bedient euch...ich lass´ euch jetzt allein. Ich muss ins Büro...bis dann, Jakob...hat mich gefreut...klingt jetzt blöd, aber ist so..."

Er gab ihm die Hand, verzichtete seinerseits auf einen Kuss für Helga und verließ das Haus.

„Er hat Anstand..." sagte Jakob und lachte Helga an. Sie wusste, was er meinte.

„Ja, hat er. Er hat Anstand und Charakter...er war etwas aufgeregt, bevor du gekommen bist."

Jakob zuckte die Schultern und hob zustimmend die Hände.

„Naja...zu deiner Beruhigung, das war ich auch..."

Sie sah ihn einen Augenblick länger an als nötig. Sein Blick und sein ganzer Bewegungsablauf war für sie neu, fremd und irgendwie faszinierend. Sie entdeckte einen merkwürdigen Fluss in seinen Bewegungen, fern jeglicher Hektik oder fahrigen Gedankenlosigkeit, mit der er sie früher oft verrückt gemacht hatte. Offensichtlich war Jakob ein anderer geworden.

„Ich habe den Eindruck, irgend etwas ist passiert mit dir. Ich habe dich noch nie so locker, so ruhig und so ausgeglichen gesehen. Hab ich dich so blockiert??" fragte sie ihn, versuchte ein Lächeln, doch Jakob spürte die Ernsthaftigkeit ihrer Frage.

Er schüttelte den Kopf.

„Nein, nein...keine Angst...ich hab mich doch selber blockiert. Das war schon mein Verdienst. Und ja...natürlich ist etwas passiert. Und natürlich habe ich mich verändert. So wie du dich verändert hast. Ich glaube, unsere Trennung hat uns gut getan. Gerade rechtzeitig, denke ich..."
Er nahm einen Schluck Kaffee und suchte nach dem Urgrund.
„Hast du eine Freundin?" fragte sie auf einmal und schlug erschrocken die Hand vor den Mund.
„Oh...entschuldige...das...das ist mir jetzt so raus gerutscht...tut mir leid...geht mich nichts an..."
Jakob lachte.
„Macht doch nichts...nein, ich habe niemanden, ich bin...ich habe..."
Er stockte. Fast hätte er ihr von seiner Reise in die Vergangenheit erzählt.
„Was hast du?"
Blitzschnell dachte er nach.
„Ich habe die letzten Monate viel nachgedacht. Über uns, über die Fehler, die wir gemacht haben...die ich gemacht habe...ich bin zu dem Schluss gekommen, dass unsere Entscheidung richtig und klug war...da war bestimmt kein Platz für andere Frauen...ist mir im Moment auch nicht so wichtig..."
„Ja...vielleicht, aber bleib nicht alleine, das ist nicht gut...also, wie schaut's denn nun aus mit dem Verkauf? Du hast jemanden gefunden?"
Jakob stellte die Tasse ab und öffnete den Ordner mit den Papieren. Trotz allem, was passiert war, hatte er seine Ordnungsliebe nicht vergessen.

*

Die Ampel war immer noch rot. Jakob sah auf den Akt, der auf dem Beifahrersitz lag. Jetzt war alles erledigt, dachte er sich. Sogar sein Anwalt, der ihn gegenüber seiner Firma vertreten hatte, war relativ erfolgreich gewesen. Jakob hatte ihm in allen Fragen Vollmacht erteilt, weil er ja nicht wusste, ob er von seiner Zeitreise jemals zurückkommen würde. Behrends und er hatten sich geeinigt, ohne einen Gerichtstermin wahrnehmen zu müssen. Jakob war zufrieden gewesen, doch es hatte ihn nicht mehr interessiert. Sein Beruf war Geschichte. Und Alberts Scheck hatte dem Desinteresse noch eins oben drauf gesetzt. Der Job, den er so viele Jahre widerspruchslos ausgeführt hatte, war so wichtig für sein Leben wie der Andromedanebel.

Die Ampel schaltete um und Jakob fuhr an. Mittlerweile waren seit diesem unseligen Montag fast vier Monate vergangen. Da er vier Wochen im Krankenbett gelegen hatte, waren die letzten zwei Monate Zeit genug gewesen, sich über eine sinnvolle Zukunft Gedanken zu machen. Die fünf Millionen Dollar hatte er noch nicht angerührt. Er hatte die Summe zwar separiert, Teile für Claudia und Yvonne fest angelegt, hatte selbst für sich eine sichere Anlage gewählt. Ein großer Teil lag aber immer noch auf drei Girokonten verteilt auf den Banken herum. Jetzt, da das Haus bald den Besitzer wechselte, sollte ich mich um eine neue Unterkunft bemühen, dachte er sich.

Zu Hause angekommen, wollte er sich schon an den Computer setzen und Wohnungen, Häuser oder anderweitiges recherchieren. Es klingelte. Verärgert stand er auf und dachte, dass schon wieder irgendwelche Sammler oder gar die Zeugen Jehovas vor der Tür standen. Und fast schon sah er sich in seinen Befürchtungen bestätigt, da zwei in einen dunklen Anzug gezwängte Herren vor ihm standen.

„Guten Tag. Sind Sie Jakob Kolb?" fragte der eine, ohne eine Miene zu verziehen.

„Vielleicht. Wer will das wissen?"

„Wir sind Mitarbeiter der Nationalen Sicherheit und Angehörige des BND. Wir hätten ein paar Fragen an Sie. Dürfen wir eintreten?"

Sie hatten Ausweise gezückt und hielten sie Jakob unter die Nase.

In Jakob klingelten sämtliche Alarmglocken. Geheimdienst? BND? Agenten? Hier in Deutschland? Sein Misstrauen wuchs ins Uferlose. Aber er beherrschte sich und ließ keine Regung zu. Eher gelangweilt trat er zur Seite.

„Meinetwegen. Bin ich jetzt der Spionage verdächtig? Verdammt, aufgeflogen," sagte er lakonisch, ohne eine Miene zu verziehen.

Sein Gesicht war weiterhin ernst und gelangweilt. Aber in ihm drinnen brodelte es gewaltig. Er spürte, wie sich eine Anspannung aufbaute, die er vergessen zu haben glaubte. Dieselbe Anspannung, die er verspürt hatte, als er im Lager der Chinesen Mike und Tashi befreit hatte.

Die beiden Männer sahen ihn etwas verwirrt an.

„Wie meinten Sie bitte?"

„Schon gut...setzen Sie sich bitte..."

Als sie saßen, sahen sie ihn nur an. Niemand sagte etwas. Bis Jakob die Arme hob und wissen wollte, was denn nun sei.

„Nun?...Was wollen Sie denn jetzt fragen?"

„Sie kennen Professor Albert Schalthaus?"

„Na klar," antwortete Jakob ohne Umschweife. Wenn sie ihn schon fragten, wussten sie es auch schon.

„Seit wann?"

„Warum wollen Sie das wissen?"

„Beantworten Sie doch einfach die Frage."

„Beantworten Sie doch einfach meine Frage."

Jakob sah die beiden Männer immer noch ausdruckslos an. Und wunderte sich über seine neu gewonnene Fähigkeit, nach außen hin eiskalt zu klingen.

„Die Fragen stellen wir, Herr Kolb. Und Sie sind verpflichtet, uns Auskunft zu geben. Ansonsten machen Sie sich strafbar. - Also?"

Sie wollten ihn einschüchtern mit den Drohungen. Jakob beschloss, ein Spielchen zu spielen. Seine Stimme klang gelangweilt, monoton, ohne irgendwelche Emotionen.

„Einen Scheiß muss ich, meine Herren. Wenn Sie mir nicht sofort sagen, was Sache ist und warum Sie nach meinem Freund fragen, können Sie wieder gehen. - Also?!"

Etwas verwirrt sahen die beiden sich an. Anscheinend waren sie es nicht gewohnt, dass man so mit ihnen sprach.

„Sie verkennen ihre Lage, Herr Kolb. Wir sind berechtigt, Sie...."

„Sie sind zu überhaupt nichts berechtigt. Ich geb´ Ihnen noch fünf Sekunden, dann sagen Sie mir, was Sie wollen — oder Sie dürfen mein Haus von außen anschauen. Klar?!"

Jakobs Augen blitzten und wurden starr. Er war aufs Äußerste gespannt. Körperlich wie geistig. Provokativ hob er den Arm und sah auf seine Uhr. Die Augen fixierten die Männer in ihren Sesseln und waren starr, ohne dass sich daraus irgendeine Emotion ableiten lassen konnte.

„Fünf...vier..."

Fast fröhlich begann er zu zählen.

„Nun gut. Professor Schalthaus steht in dringendem Verdacht, Industriespionage zu betreiben und wichtige

Forschungsdaten an Staaten zu verkaufen, die diese Daten auf keinen Fall haben dürfen. Und wir benötigen jedwede Information, die uns helfen kann, dies zu verhindern. Es geht weitgehend um Waffenlieferungen und Neuentwicklungen im Nuklear- und Nanobereich."

„Soso...ich kann Ihnen dazu nichts sagen, weil ich erstens von seinen Forschungen ausgeschlossen bin und zweitens es sowieso nicht verstehen könnte. Professor Schalthaus ist Astrophysiker. Ich hab in der Realschule zwei Jahre Physik gehabt und kann Ihnen nicht einmal sagen, was der Unterschied zwischen Volt und Ampere ist. Wir haben noch nie über seine Forschungen gesprochen."

„Was haben Sie dann fast vier Wochen in seinem Haus gemacht?"

Das saß. Mit Mühe hielt Jakob seinen Ausdruck bei.

„Er hat mich gebeten, mich einmal um eine Kategorisierung seiner Bibliothek zu kümmern, weil er dazu keine Zeit hat."

„Warum Sie?"

„Weil ich mit so etwas schon berufliche Erfahrung gemacht hab. Das war mein Job..."

„Den Sie nicht mehr haben..."

Jakob nickte. Er wurde wohl schon länger überwacht. Nur nichts anmerken lassen, sagte er sich.

„Sie wissen also nicht, was er für Forschungen angestellt hatte."

Jakob zuckte hilflos mit den Schultern und spielte den Unwissenden.

„Keine Ahnung. Ich kann mir jedenfalls nicht vorstellen, dass ein Mann wie er irgendwelche illegalen Forschungen betreibt oder irgendwelche geheimen Geschäfte tätigt. Er ist Professor an der Uni, meine Herren. Da hat man das bestimmt nicht nötig. - Und mit Verlaub, meine Herren...die

Geheimdienste haben sich in letzter Zeit nicht unbedingt mit Ruhm bekleckert und waren in Sachen logischer Schlussfolgerung nicht immer auf dem Laufenden. Was man halt so in den Medien mitbekommt..."

Jakob war zynisch und überzeugend. Seine Entrüstung über die vermeintliche Verleumdung stieß auf nachvollziehbaren Glauben. Der Mann, der gesprochen hatte, nickte nur.

„Wie man´s nimmt. Mit Geld kann man viele Überzeugungen kaufen."

„Nicht Albert."

„Kennen Sie ihn schon lange?"

„Nicht sehr lange. Ein paar Monate vielleicht..."

„Und da nennen Sie ihn schon Ihren Freund?"

„Klar...hab´ eben Menschenkenntnis..."

Sie wussten nicht, ob er das jetzt ironisch oder ernst gemeint hatte. Sie standen auf.

„Nun, Herr Kolb. Danke für Ihre Auskunft. Wenn wir noch Fragen haben, werden wir Sie wieder aufsuchen. Behandeln Sie unser Gespräch bitte vertraulich. Hier geht es um ein nationales und internationales Sicherheitsproblem und Sie wollen doch auch nicht, dass wieder mal in Kriegsgebieten Waffen geliefert werden, die noch mehr Menschenleben kosten würden wie es jetzt schon so ist."

„Nein...das will ich sicher nicht.." sagte er und dachte mit einem Würgen daran, dass gerade die Bundesregierung verantwortlich war für den drittgrößten Waffenexporteur der Welt.

„Auf Wiedersehen, Herr Kolb."

„Wiedersehen..."

Er schloss die Türe hinter ihnen und beobachtete sie noch, wie sie in ihren Wagen stiegen. Unwillkürlich sah er auf das

Nummernschild – und stutzte. Es war ein Leihwagen eines örtlichen Autoverleihers. Ein Leihwagen? Agenten des BND fuhren einen Leihwagen? In Jakob keimte der Verdacht auf, dass es um alles ging, nur nicht um das, was die beiden ihm heute erzählt hatten. Eigentlich wollte er sofort Albert anrufen, aber gleichzeitig fiel ihm ein, dass sein Telefon nicht mehr sicher war. Ihm würde es nicht auffallen, wenn er abgehört werden sollte. Und auch sein Handy war wohl nicht mehr sicher.

Unschlüssig stand er im Wohnzimmer und überlegte, wie er jetzt mit Albert sprechen konnte, ohne beobachtet zu werden. Er würde die Nacht abwarten müssen. Vielleicht konnte er in der Dunkelheit das Haus verlassen, was nach sich zog, dass er auch unbemerkt in Alberts Haus kommen musste. Noch immer überlegend merkte er nicht, dass er die Kellertreppe nach unten ging, die Türe des Vorratsraumes öffnete und sich unversehens dort befand, ohne sich daran erinnern zu können, was er hier wollte. Er versuchte sich zu erinnern, drehte sich im Kreis, fixierte die Regale – und wusste dann, was er hier wollte. Er bückte sich und räumte das unterste Fach leer. Dann griff er hinein und drückte einen unsichtbaren Knopf in die Wand. Mit einem feinen Klicken sprang ein Türchen auf und Jakob holte eine metallene Kassette hervor. Er setzte sich auf den Boden und öffnete den Deckel. Albert und Markus hatten ihm alle Utensilien, die er bei seiner Zeitreise nach Tibet dabei hatte, mitgegeben. Immer noch hatte er den Scanner hinter seinem Auge und immer noch konnte er, wenn er wollte, jedwede Sprache lernen, die auf dem Planeten Erde gesprochen wurde. Die Datenbank war vollständig. Zwar nur bis zu dem Zeitpunkt des letzten Updates, aber es war für Jakob mehr als ausreichend. Er nahm die „Scotch" heraus. Niemals hätte er es für möglich gehalten, dass er diese tödliche Waffe wieder in Gebrauch nehmen würde. Und jetzt waren nicht einmal vier Monate vergangen und schon hatte er sie wieder in der Hand. Er hob den Kopf und überlegte. Kurz entschlossen steckte er die „Scotch" ein, verschloss die Kassette wieder und schob sie zurück in die Wand.

Gerade wollte er den Keller wieder verlassen, als ihm ein Gedanke kam. Er hatte nach wie vor die gesamte Ausrüstung in seinem Besitz. Dann sollte es auch möglich sein, mit dem Universalgerät Verbindung zum Kontrollraum des Forschungslabors aufzunehmen. Vorausgesetzt, er war besetzt, musste ihn jemand hören. Kurz entschlossen zog er wieder die Kassette aus der Wand, öffnete sie und suchte das kleine Wunder.

Eine Frage geisterte nach wie vor durch sein Gehirn. Er konnte sich beim besten Willen nicht vorstellen, dass Albert in irgendwelche Machenschaften der Waffenbeschaffungsmafia verstrickt sein sollte. Dazu hatte er weder das nötige Interesse noch die Zeit, sich um solche obskuren Geschäfte zu kümmern. Albert war Astrophysiker, kein Geschäftemacher, der sich mit Kriegsgeschehen eine goldene Nase verdienen wollte. Nein, diese Überlegung war auch nicht relevant, es ging doch um etwas ganz anderes. Jakob war sich sicher, dass Information über das Zeitreiseprojekt durchgesickert waren. In die falschen Kanäle und an die falschen Adressen. Albert hatte das gewusst und dementsprechend mit seinem engeren Kreis die höchste Geheimhaltungsstufe ausgerufen. Was bei einem Mitarbeiterstab in diesem Umfang wohl immer Risiken birgt. Besteht einmal ein Verdacht und forschten die entsprechenden Leute nach, würde immer ein Leck entstehen. Geld verursachte solche Löcher – und Druck und Androhung von Gewalt. Wenn der Maulwurf erst einmal zu graben begann, kam er irgendwann auch an sein Ziel. Wer auch immer es auf Albert abgesehen hatte, es ging nicht um die Person an sich, sondern um sein Projekt und seine Forschungsarbeit. Wenn sich herumsprach, dass das Experiment mit einem Menschen geglückt war, dann...dann waren alle Beteiligten ihres Lebens nicht mehr sicher. Jakob stockte in der Bewegung. Die Zeit drängte.

Er setzte die Knöpfe in sein Rohr und hörte ein Knacken. Die Verbindung stand. Er hoffte inständig, dass jemand im Kontrollraum saß und ihn hörte.

„Hallo?...Wer ist da?...“

Die Stimme hörte sich nach Albert an, aber Jakob konnte sich auch irren. Die Akustik war miserabel.

„Hallo??...Albert?...Bist du das?...Hier ist Jakob...“

„Jakob?...Wieso rufst du auf dieser Leitung an?“

„Weil niemand wissen darf, dass wir miteinander sprechen...wir müssen uns dringend treffen, Albert...es ist wichtig, sehr wichtig...“

„Was ist denn los?! Irgendwas passiert? Geht's dir nicht gut?...“

„Nein, nein....es geht um viel Wichtigeres als um mich. - Wie komme ich unbemerkt in dein Haus?“

„Unbemerkt?? Gar nicht, es gibt nur den Haupteingang...“

„Albert!!! Verdammt, es ist ernst...glaub' mir...jetzt zählt jede Minute...“

„Ja, ist gut...Zwischen den Grundstücken ist doch ein kleiner Weg, der fast vollständig mit Efeu zugewachsen ist. Etwa in der Mitte, so nach zwanzig Meter, macht der Weg ein leichte Biegung. Geh ihr nach bis zur Zypresse. Dahinter musst du den Efeu beiseite schieben. Dort ist eine Klappe.

Mach sie auf und leg deine Hand hinein. Ich werde den Scanner auf dich ausrichten. Ein grünes Licht sagt dir, wenn akzeptiert wird. Dann nimm die Hand wieder heraus und warte. Es erscheint ein Display mit einem Touchscreen. Gib´ folgenden Code ein: YBindestrichxStrichpunkt2687ch Klammer auf...dann die Zahl 5920154842...wenn du alles so eingegeben hast, drück die „Enter"-Taste...du wirst dann aufgefordert, noch einmal einen Code einzugeben: der besteht dann nur aus dem Zeichen „µ". - Alles verstanden??"

„Ja, verstanden..."

„Schreib den Code bitte nicht auf, merk ihn dir einfach. Okay?"

„Mach´ ich. Ich werde Mitternacht da sein. Sei vorsichtig, Albert, wir werden anscheinend alle überwacht."

„Überwacht? Wie kommst du da drauf, ich..."

„Wir reden später. Bis dann."

Jakob unterbrach das Gespräch und verräumte das Gerät. Jetzt musste er nur noch unbemerkt aus dem Haus kommen. Und das ging nur nachts.

Jakob stand am Fenster im oberen Stockwerk und beobachtete den Wagen, der schon seit Stunden in der Nähe seines Hauses stand. Die Scheiben waren verdunkelt. Nur durch die Windschutzscheibe konnte er die beiden Männer sehen, die darin saßen. Er wurde beobachtet, das war klar. Menschen saßen nicht stundenlang im Auto und sahen Häuser permanent an. Er überlegte, wie er am besten das Haus verlassen konnte. Über den Garten, nach hinten, das ginge. Aber was, wenn dort auch Posten standen? Posten, die er von hier aus gar nicht sehen konnte. Es war ein Risiko und es war völlig unsicher. Er musste absolut sicher sein, von hier weg zu kommen, ohne dass ihn jemand erkannte und ohne, dass ihm irgend jemand folgen konnte. Er ging vom Fenster weg, setzte sich aufs Bett, überlegend, den Kopf gesenkt.

Dann sprang er auf, er hatte sich entschieden. Ohne weitere Maßnahmen zu überlegen, packte er seine Sachen, öffnete leise die Terrassentüre und schlüpfte hinaus. Schnell kauerte er sich hinter dem Rhododendron, wartete, bis sich die Augen an das diffuse Licht der Nacht gewöhnt hatten. Er starrte in die Dunkelheit und lauschte. Er lauschte nach Geräuschen, nach Atmen, nach einer Bewegung irgendwo in den dunklen Ecken des Gartens. Aber nichts geschah, nichts konnte er hören oder sehen. Seine Sinne waren gespannt wie eine Bogensehne. Er kletterte über die Zäune der nächsten Gärten, bis er soweit von seinem Haus entfernt war, dass er sich hinter dem Wagen befinden musste. Vorsichtig glitt er über den hölzernen, hüfthohen Zaun, schlich zu einem Baum und ging in die Hocke. Vor ihm stand der Wagen mit zwei Männern darin. Er konnte sie durch das Fondfenster kaum wahrnehmen. Nur wenn sich einer bewegte, hob sich die Silhouette gegen das Straßenlicht ab.

Er hatte ein paar kleine Steinchen in der Hand und begann, sie auf das Auto zu werfen. Es war unüberhörbar. Leise und doch so laut, dass man es im Inneren des Wagens wahrnehmen musste. Doch erst nach dem fünften Stein öffnete sich die Beifahrertüre und ein Mann stieg aus. Aufmerksam sah er sich nach allen Seiten um und kontrollierte die Rückseite des Fahrzeugs. Natürlich konnte er keine Beschädigung feststellen, die Steinchen waren viel zu klein – doch groß genug, um Lärm zu verursachen. Unschlüssig drehte sich der Mann um und sah zu seinem

Kollegen, der die Scheibe herunter gelassen hatte. Jakob warf noch einen Stein gegen den Wagen. Und dann stieg auch der andere aus. Zusammen suchten sie links und rechts irgendwas, irgendwen und irgendwie. Sie sahen ein bisschen ratlos aus. Noch einmal gingen sie komplett um das Auto herum, suchten die Ursache für die Störung, legten sich auf den Boden und sahen unter den Wagen – aber sie fanden nichts. Jakob hörte den einen etwas Undefinierbares murmeln, sah, dass der andere nur hilflos die Schultern zuckte und Anstalten machte, sich wieder hinter das Lenkrad zu setzen.

Als sich die „Scotch" entlud, sahen sie nicht mehr ratlos aus. Eher überrascht, erstaunt, jedenfalls völlig unvorbereitet. Aber nur eine Nanosekunde. Fast lautlos sackten sie in sich zusammen. Jakob sprang auf und zerrte sie so schnell wie es ging in den Fond des Wagens. Er nahm den Autoschlüssel und verriegelte die Türen. Dann ließ er den Schlüssel in den nächsten Kanal fallen. Bis sie nach dem Aufwachen wieder einen Schlüssel hatten, war er längst schon wieder in seinem Haus. Niemand würde etwas merken. Die beiden bewusstlosen Männer im Auto würden nicht einmal wissen, wie und warum sie auf dem Rücksitz aufgewacht waren. Jakob grinste in sich hinein. Seine Hand tastete nach der „Scotch". Er war ein Schelm, dachte er und schlug sich auf die imaginäre Schulter.

*

Albert starrte entsetzt Jakob an. Der hatte ihm von dem Besuch der angeblichen Agenten erzählt und ihm auch seine Überzeugung mitgeteilt. Die Frage nach den Waffenlieferungen lösten in Albert einen Lachanfall aus.

Aber sehr schnell wurde er wieder ernst. Die Situation war alles andere als lachhaft.

„Das...das ist eine Katastrophe. Dann...dann müssen wir schnell handeln. Wir haben für diesen Fall einen Notfallplan...ich muss noch schnell telefonieren...“

Albert war hektisch und sehr aufgeregt. Es ging nicht nur um die Mitarbeiter, die gefährdet waren, es ging natürlich auch um die gesamte Forschung, um die viele Arbeit, die sich über Jahre hingezogen hatte, durchsetzt mit nicht mehr zählbaren Experimenten und Versuchen. Und jetzt? Nach diesen vielen Mühen, nach dem ultimativen Versuch, der sich als erfolgreich herausstellte, nach der Krone der wissenschaftlichen Arbeit – sollten sie jetzt einem Feind und Gegner gegenüberstehen, der das alles nicht nur nicht würdigen konnte, sondern dem es einzig und allein um eine Errungenschaft ging, die entweder teuer verkauft werden konnte oder mit der man sich Macht aneignen konnte, die alles bisherige in den Schatten stellte und Visionen zuließ, die mit dem Menschsein und seiner Berechtigung des Daseins nichts mehr zu tun hatte.

Albert setzte sich auf einen Stuhl und sah fast schon verzweifelt Jakob an. Dann nickte er. Er nahm ein kleines unscheinbares Handy zur Hand und wählte eine lange Nummer. Er sprach englisch.

„Hallo, wir haben ein Problem. Unser Zeitreisender ist besucht worden...was?...das gibt`s doch nicht!!...verdammt, wir haben nichts bemerkt...was?...nein, glaub ich nicht...ja, seh´ ich auch so...also?? Was sollen wir jetzt tun? Ich habe Hemmungen und bin mir nicht sicher...Ja, das weiß ich...okay! Unwiderruflich?...Nein, natürlich nicht, es wird nichts zu finden sein. So wie wir das immer besprochen hatten...Selbstverständlich, nein, er ist gerade bei

mir...Dann würde er wohl kaum zu mir kommen, da gibt`s einfachere Wege...ist gut! Ich melde mich nach Abschluss!"
Er legte auf. Jakob sah ihn fragend an.
„Wer war das?"
„Der wichtigste Geldgeber und Förderer des Programms. Er hat dies alles erst möglich gemacht. Nicht nur mit den finanziellen Mitteln, sondern auch mit einem seltsamen Know-How."
„Amerikaner?"
Albert nickte.
„Ja, aber ich habe ihn nie kennen gelernt. Das ging alles nur durch Mittelsmänner oder irgendwelche Firmen, die als Zulieferer fungierten. Die ganze Logistik ist von dort aus gegangen. Auch die Ingenieure, die das ganze gebaut haben. Streng geheim eben!"
„Und jetzt??!"
„Wir werden alles stoppen und vernichten. Er hatte bereits Informationen, dass der CIA und andere spezielle Geheimdienste erste Hinweise bekommen haben und sich daraus bereits eine Akte entwickelt hatte. So was wie die X-Akten etwa. Aber er ist sich auch nicht sicher, inwieweit verschiedene Gruppierungen, die ganz andere Interessen haben, davon wissen können. Er...er hat den unbedingten Abbruch und die Vernichtung befohlen. Es darf nichts übrig bleiben. Keine Unterlagen, keine Dokumente, keine Dateien, kein Schreibkram. Jedes Handy, das bei uns registriert ist, wird durch einen Virus vollständig vernichtet. Es darf nichts übrig bleiben, das auch nur im Entferntesten darauf hinweist, was wir erforscht haben. Übrig bleiben die Dateien der Materialforschung. Die Versuchsergebnisse und die Empfehlung für Regierung, Forschungsbehörde und Industrie."

Er sah nachdenklich an die Decke.

„Ich hoffe nur, dass niemand des wissenschaftlichen Stabes Daten mit nach Hause genommen hat."

„Und der Beschleuniger? Den kann man doch nicht so einfach abbauen. Was passiert dann mit dem?"

„Bleibt stehen. Brauchen wir ja für die Versuche mit den Materialien. Keine Sorge, niemand wird auch nur den kleinsten Hinweis auf Zeitreisen finden."

„Ist das nicht übertrieben? Wenn sich alles als relativ harmlos herausstellt, dann ist die größte Entdeckung der Menschheit vernichtet worden und alles müsste von vorne losgehen."

Albert richtete sich auf und sah Jakob ernst in die Augen.

„Das Gremium hatte vor kurzem eine längere Sitzung, in der wir dies alles diskutierten. Wir haben Vorteile und Nachteile erörtert und sind zu einem entscheidenden Ergebnis gekommen. - Wir sind nicht mehr sicher, ob diese Entdeckung der Menschheit weiterhelfen kann, die Probleme des Planeten in den Griff zu bekommen. Dazu müssten erst einmal alle Staaten an einem Strang ziehen. Siehst du da große Chancen?"

Er verzog das Gesicht zu einem zynischen Grinsen. Es war eine rein rhetorische Frage gewesen.

„Wahrscheinlich nicht. Trotzdem..."

Albert winkte ab. Er schüttelte den Kopf. Traurigkeit und Enttäuschung hatten sich in den Gesichtszügen gebildet. Im Moment war er sehr bestürzt und niedergeschlagen. Doch die Entscheidung war unumstößlich. Sie hatte dennoch nicht die Leidenschaft und den Stolz des Entdeckten vernichten können. Er atmete tief aus.

„Es wird kein trotzdem geben, Jakob. Es ist vorbei. Das Risiko ist viel zu groß, dass es jemand in die Hände

bekommt, der damit ein Werkzeug in die Finger bekommt, um Menschen gar nicht erst existieren zu lassen. Ich weiß, was du jetzt denkst...Hitler, Stalin, Mao, die Schergen der Inquisition, vielleicht sogar noch Nero oder andere Menschenschlächter...darum stellten wir immer wieder die Grundsatzfrage. Wenn nur eine einzige Möglichkeit bestünde, dass unsere Entdeckung für das Böse von Vorteil sein könnte, dann müssen wir uns davon verabschieden. Und es darf niemand niemals jemals etwas davon erfahren. - Du gehörst jetzt zu einem Kreis, Jakob, der das miterlebt hat. Wir müssen das alles vergessen, es darf keinen Platz mehr in unserem Denken einnehmen."
Eine große Ansprache, wie Jakob fand. Natürlich hatte Albert recht mit dem, was er fürchten musste. Aber es gab doch noch eine andere Seite, die so viel Gutes bewirken könnte – oder sogar musste. Albert sah die Gedankengänge in Jakob. Den Zweifel, der sich über die Vernunft setzen wollte. Ein Zweifel, der durchaus auch das Risiko außer Kraft setzen konnte.
„Vielleicht dürfen wir uns nicht in das Schicksal einmischen. Und ganz ehrlich, Jakob, ich glaube, das wird auch nicht passieren. Egal, was wir tun würden und versuchen, das Leben läuft immer einen Weg, den wir nur bedingt beeinflussen können."
Jakob sah ihn an und nickte. Zuerst langsam, dann heftiger. Albert hatte vollkommen recht.
„Gut. Da ich ja der einzige Zeitreisende bin und sein werde, kann ich das wohl mit beurteilen. Ich verstehe schon, was du meinst...und bin natürlich mit dir einer Meinung...dann schalt ab, je schneller, desto besser..."
Der Professor senkte ganz leicht den Kopf, presste ein wenig die Lippen zusammen und drehte sich zu einem Bildschirm.

Nach einigen Eingaben und dem Aufrufen des Zerstörungsprogramms musste er nur noch auf „Yes" klicken. Er sah noch einmal Jakob an, der ohne zu Zögern nickte, dann war das Experiment „Zeitreisen" Geschichte.

Jakob konnte verfolgen, wie der Zerstörungsvirus mit der Arbeit begann. Er zweifelte nicht daran, dass nach dem Akt nichts mehr nachvollziehbar sein würde. Und sollten wirklich noch Überbleibsel irgendwelcher Dateien in einem verborgenen Eck liegenbleiben, so waren sie nicht mehr zu öffnen, geschweige denn zu lesen. Auch hier hatte das wissenschaftliche Team ganze Arbeit geleistet.

Nur fünf Minuten später schalteten sich die Monitore automatisch ab, nachdem der Test- und Suchlauf als negativ eingestuft worden war.

„Noch etwas, Jakob."

Albert wandte sich wieder seinem erfolgreichsten Testobjekt zu.

„Die Ausrüstung, die wir dir überlassen haben, ist nun ja zu einem Risiko geworden. Ich denke, es ist besser, wenn sie vollständig vernichtet wird. Wir müssen alle Eventualitäten ausschließen..."

Jakob nickte schwer. Irgendwie hatte er sich schon überlegen gefühlt. Mit dieser unglaublichen Datenbank, der Möglichkeit, zu lernen und diesem Sciencefiction-Fotoapparat. Nicht zu vergessen die „Scotch". Diese kleine Wunderwaffe, die ihm so oft das Leben gerettet hatte. Um sie tat es ihm besonders leid.

„Ich verstehe...ich werd' alles in den Kamin werfen. Oder sind sie vielleicht noch feuerfest?"

„Sie halten schon einiges aus, aber wenn sie stundenlang im Feuer liegen, sind sie nicht mehr benutzbar. Sicher ist sicher, Jakob..."

„Gut. Dann schleich` ich mich mal wieder nach Hause, bevor die beiden Pfeifen wieder aufwachen.“
„Welche Pfeifen?!“
„Na, die zwei, die mein Haus bewacht haben. Im Moment schlafen sie schön, aber ich weiß nicht, wie lange noch..“
Albert hatte die Augenbrauen nach oben geschoben und sah Jakob erstaunt und überrascht an.
„Wirklich?! Hast du das in Tibet gelernt?“
„Unter anderem. Die „Scotch“ ist halt großartig. - Mach´s gut, Albert. Ich werde demnächst weg fliegen. Muss mir überlegen, wie mein Leben jetzt weiter geht...“
Albert nickte und wartete.
„Es ist...es ist so viel passiert, dass ich mir jetzt einfach die Zeit nehmen muss, alles in Ruhe zu verarbeiten, die Dinge zu analysieren und...und mir klarmache, was mit mir geschehen ist. Und was mir wichtig geworden ist. So wichtig, dass ich in Zukunft mein Leben anders gestalten werde. Anders gestalten muss. Denn...so wie´s gewesen ist – so wird`s nicht mehr werden. Wenigstens das weiß ich...“
„Mach das! Wenn du wieder hier bist, meld dich mal, dann gehen wir einen saufen, okay?“
Jakob lachte und dachte schaudernd an den Abend, als sie sich kennen gelernt hatten.
„Aber nicht mehr so viel wie das letzte Mal – geht das?“
„Hihihihi...ja, geht...so schön war´s....“ lachte Albert und schwelgte in Erinnerungen. Er gab ihm die Hand und sie sahen sich tief in die Augen.
„Mach´s gut, Jakob. Und pass´ auf dich auf. Denn du bist jetzt wirklich ein Unikat.“
„Und was für eins....wir sehen uns...“
Er winkte ihm noch kurz zu, dann verließ er das Haus auf demselben Weg, den er gekommen war. Ein paar Straßen

weiter fand er sich auf dem Gehsteig wieder, zog die Kapuze tief in die Stirn und schlenderte durch die Dunkelheit. Seine Gedanken beschäftigten sich mit den letzten sechs Monaten. Sechs Monate, in denen sich sein gesamtes Leben vollständig verändert hatte. Sein Leben, seine Einstellung, seine Sichtweise, seine Gefühle, sein Wissen und sein Blickwinkel. Er hatte den Eindruck, dass er sein ganzes Leben nur durch ein schmales Rohr geschaut hatte. Das, was er sah, war Realität, sonst gab es nichts und sonst konnte er sich auch nichts vorstellen. Niemals hatte er dieses Rohr herunter genommen, immer war es vor seinem Auge. Manchmal sah er mit beiden Augen hindurch, aber meistens war eines geschlossen. Jetzt hatte er nicht nur beide Augen geöffnet, sondern dieses kleine verdammte Rohr abgesetzt und somit erstaunt eine Welt erblickt, die sich um ihn herum in einem nicht vorstellbaren Raum ausbreitete. Plötzlich und wunderschön. Die Dinge, die er durch das Rohr gesehen hatte, waren auf einmal klein und unwichtig, unscheinbar und nur ein winziges Fragment seiner damaligen beengten Sichtweise. Alles war nun anders, alles war größer, weiter und tiefer geworden. Aus der Zweidimensionalität wurde das innere Dreidimensionale und dann war er Teil der vierten Dimension geworden.

Er blieb stehen und sah in den dunklen Himmel. Die Sterne leuchteten, schwach und unscheinbar. Die Lichter der Stadt verhinderten den klaren Blick in das Universum. Er wünschte sich den tibetischen Himmel über sich, diese vielen Sterne, die Galaxien, die Milchstraße, dieses Band, das sogar mit bloßem Auge erkennbar war. Aber nur in Tibet, nicht hier. Hier konnte er nicht viel erkennen. Und aus diesen Überlegungen heraus beschloss Jakob, dorthin zu fahren, wo er den Sternenhimmel ohne das störende künstliche Licht der Großstadt beobachten konnte. Es gab bestimmt auch andere Länder auf dem Erdball, in denen der Sternenhimmel so intensiv zu beobachten war wie in Tibet...

*

Das monotone Rauschen war kaum wahrnehmbar. Der sanfte, manchmal böige Wind hatte sich in den Abendstunden gelegt und die sich überschlagenden Wellen an den Strand waren kleiner geworden, kitzelten nur den feinen Sand, auf den sie rollten. Stetig, in einer nicht zu übertreffenden wunderbaren Monotonie, die trotz ihrer Einfachheit das Werkzeug zur Kontemplation bereitstellte.
Jakob saß auf einer kleinen Düne und blickte in ein blitzendes, irreales Feuerwerk über ihm. Das diamantene Blinken der Sterne spiegelte sich in den Wassern der Bucht. Das Firmament überschüttete ihn mit einem seltenen Bild. Viele Sternschnuppen waren heute zu sehen. Mit rasender Geschwindigkeit blitzten sie durch den Sternenhimmel und leuchteten kurz auf, wenn sie auf die Atmosphäre trafen und verglühten. Jakob konnte sich nicht sattsehen, wenn der Nachthimmel so klar war wie heute. Stundenlang saß er dann da und beobachtete die unzähligen Sterne. Wie in einem langen Zwiegespräch unterhielt er sich dann mit ihnen, fragte sie, wo sie herkamen und wo sie hinwollten. Und manchmal spürte er die Antworten, fühlte die Nähe und die Ehrfurcht vor etwas Großem. Dann dachte er daran, dass er über vierzig Jahre lang nicht so etwas Großartiges zu sehen in der Lage gewesen war. Wahrscheinlich hätte er es auch nicht gesehen, wenn die Nächte so klar wie heute

gewesen wären. Es bedurfte schon dem Öffnen des inneren Auges, um dies auch wahrnehmen zu können. Er liebte den Sternenhimmel mit den wunderschönen Lichtpunkten, die manchmal funkelten, manchmal glitzerten und manchmal nur am Himmel standen – um lediglich da zu sein. Nur für ihn, kam es ihm manches Mal vor. Sie wurden mit der Zeit so vertraut wie eine Geliebte, die ihn regelmäßig besuchte und ihn auf eine Reise in die Sehnsüchte mitnahm. In solchen Momenten wie diesen verspürte er diese so absolute Seelenruhe, über die so viele Denker, Philosophen, Romantiker und sogar Pragmatiker lange nachdachten, um eine Erklärung dafür zu finden. Für dieses tiefe innere, friedvolle Gefühl, das auch mit unserem Begriff des Glücks nicht zu definieren oder zu erklären war. Ein Gefühl, das gebettet war auf unsichtbaren Wolken, umspült mit der Sanftheit weichsten Wassers und getaucht in die Unendlichkeit wahrnehmbarer Daseinsliebe. Und oft dachte er, dass es eigentlich gar nicht nötig war, eine sprachliche Erklärung dafür zu finden. Weil es doch eh keinen Sinn machte, eine Emotion erklären zu wollen, da Worte dem niemals gleich kamen.

Seit fast zwei Monaten war er nun hier und genoss jeden Tag und jede Nacht. Hier – im Norden Neuseelands. In den Bay of Islands, umherspringend zwischen Paihia und Russell, den beiden gegenüberliegenden Hauptorten der Bucht der vielen Inseln. Durch die gewaltige Expansion des Geistes war es nur eine logische Folgerung, dass er sich ein Inselreich als Reiseziel ausgesucht hatte, das so weit von zu Hause entfernt lag. Weiter ging's eigentlich nicht mehr, sah man einmal von dem Kontinent des Südpols ab. Würde er weiterfliegen – war er schon wieder auf dem Rückweg.

Allein schon das Bewusstmachen dieser Entfernung war für Jakob Kolb eine innere Befriedigung, ein Abstandmesser, der räumlich wie auch gedanklich der vorstellbaren Perfektion nahe kam.

Diesmal hatte er Helga und den Kindern mitgeteilt, wohin er reisen würde. Die fragenden Gesichter hatte er ignoriert. Fragen nach der Finanzierung der Reise, Fragen nach der beruflichen Zukunft, Fragen nach der Zukunft überhaupt. Wo er denn wohnen würde, ob er schon eine Wohnung gefunden hatte, wie es mit einem neuen Job aussah und..und...und...

Er hatte ausweichend geantwortet. Meist gar nicht. Er hatte nur gelächelt, genickt, gesagt, dass alles bereinigt wäre. Unterhaltsleistungen wurden über dem Satz geleistet – und somit hatte niemand auch nur eine einzige Handhabe für die Fragerei. Er war sorglos abgeflogen, weil alle Dinge in seinem Sinne geregelt worden waren. Einzig Claudia, die älteste Tochter, war ein bisschen traurig. Gleichzeitig überrascht über die krasse Veränderung des Vaters. Ihre Bemerkung, auch einmal nach Neuseeland reisen zu wollen, erkannte Jakob nicht als die Frage, mit ihm zu kommen. Zu abstrus war der Gedanke, dass eines seiner Kinder ausgerechnet mit ihm, dem spießigen Vater, auf Reisen gehen wollte.

Seltsamerweise genoss Jakob das Alleinsein in einem fernen Land. Niemals hätte er gedacht, dies einmal bewerkstelligen zu können. Es war doch immer nur ein Traum gewesen, aus dem Alltag auszubrechen, um die Welt zu sehen und zu erleben. Ein Jugendtraum, den so viele Jugendliche träumten – um dann festzustellen, dass die Pflichten des Alltags es all zu oft nicht zuließen, diesen Traum weiter zu träumen geschweige denn in die Tat umzusetzen. Oft musste er sich kneifen, um durch den Schmerz zu begreifen, dass alles real war. Dass alles, was um ihn herum geschah, wirklich geschah. Dass alles, was er sah, auch tatsächlich da war. Das Meer, der Strand, die Baumfarne, die grünen Wiesen, die Wälder, die Inseln, der kleine idyllische Ort Paihia und Russell, die erste Hauptstadt Neuseelands – wenn auch nur ganz kurz – dieser nostalgische Ort, der so von Flair sprühte, dass es manchmal ganz gewaltig im Magen zwickte vor zufriedenem Glücksempfinden.

Was früher, in seinem alten Leben, unvorstellbar war, das zelebrierte er an diesem Ort mit seiner ganzen Inbrunst. Jeden Morgen saß er in diesem kleinen Cafe gegenüber der Mole in Paihia. Gegenüber dem touristischen Gebäude, in dem man so viele abenteuerliche Fahrten buchen konnte. Alles eben, was mit dem Northland zu tun hatte. Jeden Morgen saß er hier, bestellte sich Kaffee und Gebäck – und ließ sich einfach treiben. Er lernte, die Gedanken einfach vorbei ziehen zu lassen wie Wolken, die über den Äther zogen und nur dem Wind unterworfen waren. Er beobachtete die Menschen, die Touristen, die Boote, die kleinen Fähren nach Russell, die alle halbe Stunde ablegten und ankamen. Und er konnte den Blick nicht von dem Glitzern des Meeres nehmen, wenn die Sonne am wolkenlosen Himmel strahlte. Die unwirkliche Klarheit der Luft war ihm schon aufgefallen, als er das Flughafengebäude in Auckland verlassen hatte. Es war die erste Faszination des neu entdeckten Landes, dem noch so viele Faszinationen folgten.

Still und entspannt saß er unter einem wuchtigen Sonnenschirm, schlürfte an dem Kaffee und kaute auf einem Croissant herum. Selbst das Empfinden des

Geschmacks des Kaffees und des Gebäcks wurde zum stetig sich wiederholenden Ritual, das sich unterwerfend dem Genuss des Augenblicks beugte. Die Zeit des Morgens war so wunderbar, dass er sich manches Mal ärgerte, dies nicht bereits früher genossen zu haben. Doch dann erinnerte er sich an die Mächte des täglichen Routineprogramms, das einfach niemals abzuschalten war. Eine Tretmühle, der er nicht mehr Einhalt gebieten konnte. Unbefriedigende Verhältnisse ließen keine morgendliche Stimmung in diesem Sinne aufkommen.

Die Fähre nach Russell legte ab. Ein paar Touristen und Einheimische waren zugestiegen und standen am Heck oder nahmen auf dem kleinen Oberdeck Platz. Geräuschvoll wurden die Motoren hochgefahren und das kleine Kabinenboot tuckerte davon. Jakob sah auf die Uhr. Es war gerade neun. Seit einer halben Stunde hielt er sich schon mit Frühstück auf. Seit er in Neuseeland angekommen war, hatte er frühmorgens Hunger. Jeden Abend freute er sich auf das Frühstück des nächsten Morgens. Es war einfach neu – und es war einfach schön. Meistens verbrachte er etwa eine Stunde im Café. Dann ging er am Strand spazieren, sprang je nach Wetter auch mal ins Meer und ließ sich auf dem warmen Sand von der Sonne trocknen. Wenn er mal keinen Ausflug in das Hinterland oder an die Nordspitze machte, fuhr er hinüber nach Russell, wanderte auf den Flagstaff hinauf und genoss die grandiose Aussicht über die Bucht bis hinaus auf die offene See. Die Abende verbrachte er in einer Kneipe der kleinen superben Fußgängerzone Paihias oder er fuhr an einen einsamen Strand, um die Sterne zu beobachten. Manchmal, in der Abenddämmerung, konnte er ganze Delphinschulen ausmachen, die in die Bucht kamen. Aber egal, wie er den

Tag verbrachte, immer resümierte er am Abend, als er noch auf seinem Balkon des kleinen Motels saß und aufs Meer hinaus sah, dass der Tag wieder wunderbar gewesen war. Er verspürte weder Langeweile noch irgendeine Art des dekadenten Müßiggangs. Ihm war, als ob er die Zeit nutzte, um mit sich und seiner Welt ins Reine zu kommen. Und er war überzeugt, dass dieser Weg der richtige war. Einfach, aber vollkommen richtig.

Oft genug reisten die Gedanken nach Tibet, in die Berge, die Täler, die Hochebene. Oft genug gestalteten sich Bilder vor seinem Auge, die die Menschen widerspiegelten. Und viel zu oft sah er der kleinen Dölma in die Augen. Er würde dieses Bild nicht wegschieben können – weil er es gar nicht wollte. Er wollte sie in Erinnerung behalten, dieses tibetische kleine Mädchen, das so früh sterben musste. Wider Erwarten waren aus den anfänglichen Albträumen moderatere Sequenzen geworden. Er wachte nicht mehr schweißgebadet aus diesen Träumen auf, sondern ließ die Bilder so lange vorbeiziehen, bis nichts Böses mehr ihm Angst machen konnte. Irgendwann sprang er zusammen mit den Kindern durch das wehende Gras eines Hochtales, lachend, spielend, kreischend, fröhlich und glücklich. Irgendwann hatte ihn das kleine Mädchen an die Hand genommen, ihm in die Augen gesehen und gesagt, dass alles in Ordnung sei. Dann waren sie beide ins Gras gesunken und träumten in den azurblauen Himmel hinein. Sie zählten die Wolken und gaben ihnen Tiernamen. Dann schlossen sie die Augen, wussten, dass nichts und niemand sie stören würde, gaben sich der Ruhe hin und spürten nichts weiter als Glück.

„Noch Kaffee, Jake?"

Die Stimme holte ihn aus seinen Tagträumen. Es war Britney, die Kellnerin. Da er täglich sein Frühstück hier einnahm, hatten sie sich angefreundet. Britney war nett. Immer war sie fröhlich und gut gelaunt. Sie studierte in Auckland Geographie und hatte gerade Semesterferien, in denen sie hier jobbte.

„Ja, gerne, hab noch ein bisschen Zeit..."

Er grinste sie an. Natürlich wusste sie, dass er alle Zeit der Welt hatte. Jakob hatte nur ein Zeitlimit. Und das bestand lediglich in der Tatsache, dass er ein dreimonatiges Visum als Tourist hatte. Aber auch dies stellte kein besonderes Problem dar, da er eine Verlängerung jederzeit beantragen konnte. So langsam begann er zu schätzen, sich über die Finanzen keine Gedanken machen zu müssen.

Das Handy meldete sich. Jakob hatte das „Arschloch-Lied" gelöscht und statt dessen einen normalen Klingelton installiert. Ohne auf das Display zu sehen, das den Anrufer anzeigte, hob er ab.

„Hallo? Hier Jakob..."

„Hallo, Papa...ich bin's, Claudia..."

„Tochter...das ist ja eine Überraschung...alles okay?"

„Jaaa...eigentlich schon...ich bin am Flughafen und wollte..."

„Flughafen?? Welcher Flughafen?"

„Ich bin hier in Neuseeland. Grad gelandet....ich...ich wollte dich überraschen und hoffe, du bist noch dort..."

Jakob sprang wie elektrisiert auf.

„Ja, klar bin ich noch da...warum hast du nichts gesagt? Soll ich dich abholen?"

„Bist du in Auckland?"

„Nein, aber das macht nichts. In drei Stunden kann ich da sein...oh, Mann, jetzt hast du mich aber wirklich überrascht...ich freu mich wahnsinnig..."

„Ich freu mich auch. Dann warte ich am Flughafen?"

„Okay...ich mach mich gleich auf den Weg...es ist jetzt...moment, es ist halb zehn. Ich werd zwischen eins und zwei da sein. Trink einen Kaffee und geh was essen. Der Flug hat bestimmt geschlaucht..."

„Okay, mach ich...bis später..."

Jakob setzte sich wieder und schüttelte den Kopf. Was war denn mit seiner Tochter los? Jahrelang wurde er missachtet und jetzt? Jetzt flog sie ihm um die halbe Welt nach. Er nahm einen Schluck Kaffee und fing an zu lachen. Alles verändert sich, nichts bleibt wie es ist...wie Norbu es ihm so oft gesagt hatte...

Er fand sie im Flughafenrestaurant. Mit einem Riesenkoffer und einer Tasche saß sie an einem kleinen Tisch und schaufelte so etwas wie Pommes in sich hinein. Langsam näherte er sich, schlich sich an sie heran, um urplötzlich in den gegenüberliegenden Stuhl zu plumpsen. Grinsend saß er ihr gegenüber.

„Papa!!!" schrie sie auf, sprang auf und fiel ihm um den Hals.

„Hallo, mein Kind, schön dass du da bist..."

Er konnte sich kaum mehr erinnern, wann er seine Tochter im Arm halten durfte. Es war wohl Jahrzehnte her. Ein Gefühl, das irgendwie in Vergessenheit geraten war.

„Willkommen am Ende der Welt," sagte er fast ein wenig theatralisch und lachte sie an.

„Puuh...ich freu mich so, dass ich hier bin. Das war voll anstrengend. Über dreißig Stunden im Flugzeug..."

„So ist das, wenn man so weit weg will...dafür ist es dann umso schöner...wenn du fertig bist, dann geht's jetzt los, okay?"

„Klar...ich bin schon gespannt...“
Jakob nahm ihren Koffer, der ein Gewicht wie ein Kleiderschrank hatte.
„Hast du da deinen Schrank drin? Der wiegt ja ´ne Tonne...“
„Junge Frauen brauchen halt alles mögliche...das ist doch nur das Nötigste...“
Kurz dachte er an Tibet. Das, was er dabei hatte, war das Nötigste gewesen. Eine Umhängetasche – sonst nichts. Er setzte ein Lächeln auf und nickte.
„Verstehe...dann mal los...“
„Yep...“
Sie verließen das Flughafengebäude und überquerten die Einfallstraße hinüber auf den großen Parkplatz. Claudia plauderte munter drauflos, berichtete von zu Hause, von ihrer Mutter, von Richard, von Yvonne und dem Abschluss der Schule.
„...und darum hab ich mir gedacht, dass ich einfach nächstes Jahr auf die Uni geh. Als ich Mama gesagt hab, was ich vorhabe und dass ich dich in Neuseeland besuchen möchte, hat sie ganz schön dumm geschaut...Hast du auch dumm geschaut, als ich dich angerufen hab???“
Frech grinste sie ihn an, während sie die beiden Taschen in den Kofferraum hievte.
„Ich glaub´ schon. Aber es hat niemand gesehen und eigentlich...“
„Eigentlich?“
„Eigentlich kann ich gar nicht dumm schauen. Ich seh´ immer so aus...einsteigen, bitte und anschnallen...“
Sie fuhren Richtung Auckland Stadtmitte. Jakob hatte ein Hotel im Zentrum gebucht, um mit ihr noch die Stadt anzusehen. Claudia war das nur recht. Der Jet Lag würde seinen Tribut zollen. Spätestens am Abend, wenn die

umgekehrte Tag-Nacht-Phase dem Körper falsche Signale mitteilte. Ein paar Tage im Hotel würden ihr guttun. Und es gab in dieser größten Stadt Neuseelands vieles zu besichtigen. Auckland war zauberhaft, hatte Flair und Esprit. Ein guter Ort, um ein Reiseziel am Beginn der Reise zu erkunden...

*

Sie standen auf dem Skytower und sahen staunend hinunter auf die Straßenschluchten. Von hier oben hatte man einen sagenhaften Rundumblick. Raus aufs Meer, auf Rangiroa Island, auf die Harbour Bridge, auf den Yachthafen, auf den One-Tree-Hill und auf die westliche Seite der riesigen Stadt. Bis zum Horizont reichte der Blick. Die Luft war klar und es war nicht die kleinste Trübung zu erkennen.

Seit vier Tagen wurde Auckland entdeckt. Sie fuhren mit dem Boot auf den Hauraki Gulf hinaus, machten Ausflüge auf Great Barrier Island und tuckerten gemütlich nach Devonport, diesem idyllischen Vorort Aucklands. Zoobesuch und Museumsbesuch folgten auf dem Fuße, sie genossen die Cafés an den Hafenanlagen und schlenderten durch die vielen Shopping Malls. Träumend lagen sie in den Wiesen des War Memorial Parks und probierten die vielfältige Küche einer Multikultigroßstadt, die trotz der Wolkenkratzer und der Geschäftigkeit den Südseeflair nicht vermissen ließ.

Für Jakob war das alles kaum fassbar. Niemals wäre er auf den Gedanken gekommen, dass eines seiner Kinder mit ihm allein im Südpazifik solche Tage der Ruhe und der Freude verbringen würde. Irgendwie hatte er den Eindruck, dass er die letzten Jahre alles falsch gemacht hatte, was nur falsch zu machen war. Und wie schon so oft sagte er sich, dass trotz des Schmerzes einer Trennung diese Entscheidung das Beste war, das ihm – und auch seiner Familie – passieren konnte. Das sagte er seiner Tochter natürlich nicht. Wenngleich er sicher war, dass sie sehr wohl die Veränderung ihrer Eltern im richtigen Licht sehen konnte. In diesen Tagen fühlte sich Jakob Kolb sorglos wie nie, glücklich wie nie, gelassen wie nie. Seltsamerweise dachte er kein einziges Mal daran, wie es wäre, wenn sie noch eine intakte Familie wären und alle zusammen hier das tun könnten, was jetzt er und seine älteste Tochter taten. Er ließ den Gedanken gar nicht aufkommen, weil er kein bisschen Wehmut empfand. Im Gegenteil, beide, er und Helga, waren wieder im Leben angelangt. Zwar auf verschiedenen Wegen, aber mit demselben Ziel. Nur das zählte, nur das war wichtig.

„Alles richtig gemacht.." murmelte er am Nachmittag einmal vor sich hin, als sie im Albert Park auf einer Bank saßen und die Studenten der gegenüberliegenden Universität beobachteten, die lautstark diskutierend vor dem Pavillon im Gras saßen.

„Was??...Ich hab grad nicht zugehört...was hast du gesagt?"

Er schüttelte den Kopf und lächelte.

„Hab nur laut gedacht...nichts Wichtiges..."

Sie zeigte nach vorne.

„Schau mal...was ist das für eine Fahne? Kennst du das?"

Er sah ihrem Finger nach und erblickte eine Menschengruppe, die vor einem Zelt stand. Eine Fahne wehte im leichten Wind. Er war nicht stark genug, dass sie sich vollends entfalten konnte. Aber Jakob erkannte sie sofort. Sein Herz blieb einen Augenblick fast stehen und das

Erinnerungsvermögen schickte eine riesige Anzahl Bilder in sein Bewusstsein. Es war die Nationalflagge Tibets. Unter tausenden hätte Jakob sie sofort herausfinden können. Die blauen und roten Strahlen, umrahmt von einem intensiven Gelb, die beiden Löwen, die Sonne – Tibets Nationalflagge.

Er erhob sich, ohne dass es einen Befehl dazu gebraucht hätte.

„Es ist die tibetische Nationalflagge..." sagte er und sah Claudia ins Gesicht.

„Ah ja...geh'n wir mal rüber? Mal anhören, was die machen..."

„Okay...gehen wir..."

Sie standen hinter dem kleinen Pulk und versuchten, einen Blick auf das Podium zu werfen, auf dem ein Mönch zu den Menschen sprach. Jakob drängelte sich durch die Menge, bis er in der vordersten Reihe stand. Claudia war ihm gefolgt und nun starrten sie auf den Sprecher. Es war ein tibetischer Mönch, der über sein Land sprach, über den tibetischen Buddhismus und über die chinesischen Besatzer. Er war schon sehr alt, aber seine Augen leuchteten in einer ganz eigentümlichen Art und Weise. Seine Stimme war klar und dunkel, man verstand jedes Wort. Er sprach ein ausgezeichnetes Englisch.

Gebannt hörte Jakob ihm zu. Der alte Mann erinnerte in seiner Gestik und auch in seiner ruhigen Sprache an Norbu. Der Mönch hatte eine Brille auf, die so gar nicht zu seinem traditionellen Gewand passte. Sie war modisch und zeigte Geschmack. Und während sich Jakob noch über die Brille wunderte, trafen sich ihre Blicke. Kurz nur, aber intensiv. Einen Moment hielt der alte Mann inne in seinen Ausführungen. Dann sprach er weiter, drehte aber immer öfter den Kopf, um Jakob anzusehen. Der wiederum nahm die anderen Menschen unter dem Zelt in Augenschein. Er zählte fünf Mönche, die auch ihre Mönchskleidung trugen. Daneben standen zivile Helfer.

Ein Mönch in der Mitte erhob sich. Er war auch schon älter. Jakob schätzte ihn auf Mitte bis Ende fünfzig. Vielleicht auch darüber. Der Mann starrte ihn unverblümt an. Jakob spürte es fast körperlich. Er war gemeint. Der Mönch musterte ihn wie einen Geist. Seine Augen wurden größer und größer und er hatte den Mund geöffnet. Nicht einen Augenblick wandte er den Blick von Jakob, suchte seine Augen, sein Erkennen, seine Bestätigung. Er setzte einen Fuß vor, einen zweiten, einen dritten. Dann hob er den Arm und zeigte auf Jakob.

Wie ein Schauer überschüttete Jakob ein seltsames Gefühl, ein überraschtes Gefühl, ein undefinierbares Einerlei aus kleinen und kleinsten Kristallen, die über seine Haut flossen und die zarten Härchen aufrichten ließen. Bevor er sich dieses Gefühls klar werden konnte, gellte ein lauter Schrei über die Menge, durch den Park, durch die Luft, in die Straßenschluchten der Großstadt, in die Leere des Raumes. Der dröhnende Klang des Schreis war eine Mixtur aus Überraschung, Freude, Erkennen und Sehnsucht.

„Scheeeeeeek.....!!!!!!"

Die Menschen zuckten zusammen und starrten erschrocken den Mönch an. Der alte Mann auf dem Podium verstummte augenblicklich und sah den Mönch überrascht und fragend an. Der wiederum sah ihn an, seine Unterlippe zuckte und in seinen Augen bildeten sich Tränen. Die Hand war immer noch erhoben. Dann wandte er wieder den Kopf zu Jakob.

„Scheek....Scheek...Scheek..." rief er immer wieder.

Immer lauter werdend. Dann hatte er sich gefangen. Die anderen Mönche waren aufgestanden, unter ihnen eine

Frau, die vielleicht im selben Alter war wie der alte Mönch, der zu den Anwesenden gesprochen hatte.

In diesem Moment platzte ein Knoten in Jakob. Fassungslos starrte er den Mann an, der langsam und mit tränenden Augen auf ihn zukam und immer wieder dieselben Worte sprach.

„Scheek...Scheek...Scheek..."

Er hörte die Worte, den Klang der Stimme, die Erinnerungen setzten schlagartig ein und malten Bilder vor sein Auge. Bilder eines Jungen, eines kleinen Jungen mit schmalen Augen, mit dunkler Haut, mit schwarzen Haaren und mit einem friedvollen Lachen, das nur ein Kind kreieren konnte.

„Oh, mein Gott...das...das glaub ich jetzt nicht..." murmelte Jakob. Seine Gesichtsfarbe wechselte von weiß bis rot und wieder weiß. Er war völlig abwesend und Claudia starrte ihn verständnislos an.

„Was?....Was ist denn, Papa? Kennst du diese Leute?...."

Jakob hörte sie nicht mehr. Unwillkürlich war er ein paar Schritte vorwärts gegangen. Nur am Rande nahm er war, dass sich die Mönche erhoben hatten und hinter ihrem Kamerad hergingen, der zuerst so gebrüllt hatte.

Dann standen sie sich gegenüber. Die Menschenmenge sah erstaunt von dem Mönch zu Jakob, von Jakob zu dem Mönch.

„Scheek...du bist es...du bist es...du bist wieder da..."

Dann fiel er auf die Knie, verbeugte sich bis zum Boden und murmelte ein Mantra nach dem anderen. Die Mönche machten es ihm alle nach. Einer nach dem anderen sank auf die Knie und verbeugte sich bis zum Boden. Die Menschenmenge, die das alles beobachtet hatten, traten zurück, sahen auf die am Boden knienden Mönche, sahen

Jakob an, der immer noch völlig erstarrt vor diesem Bild stand. Dann kam der alte Mann. Langsam schlurfte er bis zu ihnen. Und als Jakob dem alten Mann in die Augen sehen konnte, wusste er, wer da vor ihm stand. Es war Norbu.

Sein Mund öffnete sich und die Worte waren zunächst nur ein Flüstern. Ein Hauchen. Ein Keuchen. Ungläubiges Keuchen. Jakobs Hand schlug sich auf die Stirn, so abstrus war die Situation.

„Norbu...ich kann´s nicht glauben...Norbu...du bist es???!!"
Ein weites Grinsen überzog das faltige Gesicht. Seine Augen zogen sich zu Schlitzen zusammen und langsam hob er die Hände, um sie aneinander zu schlagen.

„Scheek...Scheek....du bist es, ja, du bist es..."
Die staunenden Menschen um sie herum sahen in diesem Moment eine tibetische Mönchsgruppe, die vor einem Pakeha, also einem weißen Einwanderer oder Europäer, auf die Knie fielen und damit eine Ehrerbietung an den Tag legten, die selbst den abgebrühtesten Menschen einen kalten und heißen Schauer über den Rücken jagten. Norbu bahnte sich einen Weg durch die Mönche, faltete die Hände und verbeugte sich tief. Jakob machte es ihm nach, senkte den Kopf – um dann Stirn an Stirn ein Bild absoluter Einigkeit abzugeben. Claudia stand daneben und brachte den Mund nicht mehr zu. Vollkommen überwältigt hatte sie die ganze Szene verfolgt und verständnislos erkannt, dass sich ihr Vater und diese tibetischen Mönche kennen mussten.

Die Mönche hatten sich mittlerweile erhoben und sahen Jakob mit einem glücklichen, Tränen verschleierten Blick an, der im Moment nichts weiter sagen konnte.

„Norbu," flüsterte er nur, bevor er den alten Mann in die Arme nahm. Dann liefen ihm die Tränen die Wangen hinunter. Als sie sich lösten, drehte er sich zu den anderen Mönchen um. Der Mann, der zuerst seinen Namen geschrien hatte, stand vor ihm. Die Freude in seinem Gesicht war so unbeschreiblich echt und von einer solchen Ergriffenheit durchsetzt, dass selbst die Menschen um sie herum sie spürten. Sie erfassten eine Begegnung der besonderen Art. Eine Begegnung, die viel mehr war als das zufällige Zusammentreffen von Menschen. Es war wie die Erfüllung einer tiefen, unbeirrbar festsitzenden Sehnsucht, die in diesem Moment ihr Ziel fand.

„Scheek...immer habe ich gewusst, dass wir uns in diesem Leben noch einmal treffen...immer habe ich es gewusst...“

Jakob sah ihn an. Sein Flüstern hatte sich nicht verändert.

„Tsering???....Du bist Tsering???....“

„Ja, das bin ich...etwas älter geworden...aber ich bin Tsering...“

Jakob sagte nichts mehr. Er nahm ihn in die Arme und weinte. Mit zusammen gepressten Augen lag sein Kopf auf der Schulter des Tibeters, der seinerseits die Augen geschlossen hatte.

Claudia stand fassungslos und völlig ohne irgendein Verständnis vor dieser Szene, die sie nirgends einordnen konnte. Die Tibeter und ihr Vater hatten in einer anderen Sprache miteinander gesprochen. Eine Sprache, die sie noch niemals in ihrem Leben gehört hatte. Und offensichtlich kannten sie sich. Und offensichtlich kannten sie sich gut.

Nach schier endlosen Minuten lösten sie sich und sahen sich an. Jakob wischte sich die Tränen aus dem Gesicht. Ein Lachen überzog sein Gesicht, das Claudia noch niemals bei ihrem Vater gesehen hatte. Es war so echt, so natürlich, so unsagbar ehrlich, dass niemand auch nur im Ansatz den Wert dieser Begegnung anzweifeln könnte.

„Keine Zufälle???" fragte er Norbu.

„Keine Zufälle, Scheek...so ist das mit dem Karma. So ist das mit dem Weg...das ist Kausalität..."

Jakob nickte. Alles war einfach, wenn man akzeptierte. Sein Blick fiel auf die alte Nonne, die lächelnd hinter den Männern stand.

„Ich nehme an, du bist Diskit," sprach er sie an.

Sie nickte. Ihr Strahlen überdeckte ihr faltiges Gesicht.

„Das bin ich, Scheek. Es ist so schön, dich in diesem Leben noch einmal sehen zu dürfen...wie geht es deinen Narben?"

„Es ist alles gut verheilt. Dank deiner Hilfe..."

Sie schob die Männer beiseite und sah ihm in die Augen. Sie ging ihm nicht einmal bis zum Kinn. Die rechte Hand tätschelte seine Schulter und seine Brust, während sie Worte der Freude murmelte.

Jakob nickte und sah sich um. Die Menschenmenge hatte sich um sie geschlossen. Im Moment waren sie alle der Mittelpunkt eines seltenen Geschehnisses. Einer der zivilen Männer war auf das Podium gestiegen und informierte die Menschen, dass in einer Stunde tibetische Tänzer einen traditionellen Tanz aufführen würden.

Norbu fasste Jakob am Arm und zog ihn mit.

„Komm´, lass uns an den Tisch setzen. Wir haben uns viel zu erzählen."

Sie setzten sich an den runden Tisch unter einem zweiten kleineren Zelt. Norbu, Tsering, Diskit und die anderen beiden jüngeren Mönche. Claudia konnte immer noch kein Wort herausbringen. Staunend und fragend sah sie ihren Vater an, der noch kein einziges Wort der Erklärung gefunden hatte. Er sah seine Tochter ernst und mit einem fast schon entschuldigenden Blick an. Und sie sah diese tiefe Berührung in seinem Inneren.

„Also, das ist alles im Moment wirklich sehr überraschend. Ich kenne diese Menschen hier, wir haben eine gemeinsame Vergangenheit...das ist meine Tochter Claudia," wandte er sich an Norbu.

„Claudia, das ist Norbu – wahrscheinlich Lama Norbu – und das ist Tsering. Die Nonne ist Diskit und die anderen beiden kenn´ ich jetzt nicht."

Er sah seine Tochter an, die nur höflich nickte und nicht wusste, wie sie die Mönche begrüßen sollte. Aber sie nahmen ihr die Entscheidung ab, indem sie die Hände falteten und sich verbeugten.

„Woher???..."

„Das...das muss ich dir ein andermal erklären...lange unendliche Geschichte..."

„Du hast...du hast mit ihnen in einer anderen Sprache gesprochen...war das...tibetisch??"

Jakob nickte.

„Aber...woher kannst du tibetisch...und warum?"

Sie verstand gar nichts mehr. Viel zu viele Fragen tauchten auf und konnten unmöglich sofort beantwortet werden.

„Ja...ich...ich kann tibetisch, weil.."

Norbu half ihm. Er wusste nicht, was die beiden sprachen, aber er konnte es sich denken.

„Wir kennen deinen Vater von früher...Claudia?"

„Ja...Claudia ist richtig. - Früher? Wann früher?"

„Sagen wir mal, in einer Zeit, in der du noch nicht da warst...dein Vater ist für uns ein sehr wichtiger Mann. Ein sehr mutiger Mann und ein Mensch mit unendlichem Mitgefühl. Er ist unser Held, unser Gott und einer von uns. Für uns ist er ein heiliger Mann..."

„Heiliger Mann? Held? Gott? Papa, ich glaub´, du wirst mir einiges erklären müssen...“

„Ja, aber nicht jetzt...wir werden unser Wiedersehen feiern...Tsering, mein Freund, werden wir das?“

Tsering nickte freudig. Er wandte sich an Claudia. Er nahm ihre beiden Hände und drückte sie ganz fest.

„Du hast so großes Glück, dass du diesen Vater hast. Ich beneide dich sehr. Es war immer mein Wunsch gewesen, sein Sohn zu sein.“

„Sein Sohn? Du? Aber...du bist doch viel älter als mein Vater.“

„Damals nicht...“ sagte er spitzbübisch und lachte über seinen Witz, der nicht einmal einer war.

„Wie? Damals nicht?? Wie meinst du das?...Ich verstehe nicht ganz...eigentlich gar nichts!“

Jakob mischte sich ein.

„Komplizierte Geschichte, Tochter! Ich erklär dir alles später...lass´ uns heute mit meinen Freunden feiern...so oft werden wir nicht mehr Gelegenheit dazu haben...“

Claudia atmete tief ein und aus, aber sie nickte.

„Da bin ich aber mal gespannt...mein Papa kann tibetisch – ich fass´ es nicht...heiliger Mann...ein Gott...das kann doch alles nicht sein...“

Sie schüttelte permanent den Kopf.

Jakob lächelte nur vielsagend. Aber er beschloss, diese seine Geschichte, die sich so mit den tibetischen Mönchen deckte, seiner Tochter zu erzählen. Obwohl er nicht glaubte, dass sie ihm auch nur ein Wort abnehmen würde. Doch er hatte die denkbar glaubwürdigsten Zeugen neben sich.

*

Sie saßen alle um einen runden Tisch herum. Von der Terrasse des ersten Stockes konnte man auf die Hauptstraße sehen, die durch den Stadtteil Parnell führte. Norbu hatte erzählt. Von Tibet, von seinem Volk, von der chinesischen Besatzungsmacht, von den vielen Verboten für die Tibeter und von den unzähligen Flüchtlingen, die über die Berge nach Nepal, Indien und Bhutan gegangen waren. Claudia hatte aufmerksam zugehört und ihn nicht ein einziges Mal unterbrochen. Bis zu dem Zeitpunkt, als Norbu die Menschen in seinem Ort über die Fluchtpläne unterrichtet hatte.

„...die meisten wollten nicht den anstrengenden Marsch unternehmen, aber letztendlich waren wir doch eine größere Gruppe."

Er nippte an seiner Teetasse und sah Jakob an, der seinen Blick mit zusammengekniffenen Lippen erwiderte. Langsam nickte er, während seine Gedanken die Erinnerungen wachrüttelten.

„Zwei Männer aus einer anderen Welt sollten uns führen...ein Amerikaner und ...ein Deutscher..."

Er sah immer noch Jakob in die Augen und lächelte dabei. Claudia konnte es gar nicht übersehen. Sie sah von einem zum anderen, sah den starren Blick von ihrem Vater und sah das Lächeln von Norbu, Tsering und Diskit. Dann durchfuhr sie ein Gedanke, der so abstrus war, dass sie sich nicht entschließen konnte, dem einen Wahrheitsgehalt zu geben.

„Ein Deutscher?...Wann seid ihr denn geflohen?"

Ihr Blick flog wieder zu ihrem Vater.

„Es war März...der 10. März...im Jahre 1959..."

Einen Augenblick stockte er und seine Erinnerungen verweilte in diesem damaligen Moment.

„Und dieser Deutsche war dein Vater..."
Claudias Blick suchte eine Erklärung, fand in Norbu nur die unbedingte Wahrheit und erkannte in den Augen ihres Vaters eine Bestätigung, die sie im Moment nicht akzeptieren konnte.
„1959??? Quatsch, was...?? Das geht doch gar nicht...1959...ihr wollt mich an der Nase herumführen, stimmt´s? Woher kennt ihr euch wirklich?"
Unsicher sah sie Jakob an. Sah Norbu an. Dann Diskit. Dann Tsering. Wieder ihren Vater. Überall nur die Wahrheit. Kein Witz. Keine Lüge. Kein Quatsch. Nur Wahrheit.
Jakob schüttelte den Kopf.
„Nein, mein Kind. Was Norbu sagt, entspricht ganz der Wahrheit. Es war das Jahr 1959 und es war der Tag des großen Aufstands. Und darum habe ich auch gedrängt, Tibet zu verlassen. Sonst wären noch mehr Menschen in die Mühlen dieses Chaos gekommen. Ich war in diesem Jahr in Tibet und habe zusammen mit Mike – dem Amerikaner – die Gruppe über die Berge nach Nepal geführt..."
„Aber...ich glaub euch kein Wort...du warst noch gar nicht geboren, Papa...was erzählt ihr mir denn da? Was soll der Quatsch?"
„Dein Vater ist der Wolkenreisende, der die Zeit überfliegen konnte...er war die Prophezeiung...und er war da..."
Tsering sah sie ernst an.
„Wolkenreisender? Was ist ein Wolkenreisender? Und warum...?...Ich versteh gar nichts..."
Jakob sah sie intensiv an. Seine Hand legte sich auf ihren Arm.
„Als deine Mutter mir eröffnet hatte, dass sie sich von mir trennen wollte...an demselben Tag...da wurde ich ja auch gekündigt...und am Abend in der Kneipe habe ich Albert

kennen gelernt. Albert ist Astrophysiker und hat eine Entdeckung gemacht...."
Er verstummte und überlegte, ob er überhaupt etwas sagen sollte. Keinesfalls wollte er seine Tochter mit diesem Wissen in irgendeine Gefahr bringen.
„Was für eine Entdeckung?"
„Das was ich dir jetzt sage, darfst du niemals jemandem erzählen. Das ist jetzt ganz wichtig, hörst du??"
„Ja, okay..."
Er sah sie ernst und fest an.
„Versprich es...es ist wirklich absolut wichtig."
„Ich verspreche es, Ehrenwort..."
„Gut, also...Albert hat ein Portal in der Raumzeit entdeckt. Einen Zugang, der es auch einem Menschen ermöglicht, durch die Zeit zu reisen. Und er bot mir an, dieses Experiment zu machen. In der damaligen Situation habe ich nicht mehr lange nachgedacht. Ich habe einfach zugesagt. Und bin dann eingestiegen...."
Eine junge Dame bekam Mund und Augen nicht mehr zu. Ungläubig sah sie aus...und verständnislos...aber auch neugierig.
„Eingestiegen? In eine Maschine?"
„Ja. Man hat mich mit allerlei Dingen ausgerüstet und mich in der Zeit zurückgeschickt. Natürlich hat niemand auch nur geahnt, wo ich aufschlagen werde und ob ich das überhaupt lebend überstehen könnte. Aber...aber Albert, Markus und die anderen Wissenschaftler waren so überzeugt, dass ich das auch geglaubt habe. Sie hatten ja auch alle recht gehabt. Der Zeitsprung hat natürlich geklappt, sonst wäre ich ja nicht da."
Jakob hatte englisch gesprochen, so dass die Mönche ihn auch verstehen konnte, wussten sie ja nicht, wie Jakob in

ihre Zeit gekommen war und wie er jetzt, kaum gealtert, in dieser Zeit präsent war. Niemand sagte ein Wort, alle waren damit beschäftigt, diese Erklärung irgendwo in ihrer Rationalität unterbringen zu können.

„Du bist trotzdem ein Buddha, Wolkenreisender...."sagte Tsering schließlich und lachte laut auf. Die Erklärung einer Zeitmaschine machte anscheinend keinen großen Eindruck auf ihn. Seine Überzeugung war unumstößlich. Jakob lachte ihn an...den Mann vor ihm, der so viel älter war als er...und den er als Kind durch die Unwägbarkeiten des Himalaja geführt hatte.

„Kein Buddha, Tsering...kein Buddha...aber ich bin glücklich, euch hier noch einmal getroffen zu haben...das ist das schönste Geschenk, das man sich vorstellen kann."

„Puuh...ich...ich kann das alles nicht glauben, Papa...wie geht denn das? Man kann doch nicht in der Zeit zurück reisen...das gibt`s doch nur im Film...ihr verarscht mich doch."

„Es war bestimmt kein Film..."

„Zeig´ ihr deine Narben..." sagte leise Diskit und stupste ihn in die Hüfte und in die Schulter.

„Er hat eine Narbe an der Hüfte, in der Brust und in der Schulter. Das war die Gewehrkugel, die ihn getroffen hatte. Ein Felsstück hat sich nach einer Explosion in seine Hüfte gebohrt...und in der rechten Schulter muss eine längliche Narbe sein. Vorne auf der Brust auch, wo die Kugel wieder ausgetreten ist."

„Was??...eine Kugel?...Wo? Wann?...Warum?"

Jakob nickte und schob seine Hemd über die Hüfte. Eine etwa fünfzehn Zentimeter lange Narbe zierte die Hüfte vom Hüftknochen bis hoch zu den Rippen. Er zog das Hemd noch höher und die Narbe in der Brust war unübersehbar. Er drehte den Oberkörper, sodass das Schulterblatt sichtbar wurde. Und Claudia bekam noch größere Augen.

„Wieso weiß sie das, Papa? Ich hab nicht gewusst, dass du solche Narben hast. Das hab ich noch nie gesehen...“

„Natürlich nicht...hab ich auch erst seit zehn Monaten...“

„Zehn Monate?“ fragte Norbu. „Das ist erst zehn Monate her? Alles noch so frisch??“

„Ja, Norbu, es ist alles noch frisch. So, als ob ich erst gestern zurück gekommen wäre...alles noch frisch, nicht verheilt...außer den Wunden...“

„Darum bist du wohl hier?...Um Abstand zu bekommen?...“

„Ja, auch...aber es ist in meinem Leben ja noch mehr passiert...und ich wollte erst wieder zu mir kommen, überlegen, was ich den Rest von meinem Leben machen will...darum bin ich hier...aber natürlich auch wegen Dölma...“

Diskit tätschelte zärtlich seine Wange. Trotz ihres hohen Alters hatte sie den Tod des Mädchens niemals vergessen. So, wie auch Jakob dieses Erlebnis nie wieder löschen würde können. Aber das war auch nicht notwendig, weil das Gespräch mit dem Migö ihm der größte Trost gewesen war, den man sich vorstellen konnte.

„Wie wohl ihr neues Leben ausgesehen hat??....“ fragte Tsering, der mit den Tränen kämpfen musste.

Jakob legte ihm die Hand auf die Schulter und lächelte ihn wissend an.

„Sie hat ein neues gutes Leben bekommen. Glaub mir...jemand hat es mir gesagt und mir versprochen. Er hat es gewusst, so wie er alles wusste...“

„Wen meinst du?“ fragte Norbu.

„Als wir bei den Nomaden waren, bin ich in der Nacht aufgewacht und nach draußen gegangen. - Ich hatte eine Begegnung mit dem Migö...“

„Mit dem...Migö??? Wirklich?? Scheek....das ist...das ist das größtmögliche Zeichen, das ein Mensch bekommen kann...er hat mit dir gesprochen?“

„Ja...er hat mir gesagt, dass Dölma eine höher gestellte Inkarnation leben wird...weil sie ihr Leben für meins gegeben hat...“

Er lächelte immer noch und Tsering konnte sehen, dass die Freude über das zukünftige Schicksal des kleinen Mädchen die Trauer bei weitem überstiegen hatte.

Norbu schüttelte erstaunt den Kopf.

„Der Migö...unglaublich...und das passiert ausgerechnet dir, dem Wolkenreisenden...Scheek, du hast ein ganz besonderes Karma, weißt du das eigentlich? Ganz besonders...“

„Nein, Norbu, sicher nicht...vielleicht hat sich auch alles in meiner Phantasie abgespielt. Ich hatte doch damals großes Fieber, vielleicht war das nur eine fiebrige Vorstellung, die ich als wahr aufgenommen hab...ich glaube, das hat jetzt wirklich keine besondere Bedeutung...“

„Ich glaube schon...vergiss nicht, dass du keine Ahnung von unserer Kultur und Religion gehabt hast, als du gelandet bist. Aber es spielt auch keine große Rolle, ob man daran glaubt oder nicht. Es ist so, wie es ist und wir haben die Dinge so erlebt, wie sie geschehen sind. Vielleicht musst du manches nur noch akzeptieren...lass´ dir Zeit, Scheek...“

Er lachte laut auf über seinen doppeldeutigen Witz. Die Wiedersehensfreude verdrängte alle traurigen und ernsten Gedanken, wirbelte das Licht zutage und ließ es nicht zu, dass eine außergewöhnliche Begegnung mit den vergangenen dunklen Vorkommnissen überschattet wurde. Denkwürdig ging der Abend zu Ende. Und nachdenklich legte sich ein neunzehnjähriges Mädchen an diesem Abend ins Bett, um ein Weltbild, das sich nun vollends verschoben hatte, wieder dahin zu bringen, wo das Verständnis sich imstande sah, Imagination und Realität wieder in Einklang zu bringen.

*

„Oh, ist das schön," entfuhr es Claudia, als sie den Hügel nach Paihia hinunterfuhren. Sie konnten den Ort, den Anlegehafen und die ganze Bucht bis hinüber nach Russell sehen. Es war ein klarer, fast wolkenfreier Morgen. Möwen spielten über der Mole und schrien ausgelassen ihre Lebenslust in die warme Luft. Das Bild, das sich Jakob und seiner Tochter bot, war der Inbegriff der Idylle, der Schönheit, der Gelassenheit und einer spürbaren Harmonie, die sie von zu Hause nicht kannten. Zarte Wellen des Meeres gruben sich in den hellen Sand. Ein paar Spaziergänger schlenderten am Strand entlang. Einige Autos fuhren auf der Straße und einen Moment lang hatte Jakob das sehnsüchtige Gefühl, hier nicht mehr fortgehen zu wollen.

Vor dem Motel hielten sie den Wagen, luden das Gepäck aus und begaben sich gut gelaunt in die kleine Suite, die einen Balkon auf die Seeseite und damit Blick auf die Bucht hatte. Doch als Jakob das Zimmer aufschloss, zuckte er einen Moment zusammen. Der Schreck ließ ihn einen Moment wie gelähmt dastehen.

Sämtliche Schubladen waren ausgeleert worden, Wäsche war auf dem Boden verteilt, die Matratze lag umgekehrt auf dem Bett und die Schranktüren standen weit offen. Für den Bruchteil einer Sekunde erstarrte er zu Eis.

„Mein Gott, was ist denn da passiert? Ist hier eingebrochen worden?"

Claudia sah ungläubig auf das Chaos. Einbruch? Jakob konnte nicht daran glauben. Sie waren nicht die einzigen Gäste im Haus. Er stellte die Koffer ab und drehte sich um.

„Warte. Ich frag mal unten nach, ob es auch andere Gäste betrifft."

Er rannte nach unten und ging an die Rezeption.

„Hi, jemand ist in mein Zimmer eingebrochen und hat ein Chaos veranstaltet. Wissen Sie etwas davon?"

„Wie bitte?? Eingebrochen? N..nein...nein, Sir...ich habe nicht...ist etwas gestohlen worden?"

Jakob zuckte die Schultern.

„Ich denke nicht. Ich habe alle Wertsachen bei mir gehabt. Es gab also bei den anderen Gästen keinen solchen Vorfall?"

„Nein. Es ist nichts bekannt. Ich rufe gleich die Polizei."

Der Portier nahm das Telefon und wollte gerade wählen, aber Jakob unterbrach ihn.

„Nicht nötig. Lassen Sie's. Bringt eh nichts. Es ist nichts gestohlen worden. Da bin ich sicher."

„Wirklich? Keine Polizei??"

Fragend sah der Mann ihn an. Doch Jakob schüttelte den Kopf. Eine dumpfe Ahnung stieg in ihm hoch. Keine gute Ahnung.

Nachdenklich ging er wieder die Treppe hoch. Claudia hatte schon begonnen, aufzuräumen. Als er das Zimmer betrat, sah sie ihn erwartungsvoll an.

„Und? Die anderen auch?"

„Nein. Nur bei mir. Verdammt, ich ahne Böses..."

Ernst blickte er auf das Meer hinaus. Jemand hatte seine Sachen durchwühlt. Jemand hatte etwas gesucht. Jemand hatte nichts gefunden. Jemand würde wieder kommen. Irgendjemand beobachtete ihn. Er dachte an die beiden Pseudoagenten in Deutschland. Die Verbindung zu Albert war offensichtlich bekannt. Wenn sie bei Albert nichts gefunden hatten, dann mussten sie Informationen von anderer Seite bekommen. Von ihm. Und wenn sie von dem Zeitreiseexperiment wussten, dann konnten sie auch wissen, dass er der Zeitreisende war. Und er logischerweise auch irgendwelche Informationen und Daten haben konnte. Nur wer waren „sie"? Geheimdienst? Staatssicherheit? Global agierende Organisationen? Kriminelle? Mafia? Was noch? Jakob atmete tief ein und aus. Sie waren in Gefahr. Seine Tochter war in Gefahr. Niemand würde auf sie Rücksicht nehmen. Dafür waren die wissenschaftlichen Erkenntnisse des Zeitreiseteams viel zu wertvoll. Er ging auf und ab, kratzte sich am Kopf, am Kinn. Was sollte er also tun? Die Einbrecher hatten sich nicht die Mühe gemacht, ihr Eindringen zu kaschieren. Jakob sollte wissen, dass jemand auf seiner Fährte war. Warum? Er sollte Angst haben. Wenn er Daten besaß, würde er sie wahrscheinlich schleunigst in Sicherheit bringen wollen. Vielleicht in eine Cloud kopieren? Oder auf einen Stick ziehen? Oder beides? Wenn er das W-Lan des Motels benutzte, würden sie es sicherlich merken. Darum wurde er doch auch darauf hingewiesen. Dass er das Internet benutzen würde.
Er sah sich um und suchte das Zimmer ab. Kameras! Vielleicht hatten sie Kameras eingebaut? Sie mussten das Zimmer wechseln. Sie mussten...
„Papa??! Was denkst du?"
Abwesend sah er seine Tochter an.

„Was?? Sorry, hab nicht zugehört. Was hast du gesagt?“
„Ich hab gefragt, ob du eine Ahnung hast, was hier los ist?“
Jakob sah sie ernst an. Dann nickte er.
„Ja, ich denke schon. Das Zeitreiseprojekt! Irgendjemand hat es auf Informationen abgesehen. Anscheinend meint man, ich habe etwas, das interessant wäre.“
„Und? Hast du?“
Jakob schüttelte den Kopf.
„Nein. Natürlich nicht. Aber das glauben die wohl nicht.“
„Und wer ist „die“?“
„Tja, wer weiß. Kann alles Mögliche sein. Ist auch egal. - Wir müssen erst mal das Zimmer wechseln. Wahrscheinlich ist alles bereits verwanzt.“
„Ich komm mir jetzt vor wie in einem Agententhriller.“
„Nur mit dem Unterschied, dass alles echt ist. Vielleicht ist es besser, du fliegst schnellstens wieder nach Hause.“
Claudia grinste ihn an.
„Das glaubst du aber jetzt selbst nicht, oder??!“
„Claudia! Das ist kein Spiel. Das ist ernst. Sehr ernst. In Deutschland haben sie es schon mal versucht.“
Jetzt sah sie erschrocken ihren Vater an.
„Schon mal versucht? Was soll das heißen?“
Jakob erzählte ihr von dem Vorfall in seinem Haus.
„Und wie bist du dann unerkannt aus dem Haus gekommen?“
„Hab die beiden Idioten schlafen geschickt.“
„Was? Wie…? Papa, irgendwie bist du ganz anders als früher…“
„Wen wundert´s denn noch?? Nach all dem?“
Sie nickte und sah nachdenklich zu Boden.
„Was tun wir jetzt? Zur Polizei gehen?“
„Nein. Wir tun etwas, das sie nicht erwarten.“

„Und was?“
„Wir drehen den Spieß um. Jetzt spielen wir die Angreifer.“
„Wie willst du das machen? Wir wissen doch nicht einmal, wer die sind.“
Jetzt grinste Jakob.
„Das finden wir schon raus. Glaub´ mir...!“
„Da bin ich aber mal gespannt.“
„Komm´ wir gehen Kaffee trinken, Kuchen essen...“
„Was? Jetzt? Mir steht eigentlich der Sinn nicht unbedingt nach Kaffee und Kuchen.“
„Mir schon. Ich wette, dann werden wir bald wissen, wer die sind.“

Nach einer Stunde hatte Jakob schon heraus gefunden, wer sie verfolgte. Nach Kaffee und Kuchen, einem Bummel durch die verschiedenen Geschäfte, einem Strandspaziergang und einer Fahrt hinüber nach Russell war es klar. Drei Männer, die sich abwechselten. Mal der eine, mal der andere. Mal zwei, meistens einer alleine. Ständige Blicke, Telefonanrufe. Sie sahen unscheinbar aus, waren gekleidet wie Einheimische. Aber Jakob ließ sich nicht täuschen. Als sie auf der Bank am Fähranleger in Russell auf das kleine Boot warteten, entschied er sich, etwas zu unternehmen.
„Ich hab sie...“ sagte er zu seiner Tochter.
„Wirklich? Ich hab nur einen Mann gesehen, der uns auch in Paihia beobachtet hat, aber sicher bin ich nicht.“
„Wen meinst du?“
„Er sitzt dort auf der Bank. Der mit der Mütze und den braunen Schuhen. Passt nicht zusammen.“
Jakob grinste breit und senkte den Kopf.

„Gut erkannt, Tochter. Es sind insgesamt drei. Wechseln sich ab.“

„Woher weißt du denn das alles?“

„Hab halt aufgepasst...Ich habe einen Plan.“

„Hoffentlich einen guten...“

„Wir locken sie hier weg. Rauf zum Kap. Dort lassen wir sie den Ninety-Mile-Beach ablaufen.“

„Und was soll ich dabei tun?“

„Das sag ich dir noch. Bereit?“

„Jaaa...glaub schon!“

Ihre Stimme zitterte etwas, aber sie bemühte sich, ruhig zu bleiben.

Die Fähre kam. Sie standen auf. Der Mann auf der Bank auch. Ihr werdet mich kennen lernen, dachte sich Jakob.

Jakob kannte die Welt der Geheimdienste nicht. Er konnte sich die undurchdringlichen Verkettungen mit Politik, Wirtschaft und organisiertem Verbrechen nicht einmal ansatzweise vorstellen. Auch wenn er mittlerweile gewalttätige Erfahrungen in seiner schlimmsten Form erlebt hatte, waren Vorstellungen und Wissen über die Praktiken verschiedener verbrecherischer Konglomerate im Grunde genommen relativ bescheiden, wenn nicht gar überhaupt nicht vorhanden. Man wollte Informationen, Ergebnisse, Daten und Abhandlungsszenarien über die Entwicklung von möglichen Zeitreisen. Manche Menschen würden dafür mehr als ein Vermögen ausgeben, um die Mittel dafür zu bekommen. Und die meisten sahen in einem oder mehreren Menschenleben keinerlei Hürden oder Blockaden. Auch wenn Jakob Kolb davon ausgehen konnte, dass Skrupellosigkeit Bedingung für etwaige Handlungen waren, lebte er dennoch nicht in einer Welt, in der ein

Menschenleben gar nichts bedeutete, außer dass es bei Bedarf schnell und sauber aus der Welt geschafft werden musste. Er irrte sich in diesem Falle, dass er der Meinung war, dieses tödliche Spiel beherrschen zu können und seine eigenen Fäden zu spinnen. Ein Irrtum, der tödlich enden konnte...

Seine Gedanken waren schon vorausgeeilt. Er plante, die drei Männer, die sie beobachtet hatten, in die Dünen des Ninety-Mile-Beaches zu locken, ihnen Fahrzeug und Kommunikationsmittel zu zerstören und sie damit diesen mehr als fünfundsechzig Kilometer langen Strand im Nordwesten ablaufen zu lassen. Bis sie wieder mobil waren, konnten sie längst über alle Berge sein. Das war sein Plan. Kein guter Plan. Selbst wenn alles so funktionieren sollte, wie er sich das vorstellte, wären sie noch lange nicht in Sicherheit. Man war ihnen bis hierher gefolgt – bis ans Ende der Welt. Jemand dachte wohl, dass er genug wusste, was von Vorteil sein konnte. Vielleicht waren diese Leute auch überzeugt, dass er Teil des wissenschaftlichen Teams gewesen war. Kleine Gedankengänge, die Jakob nicht zu Ende dachte. Denn hätte er sie zu Ende geführt, wäre seine Logik dahingehend zusammen gelaufen, zu erkennen, dass es bei weitem nicht damit getan war, für den Moment abzutauchen. Abgesehen davon, dass er dies sowieso nicht bewerkstelligen konnte, weil ihm die Mittel und die Hilfe anderer fehlen würde und er in dieser Welt unmöglich von der Bildfläche verschwinden konnte.

Jakobs Naivität verhinderte rationales Denken und Verstehen. Mit dem Wissen, dass Albert den Schlüssel für eine Zeitverschiebung entdeckt hatte, war er zwar konfrontiert worden, aber die Dimension dieses Wissens war in einem so großen Raum angesiedelt, dass er es unmöglich in seinem Ganzen überschauen konnte geschweige denn die richtigen Schlüsse daraus zu ziehen in der Lage war.

Aus diesem ganzen geistigen Konstrukt heraus verlor sich seine Vorsicht und sein Misstrauen. Völlig unbedarft sperrte er das Hotelzimmer auf – und wurde innerhalb eines Lidschlages mit der Realität konfrontiert. Bevor er auch nur einen Ton von sich geben konnte, spürte er den Lauf einer Waffe an seinem Ohr, gefolgt von einem kurzen Befehl.

„Ganz ruhig. Keine hastigen Bewegungen. Die Hände bleiben, wo sie sind.“

Der Mann hatte leise gesprochen, aber sehr eindringlich. Jakob stand wie erstarrt. Ohnmächtig musste er mitansehen, wie ein anderer Mann Claudia packte und zur Seite zog. Er drückte sie auf das Bett, wo sie mit aufgerissenen Augen wie ein Denkmal sitzenblieb. Ein dritter Mann saß auf dem Stuhl am Schreibtisch und sah durch das Fenster hinaus auf die Bucht. Langsam drehte er den Stuhl, sodass er Jakob in die Augen sehen konnte. Er verzog keine Miene. Sein Gesicht war ausdruckslos. Er sagte nichts, sah ihn nur an. Jakob wurde fixiert, abgeschätzt, beobachtet. Der Mann las in seinem Gesicht. Versuchte zu entdecken, ob Jakob Angst hatte oder ob er sich kontrollieren konnte. Es war nicht ersichtlich, ob er zu einem Ergebnis kam. Nach endlosen Sekunden erhob er sich, ohne Jakob aus den Augen zu lassen.

„Guten Tag, Mister Kolb. Es tut mir leid, wenn wir Sie erschreckt haben sollten. Aber unser Anliegen ist zu wichtig, als dass wir diese Unterredung in der Öffentlichkeit abhalten könnten.“

„Wer sind Sie? Und warum bedrohen Sie uns?“

Jakob hatte sich wieder unter Kontrolle. Er befürchtete, seine Stimme könnte zittern, aber es war ihm in diesem Moment auch egal.

„Nur eine Vorsichtsmaßnahme. Ich liebe keine Überraschungen. Es ist mir wichtig, dass Sie genau wissen, dass wir keine Spielchen spielen werden. Haben Sie das verstanden?!"

„Ist ja nicht zu übersehen. Also? Was wollen Sie von uns? Und wer sind Sie, dass Sie uns mit Waffen bedrohen müssen?"

Der Mann lachte leise.

„Sie haben sich sehr gut unter Kontrolle. Wissen Sie, ich war mir nicht ganz sicher, mit wem wir es zu tun haben. Sie benehmen sich wie ein ganz normaler Tourist. Fallen nicht auf, geben nicht viel Geld aus. Sie haben Ihre Tochter hier. Sie tarnen sich wirklich ausgezeichnet."

Er machte eine Pause.

„Ich habe wirklich keine Ahnung, von was Sie sprechen. Warum sollte ich mich tarnen? Ich bin nicht auf der Flucht. Was soll das Ganze?"

„Sie waren der wichtigste Faktor in Professor Schalthaus´ Experiment, Herr Kolb. - Und darum sind wir hier."

„Faktor? Welches Experiment? - Ich versteh´ wirklich nur Bahnhof..."

Der Mann senkte den Kopf und sah zu Boden. Dann an die Decke. Er machte den Eindruck, als ob er sich langweilen würde. Aber Jakob konnte sehr wohl erkennen, dass er langsam die Geduld verlieren würde.

„Mister Kolb, bitte...! Wir wissen Bescheid über das ganze Projekt „Zeitreise". Halten Sie uns nicht zum Narren, das würde einen Akt in Gang setzen, dem Sie nichts entgegenzusetzen hätten. Glauben Sie mir...Sie haben keine Ahnung, in welcher Situation Sie sich befinden."

Er drehte sich wieder um, ging zum Schreibtisch und sah hinaus auf die Bucht.

„Wir sind informiert, dass Sie verschiedene Dateien aus der Datenbank des Entwicklungsstatus haben. Ich denke, Sie haben auch noch wesentlich mehr."

Er drehte sich wieder um und sah Jakob in die Augen. Sein Blick war eiskalt und seine Stimme verlor die Menschlichkeit.

„Es fehlt eine Festplatte aus dem Zentralsystem. Und da Sie der letzte waren, der mit Professor Schalthaus zusammen war, bevor das System zerstört wurde, kann ich sehr wohl davon ausgehen, dass Sie im Besitz dieser Festplatte sind. - Können wir uns darauf einigen, dass ich Recht habe??"

Jakob war schockiert. Dieser Mann war anscheinend über alles informiert, was das gesamte Projekt betraf. In diesem Moment brach das Gebilde, das sich in seinem naiven Geist aufgebaut hatte, mit lautem Getöse zusammen. Er erinnerte sich plötzlich an Alberts Worte, die so sehr und überzeugt von der größtmöglichen Geheimhaltungsstufe getönt hatten. Bis zu diesem Zeitpunkt war Jakob überzeugt gewesen, dass es unmöglich war, Informationen über das Gesamtprojekt zu erhalten, ohne dass das irgendjemand mitbekommen würde. Der Irrtum überzog Jakob wie der Sprung in eiskaltes Wasser. Im Bruchteil einer Sekunde wurde ihm bewusst, dass er sich in einer tödlichen Gefahr befand. Gleichzeitig spürte er die große Angst um Claudia. Die vielen Vorwürfe, die ihn malträtierten, lähmten seinen Geist, seine Gedanken, seine Fähigkeit, Auswege aus der Situation zu erkennen.

„Ihr Schweigen gibt mir Recht, Mister Kolb. Machen wir es kurz. Überlassen Sie uns die Festplatte und wir werden verschwinden. Ich habe lediglich einen Auftrag zu erfüllen. Sollten Sie mich in dieser Frage nicht ernst nehmen wollen, werden wir Sie überreden müssen. Keine Angst, wir werden Ihnen nichts tun...“
Er sah zu Claudia hinüber und nickte leicht.
„Dafür haben wir Ihre Tochter. Wollen Sie, dass ihr etwas zustößt?? Wollen Sie das wirklich? Das kann ich mir nicht vorstellen. - Also, was denken Sie, Mister Kolb?“
Die vorgekaukelte Höflichkeit des Mannes täuschte Jakob nicht über den Ernst der Lage hinweg. Er würde niemanden überzeugen können, dass er weder eine Festplatte noch sonstige Dateien mit sich führte. Er würde auch nicht darauf vertrauen können, dass diese Männer sie lebend zurücklassen würden. Niemand konnte in diesem Falle irgendwelche Zeugen zurücklassen. Seltsamerweise sah Jakob alles in einem klaren, unmissverständlichen Licht. Es gab nur eine Lösung. Keine Alternativen, keine Ausreden, keine Ausflüchte, keine anderen Wege. Vor seinem geistigen Auge sah er Mike vor sich. Wie würde er reagieren? Was würde er unternehmen? Wie würde er handeln? All diese Gedanken, die Vorstellungen, die Erinnerungen, die Schmerzen, die Ängste, all das kam zusammen hoch, verdichtete sich, suchte nach Bestätigungen, nach Entscheidungen und nach unumkehrbaren Handlungen.
„Ich denke, dass Sie recht haben.“
Jakobs Stimme klang leise und wirkte hoffnungslos. Sie signalisierte Aufgeben und Zustimmung. Und sie zog alle Anspannung und Aufmerksamkeit aus der konzentrierten Lage. Jakob sah den Mann vor ihm wohlwollend nicken. Er

sah aber auch, dass es für das Vorhaben der Männer keinen Unterschied machte. Einzig die Angst Jakobs um seine Tochter und die damit verbundene Übergabe dessen, was die Männer suchten, war ausschlaggebend und verursachte mit dem Nicken Jakobs und dessen Zustimmung ein gewaltiges Nachlassen der konzentrierten Aufmerksamkeit gegenüber Jakob. Ein seltsames Erkennen und Austarieren der Augenblicke und der Möglichkeiten durchströmte Jakob und ließ alle Angst vergessen. Bevor der Mann auch nur einen Ton von sich geben konnte, handelte er.

Er zog blitzschnell den Kopf zur Seite, drehte sich und jagte den Ellbogen unter das Kinn des Mannes, der nach wie vor die Waffe gegen ihn richtete. Mit einem hässlichen Knacken sackte der Mann zusammen. Aber Jakob achtete nicht darauf. Sein Fuß schnellte nach oben und traf den Mann vor ihm völlig unvorbereitet am Kopf. Er wurde nach hinten geschleudert, stolperte gegen den Schreibtisch und fiel zu Boden. Aber auch das wartete Jakob nicht ab. Er hatte alle Gedanken ausgeschaltet, sein Geist stand absolut still und er befand sich ausschließlich in handelnder Aktion. Schneller als der Mann bei Claudia reagieren konnte, fegte ihn ein Tritt seitlich gegen das Knie zu Boden. Ohne darüber nachzudenken, packte Jakob Claudia an der Hand und zerrte sie hoch.

„Raus hier!! Los!!" schrie er sie an.

Sie stürmten gemeinsam durch die Tür und jagten die Treppen nach unten. Die drei Männer waren dermaßen überrascht, dass sie gar nicht reagieren konnten. Jakobs Bewegungen waren so schnell gewesen, dass er tatsächlich alle durch seinen Überraschungsangriff total überrumpelt hatte.

Sie standen bereits auf dem hoteleigenen Parkplatz und rannten auf ihr Auto zu.

„Rein!! Schnell!“

Sie sprangen in das Auto, Jakob startete den Motor und mit quietschenden Reifen ließen sie den Parkplatz, die Straße und Paihia hinter sich. Er nahm die Straße nach Kerikeri, bog auf den Highway 1 ein und fuhr Richtung Norden. Sein Ziel war immer noch der Beach. Dort waren sie erst einmal in Sicherheit.

Jakobs Gedanken jagten sich. Immer wieder sah er auf Claudia, die mit zusammen gepressten Lippen und kreidebleich nach vorne blickte. Sie sagten beide nichts. Erst eine halbe Stunde später begann Jakob zu sprechen.

„Ganz schöne Scheiße, was?“

Er sah sie an und atmete tief aus.

„Kann man wohl sagen. - Du hast wohl gar keine Nerven?“

Sie sah ihn fragend an und versuchte zu grinsen. Was nicht sehr überzeugend war.

„Es gab keine andere Möglichkeit...ich hab´ nicht gedacht, dass sie uns so schnell behelligen...“

„Und jetzt?“

„Jetzt? Ich überleg´ noch...“

„Hast du diese Festplatte? Oder andere Daten?“

Jakob schüttelte den Kopf.

„Nein. Natürlich nicht. Ich bin kein Wissenschaftler. Ich war doch nur derjenige, der das Experiment gemacht hat. Von der ganzen Theorie hab ich doch keine Ahnung. Aber glaubst du wirklich, ich könnte die überzeugen? Das würde mir doch eh niemand glauben.“

„Die werden uns suchen...“

Jakob nickte. Natürlich.

„Ja, sicher...sie werden uns auch finden...“

„Ich habe Angst, Papa..."
„Ich weiß, mein Kind, ich weiß..."
Er überlegte fieberhaft, was zu tun wäre. Sie konnten nicht flüchten. Wohin denn auch? Er musste sich ihnen stellen...irgendwie...die „Scotch"....vielleicht??...."
Er fuhr nach Norden und versuchte, ruhiger zu werden. Nur dann konnte er entscheiden, was sie weiterhin tun konnten. Er musste auf jeden Fall Albert anrufen...und dann...
Jakob wusste nicht, dass seine Überlegungen nicht mehr relevant waren. Er wusste auch nicht, dass am Heck seines Wagens ein kleiner Sender klebte. Also wusste er auch nicht, dass ihm sämtliche Entscheidungen abgenommen werden würden. Und selbst, wenn er es gewusst hätte – es wäre nicht zu ändern gewesen.

Sie parkten den Wagen in den Dünen von Te Paki. Die Stille war fast schon beängstigend. Kein Laut war zu hören. Es war früh am Morgen. Weit vor Sonnenaufgang waren sie losgefahren. Die Straßen waren leer, so als ob sich kein Mensch in dem Land aufhielt. Jetzt standen sie vor den riesigen Dünen, die von den Touristen im Sommer erklommen wurden, um mit einem Sandboard wieder herunter zu gleiten. Eine Attraktion, ein Spaß, der seinesgleichen suchte. Doch jetzt zu dieser Zeit befand sich kein Tourist in der Nähe. Es war viel zu früh.
Jakob zog die Schlaufen des Rucksacks zusammen und warf ihn sich auf den Rücken. Er schob die Seitentür des Vans zu und sah sich vorsichtig um. Es war niemand zu entdecken, aber Jakob fühlte, dass sie nicht alleine hier waren. Er schloss die Augen und lauschte. Nichts. Er konnte nichts wahrnehmen. Trotzdem blieb das ungute Gefühl, obwohl er nicht sicher sagen konnte, ob es nicht durch seine innere

Erregtheit aufgekommen war. Die Erinnerung an dieses so intensive Gefühl der Gefahr auf dem Nangpa La kam wieder hoch. Es war dasselbe Gefühl, das ihm recht gegeben hatte.

„Okay, gehen wir?"

Claudia nickte. Sie war ein bisschen blass um die Nase, aber sie sagte nichts. Zusammen stapften sie die erste langgezogene Düne hoch. Doch nach kaum fünf Minuten blieb Claudia stehen.

„Was ist?" fragte Jakob.

„Meine Brieftasche..."

„Was ist damit?"

„Ich hab sie im Auto liegen lassen. Da sind alle meine Papiere drin. Die Kreditkarte und das Geld. Ich hab's vergessen..."

„Dann hol sie. Ich warte hier."

„Scheiße, ich Idiot. Bin gleich wieder da. Gib mir die Schlüssel."

Jakob setzte sich in den warmen Sand und beobachtete die Umgebung. Hinter ihrem Fahrzeug war ein hoher Schilfgürtel, zwischen dem ein kleiner Bach floss. Dracenenbäume und andere Sträucher bildeten zwischen Dünen und Hinterland eine natürliche Barriere. Sie war so dicht bewachsen, dass es unmöglich war, jemanden darin zu entdecken. Jakob konzentrierte sich auf diesen Grünstreifen, beobachtete jede Bewegung, die der Wind mit den Schilfgräsern auslöste und verspürte wieder eine gesteigerte Unruhe. Claudia hatte den Wagen schon erreicht und schloss ihn auf.

In dem Moment, als sie die Schiebetüre aufschob, bewegten sich die Schilfgräser. Und es war nicht der Wind, denn sie bewegten sich entgegen der Windrichtung. Jakob sprang auf und wollte schreien – aber es war schon zu spät.

Zwei Männer sprangen heraus, packten Claudia, die zu schreien anfing und drehten ihr die Arme auf den Rücken. Jakob war wie gelähmt vor Schreck. Mit Riesenschritten rannte er die Düne hinunter, den Blick immer auf Claudia und die beiden Männer gerichtet. Gleichzeitig kamen noch drei Männer zum Vorschein. Langsam traten sie aus dem mehr als mannshohen Grüngürtel heraus und verteilten sich um das Auto. In diesem Moment stoppte Jakob. Er blieb einfach stehen. Sein Atem pulsierte heftig und seine Gedanken jagten sich. Unwillkürlich verschwand seine Hand in der Hosentasche. Er spürte die „Scotch" in seiner Hand und dankte seiner Intuition, dass er nicht auf Albert gehört hatte, als er ihm aufgetragen hatte, alles an Ausrüstung zu zerstören. Er fühlte das Material sich seiner Hand anpassen. Noch immer stand er und starrte auf die Männer und auf sein Kind. Er bemühte sich, ruhig zu bleiben, nichts zu denken und sich nur auf jeden einzelnen zu konzentrieren. Er musste schnell sein, wenn er alle erwischen wollte. Schnell...ganz schnell...

Langsam setzte er sich wieder in Bewegung. Schritt für Schritt ging er auf die Männer zu. Ohne es zu bemerken, durchwatete er das Wasser des kleinen Streams. Das Wasser lief in seine Schuhe, aber er merkte es nicht. Sein Blick war starr geradeaus gerichtet und ein paradoxer Gedanke ließ das Bild Mike´s entstehen. Dann war es wieder verschwunden. Geblieben war nur dessen Wille und Durchsetzungskraft.

Zehn Meter vor den Männern blieb er stehen. Zwei davon hatte er noch nie gesehen. Es waren Asiaten und Jakob war sich sicher, dass es Chinesen waren.

„Guten Tag, Mister Kolb," sagte der Mann aus dem Hotelzimmer zu ihm. An seiner rechten Wange hatte sich ein roter Striemen gebildet. An der Stelle, an der ihn Jakobs Fuß erwischt hatte.

„Sie haben einen sehr ruhigen und schönen Platz ausgesucht, um mit uns unsere Geschäfte abzuwickeln."
Er fasste sich an die Wange.

„Ich bin fast beeindruckt, Mister Kolb. Ich habe Sie wirklich unterschätzt."

„Wenn Sie meinen..."
Jakob zuckte die Schultern. Sein Gesicht blieb ausdruckslos.

„Sie scheinen nicht sehr überrascht zu sein, uns hier zu sehen. Haben Sie uns erwartet?"

„Auf Ratten muss man immer gefasst sein. Dementsprechend bin ich auch nicht überrascht. Nur verärgert...Bin wohl zu rücksichtsvoll gewesen..."
Die beiden Chinesen sahen sich an. Sie konnten mit der kühlen Art Jakobs nichts anfangen.

„Entweder hat er wirklich keine Ahnung oder er ist ein Profi. Aber wie ein Profi sieht er nicht aus...ein Profi würde auch seine eigene Tochter nicht mitnehmen," sagte einer. Er sprach chinesisch – und Jakob verstand jedes Wort. Der andere lachte kurz auf.

„Ich habe weder Ahnung noch bin ich ein Profi, ihr Witzfiguren. Da gibt`s so was dazwischen. Aber das kapiert ihr sowieso nicht."
Für einen Moment fiel den beiden der Kiefer herunter. Nicht deswegen, wie Jakob sie ansprach und beleidigte, sondern dass er sie in ihrer Muttersprache anredete.

„Sie können chinesisch?!" sagte einer. Es war mehr eine Feststellung als eine Frage.
Jakob nickte und verzog die Mundwinkel nach unten.

„Ich kann noch viel mehr. Aber es wäre unklug, das herausfinden zu wollen. Das Leben kann kurz sein, Boys..."

Der Mann, der sich vor seinen beiden Kumpanen, die Claudia festhielten, aufgebaut hatte, wandte sich an Jakob.

„Ich versteh´ zwar kein Wort von dem Kauderwelsch, das Sie von sich geben, aber ich denke, Sie wissen noch immer, was wir von Ihnen haben wollen, Mister Kolb."

„Sie wollen Dinge, mit denen Sie nichts anfangen können?"

„Wir wollen nur die Daten von Professor Schalthaus. Wir sind nur die Kuriere. Auswerten müssen das andere. Wir sind sicher, dass Sie die haben. Geben Sie sie uns, dann können Sie gehen."

In diesem Moment wusste Jakob, dass sie diesen Ort niemals lebend verlassen würden. Diese Männer hinterließen keine Zeugen. Augenblicklich hatte Jakob eine Entscheidung gefällt.

„Ich habe wirklich keine Ahnung, von was Sie sprechen. Sie sind im Irrtum, wenn Sie glauben, ich hätte diese Dinge bei mir. Lassen Sie meine Tochter los!"

„Mister Kolb, ich habe keine Geduld in solchen Dingen. Ich gebe Ihnen zehn Sekunden Zeit. Ich bin sicher, dass Sie nicht wollen, dass eine Kugel das hübsche Köpfchen der jungen Dame verunstaltet. Finden Sie nicht auch, dass das schade wäre?"

Er lächelte süffisant. Und er hatte keinerlei Ahnung, was auf ihn zukommen sollte. Der Mann vor ihm stellte keinerlei Gefahr dar.

Jakob lächelte ihn an, ohne dass die Augen mitlächelten.

„Sagen Sie nachher nicht, dass ich Sie nicht gewarnt hätte."

Seine Stimme war leise geworden, gerade so laut, dass der Mann vor ihm ihn verstehen konnte. Trotz der dringenden Warnung in seinem Tonfall konnte keiner der Männer es deuten. Zu weit hergeholt würde der Gedanke sein, dass ein einzelner Mann ihnen gefährlich werden würde. Der

Vorfall im Hotelzimmer war unvorstellbares Glück gewesen.
Sie waren nicht vorbereitet und hatten Jakob unterschätzt.
Sie unterschätzten ihn noch immer. Jakob war allein. Sie
waren fünf. Und darum hielt dieser Gedanke auch nicht
Einzug in die Vorstellungskraft.
Er wechselte in die deutsche Sprache und sah Claudia in die
Augen.
„Vertraust du mir, mein Kind?" fragte er sie und sah ihr
intensiv in die Augen. Sie nickte heftig.
„Jaaa....was?"
„Wenn ich ´jetzt` sage, dann lass dich einfach zu Boden
fallen und drück dich ganz fest in den Sand – okay??"
„Mister Kolb, ihre Zeit ist um."
Der Mann hatte sein Grinsen verloren und sah Jakob kalt
an. Er war sich keiner Gefahr bewusst. So wie die anderen.
Sie sahen Jakob nur als Opfer, nicht als Täter. Ein letzter,
aber verhängnisvoller Fehler.
Jakob nickte lange. Und während dem Nicken schrie er sein
„Jetzt" hinaus – betete, dass seine Tochter sofort reagieren
würde, denn einer der Männer hatte bereits eine Waffe in
der Hand.
Claudia warf sich so schnell wie möglich in den Sand. Sie
sackte einfach in sich zusammen, so als ob jemand einer
Marionette die Seile durchgeschnitten hätte. Die Männer
waren darauf nicht gefasst und mussten sie loslassen. Im
selben Moment, als sie mit dem ganzen Körper auf dem
Boden lag, hob Jakob die Hand. Wie in einem Deja Vu, das
Jakob an den chinesischen Offizier Li Fei erinnerte,
reagierten die Männer nicht, denn sie sahen keinerlei Waffe
in Jakobs Hand. Sie hörten nur diesen Befehl, den sie nicht
verstanden und konnten gar nicht reagieren. Sie wussten
auch nicht, auf was sie reagieren sollten.

Jakob ging kein Risiko ein. Die Sorge um seine Tochter ließ es nicht zu, dass er jemanden verschonen konnte. Die „Scotch" katapultierte die Körper wie Spielbälle durch die Luft. Als sie auf der Erde landeten, waren sie tot. Zuerst schleuderte der Mann vor ihm auf das Dach des Vans, gleich danach die beiden, die Claudia in ihrem Griff hatten. Die Waffe des einen segelte weit bis in die Grünzone. Beide wurden gegen das Fahrzeug geschleudert, das sich leicht in die Luft erhoben hatte.

Die beiden Chinesen reagierten schneller als erwartet. Als sie sahen, wie ihre Kumpane von einer unsichtbaren Kraft durch die Luft geschleudert wurden, griffen sie instinktiv zu ihren Waffen. Aber sie kamen nicht mehr dazu, sie zu ziehen. Jakob war schneller. Viel schneller. Mit einem lauten Schrei wurden sie auf die Düne geschleudert, von der sie leblos wieder herunter rollten. Halb im Wasser des Baches liegend, hauchten sie ihr Leben aus. Alles war lautlos verlaufen. Die Stille wurde nur durchschnitten mit dem dumpfen Laut der fallenden Menschen.

Jakob senkte den Arm und starrte auf die Toten. Er war wie erstarrt, der Schock kam hoch und überflutete ihn mit einer Welle der Angst. Er fing zu zittern an, spürte, wie sich Kälte über seinen gesamten Körper ausbreitete und öffnete den Mund. Genauso schnell, wie die Panikattacke gekommen war, verschwand sie auch wieder. Jakob disziplinierte diesen aufgestachelten Gedankengang innerhalb einer Sekunde. Dann atmete er aus, drehte sich um, um nach Claudia zu sehen. Kreidebleich kniete sie im Sand und hatte Tränen in den Augen.

„Papa...", schluchzte sie leise.

In diesem Moment fiel die Starre von Jakob ab. Er stopfte die „Scotch" wieder in seine Tasche und sprang auf seine

Tochter zu. Er fiel in den Sand und nahm sie in den Arm, wo sie sich laut schluchzend an ihn klammerte wie eine Ertrinkende.

„Alles ist gut...es ist vorbei...alles okay, keine Angst...gut gemacht, mein Kind...gut gemacht..."

Sanft strich er ihr über den Kopf und versuchte, die aufkommenden Gedanken zu verdrängen. Minutenlang knieten sie im Sand und waren nicht fähig, sich zu bewegen. Claudia war die erste, die sich frei machte. Mit den Händen wischte sie über ihr Gesicht.

„Alles klar?" fragte Jakob und sah sie fest an. Er hatte sich wieder in der Gewalt. Schnell sah er sich um, ob nicht doch noch andere finstere Gestalten in der Gegend waren. Aber es war weiterhin still. Still wie in einem Grab. Nur der Wind, der den Sand über die riesigen Dünen blies, war zu hören. Sonst nichts. Nichts außer der Anwesenheit des Todes.

Er stand auf und zog Claudia nach oben.

„Wir müssen schnellstens hier weg. Ich fahre den Wagen nach oben auf den Weg. Dann müssen wir die Spuren verwischen. Niemand soll merken, dass ein Auto hier war. Okay???!"

Claudia nickte. Erschaudernd sah sie auf die toten Menschen.

„Sind sie...tot??"

Jakob nickte ernst.

„Ich konnte kein Risiko eingehen. Die hätten uns beide kaltlächelnd umgebracht. Es musste sein."

„Aber...ich verstehe das nicht...ich hab keinen Schuss gehört...kein Geräusch...warum sind sie tot??"

„Ich habe etwas, das niemand kennt. Es ist eine Waffe."

„Die Luft...sie hat sich verändert...was war das?"

„Ein Impuls...eine Verdichtung der atmosphärischen Luft, die dann wie bei einer Explosion freigesetzt wird."

„Sie wollten uns töten?"

„Ja...es tut mir leid, dass du da mit reingezogen worden bist...wenn wir das alles gewusst hätten, dann wäre vieles anders gehandhabt worden..."

„Wer sind die denn eigentlich...?"

Jakob sperrte schon den Wagen auf. Er zuckte die Schultern.

„Keine Ahnung. Interessiert mich auch nicht besonders. Ich hoffe nur, das sind die einzigen..."

„Du meinst...?"

„Schon möglich. Ich muss Albert anrufen und ihm Bescheid sagen. Vielleicht weiß er Näheres."

Er startete den Wagen und fuhr den Weg bis zur Abzweigung hinauf. Dann kam er zurück und zusammen verwischten sie die Auto- und die Fußspuren. Die Leichen ließen sie liegen. Der nächste Touristenbus würde sie finden. Aber da waren sie längst wieder in Paihia...

*

„Ich weiß, Jakob...ich weiß. Ich wollte dich noch erreichen, aber dein Handy war ausgeschaltet."

„Also – wer war das? Oder wer ist das, der deine Forschungsergebnisse möchte?"

Der Mann am anderen Ende der Leitung atmete schwer durch.

„Eine Organisation, die, wie auch immer, Informationen darüber erhalten hat. Sie operieren von den Staaten aus. Das FBI kennt sie bereits und sie haben nur darauf gewartet, zuschlagen zu können. Mein Hauptsponsor hat

das alles bereits in die Wege geleitet. Aber es war bereits zu spät, das Killerteam, das auf dich angesetzt war, zurück zu pfeifen. - Mensch, Jakob, ich bin so froh, deine Stimme zu hören. Ich hatte wirklich große Angst. Und dass deine Tochter da mit involviert ist, tut mir wahnsinnig leid...“
„Schon gut, Albert, du kannst ja nichts dafür. Wir haben das ja überstanden...“
„Hat die Polizei alle festnehmen können?“
„Nein. Die Polizei hat niemanden verhaftet.“
„Wie meinst du das?? Sind die etwa entkommen?? Dann...dann seid ihr doch weiterhin in großer Gefahr. Jakob, du musst....!!!“
„Es macht keinen Sinn, Leichen fest zu nehmen, Albert!“
„Was??? Wie bitte? Leichen? Was meinst du damit??“
Albert verstand es nicht.
„Sie sind alle tot...“
„Tot?! Aber...wie?...was?...“
„Ich musste sie töten. Sie hatten Claudia als Geisel. Es war...es war notwendig...das Risiko, es war mir zu groß...ich musste das tun...ich will mir gar nicht ausmalen, was sonst noch hätte passieren können...“
Jakobs Stimme klang schwer und tonlos. Und Albert war einen Moment völlig sprachlos.
„Albert?!“
„Ja?!“
„Bist du noch da?“
„Jaaa...ja...natürlich...du hast...du hast sie...wirklich??...“
„Ja, hab ich...“
„Aber...wie???...wie hast du das geschafft? Jakob, du wirst mir langsam total unheimlich...“
Atempause.
„Jakob???“

„Die „Scotch"...ich hatte noch die „Scotch"...Gott sei dank...!"

„Die „Scotch"...aber ich hatte dir doch gesagt, dass...oh, Mann, du hast sie nicht vernichtet..."

„Nein, Albert...und darum leben wir auch noch...ich konnte es damals einfach nicht tun...sie hat mir und anderen in Tibet mehrfach das Leben gerettet..."

„Ich verstehe..."

„Sei mir nicht böse...meine Intuition...es ist..."

„Schon gut, Jakob, schon gut, war schon richtig...richtig...ich bin froh, dass du nicht auf mich gehört hast...richtig froh...!"

„Ich auch, Albert, ich auch..."

„Wie geht es deiner Tochter?"

„Schon wieder besser. Wir reden darüber. Und über Tibet. Natürlich über Tibet. Wir haben in Auckland Menschen getroffen, die damals bei der Flucht dabei waren. Unfassbar, wirklich. Und wir sprechen über uns. Wir schaffen das, keine Angst...wir schaffen das..."

„Wie bitte? Du hast Menschen getroffen, die du bei ihrer Flucht damals geholfen hast?? Hab ich das jetzt richtig verstanden?"

„So ist es..."

„Mein Gott...wie war das denn? Die müssen doch schon uralt sein. Im Gegensatz zu dir. Ihr habt euch gleich erkannt?"

„Ja, sie mich natürlich. Ich habe mich ja nicht verändert. Ich habe mich da ein bisschen schwerer getan. Hat mich getroffen wie ein Hammerschlag – und es war sehr sehr schön, Albert."

„Unglaublich, wirklich, das haut mich glatt um. Wissen sie, wie du in deren Zeit gekommen bist?"

„Ja, aber für einen gläubigen Buddhisten spielt das keine Rolle. Die setzen ganz andere Prioritäten. Für sie bin ich nach wie vor die Prophezeiung des Wolkenreisenden."
„Wolkenreisenden?"
„Nicht so wichtig...würde jetzt zu weit führen. Erzähl ich dir mal wann anders."
„Da bin ich aber sehr gespannt. – Euch beiden geht es aber wirklich gut, oder?"
„Keine Sorge, wir kriegen das hin."
„Sehr gut. Dann bin ich beruhigt. Wenn du Hilfe brauchst, egal was für eine, dann sag mir Bescheid, okay?"
„Natürlich. Danke, Albert."
„Versprich´ es!"
„Ich verspreche es. Großes Ehrenwort!"
„Dann versuch jetzt, mit deiner Tochter die Tage noch zu genießen. Oder die Wochen. Wie auch immer. Und meld´ dich, hörst du?"
„Mach´ ich. Bis bald, Albert."
„Ciao, Jakob. Gruß an Claudia..."
Er legte auf. Jakob kam wieder ins Zimmer, wo Claudia damit beschäftigt war, Mails nach Hause zu schreiben.
„Wie geht`s?"
Sie sah auf und lächelte.
„Geht schon. Wird schon wieder..."
„Wir haben jetzt ein Geheimnis. Für immer."
Sie nickte heftig.
„Ich weiß."
„Kein Wort zu irgend jemandem. Niemals."
„Natürlich nicht. Ich bin ja nicht blöd..."
„Nein, bist du nicht. Am besten, du denkst nicht mehr daran. Vielleicht verschwindet alles einmal von selbst..."
„Ich denke schon...was hat Albert gesagt?"

„Das FBI war bereits informiert und hat die Verantwortlichen verhaften können. Auch wegen vieler anderer Verschwörungen und Verbrechen. Der Killertrupp konnte leider nicht mehr gestoppt werden. Also sind wir jetzt sicher."
„Gut, das beruhigt mich sehr, Papa."
„Ja, mich auch..."
Er drehte sich wieder um und sah auf die Bucht hinaus. Der Anblick war viel zu schön, um sich mit diesen dunklen Gedanken zu umgeben. Segelboote mit weißen Segeln durchquerten die Bucht, segelten von Waitangi nach Russell und wieder zurück. Andere nahmen Kurs auf den Pazifik hinaus. Durch die vielen Inseln der Bay, machten vielleicht Halt an einsamen, wunderschönen Stränden, ankerten, genossen. Wahrscheinlich lagen die Segler dann auf Deck und dösten in den wolkenlosen blauen Himmel. Nein, es machte wirklich keinen Sinn, sich mit den belastend dunklen Gedanken zu beschäftigen...

*

Sie saßen auf einer Bank an der Mole von Paihia und blickten auf das Meer hinaus. Seit einer Woche waren sie wieder in den Bay of Islands. Zwei Tage verbrachten sie noch einmal mit den Mönchen in Auckland, dann mussten auch sie weiter. Ein Termin der tibetischen Gemeinschaft in Australien zwang sie, abzureisen. Die Verabschiedung am Flughafen war emotional, ohne Wehmut aufkommen zu lassen. Noch einmal konnte Claudia erkennen, in welch enger Verbindung ihr Vater und die Tibeter standen. Sie empfand einen tiefen Stolz, die Tochter dieses Mannes sein zu dürfen, der von den Tibetern so verehrt wurde.

Seit der Trennung ihrer Eltern war eine schleichende Veränderung bei ihr eingetreten. Seltsamerweise hatte sie ihren Vater vermisst, als sie ausgezogen waren. Gerade denjenigen, den sie immer innerlich verantwortlich gemacht hatte für dieses Gefühl des Eingesperrtseins und der Bevormundung. Ihr war klar, dass die Pubertät sich eben dementsprechend äußern konnte. Niemand konnte dagegen ankämpfen. Die Hormone waren starke beeinflussende Kämpfer, die diese Verwirrtheit auslösten und gar nicht daran dachten, zurück zu stecken. Dann, nachdem der Vater eben nicht mehr täglich da war, wurde alles anders. Sie wurde anders. Sie wurde erwachsen. Sah sich dem Leben gegenüberstehen. Schule war vorbei. Der nächste Schritt hatte begonnen. Und so wie sich ihre Selbstwahrnehmung änderte, so änderte sich auch ihre Einstellung nach außen. Niemals hätte sie auch nur ansatzweise gedacht, ihrem Vater um den halben Erdball zu folgen. Vor zwei Jahren wäre das der irrwitzigste aller Gedankengänge gewesen.

Und jetzt? Jetzt war alles anders. Jetzt saß sie neben einem Mann auf einer Bank im Südpazifik, den sie zugegebenermaßen immer unterschätzt hatte. Sogar das Wort Verachtung war hin und wieder aufgetaucht, weil das vermeintliche Spießertum für sie das Allerletzte gewesen war. Doch dann erschienen andere Bilder und andere Werte. Werte, die sie immer abgelehnt hatte. Werte, die ihr Vater vehement verteidigt hatte und sie damit nur noch mehr provozierte. Sicherheit, Stabilität, Eigentum, soziale Ordnung – all das hatten die Eltern proklamiert. Wertbegriffe, die jetzt allerdings nur noch eine minderwertige Rolle spielten. Jakob hatte kein einziges Wort mehr darüber verloren. Etwas anderes war wichtig geworden und seit der Begegnung mit den Tibetern konnte Claudia auch ahnen, was das war. Aber das Wichtigste war wohl, dass sie gemeinsam eine schreckliche Bedrohung auf ihr Leben gemeistert hatten. Ihr Vater hatte sich mit ihr zusammen auf eine Ebene gestellt. Sie war nicht mehr das Kind, die Tochter. Sie standen jetzt auf derselben Stufe. Er hatte sie verteidigt, ohne Wenn und Aber. Er hatte unwiderruflich bewiesen, dass niemand ihn oder eins seiner Kinder angreifen konnte, ohne mit – wie in diesem Fall – dem Schlimmsten rechnen zu müssen. Trotz der Tötung von Menschen empfand Claudia einen unglaublich großen Stolz auf ihren Vater. Etwas, das sie nie und nimmer geglaubt hätte. Jetzt war er zu ihrem Helden geworden. Zu dem Menschen, den sich Kinder immer gerne vorstellen würden. Für sie war alles so geworden, wie sie es niemals für möglich gehalten hätte. Mein Papa – mein Held...sie lächelte, als sie diese Worte in sich aufnahm. Es war so klischeehaft und schwülstig. Aber nein, dachte sie dann, es war die Wahrheit. Eine der schönsten Wahrheiten, die es geben konnte.

„Wie lange warst du eigentlich im Jahr 59?" fragte sie, ohne den Kopf zu wenden.

„Etwa neun Wochen. Aber es hat eine Dissonanz in der Zeitspanne gegeben. Sie hatten mich nach zwei Tagen jetziger Zeit wieder zurück geholt. Für die Wissenschaftler war das neu. Und ich war noch mehr überrascht, das kannst du mir glauben...wir hatten alle nicht damit gerechnet, dass die Zeit nach einem solchen Sprung unterschiedlich vergehen könnte."

„Was war denn mit der Schussverletzung? Wer war das und warum?"

„Die Armee hat natürlich alle möglichen Zufahrtsstraßen und die Grenzübergänge gesperrt oder zumindest überwacht. Als wir auf dem Nangpa La waren, hat uns die Grenzpatrouille erwischt.“
„Nangpa La?“
„Der letzte und wichtigste Pass nach Nepal.“
„Sind Menschen dabei umgekommen?“ fragte sie vorsichtig.
Jakobs Blick wurde starr. Vielleicht sollte er nicht darüber sprechen.
„Jaa...es sind Menschen gestorben...aber die Gruppe hat es letztendlich über die Grenze geschafft. Außer einer....“
„Das Mädchen, von dem die Mönche gesprochen hatten?“
Jakob nickte schwer.
„Ja, sie hieß Dölma – Tserings Schwester...ein kleines süßes Mädchen...vier Jahre alt...“
„Und die Soldaten haben sie einfach erschossen?“
„Nein, es war eigentlich ein Unfall. Ein Querschläger hat sie getroffen – aber ja, die Soldaten haben auf uns geschossen. Sie wussten genau, dass Frauen und Kinder dabei waren...“
„Und die Soldaten?...“
Sie sah ihn an. Und ahnte etwas. Jakob schüttelte schwer den Kopf. Sein Blick wurde eisig und er beugte sich vor, um in den Boden zu starren.
„Ich musste die Gruppe retten...und sie haben auf Kinder geschossen...Kinder...“
„Die „Scotch“?“
Er nickte.
„Ja...sie hat mir und vielen anderen mehrfach das Leben gerettet. Ohne diese Waffe wäre ich nicht hier...“

„Ich kann mir das alles nur schwer vorstellen. Tsering, der alte Mann – die waren damals noch Kinder. Und Norbu? Der muss ein junger Mann gewesen sein..."

„Ja, sie alle waren jung. So ist das mit der Zeit...sie vergeht einfach und kümmert sich nicht um irgendein Menschenschicksal..."

„Du bist der erste Zeitreisende aller Zeiten, Papa...."

„Zumindest der erste, von dem es bekannt ist. - Und der letzte..."

„Was ist nun mit der Zeitmaschine und diesem Professor? Würdest du so was noch einmal machen?"

Jakob schüttelte den Kopf.

„Nein, denn mittlerweile haben wir eine andere Überzeugung. Albert übrigens auch. Wir könnten auch damit unser Schicksal nicht ändern. Im Leben geht es wohl um etwas anderes. Mögliche Zeitreisen erschaffen dir nur bedingt Möglichkeiten. In meinem Fall war es die größte Erkenntnis im Leben, die vielleicht nur ganz wenige erfahren können. Ich würde es ja Zufall nennen, aber Norbu denkt darüber ganz anders. Für ihn gibt es keinen Zufall. Alles ist vorher bestimmt. Es liegt nur an uns, wie wir unseren Weg beschreiten. Und es liegt nur an uns, wie wir die vielen Leben, die gelebt wurden und noch kommen, angehen werden. Vielleicht war es Tibet, das mich plötzlich eine ganz andere Welt hat sehen lassen...ich weiß es nicht genau, aber ich weiß ganz sicher, dass in meinem Kopf sehr viel passiert ist. Viel Schönes, viel Gutes...große Welt, die ich bis dato nicht gekannt hab...die schrecklichen Dinge erledigt dann der Lauf der Zeit..."

„...aber wenn dem so ist, dann könnte man doch auch andere Menschen durch die Zeit schicken. Stell dir vor, wenn...."

„Es gibt keine Maschine mehr," unterbrach sie Jakob.

„Keine Maschine? Ist sie kaputt gegangen?"

„Man hat sie und alles, was mit diesem Projekt zusammen hängt, unwiderruflich zerstört. Es wurde eindeutig beschlossen, diese Gefahr einer Änderung des bereits Geschehenen nicht real werden zu lassen. Denn wenn die Vergangenheit wirklich geändert werden könnte, dann nicht nur zum Positiven. Man weiß es nicht wirklich, aber das Risiko war allen Wissenschaftlern viel zu groß. Die Ethik hat gesiegt...und ich bin wirklich heilfroh darüber..."

„Verstehe. Wenn man Hitler ändern könnte, dann könnte man auch Gandhi ändern...oder sogar Jesus..."

Jakob sah sie an und lächelte.

„Ganz genau...sehr guter Vergleich...du hast alles verstanden, wie mir scheint..."

„Hab´ ja auch Abitur. Ich bin intelligent, steht auf dem Zeugnis..."

Sie lachte lauthals heraus. Jetzt war sie wieder die Claudia, die sie auch vor dem Geschehen in den Dünen gewesen war.

Sie sah ihn intensiv an.

„Wie gehst du eigentlich damit um?"

„Mit was? Die toten Menschen?"

„Ja...die toten Menschen...man wollte uns töten...einfach so..."

„Sie hätten uns ohne viel Skrupel umgebracht. Ich...ich habe insofern kein großes Mitleid mit solchen Menschen...trotzdem...Norbu denkt darüber natürlich etwas anders..."

„Er ist ja auch buddhistischer Mönch....Belastet dich das sehr?"

„Natürlich. Trotzdem...niemand droht ungestraft mir oder meiner Familie...niemand..."

Seine Augen wurden starr und kalt. Claudia sah das. Aber sie sah auch einen Mann, der trotz dieser momentanen Härte unendliches Mitgefühl in sich trug. Mitgefühl, das ihr die Tibeter auf der ganzen Linie bestätigt hatten. In diesem Moment wusste sie, dass ihr Vater etwas ganz besonderes in sich trug. Sie wusste, dass ihr Vater nicht nur eine besondere Mission erfüllt hatte, sondern dass er in seiner ganzen Persönlichkeit etwas Besonders geworden war. Und niemals zuvor empfand sie ein solches Übermaß an Stolz, Glück und Freude, dass dieser Mann gleichzeitig ihr eigener Vater war.

„Was ist eigentlich mit diesem Amerikaner passiert? Hast du von ihm je wieder was gehört?"

„Mike? Nein. Als ich durch das Wurmloch gegangen bin, war das das letzte Mal, dass ich ihn gesehen habe. Ich glaube nicht, dass er noch lebt. Schließlich war er damals bestimmt schon dreißig oder vielleicht älter. Das heißt, er ist in den Dreißigern geboren worden."

„War er dein Freund?"

Jakob dachte einen Augenblick nach. Sie hatten füreinander ihr Leben riskiert. Ja, das nennt man Freund...das nennt man beste Freunde. Er nickte heftig und sah sie lächelnd an.

„Ja, er war ein Freund. Vielleicht der Beste, obwohl wir uns nicht lange kannten. Aber wir konnten uns aufeinander verlassen. Wir hätten füreinander unser Leben gegeben. Und ich denke, so etwas hat wirklich etwas mit Freundschaft zu tun. Ich habe erst durch Mike – und natürlich auch durch die anderen – entdeckt, was Freundschaft bedeutet. Vorher hatte ich das nicht gewusst.

Nicht erlebt. Jedenfalls nicht in dieser Dimension und in dieser so wirklichen Art und Weise."

„Wäre es nicht toll, wenn ihr euch wieder treffen könntet? Vielleicht lebt er ja doch noch?"

„Ich weiß nicht mal, ob das sein richtiger Name war. Er war CIA-Agent. Ich könnte mir vorstellen, dass sein Pass mit seinen Daten durchaus gefälscht war. Wahrscheinlich war es sogar so. Wie willst du so einen Mann finden? Nach fünfundsechzig Jahren..."

Claudia sagte nichts und starrte auf die See, wo die Fähre von Russell gerade herüber dampfte. Dann nickte sie zustimmend.

„Ja, er ist wohl schon gestorben. Aber cool wäre das schon oder?!"

„Doch, ja...aber mir genügt die Erinnerung an ihn...und das Wissen, dass er meine Aufgabe auch zu Ende gebracht hat..."

„Warum war das deine Aufgabe? Hat dir jemand dazu einen Auftrag erteilt?"

„Ja...ich. Ich hatte einfach diesen seltsamen Drang, die Menschen weg zu bringen, damit sie nicht in die Fänge der Armee geraten würden. Ich hab gesehen, was die Soldaten angerichtet hatten...vielleicht war das ausschlaggebend gewesen...ich weiß es immer noch nicht...vielleicht war das alles vorher bestimmt, dass ich gerade an diesen Ort in dieser Zeit angekommen bin."

Claudia schwieg und beobachtete die kleine Fähre, die einen großen Kreis fuhr, um dann am Steg anzulegen.

„Darf ich dich mal was ganz anderes fragen?"

Jakob sah sie aufmerksam an und wusste nicht, auf was sie hinaus wollte.

„Klar."

„Du brauchst nicht zu antworten, wenn es dir unangenehm ist..."
„Weiß ich...was willst du wissen...?"
„Warum habt ihr – Mama und du – euch getrennt?"
Jakob sah zu Boden und überlegte.
„Weil...weil wir...wir hatten uns immer weniger zu sagen...auseinandergelebt nennt man das wohl..."
„Gab es keine andere Möglichkeit als gleich die Trennung und Scheidung?"
„Ich denke nicht...wir waren zu lange beieinander, hatten vergessen, auf den anderen einzugehen und vieles für selbstverständlich hingenommen. Das schafft eben Frust, Langeweile und auch Wut...ich hab's verdrängt und deine Mutter hat irgendwann dagegen etwas unternommen...und es war nicht gleich. Da steht eine längere Periode davor, in der sich das entwickelt hat."
„Unternommen? Du meinst, einen anderen Mann...Richard..."
Ihre Stimme hatte einen vorwurfsvollen und harten Ton angenommen und Jakob wusste, dass er jetzt etwas klarzustellen hatte.
„Moment! Deine Mutter hat nur das gesucht, was ich ihr nicht mehr bieten konnte. Wenn man ehrlich ist, dann war das die einzige Möglichkeit, wieder Farbe ins Leben zu bringen. Mach ihr bitte keine Vorwürfe. Sie hat nur das getan, was nötig war. Und ich habe nicht das getan, was dringend nötig gewesen wäre..."
„Und das wäre?"
„Mich wieder um sie zu bemühen, sie wieder als das zu sehen, was sie einmal gewesen war. Meine Frau, die ich aus Liebe geheiratet habe...und es vergessen habe. Vielleicht war ich auch zu sehr mit mir selbst beschäftigt. Also,

nochmal...bei einer Trennung hat niemals nur einer schuld...jetzt ist deine Mutter glücklich, das weiß ich...ich möchte nicht, dass meine Töchter hier Schuldzuweisungen aufbringen, die keine sind und sein können."
„Du gibst ihr also nicht die Schuld? Auch nicht, dass sie sofort zu einem anderen Mann gezogen ist?"
Zweifelnd sah sie ihn an. Ganz glauben konnte sie ihm nun doch nicht.
„Jetzt nicht mehr. Anfangs schon...als Mann ist man in seinem Stolz verletzt...aber jetzt nicht mehr. Jetzt ist nur wichtig, dass wir wieder ein Leben leben können. Das kann sie – und ich auch," fügte er leise hinzu.
„Wie das? Hast du jemand anderen?"
Er schüttelte grinsend den Kopf.
„Nein. War ja auf Reisen...."
„Hahaha...kann man wohl sagen..."
Jakob stand auf.
„Ich hab Hunger. Geh´n wir was essen..."
Sie überquerten die Straße und steuerten den großen Parkplatz in der Mitte des Ortes an. Gegenüber war eine Pizzeria, die hervorragende Pizzen in Wagenrad großen Ausmaßen hervorzauberten.

*

Es war fast Mitternacht. Jakob lag im feinen Sand und starrte wieder einmal in das Universum. Plätschernd rauschten die stetigen Wellen ans Ufer und hinterließen eine Spur berauschender Monotonie. Eine leichte Brise, die vom Meer auf das Land traf, streichelte sein Gesicht. Er starrte vollkommen entspannt in die Weite des Raumes, versuchte die Anzahl der Gestirne zu erfassen und wusste doch genau, dass sein Geist bei Weitem nicht ausreichte, um sich die Vielzahl des Blinkens dort oben vorzustellen. Immer wieder ging er der Frage nach, warum ihn dieser Anblick so faszinierte. Dieser Blick in die Unendlichkeit mit all seinen unzähligen Welten, dieser Raum, der so von Stille durchsetzt ist, dass allein eben das Sehen in diesen Raum einen Hang zur Unersättlichkeit aufwarf. Obwohl der Anblick immer derselbe war, die Sternenbilder eben jede Nacht erschienen, der Mond immer nur diese eine Ansicht von sich zeigte, obwohl das Auge und auch der Geist wusste, dass sich nichts verändert hatte — war die Faszination niemals gleich. Sie erschien ständig in einem neuen Licht, das laufend die Farbe wechselte und niemals eine Farbe doppelt zeigte. Es waren Myriaden von Nuancen, dessen Möglichkeiten genauso unendlich waren wie das Nichts, in das man sehen konnte. Der Blick in das Universum unterlag einem Zauber, der sich nicht erklären oder gar definieren ließ. Es war ein Zauber, der das Herz berührte, die Seele, den Geist, die Vorstellungskraft und die Sehnsucht. Die Sehnsucht nach dem Verstehen des Ganzen, dem Partizipieren von allem, dem Wunsch, verbunden zu sein mit dem Raum, der Materie, dem Nichts und dem Vollkommenen.

Das Handy klingelte. Es war wahrscheinlich Claudia, die anrief und ihm mitteilte, wo sie gerade war. Vor zwei Wochen war sie weiter gereist, um sich kurz entschlossen mit zwei Freundinnen zu treffen, die auf einem Trip durch Australien waren.

Er sah auf das Display. Es war nicht Claudia. Es war eine fremde unbekannte Nummer. Mit dem Daumen wischte er das Symbol zur Seite.

„Hallo? Hier Jakob Kolb..."

„Hallo Jakob...hier Albert...toll, dass ich dich erwische..."

„Albert?? Gibt's ja nicht. Wie geht's, Mann?"

„Prima. Alles gut...wollt mal nachfragen...geht's gut??"

„Alles super hier...bist du zu Hause?"

„Nein. Du wirst es jetzt nicht glauben, aber ich bin in Auckland..."

Jakob richtete sich überrascht auf.

„Waas??? Wirklich? Was machst du hier??"

„...vielleicht dich besuchen? Wie sieht's aus?..."

„Mensch, klar...das machen wir...ich bin in Paihia, Bay of Islands..."

„Okay...kenn´ ich...wir kommen morgen dahin. Wo treffen wir uns?"

„Wenn du da bist, ruf kurz an...Und was heißt wir??"

„Ich hab mich hier mit jemandem getroffen, den ich morgen mitbringe..."

„Ist gut. Ich freu´ mich..."

„Bis dann, Jakob!"

Gespannt betrat Jakob am nächsten Tag die Lobby des Hotels. Albert hatte bestimmt eine Frau kennen gelernt und stellte sie ihm jetzt vor. Er freute sich auf Albert, den er schon so viele Monate nicht mehr gesehen hatte. Er sah sich um und suchte den Professor. Auf den Ledersesseln saßen ein paar Gäste und nahe am großen Fenster konnte er schon Albert ausmachen, der bereits stand und ihm grinsend zuwinkte. Neben ihm saß keine Frau. Er war in Begleitung eines alten Mannes, der sich nun schwerfällig erhob. Er stützte sich auf einen Stock, den er dabei hatte. Schlohweißes Haar bedeckten die Seiten des Kopfes. Ansonsten war er kahlgeschoren.

Jakob trat näher und fragte sich, warum Albert mit einem uralten Mann bis nach Neuseeland flog, um ihn hier zu treffen. Aber noch ehe er den Gedanken zu Ende denken konnte, stand er schon vor dem grinsenden Albert, der ihm krachend die Hand auf die Schulter schlug.

„Jakob, toll, dass wir uns hier am Ende der Welt treffen können. Gut siehst du aus. Richtig erholt...wie geht`s Claudia?"

Sie schüttelten sich wild die Hände und Jakob freute sich sehr.

„Ja...mir geht's auch gut...ist wunderschön hier...Claudia ist bereits weiter geflogen. Sie trifft sich mit Freundinnen in Australien. Und ich hoffe, dass sie dadurch das, was passiert ist, weit von sich schieben kann, weil es halt doch Dinge gibt, die weitaus wichtiger sind. Ich glaube, sie hat mich recht gut verstanden, als ich versucht habe, ihr das zu erklären."

Einen Moment wurde Albert ernst.

„Habt ihr alles soweit gut überstanden? Deine Tochter auch?"

„Das wird schon, keine Sorge. Ich habe mit ihr über alles gesprochen. Sie schafft das!"

Albert nickte und lächelte.

„Komm´ setz dich...ich möchte dir meinen Begleiter vorstellen. Jakob, das ist...äh, war...unser Hauptsponsor und Finanzier des Projektes „Zeitreisen" der letzten fünfzehn Jahre. Nur durch seine finanzielle Unterstützung und seinem Know-how — natürlich auch durch diverse Verbindungen in die Wissenschaft — war es auch möglich, so ein Wissenschaftsprojekt zu einem Ende zu bringen. Er war es auch, der die Entscheidung gefällt hat, alles abzubrechen und zu zerstören. Eine richtige und wie ich

heute denke, wichtige Entscheidung....Jakob, das ist Norman Greensledge...Norman, das ist Jakob Kolb, der erste Zeitreisende der Menschheitsgeschichte..."
Jakob sah Norman an, der ihn durch die Brille mit seinen blaugrünen Augen anlächelte. Nein, er lächelte nicht, er grinste ihn an und nickte permanent. Freude stand in seinem faltigen Gesicht geschrieben. Eine tiefe innige Freude, die Jakob fast körperlich spüren konnte. Das Grinsen wurde immer breiter und Jakob ahnte etwas, das er nicht erklären konnte. Er fühlte das seltsam aufkommende Grummeln in seinem Bauch und das Anschwellen des Pulses. Er konnte den Blick nicht von diesen Augen nehmen und er fragte sich, warum nicht. Ein Gefühl seltsamer Erinnerung bahnte sich einen kurvigen Weg, aber Jakob wusste nicht, wo er enden würde.
Sie gaben sich die Hände und Jakob wollte irgend etwas sagen. Aber der alte Mann kam ihm zuvor. Seine Stimme klang nicht wie die eines alten Mannes. Sie hatte etwas von Fröhlichkeit in sich, das sich im eigentlichen Sinne mit einem jungen Körper in Einklang bringen lassen sollte. Aber noch mehr als dieser jugendliche Klang lag die Bedeutung in den Worten, die dieser Klang formte.
„Hallo, Jake...wie geht es dir?...Büroheini!!....“
Sein abruptes lautes Lachen vermischte sich mit dem Platschen, mit dem Jakob in den hinter ihm stehenden Sessel flog und fast vergaß, zu atmen...
Seine Augen wurden größer und größer, sein Mund stand offen und die Ungläubigkeit überzog sein ganzes Gesicht.
Anscheinend hatte das Leben eine große Freude daran, Jakob Kolb immer wieder mit diesen Überraschungen überschütten zu wollen, denn der deutsche Zeitreisende lag förmlich überfahren in dem quietschenden Ledersessel,

brachte Mund und Augen nicht mehr zu und würgte nur ein flüsterndes, krächzendes Wort hervor.

„Mike…"

Fassungslos starrte er den Mann vor ihm an und spürte eine nie gekannte freudige Akzeptanz in ihm explodieren. Er stand wieder auf, ließ die Tränen, die aus seinen Augen flossen, einfach Tränen sein und nahm den alten Mann in die Arme. Albert stand daneben, riss seinerseits Mund und Augen auf und verstand gar nichts. Unfähig, etwas zu sagen, lag sein überraschter Blick auf dem seltsamen Paar, das sich innig umarmte. Er sah die Tränen in Jakobs Augen und er sah die Tränen in Normans Augen. Erst als sich die Männer wieder lösten, hob er beide Hände, um sein Unverständnis zu unterstreichen.

„Ich…äh…hab´ ich etwas verpasst? Kennt ihr euch denn?"

Jakob sah ihn lachend an. Sie setzten sich wieder und das Fragezeichen in Alberts Gesicht wurde immer größer.

„Tja, Albert, jetzt schließt sich der Kreis. Norman oder wie auch immer du jetzt heißt…" er drehte den Kopf und sah ihn grinsend an. „Norman ist Mike Stanton. Der Mike, der mit mir damals im Jahre 1959 die Gruppe über den Himalaya brachte und Gott sei dank alle wohlbehalten in die Freiheit gebracht hat."

„Waaas???"

Albert war aufgestanden und hatte alle Farbe aus dem Gesicht verloren.

„Aber…es ist doch…ich fass´ es nicht…das glaub´ ich nicht.."

Er setzte sich wieder und schüttelte permanent den Kopf. Norman klärte ihn auf.

„Nun, Albert…das ganze Projekt hatte ja seinen Ursprung. Nachdem mich Jake überzeugt hatte, dass alles der Wahrheit entsprach und ich Zeuge wurde, wie er durch das

Wurmloch wieder in seine Zeit zurück gekommen war, hatte ich kurze Zeit, nachdem ich wieder in den Staaten gewesen bin, den Entschluss gefasst, mich damit intensiv zu befassen. Durch glückliche Umstände und meiner Überzeugung konnte ich in den Sechzigern für ein paar grundlegende Forschungen Gelder aufbringen. Mit den Jahren investierte ich auch an der Börse, hatte dabei ein gutes Händchen und scheffelte ein Vermögen. Bis in die Zweitausender Jahre war ich dann soweit, manches in ernsthafte Erwägung zu ziehen. Du kannst dir vorstellen, wie überrascht ich gewesen bin, als ich die ersten Kontakte mit dir und deinen Mitarbeitern knüpfen konnte. Alles, was dann geschehen ist, war die Kausalität der Geschehnisse, die sich mit Jake abgespielt hatte. Als ich das begriffen habe, war alles so klar und so vorherbestimmt, dass es nur diesen Weg geben konnte. Denn ansonsten wäre das alles ja nicht passiert. Bis heute kann ich lediglich aus einem Gefühl sprechen, aus einem Drang, dem ich auch immer nachgegeben habe. Dass wir jetzt und hier zusammen sitzen können, ist kein Zufall, sondern Schicksal. Ich bin jetzt dreiundneunzig Jahre alt – und noch niemals in meinem Leben habe ich solch eine Freude empfunden…"
Norman freute sich wie ein kleines Kind und klopfte Jakob permanent auf die Schultern. Albert hatte wieder die Arme erhoben, um seine Verständnislosigkeit zu zeigen.
„Ihr macht mich fertig…" sagte er nur und seine Mundwinkel begannen langsam, sich nach oben zu ziehen.

Ende